요즘
무슨 책
읽으세요

요즘 무슨 책 읽으세요

꼬리에 꼬리를 무는 독서 릴레이

북클럽 오리진 전병근

여는 글

〈요즘 무슨 책 읽으세요〉.

2016년 2월 북클럽 오리진이 걸음마를 시작할 때였습니다. 새로 시작한 코너의 문패를 이런 질문으로 붙여 봤습니다. 우리도 이제는 뭘 먹었는지, 뭘 먹을 건지만 묻고 답할 게 아니라 마음속 허기와 정신의 취향에 대해서도 편히 이야기해 보자는 취지에서였습니다.

갑자기 든 생각은 아니었습니다. 예전에 읽은 한 외국 신문의 칼럼이 발단이었지요. 『뉴욕 타임스』 2014년 3월 주말판에 실린 칼럼으로 기억합니다. 제목이 기발했습니다. 〈정말이야? 가입한 북클럽이 없다고? Really? You're Not in a Book Club?〉 미국 작가가 쓴 글이었습니다. 그 무렵 소셜 미디어의 확산과 더불어 곳곳에서 크고 작은 북클럽이 다시 활기를 띠고 있다는 이야기였습니다. 구체적인 통계와 다양한 사례까지 나와 있었습니다. 친구끼리 혹은 가족, 직장 동료끼리 이런저런 책 모임을 만들다 보니 한 사람이 여러 곳에 속한 경우도 많다고 썼더군요. 그래서 이제는 서슴없이 〈너(희)는 요즘 무슨 책 읽고 있니?〉라는 문답이 안부 인사처럼 오갈 정도라는 얘기였습니다.

설마. 의구심이 들었습니다. 그 글만 보고 미국이 무슨 책벌레의 나라라거나 그만큼 열렬한 독서 문화를 갖고 있을 거라 단정 짓는다면 순진한 생각일 테지요. 그 칼럼에도 정작 북클럽을 명목으로 모여서는 와인을 더 즐긴다는 사례도 유머러스하게 소개돼 있더군요. 최근에는 같은 신문에 〈왜 미국인들은 책 읽기에 서툰가〉라는 제목의, 앞 칼럼과는 다소 상충되는 글이 실린 것도 봤습니다.

그래도 그때는 내심 많이 부러웠습니다. 설령 미국 곳곳이 아니라 일부 지역 특정 부류에 지나지 않더라도 그런 인사말이 오갈 수 있다는 사실이 좋아 보였습니다. 아마 제 맘속으로 그리던 사회가 그런 것임을 그때 확신했던 모양입니다.

한때 우리도 자기소개서의 취미란에 별 부담 없이 써넣을 수 있는 활동이 〈독서〉인 때가 있었지요. 아니면 음악 감상이나 영화 감상 정도가 경합했거나. 하지만 지금은 사정이 많이 변했습니다. 지하철 풍경만 봐도 실감합니다. 다들 약속이나 한 듯 스마트폰과 대면하고 있습니다. 저부터도 그럴 때가 많습니다. 누가 뭐랄 것도 없습니다. 우리 업무와 일상 대부분의 관계가 그 속으로 빨려든 결과지요. 얼마 전 세계 모바일 사용 통계를 봤더니 별다른 이유 없이 확인하는 데만 하루 평균 2시간 반을 쓴다고 하더군요. 몇 년 전 통계가 그렇습니다. 바야흐로 팍스 마키나Pax Machina의 시대입니다.

하지만 다 그런 건 아닐 겁니다. 늘 그렇진 않을 겁니다. 우리는 저마다 조용히 나만의 생각에 잠길 때가 있습니다. 그러고 싶을 때가 있습니다. 그래야만 한다고 생각합니다. 그럴 때 책만큼 좋은 반려도 없습니다. 그 이유에 대해서는 일찍이 프루스트가 가장 정확한 답을 주었다고 생각합니다. 독서에 대해 이렇게 묘사했지요.

그것은 대화와 달라서, 우리가 각자 혼자인 상태를 유지하면서도 서로의 생각이 전달하는 것을 수신한다. 달리 말해, 우리가 고독할 때 갖고 있지만 대화를 시작하는 순간 즉시 달아나는 정신력을 계속해서 가동시킨다. 영감에 열려 있으되 영혼은 창조적인 자기 노동에 열중한다.

저의 증언도 조금 보탤 수 있을 것 같습니다. 책을 읽는 순간 나는 나를 넘어 좀 더 깊어지고 고양되고 확장되는 느낌을 받습니다. 모바일과는 다른 방식으로 멀리 다른 누구와 연결되고 미처 가보지 못했던 어딘가에 가닿는다는 기분 좋은 느낌이지요.

우리는 한 권의 책과 더불어 낯선 저자와 무언의 대화를 나누고 다른 새로운 생각에 잠겨 보고 아름다운 꿈을 꿀 수도 있습니다. 누구나 그럴 때가 있고 그것을 그리워할 때가 있습니다. 최소한 과거 한때는 그랬지요. 단지 요즘 우리는 그 사실을 잊고 있었거나 조금 멀리하게 되었을 뿐입니다. 알렉시 드 토크빌은 〈우리가 영원한 삶을 단념한 순간 우리는 하루밖에 살 수 없는 것처럼 행동하기 십상〉이라고 했지요. 책은 단념하지 않게 합니다. 다시 눈을 들어 먼 곳을 보게 하고 일어나 그곳으로 나아가게 합니다.

〈요즘 무슨 책 읽으세요〉는 그런 소리 없는 독서의 힘과 체험담을 애써 밖으로 드러내 보이려는 시도였습니다. 꼬리에 꼬리를 무는 방식의 자발적 추천 독서 릴레이 인터뷰였습니다. 순서를 기획하고 지정하기보다 자유롭게 흘러가도록 했습니다. 좋은 책은 우리 주변에 여전히 산재해 있고, 많은 이들이 곁에 두거나 가까이 하려 한다는 엄연한 사실을 소문내고 싶었습니다.

정말입니다. 이 책을 따라가다 보면 사람들 사이사이에, 일과 삶의 영역 곳곳에 책이 숨구멍처럼 실핏줄처럼 연결돼 있음을 알 수 있습니다. 서로 다른 각자의 생각과 느낌이 책을 매개로 시간과 공간을 넘어 종횡으로 모이고 퍼진다는 아름다운 사실을 새삼 확인합니다.

작가나 학자는 직업적으로 책을 읽고 쓰는 사람이고, 편집자나 서점 주인은 만들고 파는 사람이니 더 말할 것도 없습니다. 영화감독도 작품 구상을 위해 책을 열어 보고, 배우는 맡은 배역을 더 깊이 이해하기 위해 먼저 책에 몰입합니다. 책 속에서 작곡가는 불현듯 악상을 떠올리고, 가수는 다른 곳에서 얻지 못한 영감을 받습니다. 건축가는 새로운 아이디어를 발견하고, 정치인과 활동가는 방향과 전망을 얻습니다. 정책가와 기업인은 세상의 변화와 흐름을 읽습니다.

책의 취향도 선호하는 작가도 고르는 방식도 읽는 습관도 참 다양합니다. 임지훈 카카오 대표는 〈책을 써서 얻을 것이 있는 저자가 아니라 잃을 수도 있는 사람이 쓴 책을 찾아 읽는다〉고 소개합니다. 소설가 정지돈은 책을 〈하나의 사건〉이라고 표현합니다. 우리 삶과 생각과 행동에 직접적인 타격을 주는 일이자, 우리 곁에 존재하는 친구나 가족처럼 우리에게 직접적인 영향을 주는 실체라는 말이지요.

뮤지션 김해원은 자신의 독서 체험을 이렇게 고백합니다. 〈인터넷상의 짧은 글을 읽는 것, 정확히 이야기해서 찾아서 읽는 글이 아니라 눈에 보여서 확인하는 정보들은 확실히 소모적입니다. 이것들은 나중에 제 생각과 상상으로 이어지기보다는 단순히 증발해 버린 시간을 확인하게 할 뿐입니다. 문장의 구조를 제대로 갖춘 글쓰기와 책이라는 몇십 쪽에서 몇백 쪽 분량의 글을 읽어 내려가는 독서는 그런 면에서 전혀 다른 경험을 선사하는 것 같습니다. 독서와 글쓰기에 시간을 할애한 날이면 다른 날보다 마음 편히 잠들 수 있습니다. 그 시간이 다음에 제가 음악으로 표현하려는 무언가의 토대가 될 수 있다는 확신이 들어서일지도 모르겠습니다.〉

모두 39인과의 대화입니다. 그 속에서 숨어 있는 〈타인의 독서 취향〉을 발견하고 뜻밖의 책과 조우하는 즐거움을 누리시기 바랍니다.

〈인간을 인간이게 하는 것은 무엇인가〉라는 물음이 절박해져 가는 시대입니다. 독서가 알베르토 망구엘은 책을 읽는 능력이 우리 인간 종을 정의한다고 했지요. 그 말을 이어받아 이제 여러분께 인사를 건넵니다.

〈요즘 무슨 책 읽으세요?〉

2018년 1월

전병근

차례

첫 번째 릴레이

첫 번째 릴레이

1

소설가
김연수

모리 오가이의 『기러기』,
사연 많은 미녀 이야기에
빠져들었죠

첫 손님으로 〈소설 쓰는 사람〉 김연수 작가를 떠올렸다. 물론 그의 높은 지명도를 감안하지 않은 것은 아니지만, 정말 지금 그의 손에는 무슨 책이 들려 있을지 궁금하기도 했다. 왜냐하면 그는 성실한 소설가로도 인정받은 사람이지만, 왕성한 지적 호기심으로 책 많이 읽기로 소문난 다독가이기 때문이다. 끊임없이 읽고 공부한다는 그는 요즘 무슨 책을 읽고 있을까. 수소문을 해본 결과, 일본에 가 있다는 말이 들려왔다. 나가사키 대학에서 연수 중이라고 했다. 이메일로 질문지를 보냈다. 거기서 뭘 연수하고 있는지는 굳이 물어보지 않았다. 얼마 있지 않아 답신이 날아들었다. 그가 읽고 있는 작품은 다소 뜻밖에도, 일본 작가 모리 오가이(森鷗外, 1862~1922)의 장편소설 『기러기』라고 했다. 바다 건너 타지에서 이 책에 빠져들었다는 작가의 감상이 퍽 궁금했다.

요즘 어떤 책을 읽고 계시나요?

일본에 온 김에, 라고 생각하면서 읽기 시작했으나 곧 도쿄 무엔자카에 사는 사연 많은 미녀 오다마의 이야기에 빠져들었습니다. 행복이라는 것을 전혀 모르고 살아온 이 여자는 과연 사랑의 힘으로 인습의 그물을 찢을 수 있을까? 그러다가 돌연 기러기를 향해 돌을 던지는 장면에 이르렀습니다. 그 기러기는 돌에 맞아 죽었습니다. 얼마 전에 읽은 소설인데, 벌써 무엔자카도, 미녀도 다 사라졌는데, 기러기 한 마리는 아직도 둥둥 제 마음속에 떠다닙니다.

부연 설명을 하자면 『기러기』는 일본 근대문학의 선구 작가 모리 오가이의 대표작 중 하나다. 오가이는 나쓰메 소세키와 더불어 일본 근대문학의 거봉으로 꼽히는 작가다. 하지만 소세키에 비해 국내에는 아직까지 많이 소개되지 않은 감이 있다. 소세키가 전업 작가여서 많은 작품을 남길 수 있었던데 반해, 오가이는 직업 군의관 생활을 하면서 작품 활동을 병행했기 때문에 상대적으로 과작이었던 것으로 풀이된다. 그래도 오가이는 작품의 분량과 상관없이 소설뿐 아니라 다방면에 걸쳐 일본 근대문학에 지대한 영향을 끼쳤다는 평가를 받는다. 『기러기』의 도입부 한 단락을 인용한다.

오래전 이야기다. 그때가 메이지 13년(1880)이라는 것을 나는 우연히도 기억한다. 어떤 연유로 정확히 기억하고 있는가 하면, 그때 나는 도쿄의대 건너편에 있는 가미조라는 하숙집에서 이 이야기의 주인공과 벽 하나를 사이에 두고 옆방에 살았기 때문이다. 가미조가 메이지 14년에 화재로 불타 버렸을 때, 나도 급히 몸을 피했던 기억이 생생한지라 그 화재가 발생하기 1년 전의 일이라는 것을 나는 또렷이 기억하고 있다. ― 모리 오가이, 『기러기』 중에서 저로서는 사람들이 왜 이렇게 재미있는 책을 읽지 않는지 알 수 없지만요. 어쨌든 사진을 보내드립니다. 나가사키에 도착한 다음 날, 기숙사에서 막막한 마음에 찍은 사진입니다.

김연수 작가가 보내온 나가사키의 숙소 사진.
베개 옆에 놓인 책은 폴 서루의 『여행자의 책』.

〈요즘 무슨 책을 읽고 있는지 궁금한 분〉으로 추천하고 싶은 분은 누군가요?

제가 무슨 책을 읽고 있는지 궁금한 분은 철학 공부하시는 이종영 선생이라는 분입니다. 가장 최근에는 『영혼의 슬픔』이라는 책을 펴내셨습니다. 대중적으로 알려지신 분은 아니지만.

2

저술가
이종영

박범신의 『당신』,
그 연배는 죽음을 어떻게
생각할까 궁금했어요

김연수 작가가 바통을 넘긴 이종영 씨는 나도 잘 몰랐던 인물이었다. 찾아보니 약력은 이렇다. 1957년생으로 한국외대 중국어과와 한국학대학원 사회학 전공 석사 과정을 졸업한 후 프랑스 프로방스 대학에서 사회학 D.E.A. 학위를 받았다. 그 후 다시 파리 8대학에서 「맑스와 알뛰세르의 유기적 전체의 개념에 대한 비판과 재구성」이라는 논문으로 정치사회학 – 정치인류학 박사 학위를 받았고, 성공회대 연구교수를 지냈다. 저술도 많았다. 『영혼의 슬픔』을 비롯해 그의 책을 다수 출간해 온 울력 출판사에 문의해 이종영 씨의 연락처를 받았다. 전화로 통화했다. 그가 요즘 읽고 있는 책 이외에도 그가 집필 중인 책에 대한 이야기와 평소 생각에 대해서도 들었다. 전화로 이야기를 듣고 있노라니 생각의 늪에 빠져드는 것 같았다.

요즘은 어떤 책을 읽고 계시지요?

전공 서적을 제외하고 틈틈이 읽고 있는 소설로 박범신의 『당신』이 있습니다. 얼마 전에 동네 책방에서 샀어요. 천천히 조금씩 읽고 있는데 지금 200쪽 좀 더 읽었어요. 처음에는 좀 자연스럽지 못하다는 느낌을 받았는데 끝까지 다 읽을 생각이에요. 저는 처음에 조금 읽다가 때려치우는 소설이 굉장히 많습니다. 하지만 이 책은 죽음의 문제를 다뤘기 때문에, 또 박 씨가 저보다 열 살 정도 위인데 그 연배는 죽음에 대해 어떻게 생각하는지 궁금해서 읽고 있어요.

소설 속의 몇몇 이미지가 좋았어요. 저는 소설의 줄거리보다 이미지를 즐기면서 천천히 읽는 편입니다. 『당신』에서는 여자 주인공 남편이 가진 내면의 이중성을 그린 부분이 마음에 좀 와닿았어요. 저 자신도 이런 면이 있지 않나 뜨끔했어요. 박 씨 소설은 이번이 두 번째인데, 예전에 젊을 때 『풀잎처럼 눕다』를 읽을 때는 굉장히 모던한 점이 끌렸어요. 지금은 약간의 차이를 느꼈습니다.

『당신』에는 과거의 불행한 역사들이 나오는데, 그런 것들이 그다지 행복하지 않게 다가왔어요. 제가 사회과학을 해서 그런지 불행한 몫은 사회과학이 다루고, 소설에서는 행복한 내용을 찾았으면 하는 생각이에요. 『당신』에 나오는 불행한 역사의 경우에는 차라리 완전히 심도 있게 다뤘으면 맘속에 와닿을 수도 있었을 텐데 풍경화처럼 스치듯 다루는 바람에 오히려 불편한 면이 있었어요.

『당신』은 2016년 올해로 일흔인 박범신의 마흔두 번째 장편소설이다. 작년 2월부터 7월까지 문학동네 네이버 카페에 〈꽃잎보다 붉던 ─ 당신, 먼 시간 속 풍경들〉이라는 제목으로 매일 연재했던 작품을 단행본으로 냈다. 치매에 걸린 노부부를 통해 삶과 사랑과 관계, 그 현상과 이면에 대해 이야기한다. 이를 통해 치매가 선물이라는 역설을 슬프도록 아름답게 전하는 한편, 젊은 세대에게는 앞선 세대의 삶과 사랑을 이해하고 공감할 수 있는 기회를 전한다고 출판사는 소개한다. 본문 속 한 단락을 인용한다.

그는 두 개의 인격을 가지고 살아온 게 사실이다. 하나의 인격은 자애와 헌신과 인내로 시종한 관용의 얼굴이고, 다른 하나의 인격은 상처와 분노와 슬픔 등 보편적 희로애락을 날것으로 갖고 있는 얼굴이다. 거의 평생 나와 인혜에게 그는 첫 번째 인격으로 대응했으며, 이 방에 들어와 혼자 앉아 있을 때 비로소 두 번째 인격의 실체와 맞닥뜨리거나 그것의 해방을 경험했을 터이다. 때로 혼자 울고, 때로 분노를 참지 못해 주먹으로 벽을 치고, 또 때로 그 모든 감정을 가지런히 하려는 고통스러운 내적 투쟁과 정면으로 마주쳤겠지. 치매가 깊어진 다음 그가 보여 준 그 본능적 반응들. 이 방에 간직된 것들은 그러므로 그가 환자가 되기 전 한사코 감춰 온 그의 이면에 대한 생생한 증거들이다. 한 지붕 아래에서도 그는 두 개의 인격으로 살았을 뿐만 아니라 시시때때 그로 인한 내적 분열을 거듭해 왔다는 뜻이다. — 박범신, 『당신』 중에서

소설을 많이 읽으시는 편인가요?

늘 읽습니다. 이 책을 읽기 전에 굉장히 재미있게 읽은 책으로는 미야모토 테루의 신간 『금수』가 있습니다. 읽는 내내 행복했어요. 사랑하지만 어쩔 수 없이 헤어진 사람들의 그리움을 다뤘는데 굉장히 탁월해요.

『금수』는 20세기 후반 일본 순문학을 대표하는 작가 미야모토 테루 (1947년생)의 작품이다. 고레에다 히로카즈 감독의 영화로도 각색되어 유명해진 『환상의 빛』에 이어 이를 모티프로 쓴 본격 서간 문학으로 꼽힌다. 이혼 후 10년 만에 만난 두 남녀가 주고받는 편지 글이다. 금수(錦繡)는 수를 놓은 직물이나 아름다운 시문을 뜻하기도 하고 단풍이나 꽃을 비유하기도 한 말로 다의적으로 쓰였다고 한다.

평소 독서에서 소설이 차지하는 비중은 얼마나 되나요?

공부하는 책들은 평소에도 계속 읽습니다. 직업이니까요. 하지만 그런 책들은 일반 독자들한테는 소개해도 재미가 없을 겁니다. 소설은 제가 쉬려고 읽는 겁니다. 초등학교 2학년 때부터 여태 계속해 온 겁니다.

김연수 작가와는 교분이 있었나요?

전혀 없습니다. 이번에도 저를 지명했다고 해서 뜻밖이었습니다. 김연수 작가 소설을 저도 좋아하는 편입니다. 특히 작품 속에서 언급되는 시들이 좋습니다. 얼마 전에 인용된 시가 좋아서 김 작가의 『밤은 노래한다』라는 소설을 헌책방에서 사려고 찾아봤는데 없어서 못 샀어요.

약력만으로 사람을 알기는 어렵습니다. 자기소개를 좀 더 부탁드려도 될까요?

그동안 그냥 어려운 글들을 좀 써온 사람입니다. 지금 생각해 보면 〈폭력적인〉 내용의 글들을 많이 써온 것 같습니다. 대부분이 진실에 거의 접근하지 못했다고 생각해요. 최근에 쓴 두 권의 책은 그나마 책 같다고 생각하는 편입니다. 그래서 그 두 권은 어머니와 아버지에게 헌정할 수 있었어요. 그전에 낸 책들은 많이 부족해서 창피하게 생각합니다.

저자로서는 지금 어떤 문제에 관심이 있습니까?

그전까지 오랫동안 사람은 왜 다른 사람을 지배하는 것을 좋아할까, 하는 문제에 대해 공부를 했습니다. 마르크스주의의 몇 가지 명제를 정치심리학적으로 설명하는 작업을 했어요. 그러다가 우리가 하는 사랑이라는 게 굉장히 폭력적이라는 걸 깨달았어요. 사랑이라는 게 여기(지구)에는 없구나 하는 생각에 이른 거지요. 사랑도 일종의 지배 현상이라는 걸 알게 됐고, 그 후에 일종의 신비주의자가 됐습니다.

신비주의자라는 것은 역사적으로 종교의 경계에 서 있는 사람을 말합니다. 종교의 교리와 조직 속으로 들어가지 못하고 경계 속에서 개인적으로 신을 추구하는 일군의 사람들 말이지요. 저는 공부를 하다가 반(反)종교적인 유신론자가 됐어요. 2009~2010년쯤 일입니다.

예전엔 정치심리학만이 유일한 학문일 수 있다고 생각한 적이 있습니다. 가령 경제학에서 경쟁이니 독점이니 하는 개념들이 나오는데 그 자체로는 설명이 안 되거든요. 독점이라면 기본적으로 남에게 뺏길까 겁내는 두려움이 동기로 작용합니다. 이것들을 정치심리학적으로 설명해야 비로소 완전해진다고 생각한 거지요. 정치 현상은 말할 것도 없고요.

그런 정치심리학적 연구의 연장선상에서 지금은 인간 내면의 문제를 다루고 있어요. 우리가 여전히 우리 마음의 작용에 대해 잘 모르는 것 같아요. 그래서 우리의 심리 작용들이 세상을 어떻게 만들어 가는지에 대해 관심이 있습니다.

플라톤부터 스피노자, 헤겔, 마르크스로 이어지는 서양 철학의 전통이 사물의 뿌리로 내려가는 것인데, 저는 사물의 뿌리 속에는 우리의 영성이 있다는 생각을 하게 됐어요. 그래서 신비주의자라는 겁니다. 왜 〈반종교적〉 신비주의자이냐면, 종교는 신을 통해 인간을 지배하려는 것 같아서예요. 물론 제 주변만 해도 훌륭한 종교인들도 굉장히 많지만, 그럼에도 불구하고 대부분의 종교라는 것은 가짜 신을 만들어 내서 사람을 종속시키는 것 같아요.

그래서 저는 신의 문제에 대해 개인들이 독자적으로 사고하는 것을 도와야겠다는 생각이 있어요. 이런 생각도 사실은 저를 드러내고 싶은 욕심에서 나오는 핑계일지도 모르지만.

그래서 지금 준비하고 있는 책 제목이 『마음과 세계: 유배지에서 성스러움이 가능할까』예요.

어떤 내용인지 말씀해 주실 수 있나요?

그동안 서양철학사와 세계종교사에서 〈이 세계가 왜 있는지〉, 〈우리가 이 세계에 있는 이유는 무엇인지〉에 관해 많이 다뤘잖아요. 그에 대한 답을 크게 두 갈래로 나눠 볼 수 있어요.

첫째, 순례의 관점이에요. 우리가 이 세계에 온 것은 무언가를 배우기 위해 온 것이다. 그러므로 이 세계는 학교다. 이 세계에서 무엇인가를 온전히 배우면 다시 우리가 원래 있던 곳으로 돌아간다는 입장이죠. 〈그곳〉이란 영적 실재, 천국이라고도 얘기할 수 있겠죠.

둘째는 유배의 관점입니다. 이 세계는 지옥이라는 것이고, 여기서 배우는 것은 아무 소용이 없다는 겁니다. 이 세계에서 배운 것들을 완전히 지워야만 다시 원래 우리 집으로 돌아갈 수 있다는 거지요. 저는 유배 이론 쪽입니다.

신이 유배지를 만들었을 리는 없다고 봤을 때, 우리 자신이 어떻게 이곳을 유배지로 만들어 가는가에 대해 책에서 이야기했습니다. 이 세계 속에서 우리가 어떤 관계에 말려들고 사로잡히고 스스로를 파괴하면서 유배지를 만들어 가는가를 다루고, 유배지에서 빠져나올 수 있는 길은 없는가의 문제를 다뤘어요.

그 질문에 대한 답도 책에서 제시하나요? 혹시 얘기해 주실 수 있나요?

답을 하려고 노력은 했습니다. 유배지에서 성스러움이 당연히 가능하다는 입장입니다. 솔직히 저 자신은 성스러운 것과는 거리가 먼 사람입니다. 그래서 이번 책은 제가 진짜 마음속 깊은 곳에서 알아서 쓴 책이 아닙니다. 지금 다 쓰고 생각하니까 내가 뭘 제대로 알고 쓴 게 아니라 머릿속으로 겨우 이해한 걸 억지로 썼구나 싶어요. 하기야 제가 성스러운 사람이라면 그런 책을 쓰겠습니까. 그렇지 못하니까 쓰는 거지요.

후기에도 썼습니다만, 제가 살아오면서 진정한 기쁨은 뭔가 성스럽게 여겨지는 어떤 것들로부터 받았던 것 같아요. 많은 기쁨이 있었지만 대부분의 것들은 어떤 잔인한 기쁨, 누구는 떨어졌는데 나는 붙었다든가 하는 거거든요. 사회적 성취라는 것은 대부분 잔인한 기쁨이에요. 그런 기쁨들은 오래 가지도 않아요. 내 맘속에 오래 남는 진짜 기쁨은 성스럽게 여겨지는 어떤 것이라고 생각해요. 그래서 성스러움에 대한 끌림이 있습니다.

그래서 이 유배지 안에서도 성스러움은 가능하다고 얘기했는데, 알고서 했다고 할 수는 없습니다. 그래서 책을 내면서도 두렵습니다. 옛날에 책을 쓸 때는 이렇게 어둠 속에서 쓰지 않았어요. 뻔히 아는 것들을 썼으니까요. 하지만 이번 책은 여하튼 좀 그래요. (웃음)

혹시 다음 책도 구상하고 계신가요?

이번 책이 마지막일 수 있을 텐데, 만약 그다음 책을 쓴다면 〈말하기와 듣기〉에 대해 쓰고 싶어요. 제가 경상도 군인 집안에서 나서 굉장히 폭력적이에요. 올해로 나이 60인데 평생 살면서 말로 사람들한테 엄청난 상처들을 준 것 같아요. 그런데도 정작 제 맘에 있는 이야기들을 대부분 못 했어요. 마음에 있는 얘기를 하는 훈련을 받지 못했던 거지요. 오히려 그걸 감추도록 교육을 받아 왔던 거예요.

그래서 마음에 있는 것들을 어떻게 말하고 어떻게 들을 것인가에 대해 써보고 싶어요. 제 경험과 한국인의 말하고 듣는 방식과, 그리고 제가 공부한 신비주의적 관점을 결합해서 말하기와 듣기에 관한 책을 쓰고 싶어요.

그 책도 꼭 쓰시기를 바랍니다. 다음 분으로 누구를 추천해 주시겠습니까?

조원식이라는 사람입니다. 제 오랜 친구조원식 씨는 나중에 〈친구가 아니라 제가 후배이고 제자〉라면서 〈편하게 그렇게 지칭하신 모양〉이라고 했다인데 역사비평사 편집부에서 일합니다. 최근에는 연락이 뜸했는데 그전에 진기한 책을 제게 곧잘 소개해 주곤 했습니다. 지금 뭘 읽는지 유일하게 궁금한 사람입니다.

3

북디자이너
조원식

클로에 크뤼쇼데의
『여장 남자와 살인자』,
보고 읽는 내내 행복했죠

조원식 씨와는 이메일과 전화로 연락을 주고받았다. 이종영 씨와의 관계를 묻자 이렇게 답했다.

제 대학원 선배이자, 장 이뽈리뜨의 『헤겔의 정신현상학』 강의를 통해 철학과 사회학을 가르쳐 준 선생님이기도 합니다. 그분을 통해 프로이트, 라캉, 알튀세르, 레비나스를 배운 경험은 지금도 삶의 큰 힘이 되고 있습니다. 이참에 반가운 마음으로 연락해서 소주라도 한잔할까 합니다.

잘 모르시는 분들을 위해 간단한 자기소개를 부탁드립니다.

1962년생입니다. 문학과 철학을 전공하면서 오랫동안 공부하다가 기묘한 인연으로 편집 일을 시작해서 지금은 디자인 작업까지 함께 하는 종합 출판인입니다. 지금은 인문·사회과학을 다루는 역사비평사와 다양한 장르를 다루는 모비딕에서 기획실장 겸 디자이너로 일하고 있습니다.

최근에 읽었거나 요즘 읽고 있는 책이 있다면 소개해 주시겠어요?

저는 보통 여러 책을 늘 동시에 읽곤 합니다. 때와 장소에 따라, 또 손에 잡히는 대로, 계획을 잡아서 읽기도 하고, 또 마음 가는 대로 막 읽기도 합니다.

명나라 정민정(程敏政)의 『심경부주(心經附註)』처럼 해를 거듭해서 조금씩 읽는 책이 있는가 하면, 허먼 멜빌의 『바틀비』처럼 여러 번역본을 돌아가면서 읽는 책도 있습니다. 『심경부주』는 중국 남송의 진덕수(眞德秀)가 주요 고전에서 마음과 관련된 내용을 뽑아 편찬한 『심경』에 다시 명나라 정민정이 주를 달아 펴낸 책입니다.

최근에 읽은 책으로는 『여장 남자와 살인자』(클로에 크뤼쇼데)가 있습니다. 제가 그림이나 만화를 좋아하는데, 얼마 전 도서관에서 영화 잡지 『씨네21』을 읽다가 거기에 소개된 신간 표지를 보고서 〈멋진 터치, 묘한 장면이다〉 감탄하고는 곧바로 구한 그래픽노블입니다.

『여장 남자와 살인자』의 한국어판 표지.

〈살기 위해 여장을 선택한 남자의 이야기〉라는 부제에서 어느 정도 플롯이 드러나는데, 제1차 세계 대전에 참전했다가 전장의 처참함에서 도망쳐 탈영한 뒤 파리에서 아내와 함께 10여 년간 숨어 살았던 남자와 그의 아내의 이야기입니다. 전쟁, 도망, 잠행, 여장, 성정체성, 탐닉, 자유 등에 관해 한 인간의 변화와 고뇌가 드라마틱하게 〈보이고〉 읽혀서 재미있었습니다.

특히 화가이자 이 작품을 각색한 클로에 크뤼쇼데의 그림이 매우 고혹적인데, 펜의 터치, 음영, 농도, 구도, 배치, 색 등 그림 솜씨가 너무 좋아서 보고 읽는 내내 행복했습니다.

개인적으로 그림, 사진, 영화, 디자인 등에 관심이 많고 실제로 그쪽 작업을 하고 있어서, 이런 그래픽노블이나 웹툰 등의 가능성과 확장성 면을 주목하고 있습니다. 기회가 닿으면 이런 작업과 유사한 형태의 시도들을 해보려고 준비 중입니다.

다른 책으로는 마이클 푼케의 『레버넌트』가 있습니다. 그림처럼 영화도 좋아해서, 재미있게 본 영화의 원작을 종종 찾아서 읽곤 합니다.

얼마 전에 좋아하는 알레한드로 곤잘레스 이냐리투 감독의 「레버넌트: 죽음에서 돌아온 자」를 봤는데, 영화가 끝나고 나서 온몸의 근육이 죄다 굳어서 혼날 만큼 고통과 극한의 체험에 몰입했던 기억을 잊을 수가 없어서 원작을 구했습니다. 영화와는 또 다른 방식으로 텍스트를 통해 곰에게 깔리고 곰의 발톱에 할퀴고 살이 터져서 또다시 몹시 혼나고 있는 중입니다.

공교롭게도 지금 모비딕(역사비평사의 장르 브랜드)에서 준비 중인 장편소설 『복수는 나의 것』(사키 류조)의 제목이 신약성서 「로마서」 12장 19절에서 따온 구절인데, 책을 구하고서 펴자마자 이 구절이 『레버넌트』 첫 페이지에도 나와서 묘한 감정이 생기더군요.

너희가 친히 원수를 갚지 말고 하나님의 진노하심에 맡기라. 기록되었으되, 원수 갚는 것이 내게 있으니 내가 갚으리라.

사키 류조의 이 소설을 영화로 만든 감독이 이마무라 쇼헤이인데, 박찬욱 감독이 이 영화를 보고서 영감을 얻어 동명의 영화를 만들었다고 합니다. 다만 저로서는 복수보다는 생존이라는 주제가 더 절실하게 다가왔고, 상대적으로 안온하고 추상적인 위험에 더 시달리며 살고 있는 현대인의 삶이 비교돼서, 이냐리투 감독의 다음과 같은 표현이 살갑게 여겨집니다.

휴 그래스의 이야기는 삶의 모든 것을 잃었을 때 우리는 과연 누구인가, 인간은 무엇으로 만들어졌으며, 또 무엇을 할 수 있는 가라는 질문을 던진다.

지금의 삶이 곤란하고 곤혹스럽고, 지리하며 멸렬하다고 느껴지실 때 이 영화, 이 소설을 한번 보시는 것도 좋은 바람 쐬기가 되지 않을까 합니다.

다음으로 요즘 무슨 책을 읽고 있는지 궁금한 사람이 있습니까?

사실 이 질문을 받고 맨 처음에 생각난 사람은 대만의 허우 샤오시엔 감독이었습니다. 제 방식대로 작년부터 〈허우 샤오시엔 영화제〉를 하면서 계속 그의 영화를 찾아보고 있기 때문이겠죠.

제 삶에 굉장히 여러 방식으로 자극과 영감을 주고 있는 감독이라서, 그분의 지금 독서가 궁금했습니다.

그런데 이분이 대만에 계시고 중국어를 쓰니 오리진 운영자에게 괜한 수고나 번거로움을 끼치는 게 아닐까, 아니면 이참에 이 기획이 글로벌한 스케일로 커져서 더 좋아라 하시려나 등등 잡념이 생기더군요. 그래서 다른 분을 생각해 봤습니다.

만화가이신 박흥용 작가가 궁금합니다. 『검』이라는 기독교 이야기를 쓰고서 무척 (신도들에게) 시달리셨다고 하는데, 지금은 어떠신지 또 어떤 글을 읽으며 새 작품을 구상하고 계신지 많이 궁금합니다. 『내 파란 세이버』, 『구르믈 버서난 달처럼』, (청년사에서 나온) 『박흥용 작품집』 등은 여전히 가까이 두고 보는 작품들입니다. 예전에도 사회 비판적인 작품을 많이 만드셨는데, 요즘은 또 다른 질곡의 시대로 접어들고 있어서 박흥용 작가의 작품이 더욱 그립기도 합니다.

4

만화가
박흥용

———————————

김세윤의 『구원이란 무엇인가』,
왜 다들 행복해지려고
하는 걸까요

박흥용 작가는 꽤 알려진 만화가다. 할아버지가 큰 절이나 한옥을 짓는 목수 명장이었다는 그는 중2 때부터 만화가를 장래 희망으로 정하고 만화를 배우기 시작했다고 한다. 〈외롭지 않으려고〉 만화를 그리기 시작했다는 말이 인상적이다.

1981년 데뷔작 「돌개바람」을 펴냈지만 주목을 못 받았고, 군대 제대 후 달동네 이야기를 다룬 「백지」, 5·18광주 민주화 운동을 다룬 「늙은 군인의 노래」 등을 발표하면서 사회성 있는 만화가란 평을 듣기 시작했다. 시인 함성호는 그를 〈90년대 한국 만화의 성과〉라면서 〈작가주의 작가〉라고 불렀다. 박 작가는 『기독교사상』 2010년 9월호 인터뷰에서 자신의 창작 활동을 가리켜 〈약자인 나와 내 이웃들이 살고 있던 세상을 본 대로, 들은 대로 그림을 그리고 기록한 것〉이라고 말했다.

2002년 그의 대표작 『구르믈 버서난 달처럼』은 〈대한민국 만화문화대상 저작상〉을 받았고 프랑스에도 출간된 데 이어 이준익 감독에 의해 동명의 영화로도 제작됐다.

간단한 소개와 근황을 알려주시겠어요?

만화가 박흥용입니다. 이제껏 만화만 그려 왔습니다. 포털 다음에 3월부터 웹툰을 연재할 예정입니다. 제목은 〈여우는 같은 덫에 두 번 걸리지 않는다〉입니다. 아직 연재가 시작되기 전이어서 작품 줄거리나 주인공 이름은 공개할 수 없음을 양해해 주시기 바랍니다.

일면식도 없는데 이렇게 (작가로서) 기억해 주시고 안부를 물어 주신 조원식 님에게 감사를 드립니다. 열심히 만화를 그려서 답하겠습니다.

박흥용 작가가 찍어 보내온 자신의 작업 책상.

요즘 어떤 책을 읽고 계시는지요?

김세윤 교수가 쓴 『구원이란 무엇인가』와 『복음이란 무엇인가』입니다.

두 책은 김세윤 풀러 신학대학원 교수의 대표 저서다. 출판사에 따르면, 김 교수는 〈한국이 낳은 세계적인 신학자〉로 소개돼 있다. 영국 맨 체스터 대학교에서 박사 학위를 받았고, 독일 훔볼트 대학, 한국의 총신대 신학대학원 등에서 교수를 역임했다.

이 책은 어떻게 해서 읽게 되셨지요?

사람은 누구나 행복해지려고 하는 의지가 있다고 합니다. 그 행복에 대한 의지가 학습의 결과로 생긴 것인지, 만약 학습 효과가 아니라면 어디서 왔는지가 궁금했습니다.

이것저것 찾아보다가 성경을 읽게 됐습니다. 성경을 읽다 보니 방대한 시대적 배경 때문에 요즘 독자에게는 이해되지 않는 상황이나 윤리들이 등장하더군요.

그래서 그 분야 학자들의 견해와 주석들을 찾아 읽게 되었는데 김세윤 교수님의 글까지 접하게 됐습니다. 김세윤 교수님은 풀러 신학교에서 신약학을 가르치고 있다고 하네요.

책에 대한 소감은 어떤가요?

어떻게 소감을 전해야 할까요. 너무 재미있어서 단숨에 읽었습니다. 성경 전체에 녹아 있는 메시지를 저 같이 복잡한 것 싫어하는 독자들도 쉽게 알 수 있도록 설명을 잘 해주셨네요.

만일 사람이 스스로의 능력으로 생명과 행복을 추구하고 영위할 수 있다면, 성경은 사람에게 읽힐 만한 가치가 없는 책이 됩니다. 그래서 사실 그 성경의 메시지를 충실하게 조명하는 김 교수님의 책도, 만일 내가 내 힘으로 행복할 수 있고 풍부한 생명을 누릴 수 있다면 읽을 필요가 없습니다.

김 교수님 책을 보면, 나의 제한된 힘으로는 내가 나에게 생명과 행복을 제공할 수 없다고 전제하고, 그 해결에 대한 성경의 시각을 머리에 쏙 들어오도록 정리했는데 아주 쉽고 명쾌합니다.

만일 인간이 스스로를 구원할 수 있다면, 근본적으로 인간에게는 애초부터 구원받아야 할 이유가 없었을 것입니다. 왜냐하면 우리 인간이 가지고 있는 자원이 완전할 때에만 스스로를 구원할 수 있기 때문입니다. 우리가 가진 자원이 제한되어 있음으로 인해 발생하는 악과 고난의 문제를 그 제한된 자원으로 해결할 수 있다는 것은 논리적으로 모순입니다. (……) 우리 밖에서, 우리를 위해서 구원의 힘이 와야 합니다. ― 김세윤, 『구원이란 무엇인가』 중에서

『구원이란 무엇인가』, 『복음이란 무엇인가』 두 책 때문에 김 교수님의 다른 책들도 찾아보게 됐습니다. 그렇게 찾아본 책들이 김 교수님이 얼마나 성경을 탄탄하게 읽어 왔는지 짐작하게 해줍니다.

다음으로 선생님께서 〈요즘 무슨 책을 읽는지 궁금한 사람〉은 누구입니까?

김 교수님께 무슨 책을 읽고 계신지 묻고 싶은데요, 한 번도 뵌 적은 없습니다. 그분이 활동하시는 무대가 달라서 아무래도 국내에 한글로 출판된 책까지 읽으실 여유가 있을까 하는 생각이 드네요.

그래서 또 한 분을 들자면, 김승옥 선생님입니다. 제가 스무 살 무렵에 읽은 그분의 책 『내가 훔친 여름』은 만화책보다 더 재미있었습니다. 제가 만화가가 되려는 시기에 많이 반성하게 했습니다. 요즘 선생님은 어떤 작업을 하시는지, 무슨 책을 읽으시는지 궁금합니다. 이분 역시 한 번도 뵌 적은 없습니다.

마지막으로 한 분 더 말씀드리면, 이준익 감독님입니다. 예전에 저의 작품 『구르믈 버서난 달처럼』을 영화로 만드신 분입니다. 최근에 영화 「동주」를 찍으셨던데, 요즘은 무슨 책을 읽으시는지 근황은 어떤지 궁금합니다.

5

영화감독
이준익

윤동주의 시는 달을 가리키는데,
다들 손만 쳐다봐요

마침 이준익 감독의 신작 영화 「동주」가 개봉된 직후였다. 사람들의 관심도 높았다. 또 한 번 스포트라이트를 받고 있는 이준익 감독에게 휴대전화로 연락을 해봤다. 영화 홍보 행사나 언론 인터뷰들 때문에 통화나 할 수 있을까 걱정했다. 기우였다. 첫 신호음이 가자마자 수신자의 목소리가 불쑥 튀어나왔다. 〈여보세요.〉 무척이나 박력 있는 음성이었다. 마치 전화기 옆에서 기다리고 있다가 받은 듯했다. 영화의 흥행 성적이 좋은 덕분이었을까. 이 감독은 대화를 시원시원하게 이어 나갔다. 아니, 이야기를 듣다 보니 본래 성품이 거침없어서 그런지도 모르겠다는 생각이 들었다.

어떻게 이렇게 전화를 빨리 받으세요?

아, 전화기를 막 손에 들었는데 마침 전화가 와서요. 무슨 일이시죠?

인사와 함께 북클럽 오리진의 〈요즘 무슨 책 읽으세요〉 코너 설명을 한 후 박흥용 작가가 이 감독을 다음 순서로 호명한 사실을 전했다.

아, 네……. 지금 읽고 있는 책이요? 지금 제 앞에 『정약용의 고해』

(신창호)하고 『다산 정약용 평전』(박석무)이 있는데요.

어떻게 해서 다산 책을 두 권씩이나 읽고 계신 거죠?
곧바로 이 감독의 긴 학구적인 설명이 이어졌다. 조금 당혹스러웠지만 그만큼 이 감독이 그 문제에 심취해 있음을 짐작할 수 있었다.

음……. 서양의 중세는 봉건 사회였고 조선은 이미 전체주의 국가 단계로 들어와 있는 상태였잖아요. 우리나라가 현대로 오는 과정에서 근대 정신은 도대체 어디에서 발원했는가, 그게 학자들 사이에서는 굉장히 중요한 관심사거든요.

예를 들어 『천주실의』가 유입된 후, 서양 종교였지만 종교 이전에 학문으로 서학을 받아들인 시기가 있잖아요. 그때 신유박해나 정조 때 싹 텄다가, 정조 사후 순조로 건너오면서 정순왕후 수렴청정 시기에 심환지의 노론 일파들이 결국 조선의 주체적 근대를 거세시켰어요. 이 사건 이후 쇄국으로 가는 바람에 결국 식민지를 맞게 된 거잖아요.

조선 왕권 말기의 뭐랄까 부패상, 이런 것들과 관련해서 그 시대의 중심에는 정약용이 있을 수밖에 없다는 생각을 해요. 그런 관점에서 다산에 대한 관심이 있어요.

말씀하시는 걸 들으니 꽤 오래 천착해 오신 것 같은데요.
아니, 겉핥기만 한 거죠. 내가 학자도 아닌데요 뭐…….

전공이 그쪽도 아니신 걸로 아는데 국사 공부도 꽤 하신 것 같은데요.

위키피디아 인명 기록에는 〈세종대 동양화과 중퇴〉로 나온다.

깊이 있게 한 것은 아니고 책 몇 권만 보면 다 나와요.

최근 영화 「동주」가 개봉한 지 얼마 안 됐고 해서 쉬고 계실 줄 알았는데, 그런 공부를 하고 계실 줄 몰랐습니다.

쉬는 게 어디 있어요. 그냥 수시로, 몇십 년 동안 계속 하고 있는 건데요. 수십 개 레이어(겹)가 동시에 진행되는 것이 영화 창작자의 일상이에요. 하나가 끝나고 하나를 하는 게 아니라 수십 개가 동시에 진행되면서, 수면 위에 오르는 것들이 영화로 개봉되는 것뿐이에요.

원래 영화감독들이 다 그런가요?

창작자는 다 그래요.

그러면 다음 영화는 다산에 관한 것이 되나요?

아뇨, 꼭 그렇진 않아요. 왜냐면 그것이 현실화되려면 또 몇 년이 걸릴지 모르기 때문에.

계속 관심을 두고 있는 수많은 어떤 이야기의 보물 창고를 계속 뒤적뒤적하다가 손에 뭔가 꽉 잡히면 그걸 영화화하는 거지.

두 책은 읽고 있는 중인가요?

이건 읽는 중이에요. 다산 관련 책은 이전에도 몇 권 읽었고, 이덕일의 『정약용과 그의 형제들』같은 것들. 그와 관련해서 또 주변 책들을 계속 파악해야 하니까.

앞서 말씀하신 두 권의 책에 대한 소감은요?

조선이라는 나라에 대해서는 학자들이라든가 소설가라든가 창작자들이 지난 20년 동안 숱하게 발췌, 발굴하고 새로운 관점으로 보려는 시도들이 책으로도 나오면서 꾸준히 누적돼 왔잖아요. 그런 작업 중에 정점을 친 것은 어쨌든 조선왕조실록의 완역이고, 승정원일기도 계속 번역하는 중이고.

우리가 식민지 시대 이전 조선 시대에 대해 지나치게 자기폄하를 해온 경향이 있었잖아요. 하지만 모든 왕조는 말기에는 부패하기 마련이거든요. 서양을 보세요. 영국이 안 그래요, 로마가 안 그래요. 어느 왕조든 끝은 부조리와 부도덕의 정점을 쳐서 그다음 시대를 여는 거거든요.

따라서 식민지 사관으로 봤을 때 조선 말기는 형편없는 사회상으로 드러날 수밖에 없었던 거지만, 그 이전에 왕조를 세우고 그래도 500년을 유지하는 동안에는 통치 이념이라든가 그런 것들은 귀감이 될 부분도 있을 거 아니에요. 그런 것들이 다양한 각도로 책으로 발현돼 왔는데, 최근에 근대까지 조망되는 과정에서 다시 식민지 근대화론이 부각되고, 역사적 맥락 안에서 지금 선택해야 하는 것들이 숙제로 남아 있어요. 저로서는 그런 문제들과 관련해서 거론돼야 할 지점들, 사건들, 인물들을 계속 훑어보는 거예요.

역사물, 사극 영화 쪽 작품을 많이 하셨고 매번 화제가 되거나, 남다른 시도들을 하신 편인데 그것들을 관통하는 관심사가 있나요?
글쎄, 그걸 한 줄로 설명하면 오류가 있을 테고, 수백 가지가 있죠. 다만, 가장 핵심적인 결론은 한국사를 한국사 내에서만 보는 것은 좁은 소견이다, 한국사를 세계사 수면 위로 떠올려야 한다는 것이 제 과제라고 생각해요.

예를 들어, 유대 민족이 근현대사에서 굉장히 많은 핍박을 당했는데 사실 따지고 보면 그건 유대 민족의 역사잖아요. 하지만 그들이 현대 사회에서 막강한 경제 권력을 가지면서 유대 민족사가 세계사의 중심으로 떠올랐어요. 그것은 그들 스스로가 자신들의 억울하고 참혹했던 부끄러운 역사를 수면 위로 끌어올려 세계사로까지 떠받쳐 올린 결과라고 봐요.

우리도 조선이라든가 식민지 시기의 부끄러운 역사를 한국사 안에서 축소하고 말 것이냐, 아니면 세계사 안으로 편입시켜 떠받쳐 올릴 것인가. 저는 그것을 세계사적 사건으로 승화시키는 것만이 우리나라 젊은이들의 세계관을 넓히는 유일한 길이라고 봐요. 그런 관점 때문에 그와 관련된 일련의 영화들을 찍어 온 거라고 할 수 있어요. 짧게 이야기하자면, 영화 「황산벌」도 그렇고 「사도」도 그렇고 「동주」는 더더욱 그렇고.

마침 「동주」가 얼마 전에 개봉해서 인기리에 상영 중인데요, 감독 입장에서는 구체적으로 어떤 관점에서 만드신 거죠?

그것도 마찬가지로 세계사적 주제성으로 끌어올리기 위한 시도 죠. 독일 아우슈비츠에서 유대인이 수십만 명 학살당한 일은 세계사적 사건이 됐잖아요. 그렇게 만든 사람이 누구예요. 이 천 년 동안 흘러 다니던 유대 민족이었어요. 자신들이 그렇게 끌어올린 거죠. 다른 사람들은 다 숨기려고 하는데 자신들이 까발려 올린 것 아니냐고요. 요즘 개봉한 영화 「사울의 아들」도 마찬가지고.

우리는 우리 역사를 그렇게 세계사적 사건으로 끌어올려야 한다고 생각해요. 식민지 시대에 생체 실험을 당한 것이라든가, 미국이 주창한 민족자결주의에도 반하는 현대사 초기에 있었던 피지배 국가의 억울함을 우리가 하소연만 하고 있을 게 아니라, 가해자에 대한 정확한 지적과 모순을 제시하는 것만이 우리 역사를 세계사적으로 끌어올리는 유일한 수단이라고 봐요.

영화 「동주」를 통해서도 그런 것들을 증명해 낼 때 조선의 참혹사 차원에서만 머무는 게 아니라 세계사적 사건으로 부각시킬 수 있다고 봤어요.

그런 메시지가 대중에게 잘 읽히고 있는 것 같습니까?

글쎄요. 쉽게 읽힐 문제는 아니겠지요. 그런 학습을 해본 적이 없는데 우리나라는. 그게 짜증이 나니까 이렇게 영화로도 만드는 거죠.

그래도 흥행 면에서는 괜찮지요?

네 괜찮아요.

지금 감독님 메시지를 직접 들으니 그런 게 있었구나 싶은데, 막
상 볼 때는 그런 차원의 의도가 담긴 줄은 몰랐습니다.

그렇게 읽어 내는 사람은 많지 않은 것 같아요. 나 혼자 그냥 그렇
게 생각하는 거지. 과대망상증 환자야 나는. 시대착오적인 과대망상
증 환자니까 이런 걸 하고 있는 거죠.

왜 시대착오라고 생각하시죠? 그런 시도 자체는 의미가 있는 것
같은데요.

우리 사회에서 보편적 가치로 인정받지 못하고 주류에서는 전혀
관심을 받지 못하는 사관이거든요, 이런 사관은.

꼭 그렇지는 않은 것 같은데요.

그렇지 않다고 누가 그러던가요?

그런 사관을 처음 듣는 건 아닌데요. 학자들 사이에도 그런 논의
가 있고. 다만 이번 영화에 그런 메시지가 담겨 있는 줄은 미처 몰
랐다는 거죠.

그러면, 예를 들어 거기에 나오는…… 근데 영화는 봤어요?

네 봤습니다.

순간 속으로 뜨끔했다. 행여 영화를 안 봤더라면 어쩔 뻔했을까 싶었다. 그다음부터 이 감독의 목소리가 한결 누그러지는 것 같았다. 안심했다.

거기(영화 「동주」)에 나오는 일본 형사 입에서 나오는 제국주의와 군국주의의 자기정당화 논리에 맞서 끊임없이 모순을 파헤치는 송몽규의 대사라든가, 후쿠자와 유키치의 탈아론(脫亞論)의 후계자였던 이토 히로부미를 암살한 안중근의 행동을 테러로 보고 대동아공영권을 외치는 윤치호가 주는 부상을 면전에서 집어 던지는 송몽규의 행동 같은 것들이 다 그런 장치예요. 이런 장치들이 전부 다, 동주 일대기 역시 세계사적 관점에서 다뤄져야 한다는 주장을 담고 있어요.

그런 걸 구차하게 영화 속에서 계속 설명하면 짜증이 나니까, 장치만 계속 넣어 놓은 거고. 그러면 그걸 보는 사람들이 의미 부여를 해야 하는데, 그런 의미 부여를 안 하고 보니까 나처럼 의미를 부여한 놈만 이상하게 되는 거지. 이때부터 이 감독의 목소리가 올라가기 시작했다. 아니, 달을 가리키면 달을 봐야 하는데 달을 가리키는 손가락만 쳐다보고 앉아 있으니 뭐가 되겠어요. 내가 봤을 때, 윤동주의 시는 달을 가리키고 있었는데 그동안 후손들은 달을 가리키는 윤동주의 손만 보고 있었다는 거예요.

계절이 지나가는 하늘에는
가을로 가득 차 있습니다.

나는 아무 걱정도 없이

가을 속의 별들을 다 헬 듯합니다.

가슴 속에 하나 둘 새겨지는 별을

이제 다 못 헤는 것은

쉬이 아침이 오는 까닭이요,

내일 밤이 남은 까닭이요,

아직 나의 청춘이 다하지 않은 까닭입니다.

별 하나에 추억과

별 하나에 사랑과

별 하나에 쓸쓸함과

별 하나에 동경과

별 하나에 시와

별 하나에 어머니, 어머니

— 윤동주, 「별 헤는 밤」 중에서

그러고 보니 저도 손가락만 봤네요.

(해방 이후) 우리는 70년 동안 내내 그냥 식민 지배를 받은 피해 사례에 대한 억울함만 열심히 하소연하고 살아온 것 아니냐는 생각이 들어요.

그러면 유럽은 뭔가요. 영국, 프랑스, 러시아, 폴란드 전부가 독일의 군국주의와 나치즘에 대한 모순과 부도덕을 끊임없이 지적하고 책임을 묻고 근거를 제시했기 때문에 독일은 정확하게 잘못을 인정하고 반성하고 있잖아요.

유럽의 독일이 아시아의 일본이잖아요. 그런데도 최대 피해국인 우리나라는, 아니 차 사고만 나도 보험 회사가 와서 누가 가해자인지를 두고 주먹다짐까지 하는 판에, 어떻게 나라가 그렇게 만신창이가 됐는데 가해자에 대한 문제 지적이라든가 책임 추궁을 제대로 못하느냐고요. 그 얘기를 하고 있어요. 이 영화는.

그런 이야기는 세계사적 관점으로만 읽히는 이야기거든요. 조선이나 한국의 역사를 세계사적 관점으로 보지 않는 것은 곧 식민지 100년 동안 후쿠자와 유키치 이후에 탈아론자들이 만들어 놓은 프레임(인식틀) 안에 갇혀 있는 거예요. 그래서 우리가 아직도 그들이 쓰는 이이제이(以夷制夷)에 농락당하고 있는 것 아니냐고요.

저는 친일파도 피해자라고 봐요. 친일파, 알고 보면 불쌍한 인간들이에요. 친일파도 피해자고 항일 독립 운동가도 피해자인데 지금 피해자들끼리 물고 뜯고 싸우고 앉았으니, 이게 백 년 전에 짜놓은 일본의 식민지 프레임 안에서 아직도 우리가 밖으로 나가지 못하고 있는 거라고 생각해요.

그걸 이야기하려고 「동주」를 찍었는데 그 얘기를 하는 사람은 별로 안 보여서 아쉬워요.

네 지금 말씀을 들으면서 영화를 복기해 보니 그런 게 읽히네요.

하지만 순수 관객 입장에서 한 말씀 드리자면, 그런 의도였다면 취조하는 일본 형사라든가 누군가를 통해 가해자의 논리를 더 팽팽하게 대결 구도로 그려 갔으면 좋지 않았을까 하는 생각이 드네요. **그런 식으로 영화를 만들면 극장에서 사람들이 보겠어요?(웃음)**

네, 물론 의미 부여와 흥행 요소는 동전의 양면 같은 거겠지요. **그렇죠. 일단 그런 의도를 갖고 찍은 건데, 그것이 관객의 심리적인 감정적인 동의를 얻지 못하고 주장만 해대면 영화라는 장르의 대중적 매체 속성에 굉장히 반하는 것이 되기 때문에 그걸 할 수가 없는 거지요. 그러니까 그런 건 영화에 의미를 부여하는 관객이나 평론가나 학자들이 풀어내야지요. 그런 것까지 감독이 하고 있으면, 아니 내가 무슨 프로파간다, 무슨 괴벨스예요?**

그나마 오늘 말씀이 도움이 되겠다는 생각이 듭니다. 사실 식민지 시대를 어떻게 볼 것인가에 대한 부분은 더 묻고 듣고 싶은 생각이 드는데요. **지금 다 했어요.**

네 알겠습니다. 그러면 〈요즘 무슨 책 읽으세요〉 다음 순서에 소개할 만한 사람으로 관심 가는 분이 있나요? **있긴 있는데 안 밝힐래요. 그 사람 영화를 찍어야 하기 때문에.**

그러면 그 사람 빼고 그다음으로 궁금한 사람은요?

그다음 사람으로는…… 너무 많은데……. 지금 우리나라에 필요한 핵심 사상은 원효의 화쟁 사상이라고 봐요. 그런데 그건 영화로 찍기가 너무 힘들어서. 암튼 우리가 지금 배워야 할 것은 원효의 화쟁 사상 아닌가 싶어요. 원효를 잘은 모르지만 내가 들은 개념으로는 〈싸우면서 화해하자〉 뭐 이런 거잖아요. 그러니까 원효!

아, 감독님께서 약간 오해를 하신 것 같은데, 살아 있는 사람 중에서 지금 무슨 책 읽는지 궁금한 사람을 지명하는 겁니다.

아 다음 사람…… 나는 영화로 찍을 관심 인물 이야기하는 줄 알았네. 이 감독은 한참을 망설였다. 그렇다면 이번엔 젊은 친구들한테 물어보면 어떨까 싶네요. 배우 박정민. 영화 「동주」에서 송몽규 역 맡은. 젊은 친구들 이야기를 들어 보면 좋겠네요.

이리하여 다음 책 이야기 초대 손님은 영화배우 박정민 씨로 낙착됐다. 그는 요즘 무슨 책을 읽고 있을까.

6

영화배우
박정민

파트리크 쥐스킨트의
『깊이에의 강요』, 어느 순간 깊이가
사라지는 느낌이 들 때

아니나 다를까 배우 박정민 씨는 한참 바쁜 시즌 중에 있었다. 영화 「동주」가 개봉된 후 인기를 끌면서 여기저기 얼굴을 보여야 할 곳이 많은 모양이었다.

정민 씨의 매니저를 통해 간신히 전화 인터뷰 약속을 잡았다. 일요일 저녁이었다. 차량으로 이동하던 중에 전화를 받았다고 했다. 「동주」 개봉 후 마지막 관객과의 대화를 위해 가는 길이라고 했다. 신도림에서 중국 동포들을 상대로 상영회를 연 후 만남의 시간을 가질 예정이라고 했다. 분주한 와중에도 책 인터뷰에 대한 생각을 얼마간 해둔 것 같았다.

그런 관객과의 대화는 얼마나 하나요?
7~8회는 한 것 같아요. 보통 이 정도는 안 하는데.

지금까지 반응은 어떤가요?
좋은 것 같아요.

예상하셨어요?

이 정도까지는 예상 못 했어요. 이준익 감독님은 예상하셨는지 모르겠는데. 워낙 예산도 작고 주연도 강하늘 씨 빼고는 거의 다 비교적 무명 배우들이고, 영화도 흑백이고 하다 보니, 저는 손익분기점만 넘겨도 좋겠다 싶었는데 어제 관객 수가 백만을 넘겼어요. 그래서 지금 저희끼리는 축하 분위기죠.

이번 영화 출연 제의는 언제 받았고 촬영은 언제 들어갔죠?

작년 1월쯤이었어요. 물론 영화 준비는 그전부터 하고들 계셨고. 저랑 하늘이한테 출연 제의가 들어온 것은 작년 1월쯤이었고, 2월 말부터 촬영해서 4월 초에 끝냈습니다. 강하늘 씨와 정민 씨는 아주 친한 사이라고 했다. 나이는 정민 씨가 세 살 위다.

그렇게 오래 걸리진 않았네요.

네, 워낙 예산이 적으니까 한 달 안에 찍어야 했어요.

이번 영화 출연은 박정민 씨가 택한 건가요?

저는 아직 시나리오가 막 들어와서 고르는 수준은 아니고요. 저희 회사가 황정민 형님께서 만든 회사인데, 감독님과도 친하고 해서 이번 영화에 추천을 해주셨나 봐요. 감독님도 제가 출연한 전작 몇 편을 보시고 생각하고 계셨던 모양이고. 하늘이나 저에 대해. 그렇게 해서 캐스팅됐죠.

선택의 여지가 있었던 게 아니라 좋은 기회가 와서 맡게 된 거란 말씀이군요.

저한테는 엄청나게 큰 기회로 다가온 거죠.

처음 시나리오 봤을 때는 어땠어요? 송몽규라는 인물은 아셨나요?

전혀 몰랐죠.

윤동주 시인은 아셨을 테고…….

그럼요. 하지만 윤동주 시인도 그렇게 자세히는 몰랐어요. 안다고 할 수 없을 정도로. 처음 대본을 봤는데, 이게 신연식 감독님이 쓰신 건데, 그분이 문학적인 면이 있거든요. 그게 동주라는 영화와 잘 맞아떨어지는 부분이 있었어요. 시나리오 중간중간에 윤동주 시인의 시가 나오면서. 굉장히 좋은 영화가 될 것 같다는 생각이 들어서 저는 뒤도 안 돌아보고 하겠다고 했죠. 저한테 시켜 주는 것이 맞냐고 계속 확인했을 정도였으니까요.

애당초 배역도 송몽규로 지정이 됐던가요?

처음에는 대본을 그냥 한번 보라고 했어요. 하고 싶은 게 있으면 얘길 해보라고요. 그래서 〈내가 윤동주 하겠다고 하면 어떻게 할 거냐〉고 했더니, 〈윤동주 하고 싶냐〉고 해요. 〈하고 싶다〉고 하니까, 〈아 근데 그건 안 될 거 같다〉고 해요. 그래서 〈알겠습니다. 송몽규 선생님 하겠습니다.〉 그렇게 된 거예요.

송몽규라는 인물에 대해서는 어떤 생각이 들던가요?

처음엔 〈이런 사람이 실제 있었던 사람이라고?〉 하는 생각이 먼저 들었어요. 그다음에는, 이게 시나리오 맨 앞 장에 뭐라고 쓰였냐면, 〈7할의 진실과 1할의 허구적 구성과 1할의 어떤 상상과⋯⋯〉 이런 식으로 돼 있었어요. 그래서 〈아, 허구의 인물일 수도 있는 건가〉 하는 생각이 들었어요.

그런데 인터넷 검색을 해보니까 그분이 실제로 계셨던 분이고, 『윤동주 평전』(송우혜)을 읽어 보니까 대본에 나와 있는 송몽규 선생의 행동들은 100퍼센트 팩트였던 거예요. 이분이 하셨던 것은 전혀 허구도 상상도 없었어요. 그래서 더 놀라웠죠. 공부를 하면서 더 멋있는 분이구나 알게 됐죠.

송몽규(1917~1945).

『윤동주 평전』을 읽으셨다고 했는데 이번 영화 때문에 또 다른 책을 읽은 게 있나요?

송몽규 선생님에 대한 기록은 별로 남아 있지 않아요. 그래서 대본에 나와 있는 그분 언행들을 거슬러 올라가 보면, 어렸을 때 공산주의에 심취했던 부분 같은 게 있어요. 그러면 저도 〈이분이 왜 공산주의에 빠지셨을까〉 하는 궁금증이 있으니까, 『공산당 선언』 같은 책도 보고⋯⋯. 또 저희가 학교에서 역사 교육 받을 때는 주로 궁중 역사를 배우잖아요. 서민들 삶은 잘 배우지 않는데, 그분들은 북간도에서 태어나 살았던 서민들이니까 어떻게 사셨는지 알기 위해서 일제 강점기 때 서민들 생활에 대해 쓴 책도 보고 그랬어요.

또 신채호 선생이 쓰신 책도 보고 하면서 공부를 계속했어요. 영화 말미에 송몽규 선생이 연설하는 장면이 나오는데, 그게 일본 패전 직전 상황에 대해 열변을 토하시는 거거든요. 그때 전황을 알아야 제 나름대로 대사를 할 수 있으니까, 제1차 세계 대전부터 전쟁 역사도 공부하고 그랬어요.

배우들은 영화를 찍기 전에 보통 그런 공부들을 하나요?

제 경우는 어떤 캐릭터를 맡느냐에 따라 공부를 열심히 할 때도 있고 아예 안 할 때도 있어요. 이번 송몽규 선생님 경우에는 좀 공부를 많이 해야 했던 역할이어서 책을 끼고 지냈어요.

아예 안 읽는 경우는 어떤 경우죠?

예전에 「들개」라는 영화를 찍을 땐데, 그 친구는 세상에 대한 반항심으로 똘똘 뭉쳐 있고 언제 어떻게 튈지 모르는 인물이었어요. 가만 들여다보면 아주 철학적 지식도 있고 논리적 지식도 있고 한데, 우선은 그 친구의 성향을 감안하면 어느 정도만 알면 됐어요. 그래서 제가 사전에 대본을 붙들고 막 어떻게 해볼까 저렇게 해볼까 계산을 전혀 안 하고 촬영에 들어갔던 영화였어요.

그냥 대본을 보고 전체적인 윤곽선만 스케치북에 그려만 놓고 나머지는 그냥 현장에서 내키는 대로 해보자, 그런 느낌으로 했어요. 그런 역할들이라든가 아니면 조연으로 가볍게 나오는 역할들은 사실 공부를 너무 하고 들어가면 오히려 그 맛이 떨어질 때가 있어요. 그럴 때는 개요만 잡아 놓고 현장에 가서 해보자는 생각으로 하죠.

이번에 송몽규 연기는 만족스러웠나요?

아뇨. 100퍼센트 만족은 못 했어요. 열심히 했다는 자부심은 있는데. 제가 처음 그 영화를 본 게 기자 시사회에서였어요. 그때 제 실수가 계속해서 영화에서 보이니까, 그분께 너무 죄송스러운 거예요. 연기를 잘해서 잘 소개해 드리고 싶었는데, 실수가 군데군데 보이니까 죄송스러운 마음이 드는데, 마지막에 그분 사진이 올라가면서 저도 모르게 울음이 터져 버려서…… 그때 사진도 찍히고 했죠.

어떤 부분이 그런 실수로 보이던가요?

남들이 봤을 때는 모를 수도 있는 작은 부분들이긴 해요. 예를 들어 어떤 장면에서 걸음걸이 경우에도 그분은 그렇게 걷지 않았을 것 같은데, 어떤 장면은 저런 투로 말씀하시지 않았을 것 같은데 하는 부분들이 몇 군데 있었어요.

사실 이렇게 실화를 바탕으로 하고 위인들을 주제로 한 영화 경우에는 굉장히 조심스럽잖아요. 자칫하면 그분뿐만 아니라 생존한 후손들까지 욕되게 할 수도 있어서 연기할 때도 굉장히 조심스럽게 했는데 막상 영화를 보니까 아나나 다를까 그런 게 보이는 거예요.

혼자만 아는 것일 수도 있겠네요.

다행히 이번에 저한테 연기를 못했다고 하시는 분은 별로 없는데, 그래도 〈이런 부분들은 조금 부족했던 것 같다〉고 말씀해 주신 분은 몇 분 계셨어요. 그런 분들은 너무 감사하더라고요. 속이 상하는 다른 한편으로는 참 감사했어요.

송몽규는 어떤 인물이라고 생각하세요?

음…… 이번 영화에서 편집이 돼서 잘려 나간 장면들이 있어요. 거기에 동주가 송몽규 선생님을 표현하는 말로 이런 게 있어요. 〈이 친구는 불나방 같은 친구야, 같이 있으면 타들어 가〉 이런 대목이에요. 저는 그분이 좋은 의미의 불나방 같은 인물이라는 생각이 들었어요. 온통 불의였던 그 시대에 정의를 찾기 위해서. 사실 혼자 그렇게 행동해 봐야 무슨 소용이 있을까 싶기도 한데.

얼마 전에 송몽규 선생님 동생의 따님이, 지금 한국에 계시는데, 그 장조카 분이 저희 무대 인사회 때 오셔서 저한테 어떤 종이를 몇 장 주시더군요. 어렸을 때 아버지나 할아버지한테서 말씀 들어서 기억하고 있는 송몽규 선생에 대한 것들을 적어 주신 거예요.

거기에 무슨 내용이 있냐면, 송몽규 선생님이 독립운동 하러 일본에 갈 때 아버님이 굉장히 반대하셨대요. 그때 송몽규 선생님이 〈일본에 가서 제가 할 수 있는 것이 있습니다. 제가 그 안에 들어가서 보고 싶은 것이 있고, 변하게 할 것이 있습니다.〉 그러면서 칼을 아버지 앞에 내놓고는 〈허락해 주시지 않으면 저는 여기서 죽겠습니다.〉

이렇게 이야기해서 허락을 받고는 일본으로 떠나셨다는 거예요. 그런 분이었던 거죠.

굉장히 불나방 같은 분이었던 거예요. 자신이 생각하는 정의, 자신이 생각하는 혁명을 위해서는 아버지 앞에 칼을 내려놓는 분이었던 거죠. 그분이 주신 종이 몇 장이 또 한 번 제 생각을 굳건하게 만들었어요. 참 대단하신 분이고, 이 시대에 어떤 사람도 쉽게 따라하기 어려운 분이었던 거죠.

지난번 이준익 감독님 인터뷰 때, 「동주」를 찍으면서 단순히 시인의 삶을 그린 게 아니라 우리 역사를 세계사적 관점으로 끌어올리고 싶었다고 하시더군요. 거기서 중요한 인물이 송몽규였다고 하셨어요. 그런 말씀을 많이 하시던가요?

네, 영화 준비하고 촬영 들어간 지 얼마 안 돼서 그 말씀을 하시더군요. 〈내가 이 영화를 왜 찍는 줄 아느냐, 이 영화는 과정의 아름다움을 보여 주는 영화다. 그리고 송몽규를 보여 주고자 하는 영화이기도 하다〉고 하셨어요.

마지막에 일본 순사를 상대로 열변을 펼치는 장면에서 송몽규의 대사가 사실은 감독님이 하시고 싶은 말씀이셨을 수 있어요. 너희들(일제)이 국제법 따라 한다고 하지만 다 명분이고 요식 행위이고…… 이런 말들을 토해 내는데, 그런 걸 설명해 주시더라고요.

그때 제가 또 한방 맞은 것 같았어요. 저도 열심히 준비하기는 했지만 감독님의 그런 의도가 있는 줄은 몰랐거든요. 이 영화를 저만의 어떤 기회로 생각하고 있었던 마음조차 부끄러웠어요. 〈아, 내가 좀 더 인식을 갖고 연기를 해야겠다〉는 생각이 크게 들었던 순간이었죠.

아무래도 영화의 주인공, 혹은 또 다른 주인공은 동주라고 할 수 있을 텐데요. 경쟁심 같은 건 안 들었나요?

하하하, 경쟁심이 안 들 수 없죠.(웃음) 아니, 경쟁심이 들어야만 해요. 왜냐하면 윤동주와 송몽규가 영화의 두 축이란 말이죠. 경쟁심 없이 그냥 좋은 게 좋은 거라는 식으로 해버리면 한 축이 무너져 내릴 거라고 생각했어요. 선의의 경쟁심인 거죠. 솔직히 하늘이가 잘하면 질투가 날 때도 있어요.

〈어, 저 녀석 봐라, 준비 많이 했네〉, 〈오늘 왜 저렇게 잘하지?〉 그러면서 제가 더 준비를 열심히 하게 돼죠. 제 모습을 보고 하늘이도 분명히 그렇게 할 테고. 그러면서 시너지를 일으키는 거고 그게 영화에도 도움이 되는 거죠.

저는 어느 영화든 주인공 혹은 주연 배우들끼리 어느 정도 경쟁심이 필요하다고 봐요. 다만 그게 시샘이나 적대감이 돼버리면 답이 없게 되지만, 저 배우한테 지면 안 되겠다, 대등하게 가줘야겠다는 식의 좋은 의미의 경쟁심은 좋은 거라고 봐요.

이번에도 그런 경쟁심이 잘 작동했나요?

그럼요. 사실 저는 이번 영화를 위해 준비를 진짜 많이 했어요. 하늘이는 이미 어느 정도 인지도가 있는 스타 배우이고, 저는 지금도 그렇지만 그때까지만 해도 인지도가 떨어지고 아는 사람만 아는 독립영화 배우였으니까, 저한테는 기회라는 생각이 들 수밖에 없었죠. 그래서 굉장히 준비를 열심히 했고, 사실 촬영 첫날 현장에 갔을 때는 〈하늘이가 너무 바빠서 준비를 못 해오지 않았을까〉 하는 생각도 잠시 했어요.

저야 시간이 많아서 많이 준비할 수 있었는데, 그 친구는 워낙 바빠서 얼마나 준비를 할 수 있을까 싶었죠. 하지만 정작 제가 충격을 받았어요. 하늘이가 준비를 워낙 많이 해와서 오히려 제가 졌다는 느낌이 들었어요. 그래서 경쟁심이 불타기 시작했어요. 일단 영화를 위해서라도 내가 여기서 지고 무너지고 포기해 버린 순간, 그 영화는 의미가 없어져 버리니까. 그래서 더 열심히 준비를 하게 됐어요.

또 감독님도 굉장히 솔직한 분이라서, 그렇다고 일부러 부추기는 건 아니고, 하늘이와 제가 연기할 때 제가 좀 더 잘하면 〈하늘아, 이리 와봐. 정민이 연기 좀 봐. 진짜 잘하지 않냐〉 이렇게 얘기를 하시고, 반대로 하늘이가 잘하면 저보고 〈하늘이 연기 보고 배워라〉고 하셨어요. 그런 식으로 좋은 경쟁심이 계속 생기게 하셨어요.

하늘이랑은 5년이나 오래 알고 지냈던 친구니까 미운 감정 같은 것은 전혀 없었고, 전체적으로 호흡이 잘 맞는 촬영 현장 분위기였어요.

두 사람 나이가 어떻게 되지요?
제가 서른이고 하늘이가 스물일곱일 거예요.

영화 개봉하고 행사 다니시느라 바쁘실 것 같은데 책은 읽고 있는 게 있나요?

최근에 읽은 책이 두 권 있어요. 사실 마저 읽고 이야기하고 싶어서 전화 통화를 미뤘어요. 하나는 마루야마 겐지라는 일본 작가가 쓴 『달에 울다』라는 소설이고, 다른 하나는 파트리크 쥐스킨트의 『깊이에의 강요』라는 단편집이에요.

어떻게 읽게 되셨죠?

그전에 저의 지인이 마루야마 겐지의 『소설가의 각오』라는 책을 선물로 준 적이 있어요. 산문집인데 아주 특이했어요. 이 작가는 일본 문학계의 파벌 어디에도 속하지 않은 채 마치 혼자서 싸우는 듯한 느낌의 글을 써온 작가예요. 사진만 봐도 야쿠자처럼 무섭게 생겼어요.(웃음) 문장 자체는 간결하고 읽기도 쉬운데 던지는 메시지는 확실해서 인상적이었어요. 그 책을 읽고 나서 그분 소설을 한번 보고 싶었어요. 『달에 울다』는 그렇게 해서 읽게 됐어요.

『깊이에의 강요』는 제가 한 달에 한 번씩 한 인터뷰 월간지에 칼럼을 써온 게 있어요. 한 3년 됐는데 소재가 조금씩 떨어져 가는 거예요. 처음엔 재미있게 글을 썼는데 어느 순간 깊이가 없어지는 것 같은 느낌이 들었어요. 그래서 컴퓨터 모니터에다 그냥 〈깊이에의 강요〉라고 네이버에 쳐봤어요. 마침 그런 제목의 책이 뜨는 거예요. 어, 이건 뭐지 하고 봤더니 쥐스킨트의 단편집이더라고요. 그 작가가 쓴 『향수』랑 『콘트라베이스』도 읽어 봐서 알아봤죠. 바로 서점에 가서 뽑아 들고 읽게 됐죠.

칼럼을 3년 동안 썼다면 만만찮은 일일 텐데 어떻게 시작한 거죠?

예전에 싸이월드 미니홈피가 유행할 때 다이어리 같은 걸 재미있게 쓰는 걸 좋아했어요. 그런 글을 써가던 중에 제 데뷔작 「파수꾼」 개봉할 때 홍보 마케팅 해주는 과장님이 그 다이어리를 보고는 파수꾼 블로그에 메뉴 하나 열어 줄 테니 촬영장 뒷이야기 같은 걸 써보라고 하시더군요.

그래서 써봤는데, 당시 파수꾼 팬덤 현상 같은 게 생겼는데 그분들 사이에서 제 글이 회자됐어요. 그렇게 소문이 나고 해서 어떤 기자분이 권유해서 칼럼을 쓰게 됐어요. 월 1회씩.

최근에 읽으셨다는 두 권의 책을 간략히 소개해 주실 수 있나요?

곧이어 그의 책 소개가 줄줄 이어졌다. 순간, 전화 너머로 대본을 펴들고 읽고 있는 건 아닌가 의심이 들 정도였다. 물론 그런 것 같지는 않았다. 소설의 플롯과 인상적인 장면들을 선명하게 기억하고 있었다. 배우들이 영화에서 긴 대사도 곧잘 소화해 내는 특유의 암기력이 떠올랐다.

『달에 울다』의 경우는 중편 소설을 두 편 묶은 거예요. 첫 번째가 「달에 울다」이고, 두 번째는 「조롱을 높이 매달고」인데 첫 번째가 더 좋았어요. 시골 마을에서 사과밭 경작하며 사는 사람들 이야기인데, 한 남자가 촌장 곳간을 털다가 잡혀서 마을 남자들 습격을 받고 죽어요. 그 선봉에 선 사람이 주인공의 아버지고, 죽은 남자의 딸이 주인공이 사랑하는 여자예요.

　그 여자는 아버지가 죽은 후 손가락질을 받고 자라고, 주인공은 그 여자를 사랑하기도 하지만 그 여자의 아버지를 죽여 놓고 아무렇지도 않게 사는 사람들에게 환멸을 느껴요. 그렇게 10대부터 40대까지 겪는 사랑과 이별, 인생 이야기예요. 마지막에 사람들은 도시로 떠나고, 남은 사람은 영혼이 없는 얼굴이 되고, 여자가 한겨울에 돌아와서 끝나는데, 참 고독해요.

　이 소설이 좋은 게 꼭 영화 같아요. 마루야마 겐지가 〈시는 너무 갇혀 있고 소설은 너무 자유분방하고 그 중간이 영화 같다〉고 했을 만큼 영화를 아주 좋아한대요. 이 소설도 영화처럼 썼어요. 읽는 중에 영상이 그려지는 거죠. 그런데 아주 건조하고 주인공의 삶이 고독해요.

　아무도 그의 인생에 관여하지 않고, 부모조차 별로 관여하지 않고 혼자 살아가고 혼자 사랑하는데, 주인공 방에 병풍이 있어요. 봄 여름 가을 겨울이 그려져 있고, 비파를 켜는 법사가 그려져 있는데, 거기에 주인공을 비롯해서 여러 사람이 계속 투영되면서 영화로 치면 판타지처럼 이야기가 진행돼요.

　『깊이에의 강요』라는 책은 「깊이에의 강요」라는 소설과 「승부」라는 단편이 들어 있는데, 그림을 굉장히 잘 그리는 여류 화가가 어느 날 비평가로부터 깊이가 부족하다는 평을 듣고 충격에 빠져서 깊이가 뭔지에 대해 고민하다가 그림을 그리지 못해요. 깊이의 강박 때문에 결국엔 백 몇십 미터 송신탑에서 몸을 던져 자살해요. 그러자 그 비평가가 〈이 얼마나 아름다운 죽음인가〉 이런 식으로 180도 바뀐 대단한 비평을 해요.

신기한 게 그 여자가 깊이를 찾다가 서점 여자에게서 책을 추천받는데 비트겐슈타인이에요. 아무것도 이해는 못 하면서 책을 받아든 거예요. 그때 나오는 비트겐슈타인의 말이, 저도 비트겐슈타인에 대해서는 잘은 모르는데, 너무 좋은 말이 있어서 노트에 적어둔 게 있는데, 〈고독하게 생활할 수는 있다. 하지만 타인의 자그마한 호의도 없이 살아가기란 매우 어렵다〉라는 문장이에요.

이게 「깊이에의 강요」 주인공과 맞닿아 있는 표현 같아요. 주변 사람이 조금만 호의나 배려를 베풀어 줬어도 그렇게 죽지는 않았을 텐데, 계속 혼자서 깊이의 강박에 눌려 자살한 거니까.

「달에 울다」 주인공도 관계를 맺으면서 살아갔으면 그렇게 외롭고 고독하게 살지는 않았을 텐데, 하는 생각이 계속 들더군요.

『깊이에의 강요』 두 번째 소설은 「승부」라는 소설인데, 동네에서 체스를 가장 잘 둔다는 심술궂은 노인이랑 갑자기 어디선가 나타난 청년이 체스를 둬요. 그런데 동네 사람들은 처음 보는 청년을 응원해요. 노인은 정석대로 체스를 두는데 이 청년은 마치 알파고처럼 알 수 없는 수를 계속 둬요. 마을 사람들은 〈어, 이건 뭐지〉 하면서 계속 응원하면서 청년한테 몰입해요.

노인조차 〈이건 뭐지〉 하면서 계속 머리를 짜가며 체스를 둬요. 결국엔 노인이 정석으로 이겨요. 알고 보니 청년은 체스를 둘 줄 모르는 애였던 거죠. 마을 사람들은 아주 허탈하게 그 자리를 떠요. 노인도 이제 나는 체스를 두지 않겠다고 하고는 자리를 떠요. 굉장히 고독하게. 아무도 그의 편이 없었던 거예요. 체스를 너무 잘 뒀고 심술궂기까지 했던 양반이었으니까. 마을 사람들은 처음 보는 사람을 응원하고, 처음 보는 사람이 졌다고 허탈해 하고. 그 청년은 정말 아무렇지도 않게 떠나요.

그런 걸 보면서, 요즘 그런 책을 재미있어 하는 내가 그런 감정과 밀착돼 있는 건가 하는 생각도 들어요. 어제도 다시 한 번 꺼내 본 책이 요시다 슈이치의『퍼레이드』라는 책이거든요. 간단히 말씀드리면 한 맨션에서 다섯 명의 남녀가 친구처럼 동거해요. 겉으로는 서로 잘하는 것 같은데 사실은 서로가 필요가 없는 사람들이에요. 어떤 그때의 필요에 의해서만 함께 사는 친구들인 거죠.

다섯 명을 옴니버스식으로 한 명씩 집중해서 보여 주는데, 다 고독한 인간들이에요. 어떨 때는 서로 조금씩 배려하고 호의를 보여 주고, 어떨 때는 철저히 자기 경계를 확실히 하고. 그러다 보니 서로 잘 사는 것처럼 보여요. 심지어 맨 마지막에 남자 한 명이 연쇄살인범이었는데, 또 범죄를 저지르고 와도 그 사람들은 마치 아무 일 없다는 듯이 TV를 보면서 끝나요. 그 소설이 떠오르더라고요.

소설을 꽤 많이 읽는 것 같네요.

네 소설을 좀 좋아해요. 그런데 이준익 감독님은 소설 그만 읽고 평전 좀 읽으라고 하세요. 그래서 평전도 읽어 보려고 하는데 기본적으로 소설을 좀 좋아해요. 저도 원래는 학창 시절에 책을 잘 안 읽었어요. 그러다 소설로 책에 입문하다 보니까 계속 소설을 읽게 되더라고요.

입문이라면 언제죠?

스무 살 때요. 대학 들어간 다음에요.

요즘은 평소 책을 얼마나 읽으세요?

그래도 한 달에 두세 권은 읽으려고 하는 것 같아요.

읽으려고 한다면 실제로는 어느 정도 읽나요?

한 달에 한 권밖에 못 읽을 때도 있고요. 많이 읽을 때는 서너 권 읽을 때도 있고, 때에 따라 다른 것 같아요.

주로 소설인가요?

절반 정도는 소설, 절반은 뭐 시집도 있고, 역사책도 있고, 여러 가지가 있어요.

좋아하는 작가가 있나요?

김영하, 박민규 작가를 좋아해요. 그분들 책으로 입문하게 된 거라서. 그분들 책이 읽기 쉽고 재미있어요. 그래서 항상 그분들에 대한 기대가 좀 있죠.

다른 배우들은 책을 좀 읽는 편인가요?

글쎄요. 많이 읽는 분들도 꽤 봤고요, 안 읽을 것 같은 분들도 있고요. 개인마다 다른 것 같아요.

직업적으로는 배우라는 일이 책과는 어떤 관계에 있나요?

제 경우에는 배우는 책을 많이 읽어야 한다고 보는 편이에요.

배우들 사이에 그렇게 이야기가 되나요?

저는 어디 가면 책 많이 읽으라고 이야기도 하고 다녀요. 왜냐하면 실제로 도움이 많이 되기 때문이에요. 소설책 같은 경우는 시나리오와는 다르게 심리 묘사가 아주 정확하고 세밀하거든요. 행동도 세밀하게 나와 있고. 그래서 그런 걸 읽는 걸 좋아해요.

또 이번에 이준익 감독님 덕분에 평전이라는 장르의 책을 읽으면서, 이걸 왜 읽으라고 하는지도 알게 됐어요. 평전도 굉장히 디테일하게 나와 있는데 그게 다 팩트잖아요. 소설은 기본적으로 허구지만. 그러다 보니 진짜 도움이 많이 되더라고요. 작가적 상상력에 지배되는 게 아니니까.

이력이 특이하던데요. 고려대 입학했다가 나와서 한국예술종합학교 영상원 영화과와 연극원 연기과를 차례로 거쳤더군요.

제가 사실은 원래 꿈이 배우가 되는 거였어요. 그런데 중학교 때 공부를 좀 잘해서 부모님 기대가 컸던 거예요. 대뜸 배우가 되겠다는 말을 못하겠더군요. 고등학교 때도 시골(공주)이다 보니 연기를 배울 만한 데가 없었어요. 하지만 영화는 혼자서도 공부할 수 있겠다 싶어서 영화감독이 되기로 했어요. 영화는 동네 비디오 가게에 가서 보면 되니까. 내가 내 영화를 찍으면서 내가 나오면 배우가 되는 거지, 그렇게 안일한 생각을 했던 거죠. 그렇게 고등학교 때 부모님께 영화감독이 되겠다고 했다가 많이 혼도 나고. 사실은 한예종 영상원 준비를 그때부터 한 거예요.

그런데 고3 때 어떻게 하다 대학에 떨어지고, 아버님께서 너무 충격을 많이 받으셔서 몸까지 안 좋아지셨어요. 이번까지는 아버지 기대에 부응해야겠다 싶어서 떨어지고 나서부터 공부를 열심히 해서 고려대에 입학했어요.

그런 뒤 이듬해에 한예종 영상원에 바로 합격이 돼서 고대는 나오고 영상원에 들어갔어요. 어쩌다 극단까지 들어가게 됐고요. 극단에서 공연이 너무 하고 싶은데 연기는 배우지 못했고 선배들도 영화과 학생으로만 알고 있으니까, 연극원으로 전과를 신청했어요. 운이 좋게 들어가게 됐고 영화에 데뷔도 하게 됐어요.

그사이 부모님은 마음이 바뀌셨나요?

사실 고등학교 때 많이 싸웠고요. 그때 져주셨고, 고대에서 나온다고 할 때는 저보고 알아서 하라고 하셨어요. 그때부터는 내놓으신 거죠.(웃음)

형제가 어떻게 되지요?

장남입니다. 밑으로 여동생 하나 있고요.

이번에 「동주」를 부모님도 보셨나요?

네, 시사회 때 보시고 어머니는 〈네가 나왔던 영화 중에 최고〉라고 하셨어요. 기분이 좋았죠. 제 동생은, 제 영화를 보고 그렇게 펑펑울고 나오는 걸 처음 봤어요. 눈이 완전 밤탱이가 됐길래, 〈언제부터 그렇게 애국자가 됐냐〉고 놀렸죠. 고맙더라고요. 영화를 좋게 봐주고 어디 가서 홍보도 해주니까.

영화 「동주」의 한 장면.

정민 씨도 이번 영화가 본인의 최고작이라고 생각하나요?

아…… 제가 가장 좋아하는 작품은 「파수꾼」이랑 「동주」라고 할수 있어요. 「동주」는 제가 정말 열심히 했던 작품이고, 의미가 있는 작품이고, 사람들도 많이 알아주시니까 그런 의미에서 제게 최고의 작품이지요.

「파수꾼」 경우에는 제 데뷔작이면서 연기를 잘했다고 평가받게 된 영화였어요. 감독님이랑도 사이가 워낙 좋고 죽이 맞아서 찍었던 작품이라서. 지금까지는 두 작품이 제게 최고 작품이라고 할 수 있습니다.

아직 사람들에게 알려지지 않은 배우라고 했는데 이번 「동주」를 통해서 좀 뜬 것 같나요?

아뇨. 그런 것 같진 않아요. 아직도 길을 지나다니면 사람들이 잘 몰라 봐요. 스타덤에 올랐다고 하기에는 과한 표현이고, 실제로 그렇지도 않고요. 그저 이 영화가 나와서 의미라고 한다면 영화 자체의 의미가 가장 크고요, 송몽규 선생을 소개할 수 있었다는 의미가 크죠. 그리고 저라는 배우에게 있어서는 5년 전 「파수꾼」에 나왔던 그 배우가 지금 5년 후 「동주」라는 영화에 다시 나와서, 〈아, 맞다. 이 배우가 있었지〉 하고 한 번 더 각인시켜 줄 수 있었던 작품이라고 생각해요.

일찍부터 배우가 꿈이었다고 하셨는데 지금 배우가 됐으니 만족하세요?

지금 제가 서른인데, 그때 생각했던 배우의 모습, 서른의 모습은 아니에요. 배우라는 게 그때 생각했던 화려하고 멋있는 그런 건 아니더라고요. 해보니까. 그리고 서른 살이면 뭔가 돼 있겠지 하고 예상했는데 아직은 아무것도 된 게 없어요. 오히려 어떻게 보면 그때보다 더 힘들고 고민이 많고 하니까……. 글쎄요, 엄청나게 만족한다 이 정도는 아닌 것 같아요.

아직 갈 길이 많이 남았다는 느낌?

그럼요. 그것 때문에 하고 있는 거고요. 그런 희망조차 없다면 안 하겠죠. 앞으로 가야 할 길이 멀고 해야 할 일이 많다는 생각이죠. 제가 생각했던 서른의 모습을 마흔에만 이룰 수 있어도 충분할 것 같다는 생각이 지금은 들어요.

「동주」후에 섭외가 늘었나요?

조금 그런 게 있는 것 같긴 해요.

지금 촬영에 들어간 작품이 있나요?

「더 킹」이라는 영화를 촬영하고 있습니다.

앞으로 계획이나 목표는?

아직 확정된 게 아니어서 말씀드리기가 조심스럽긴 한데, 올해 안에 뭔가 또 좋은 작품을 하게 되지 않을까 싶어요.

꼭 한 번 해보고 싶은 연기나 역할이 있나요?

저는 사실 그런 게 없어요. 인물은 제가 만들기 나름이니까. 어떤 게 하고 싶다는 생각은 해본 적이 별로 없어요. 그리고 그런 생각을 하면 그런 역할은 안 들어오더라고요.(웃음)

마지막 질문입니다. 그다음 무슨 책을 읽는지 궁금한 분이 있으세요?

몇 분 있는데, 가수도 괜찮을까요? 제가 아주 좋아하는 뮤지션인데요, 에피톤 프로젝트입니다. 차세정이라는 분이 객원 보컬도 쓰고 직접 부르기도 하는데, 제가 그 가사를 좋아해서요. 어떤 책을 읽으시는지 궁금합니다. 일면식은 없습니다.

7

뮤지션
차세정

크누트 함순의 『굶주림』,
하고 싶은 것만 하면서
살 순 없잖아요

릴레이 독서 인터뷰에서 뮤지션은 처음이었다. 전화로 연락이 닿았을 때 차세정 씨는 마침 전국 순회공연을 하고 있는 중이라고 했다. 이메일로만 두 차례 문답을 주고받았다. 보내온 메일의 답문이 마치 옆에서 말을 거는 것처럼 느껴졌다. 곡도 쓰고 가사도 쓰는 싱어송라이터 뮤지션답다는 생각이 들었다. 함께 첨부해 온 사진에서도 예술적 감성이 짙게 느껴졌다. 나도 음악을 무척 좋아하지만 에피톤 프로젝트의 곡은 그때까지 들어 본 적이 없었다. 찾아서 들어 봤다. 대표곡이 「봄날, 벚꽃 그리고 너」였다. 마침 절기에 딱 맞았다. 곡을 틀어 놓은 채 답글을 다시 읽어 봤다.

자기소개를 부탁드립니다.

안녕하세요, 저는 〈에피톤 프로젝트〉라는 이름으로 음악 하는 차세정입니다. 반갑습니다.

참고로 에피톤 프로젝트는 파스텔뮤직의 대표 뮤지션 중 한 명이다. 밴드명인 에피톤은 일본 뮤지션 마에다 가즈히코의 곡 「Epitone」에서 차용했다고 한다.

2008년 「사랑의 단상」이란 앨범으로 데뷔했어요. 그전에 디지털 싱글로 작업했던 것들이 있었는데(대표작은 「봄날, 벚꽃 그리고 너」), 그때 노래들이 온라인에서 반응이 괜찮았어요. 그 작업들을 지금 회사인 파스텔뮤직에서 좋게 들어 주셨고, 그 계기로 회사를 만나서 앨범을 발표했습니다. 2009년 EP 앨범 「긴 여행의 시작」, 2010년 정규 1집 「유실물 보관소」, 2012년 정규 2집 「낯선 도시에서의 하루」, 2014년 정규 3집 「각자의 밤」이라는 앨범까지 냈어요. 2011년 〈루시아〉라는 가수의 「자기만의 방」이라는 음반을 프로듀싱한 것을 시작으로, 여러 아티스트들과 작/편곡, 프로듀싱, 작사 등의 협업도 같이 하고 있습니다.

배우 박정민 씨가 궁금해 한 인물로 호명되셨는데요. 이번에 영화 「동주」를 보셨나요? 추천을 받은 소감은요?

좋은 작품을 하신 분께서 저를 언급하셔서 깜짝 놀랐어요. 솔직히, 말씀하신 대로 〈아 정말 무작위로 하는구나……〉 싶기도 했습니다.(웃음) 저도 박 배우님 팬입니다. 언제 시간 되시면 술 한잔…….

평소 책은 얼마나 사서 읽는 편이세요?

혹시나 해서 〈곤란하면 건너뛰어도 좋습니다〉라는 말을 질문 뒤에 덧붙였다.

저는 요즘 책 구입은 거의 온라인에서 많이 합니다. 읽고 싶은 거나 관심 가는 것들을 (온라인 쇼핑) 카트에 쭉 담아 놔요. 만화책도 사고, 소설이나 시집도 사고. 송 북song book이나 잡지 같은 거 살 때도 있고요. 국내에서 살 때도 있고, 해외에서 주문할 때도 있어요.

한 달에 한 두어 번 정도, 많을 땐 20~30만 원 정도씩 사는 것 같아요. 물론 중간에 음반이랑 같이 사면 조금 더 금액이 커질 때도 있고요.

지금 읽고 있거나 최근에 읽은 책은요?

무라카미 하루키의 『노르웨이의 숲』, 크누트 함순의 『굶주림』, 롤랑 마뉘엘의 『음악의 기쁨』, 마이클 버드의 『예술을 뒤바꾼 아이디어 100』이 있습니다.

그 책을 읽게 된 계기나 동기는요?

집이랑 작업실에 책이 좀 나뉘어 있는데요, 제 경우엔 특히 가사를 쓸 때 책이 필요해요. 책을 읽다 보면 가사가 잘 나올 때가 있어요. 이런 날은 흔히 하는 말로 〈언어 걸린〉 날이라고도 표현하는데요, 사실 이런 날이 자주 오지는 않아요. 그래서 작업실에서 하는 강제 독서라고 해야 될까요? 저는 장르도 크게 가리지 않아요. 심지어 어떤 날은 가사를 쓰다가 어떤 한 음절이 해결이 되지 않아서, 사전을 펴놓는 경우도 있으니까요.

정말 풀리지 않는 날에는(어쩌면 조금 얄팍한 짓이라고 생각하셔도 어쩔 수 없지만요) 무작정 통독이라도 하다 보면 어떤 단어라든가, 문장이라든가 그런 것들이 딱 잡힐 때가 있어요. 그런 것들이 노래로 만들어지기도 하고, 가사를 만들어 나가는 데 기초가 되기도 합니다.

사전을 자주 보신다고 하셨는데, 최근에 발견했거나 마음이 꽂힌 단어 몇 개를 소개해 주신다면?

1. 생황. 국악기인데 부는 악기, 관악기의 일종이더라고요. 저도 처음 들어 보는 악기 이름이라 찾아봤던 기억이 나요.

2. 처마. 처마는 아시겠지만 지붕의 기둥 밖 부분이에요. 이건 제가 아파트에 살다 보니 주택에 로망이 생겨서……. 처마가 있는 집에 살고 싶다는 생각이 들었거든요.

3. 베율. 사전에 있나 해서 봤는데 없더라고요. 히말라야에 대한 다큐멘터리를 보다가 저런 단어가 있었던가 궁금해서 찾아봤어요. 히말라야에 존재한다는 지상낙원을 일컫는 단어더군요.

최근에 읽었다는 책에 대한 간단한 소감을 이야기해 주실 수 있나요?

『노르웨이의 숲』은…… 〈상실의 시대〉라고 할까 하다가 그래도 원제를 쓰는 게 좋을 것 같아서 그렇게 부를게요.

하루키는…… 글쎄요. 지지층과 그 반대층이 확실하잖아요. 저는 하루키가 한창 국내에 열풍이었을 때 처음 접했는데요. 저는 좋아해요, 하루키. 단편들도 좋고.

하루키 책 중에서 처음 접했던 것이 『노르웨이의 숲』이에요. 이전까지는 없던 정서였어요. 글을 읽고, 처음으로 정말 외롭다는 느낌을 받았던 기억이 있네요.

『굶주림』은 뭐랄까요. 이상과 현실 사이의 괴리랄까, 고민이랄까 그런 것들을 잘 보여 주는 것 같아요. 현실 앞에서는, 특히나 〈먹고 살기 위해서〉는 어쩔 수 없이 해야 하는 일들이 있잖아요. 그 먹는다는 행위 때문에 나의 정신이 무너진다라고 해야 되나?

> 그렇게 진정하고 열렬한 한 사람의 소원이 빈번히 성공하지 못하다니 도대체 무슨 의미라도 있는 것일까? 지금 나는 이렇게 굶주리며 걷고 있다. 나의 오장육부가 마치 지렁이처럼 꿈틀거리고 있는데! 하루 진종일 가야 밥 한 끼 얻어먹을 수 없는 주제인 것이다. 이런 형편이 오래 계속될수록, 나는 정신적으로나 육체적으로 공허해져 가고 있었다. ─크누트 함순, 『굶주림』 중에서

저도 음악을 만들면서 제가 하고 싶은 장르도 있고, 그런 쪽으로 연구도 하고 생각도 많이 하지만, 하고 싶은 것만 하면서 살 수는 없잖아요. 그런 상황이 좀 서글프기도 하고, 웃기기도 하고. 작가의 삐죽대는 특유의 문체도 좋고요. 이렇게 내적으로 고민하는 글을 좋아해요. 김승옥의 『무진기행』 같은 소설도 좋고요.

『음악의 기쁨』은 제 음악에 조금 더 도움이 될까 싶어 조금씩 읽고 있습니다. 저의 책장에는 2권까지 있어요. 총 3~4권으로 나온 것으로 알고 있는데 클래식 음악과 음악에 관해 일가견이 있는 사람들

끼리 서로 토론하는 내용을 담은 글이에요. 이 책은 음악을 하는 저도 다소 내용이 어려워서 진도가 잘 나가지 않긴 해요. 대중음악에서는 잘 쓰지 않는 클래식 기법이나 악기들을 어떻게 이용할 수 있을까, 라는 생각을 할 때 도움이 돼주는 책입니다.

예컨대, 대중음악에서는 피아노를 연주할 때 Una corda 페달(약음 페달, 그랜드 피아노 페달 셋 중 맨 왼쪽)을 잘 연주하지 않아요.

오른쪽 Damper 페달(맨 오른쪽 서스테인 페달)은 음의 길이를 늘이려고 많이 쓰는데, 왼쪽 Una corda 페달은 피아노 톤 자체가 변하기 때문에 잘 안 쓰거든요(Una corda는 음을 약하게 칠 때 쓰는 방법입니다. 피아노 톤이 몽글몽글하게 부드러워져요. 바이올린이나 비올라에서 약음기를 쓰는 것과 같다고 생각하시면 됩니다). 반면에 클래식에서는 종종 쓰는 기법이기도 합니다. 이 책을 읽으면서 요즘 준비하고 있는 새 앨범에는 그런 기법들을 한번 접목해 봐야겠다, 라는 생각도 하게 되네요.

『예술을 뒤바꾼 아이디어 100』 같은 경우는 무언가 아이디어를 찾아야 할 때 통독하는 형태로 읽는 여러 책들 중 한 권입니다. 저는 미술에 대해서 잘은 모르지만, 오히려 그래서 어떤 그림이나 공간이나 설치미술이라든가 만화도 그렇고, 사진이나 그런 시각적인 것들로부터 아이디어를 얻어서 곡을 쓰는 경우가 종종 있어요.

예컨대, 에드워드 호퍼의 작품 중 「밤을 새는 사람들Nighthawks」이라는 그림을 너무 좋아해서 컴퓨터 바탕화면으로까지 해놓은 적도 있는데요, 그 포트폴리오 책을 한참 보다가 호퍼 그림에서 느낀 외롭고 도회적이고 쓸쓸한 느낌과 정서를 앨범에 녹여야겠다고 생각하면서 저번 앨범을 만들기도 했어요.

혹시 에피톤 프로젝트의 곡 중에서 특히 함께 읽으면 어울릴 만한 책과 음악을 추천해 주실 수 있을까요?

「긴 여행의 시작」이나 「낯선 도시에서의 하루」 같은 앨범이 잔잔하고 연주곡이 많아서 집중하기엔 더 좋을 것도 같아요. 선물 받았던 이해인의 『작은 위로』도 좋을 것 같고, 이언 매큐언이나 하루키의 『잡문집』 같은 단편도 좋을 것 같네요.

그다음으로 요즘 무슨 책을 읽고 있는지 궁금한 사람으로는 누가 있나요?

근래, 드라마 「시그널」을 재미있게 봤어요. 극본 쓰신 김은희 작가님은 어떤 책을 읽으시는지 궁금합니다. 그리고 또 한 분은 만화 그리시는 천계영 님요. 오랜 팬이기도 한데 연재하시는 웹툰 〈좋알람〉 (정식 명칭은 「좋아하면 울리는」)도 잘 보고 있어요. 천계영 작가님이 이야기도 잘 만드시는데, 어떤 책 좋아하시는지 궁금해요.

8

뮤지션
한희정

시인 조원규,
그의 시집은 모든 페이지를
접게 됩니다

차세정 씨가 다음 사람으로 추천한 분은 김은희 작가와 천계영 작가였다. 아쉽게도 두 사람 다 사정상 인터뷰가 여의치 않았다. 한 작품을 마친 직후 휴식에 들어가거나, 새로운 작품에 돌입하면 외부와의 접촉은 대부분 차단한다며 양해를 구했다. 세 번째 후보로 추천을 받은 사람은 차세정 씨가 같이 음악 작업을 한 적이 있는 뮤지션 한희정 씨였다. 첫 여성 출연자다. 문답은 이메일로 진행됐다. 알고 보니 시와 문학을 즐겨 읽고 작가들과도 교분과 협업 경험이 있는 〈크로스-오버〉 뮤지션이었다. 보내온 답글이 아주 섬세했다. 책과 독서야말로 다양한 예술 문화의 수원(水源)이라는 생각을 또 한 번 했다.

자기소개를 부탁드립니다.

안녕하셔요. 한희정입니다. 저는 음악을 만들고 연주하는 사람입니다. 2001년 메이저 밴드의 보컬로 데뷔해 〈푸른새벽〉이라는 인디 밴드를 거쳤습니다. 지금은 혼자 작업하고 있습니다. 직접 작사, 작곡, 편곡, 연주, 녹음까지 합니다.

솔로로 두 장의 정규 앨범과 세 장의 EP 앨범을 발매했습니다. 세 번째 정규 앨범을 준비 중입니다. 최근에는 뮤직비디오를 두 편 연출하기도 했습니다. 문학과 영화를 좋아하고 여러 공연 예술에도 관심이 많습니다.

평소 책은 어떤 식으로 얼마나 사서 보시는 편인가요?

대부분 인터넷으로 주문합니다. 종종 선물로 받기도 해요. 통계를 내본 적은 없지만 다독하는 편은 못 됩니다. 작업할 때는 책이 눈에 잘 안 들어오더군요. 한창 읽을 때는 사흘에 한 권꼴로 읽기도 하고요.

곡도 가사도 직접 쓰시는데, 음악 작업하시는 데 책이나 독서가 영향을 많이 주나요? 책을 읽다가 영감을 받아서 곡을 쓴 경우도 있나요?

보통은 유희나 휴식을 위해 책을 읽고, 간혹 작업에 도움이 되는 교양서를 읽습니다. 직접적인 영향보다 그 독서의 여운이 머릿속에 축적되는 식이에요. 10년 전 김연수 작가님의 「내겐 휴가가 필요해」라는 단편을 읽고 「휴가가 필요해」라는 곡을 만든 적이 있습니다.

한희정의 2집 앨범 「날마다 타인」에 수록된 「바다가」라는 곡 역시 허수경의 시집 『내 영혼은 오래되었으나』에 수록된 「바다가」라는 시에 멜로디를 붙인 것이라고 한다.

지금 읽고 계시거나 최근에 읽은 책을 소개해 주세요.

독립잡지 『더 멀리』, 조원규 시집 『밤의 바다를 건너』, 김숨 장편

소설 『바느질하는 여자』를 최근에 읽었습니다. 지금은 허연 시집 『십 미터』를 읽기 시작했어요.

이 책들을 읽게 된 계기나 동기라면요?

두 달 전쯤 소설가이자 시인인 한강 작가님을 책방 〈유어마인드〉에서 만났습니다. 작가님이 그날 사셨던 책들 중에서 독립잡지 『더 멀리』를 제게 주셨어요. 장르나 등단 여부를 떠나 쓰기를 바라는 이들의 좋은 글들이 실려 있었는데, 조원규 시인의 글이 특히 좋았습니다. 그래서 그분의 시집을 사서 읽었고요. 김숨 작가님이 책을 보내 주신다기에 작년 이상문학상 대상 수상작이 실린 소설집이 나왔을까, 막연히 생각했는데 엄청난 분량의 장편소설이었습니다. 허연 시집은 소셜 미디어에 가끔씩 보이는 시구가 좋아서 사 두었어요. 이제야 읽기 시작했네요.

독립잡지 『더 멀리』.

한강 작가를 만났다는 책방 유어마인드는 어떤 책방인가요? 책방에도 자주 가시나요?

홍대 산울림 소극장 근처에 있는 독립출판 전문 서점입니다. 그곳에는 두어 번 가보았어요. 요즘 독립 서점이 많이 생겼다고 하는데 저는 많이 다녀 보진 못했습니다.

한강 작가의 『채식주의자』가 영어로 번역되면서 맨부커상 최종심에도 올라 기대를 모으고 있지요. 원래 아시는 사인가요?

2011년 봄에 4대강 사업 저항 운동으로 〈강은 오늘 불면이다〉, 〈사진, 강을 기억하다〉, 〈꿈속에서도 물소리 아프지 마라〉라는 제목의 산문이랑 사진, 시집이 발간된 적이 있어요. 그 책들 낭독회를 기획하신 최창근 선생님과 친분이 있어서 제게 공연을 부탁하셨는데 거기서 한강 작가님을 처음 뵈었어요. 그 후로 제 음반을 드리기도 하고, 작가님 책이 나오면 제게 주시기도 합니다. 재작년에는 작가님의 『소년이 온다』 북트레일러 음악을 제가 맡기도 했어요.

최근에 읽었다는 책에 대한 소감을 들어 볼 수 있을까요?

『더 멀리』는 작고 가벼운 잡지예요. 사고도 다양하고 문체도 제각각인 글들이 그 얇은 책 안에 옹기종기 모여 있었어요. 더 멀리, 함께 가고자 하는 글쓴이들의 마음이 느껴져 읽는 내내 따뜻했습니다. 엉뚱한 상상력으로 호쾌하게 써 내려간 글도 재미있었어요.

하지만 무엇보다 그 잡지 덕분에 사서 본 조원규 시집이 짧은 글에서 느꼈던 것 이상으로 아름다웠습니다. 이런저런 시를 읽다 보면 언어를 가지고 노는 모양이 재미있는 경우가 있고, 단어가 그려내는 그림이 아름다운 경우도 있고, 시인이라는 사람이 고스란히 느껴지는 경우가 있어요.

시인의 자의식에 따라, 자의식을 표현하는 방식에 따라 시에 대한 느낌이 달라지는데, 조원규 님의 시는 그 방식이 제 마음을 움직였

습니다. 그것은 삶을 대하는 태도와 세계관이 드러나는 것이기도 하
잖아요. 위의 세 가지가 균형을 이루어 아름다웠어요.

김숨 작가님의 『바느질하는 여자』는 600쪽이 넘는 긴 소설입니다.
『여인들과 진화하는 적들』이나 『노란 개를 버리러』에서, 짧게 끊어
지고 반복되는 문장이 소설의 독특한 분위기를 만들었다면, 새 장편
은 사뭇 달랐습니다. 바느질하는 한 사람의 전 생애를 통해 이 시대
에서 사라지고 있는 것들을 끈질기고 긴 호흡으로 바라봅니다. 이전
의 작품처럼 짧고 반복적이기보다는, 우리의 삶을 닮아 길고 끈질깁
니다. 이 책을 읽는 동안, 바느질하는 여자처럼 한자리에 앉아 한 땀
한 땀 글을 쓰는 김숨 작가님이 떠올랐습니다.

조원규 님의 시집에서 가장 맘에 드는 한 편을 소개해 주신다면?
시집을 읽을 때 마음에 드는 페이지 끝을 접어 두는 습관이 있는
데 조원규 시집은 거의 모든 페이지가 접히더군요. 시집이 두껍지
도, 어렵지도 않으니 기회가 된다면 읽어 보시기를 권합니다.

김숨 작가의 작품 중에서도 밑줄 그은 대목이 있다면?

어머니는 바늘을 까맣게 잊어버렸다…… 바늘을 제외한 그 모
든 것이 되었다…… 어느 날은 빗이라고 했다가, 어느 날은 새라고
했다가…… 어느 날은 소라고 했다…… 바늘은 그렇게 어머니에게
바늘을 제외한 그 모든 것이 되었다. — 김숨, 「바느질하는 여자」 중에서

소설 말미에 나오는 문장이에요. 바느질하는 여자인 어머니가 평생 함께해 온 바늘을 잊어버리는 부분입니다.

근황과 조만간 계획을 소개해 주서도 좋습니다.

다음 앨범을 위해 이것저것 공부하는 중입니다. 음악 장비도 대거 업그레이드했고요. 세 번째 정규 음반은 꽤 지난한 작업이 될 것 같습니다. 그래서 정규 앨범 이전에 싱글을 두어 곡 발표할까도 생각 중이에요. 5월 말에는 페스티벌 무대에 섭니다. 구체적인 말씀을 드리기는 어렵지만 제 작업 외에 다른 작업도 몇 개 병행할 듯해요.

그다음으로 요즘 무슨 책을 읽고 있는지 궁금한 사람으로는 누구를 추천하시겠어요?

밴드 어어부 프로젝트에서 노래하시고, 화가이자 영화배우로도 활동하는 전방위 예술가 백현진 씨는 요즘 무슨 책을 읽는지 궁금합니다. 한두 번 술자리에서 만났는데 많은 이야기를 나누진 못했네요. 그리고 배우 강동원 씨는 어떤 책을 읽는지 궁금합니다. 출연한 영화들을 다 보진 못했지만 대중적인 이미지 너머의 무언가가 있다고 느꼈습니다.

9

「무나씨 드로잉」의 작가
김대현

헤르만 헤세의 『요양객』,
그의 맑고 투명한 문체가
그리웠습니다

한희정 뮤지션이 1차로 추천한 사람은 밴드 어어부 프로젝트의 백현진 씨와 배우 강동원 씨였다. 하지만 소속사를 통해 연락해 본 결과 현재 음반 작업 중이거나 개인 사정으로 곤란하다는 답이 돌아왔다. 그다음으로 추천받은 사람은 「무나씨 드로잉」의 김대현 작가. 역시 뜻밖의 인물이었다. 릴레이는 갈수록 알 수 없는 분야, 낯선 사람 쪽으로 향했다. 이름을 듣고 나서야 인터넷으로 검색해 보는 일이 잦아졌다. 내내 즐거운 과정이었다. 김대현 작가의 작품 세계도 독특했다. 그림뿐만 아니었다. 글도 쓰고 문예지까지 내고 있었다. 그의 머릿속은 어떤 생각들로 차 있고 어떤 책들로 채워지는지 궁금증이 절로 일었다. 전화로 먼저 연락이 닿은 데 이어 이메일로 문답을 주고받았다.

자기소개를 부탁드립니다.

안녕하세요. 그림 그리는 김대현입니다. 「무나씨 드로잉」 시리즈를 2008년부터 지금까지 이어오고 있습니다. 최근에는 『자정작용(自淨作用)』이라는 이름의 문예지를 창간해 필자로서 글을 쓰고 디자이너로서 책을 만드는 데에 더 많은 시간을 보내고 있습니다.

부연 설명을 하자면, 김대현 작가는 1980년 서울에서 나고 자랐으며 홍익대학교 미술대학 동양화과를 졸업했다. 「무나씨 드로잉」은 연작으로, 검은 잉크만을 사용해 작은 종이 위에 그리는 독특한 화풍으로 알려졌다.

〈무나씨〉는 무슨 뜻이고 어떻게 지었지요?

무나씨는 저의 작가명 〈무나〉에 〈씨〉를 붙여서 만든 이름입니다. 사람들이 〈무나씨〉라고 불러 줄 때 비로소 작가로서 정체성을 갖게 되는 것 같아서 사용하기 시작했습니다.

〈무나씨〉의 〈무나〉는 불교 철학 용어인 〈무아(無我)〉에서 따온 말입니다. 생각이 한참 많았던 이십 대 때, 무엇을 생각하건 머릿속에 온통 〈나〉에 관한 생각들뿐이었습니다.

〈나〉로부터 벗어난, 〈나〉를 뛰어넘는 이야기를 해보고 싶어 그렇게 이름 지었습니다. 하지만 제가 지금까지 그린 모든 그림이 〈나〉에 관한, 혹은 타인에게 투영된 〈나〉를 그린 그림이었던 걸 보면, 〈나를 잊는〉 것은 불가능한 일이었던가 봅니다.

속해서 활동하고 있다는 〈자정작용〉이라는 건 뭐죠?

〈자정작용〉은 매일매일 글짓기를 통해 자기 정화(自淨)를 이룬다는 뜻에서 모인 순문학 글짓기 동인입니다. 매일 자정에 새로운 주제를 정하고, 다음 날 자정까지 한 편의 글을 완성하자는 단순한 규칙으로 지난겨울 저를 포함해 정미향, 주형민, 신수전, 김예린 다섯 명의 동인이 글을 써왔습니다. 첫 번째 결과물로 나온 책이 『자정작용 2016 봄』입니다.

평소 하시는 작업과 책이나 독서는 어떤 관계가 있지요?

그림을 그릴 때, 책에서 많은 영감을 얻곤 했습니다. 인문 서적들을 읽다가 흥미로운 생각을 얻게 되면 노트에 적어 놓았다가 그 생각을 이어가며 좋은 구상을 떠올립니다. 그림을 그리기 전에, 주로 문장으로 생각이나 감정을 표현해 놓고, 그 문장을 어떻게 그림으로 번역해 낼지를 고민했습니다. 그만큼 저의 책 읽기와 그림 그리기의 관계는 밀착돼 있다고 할 수 있습니다.

글과 그림의 관계를 보여 주는 예를 들어 주실 수 있나요?

김 작가는 한 가지 제목에 따른 그림 연작으로 답을 대신했다.

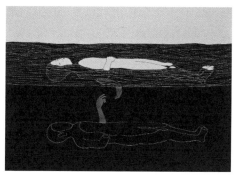

「자꾸만 네가 떠올라 SINGKING OF YOU」
29.7×42cm, Pigment liner and marker on a paper, 2010

평소 책은 어떤 기준으로 고르고 어떤 식으로 구하나요? 또 얼마나 읽으시는지요?

예전에 인문·철학서를 주로 읽을 때는 계보를 따라 읽느라 애를 썼는데, 지금은 주로 내키는 대로 읽습니다. 문학 작품을 더 많이 읽는 편이고요. 가까이에 책을 좋아하는 친구가 있어, 그 친구가 추천해 주는 책을 함께 읽고 이야기 나누기를 좋아합니다. 한 달에 한두 권 정도 읽습니다.

지금 읽고 계시거나 최근에 읽은 책은 뭐지요?

가장 최근에는, 앙드레 지드의 『지상의 양식』과 헤르만 헤세의 「방랑」을 읽고 있습니다.

그 책들을 읽게 된 계기나 동기는?

『지상의 양식』(김붕구 역, 문예출판사, 1973)은 지난겨울 파주의 헌책방에 들렀다가 우연히 산 책입니다. 70~80년대 책 편집 디자인 방식을 참고해 보려고 샀는데, 머리말에서부터 매료되어 읽기 시작했습니다.

「방랑」은 헤세를 좋아하는 제게 친구가 선물해 준 책 『요양객』(김현진 역, 을유문화사, 2009)에 실린 첫 번째 단편입니다.

그 책들에 대한 간단한 소개와 소감을 말씀해 주시겠어요?

헤세 말년의 대작 『유리알 유희』를 읽은 지 얼마 되지 않았기 때문에 그의 문체를 그리워하던 중이었습니다. 맑고 투명한 문체를 다시 읽을 수 있어 반갑고, 방랑길에 오른 작가 자신이 느끼는 자유로운 기분을 간접적으로 느낄 수 있어 좋았습니다. 중간중간 시(詩)가 들어가 있어 흥취를 더하고요.

늦은 밤 먼지투성이 거리를 걷는다. / 담 그림자가 비스듬히 떨어지고,
포도덩굴 사이로 / 실개천과 길 위에 걸린 달빛을 본다.

그 옛날 부르던 노래를 / 다시금 나지막하게 읊조려 본다.
숱한 방랑의 / 그림자가 나의 여정에 교차된다.

— 헤르만 헤세, 「방랑」 중에서

『지상의 양식』은 아직 많이 읽지는 못했지만, 화자가 〈나타나엘〉이라는 청자에게 자신의 세계관을 들려주며 때로는 호통치듯, 때로는 다정하게 대하는 것이 재미있습니다. 이런 인생 선배가 있었다면, 정말 자주 술을 사달라고 졸랐을 거예요.

평소 책장에 가장 소중하게 간직하는 책이 있나요?
저와 저의 소중한 친구들이 지난겨울 함께 엮어 만든 『자정작용 2016 봄』을 가장 소중하게 간직하고 있습니다.

그다음으로 추천하고 싶은 사람은 누구입니까?

그래픽 디자이너인 스튜디오 fnt 이재민 실장님을 추천합니다. 예전에 함께 작업을 한 적이 있습니다. 그때 인문학적 기초가 단단하신 분 같았습니다. 어떤 책을 읽는지, 요즘 근황은 어떤지 궁금합니다.

10

그래픽 디자이너
이재민

소설가 제임스 설터,
그의 소설을 읽는 즈음
항상 누군가와 이별 중이었습니다

이재민 스튜디오 fnt 실장과는 이메일을 통해 문답을 주고받았다. 스튜디오 fnt라니, 대체 뭐하는 곳인가 검색해 봤다. 홈페이지가 있었고 맨 앞에 설명이 나와 있었다. 〈2006년 11월에 만들어진 그래픽 디자인 스튜디오 fnt는 다양한 인쇄 매체와 아이덴티티, 디지털 미디어 디자인에 이르는 여러 분야의 프로젝트를 진행하고 있습니다. 부유하는 생각의 단편들thought을 조직적이고 유의미한 형태form로 만들어 나가는 과정과 결과를 제안합니다.〉 함께 올려놓은 작품들을 보니 짐작이 갔다. 행사 포스터부터 명함, 음반 재킷, 양말, 상품 디자인, 기업 브랜드 ID에 이르기까지 참 다양했다. 이 모든 아이디어들의 산실 중 하나가 책일 것이다.

안녕하세요. 반갑습니다. 소개받은 김대현 씨와는 어떤 관계지요?

월드컵이 열린 2002년이었던 것으로 기억합니다. 저와 김대현 작가가 모두 직장 생활을 하던 시기에 같은 회사에서 처음 만났습니다.

함께 야근을 하고 술도 마시면서 친해졌고요. 지금은 각자의 삶이 바빠 자주 만나지는 못하고 있습니다. 이런 기회를 통해 다시 연락이 닿게 되어 반가웠습니다.

모르는 분들을 위해 간략한 자기소개를 부탁드립니다.

저는 그래픽 디자이너입니다. 2006년에 시작한 그래픽 디자인 스튜디오 fnt를 기반으로 동료들과 함께 다양한 인쇄 매체들과 아이덴티티 같은 여러 가지 프로젝트들을 진행하고 있습니다.

그동안 참여한 국내외 전시회로는 「그래픽 디자인, 2005~2015, 서울」, 「타이포잔치 2015: 국제 타이포그래피 비엔날레」, 「Weltformat 15 Plakatfestival Luzern」, 「Korea Now! Craft, Design, Fashion and Graphic Design in Korea」 등이 있습니다.

그 외에도 현대백화점이나 JTBC 같은 기업과 국립현대미술관, 정림건축문화재단, 국립극단, 서울레코드페어 같은 문화 예술 관련 기관들과도 같이 일하고 있습니다.

서울시립대학교에서 학생들을 가르치고 있으며 작은 고양이의 아빠이기도 합니다.

대표작을 소개해 주실 수 있을까요?

대표작 하나를 고르기는 어렵습니다. 아무래도 최근에 작업한 것들의 잔상이 많이 남아 있기 마련이겠죠. 최근 작업 두 가지를 소개할까 합니다.

첫 번째 것은 전위주의 재즈 연주자 김오키의 「Cherubim's Wrath

김오키 앨범 디자인 「Cherubim's Wrath」 12인치 LP.

(케루빔의 분노)」 12인치 바이닐입니다.

이 음반은 원래 2013년도에 CD로 소량 제작됐다가 품절된 적이 있습니다. 이번에 비트볼 뮤직의 〈21世紀 한국째즈 클래식스〉 프로젝트 중 하나로 180그램 오디오 파일 바이닐로 재발매됐습니다. 이번 프로젝트의 디자인을 맡아서 진행했습니다.

이 앨범은 조세희의 소설집 『난장이가 쏘아올린 작은 공』(1978)에서 영감을 얻어 만들어졌습니다. 라이너 노트(음악 감상에 도움을 주기 위한 글)에 적힌 황덕호 선생님의 글을 인용하자면, 김오키는 『난장이가 쏘아올린 작은 공』을 통해 1970년대와 2000년대가 그리 다르지 않다는 사실을 확인하고 그 모습을 재즈를 통해 표현하고자 했다고 합니다.

앨범의 수록곡들도 착하게 살며 세상의 풍파에 고통 받는 사람들이 삶의 막장에서 품게 되는 분노를 담고 있습니다. 〈케루빔(천사)〉이란 우리 사회의 민초들을 뜻한다고 하네요.

「書(Letter)」

　두 번째는 「書(Letter)」라는 제목의 작품입니다. 더블린의 Hen's Teeth Prints에서 기획한 Artists in Residence 전시에 참여했던 작업입니다. 텍스트는 그것을 구성하고 있는 문자들이 어떻게 다뤄지느냐에 따라 때로는 더 명확하게, 때로는 더 모호하게 바뀌어 갑니다.

　저는 의미 전달을 위한 매개로서 텍스트가 사진이나 그림에 비해 이런 비확정적인 모호함을 갖고 있다는 점에 매력을 느낍니다. 이런 생각을 〈書〉라는 한자와 책가도(冊架圖) 그림의 요소들을 가지고 표현해 봤습니다. 이 작품은 온라인 매장인 Hen's Teeth Prints에서 50매 한정 제작돼 판매도 되고 있습니다.

자기 분야에서 가장 좋아하는 디자이너를 꼽아 주실 수 있나요?

그 역시 아주 어려운 질문입니다. 좋아하는 디자이너는 아주 많지만 단 한 명을 거론하는 것은 너무 어렵습니다. 그냥 지금 기분으로는, 성장기에 많은 영향을 받았던 영국의 디자인 그룹 힙그노시스 Hipgnosis를 말씀드리고 싶습니다.

어릴 때 들었던 많은 레코드의 커버가 이들의 작업이었습니다. 쓸쓸하고 적막하며, 약간의 서스펜스도 있는 이상하고 매력적인 이미지들입니다.

평소에 책은 어떤 것들을 어떻게 골라 보세요?

전공과 관련한 서적보다는 소설, 그림책, 사진집이나 만화책 등을 많이 사 보는 편입니다.

의도한 것은 아니지만 어쩌다 보니 온라인 서점은 거의 이용하지 않고 있습니다. 집 근처에 교보문고나 영풍문고 같은 대형 서점이 있어서 한적한 저녁 시간을 틈타 슬쩍 다녀오곤 합니다.

책을 고르는 기준은 여러 가지입니다. 어떤 책은 좋아하는 작가의 신간이라서, 어떤 책은 표지가 멋져 보여서, 또 어떤 책은 띠지의 소개 글이 흥미로워서 등등 다분히 충동적인 기준으로 책을 구입합니다. 책을 읽는 습관도 그리 진중한 편은 아닙니다. 읽는 속도보다 사는 속도가 훨씬 더 빨라서 10권을 구입하면 고작 3~4권 정도를 읽게 되는 것 같습니다. 책을 읽다가도 더 큰 흥미를 유발하는 책이 있으면 덮어 두고 새 책을 먼저 읽기 시작하는 경우도 많습니다. 〈이미

구입해 두었다〉는 안도감 같은 것이 사람을 조금 나태하게 만드는 것도 같습니다.

그래픽 디자이너들 사이에 특별히 손꼽히는 책이 있나요?
한두 권으로 꼽을 만한 그런 책이 있을까 싶네요. 역시 어려운 질문입니다. 다만, 제가 좋아하는 책이라면 있습니다.
디자인과 관련된 책은 아니지만, 이탈로 칼비노의 『우주 만화』라든가, 스타니스와프 렘의 『솔라리스』 같이 풍부한 상상이 깃든 책에서 많은 영감을 받았습니다. 이탈로 칼비노의 책은 어떤 편집 디자인 수업에서 텍스트로 사용하기도 했고요.

요즘은 무슨 책을 읽고 계신가요?
가즈오 이시구로의 『녹턴』, 무라카미 하루키의 『후와 후와』, 제임스 설터의 『가벼운 나날』, 김소월의 시집 『진달래꽃』입니다.

각각 읽게 된 계기와 소감을 들려주시겠어요?
『녹턴』은 가장 최근에 읽은, 아니 지금 읽고 있는 책입니다. 얼마 전 교보문고에 들렀을 때 구입했습니다. 가즈오 이시구로라는 작가의 이름은 처음 들어봤는데, 〈음악과 황혼에 대한 다섯 가지 이야기〉라는 책 소개만 보고 바로 집어 들었습니다. 원래 장편보다는 단편을 더 좋아하기도 하고요. 거의 다 읽고 마지막 몇 장이 남아 있어요.
『녹턴』은 음악에 대해 깊게 다루는 이야기는 아닙니다. 다섯 편의 단편에는 프랭크 시나트라라든가 토니 베넷만큼이나 유명했던 나이 든 크루너와 그의 아내, 베네치아 광장에서 관광객을 상대하는 악단의 기타 연주자, 긴 시간을 사이에 두고 오랜만에 다시 만나게 된 대학 동창들, 실력은 있지만 인정받지 못하고 있는 색소폰 연주자 등이 등장합니다.

이들은 우리들 모두가 언젠가 경험했었고, 또 당장 오늘 밤에라도 경험할 수 있을 법한 흔한 실패담들을 이야기합니다. 하지만 그 이야기의 언저리에는 술집에서 나지막이 틀어 놓는 음악과도 같은, 이야기에 집중하는 순간 잊히고 마는, 딱 그 정도의 볼륨과 존재감을 지닌 음악이 내내 흘러나오고 있습니다.

드라마틱한 줄거리는 없지만, 매일 조금씩 현실에 마모되며 작아져 가는 희망 같은 것들을 부여잡으려 소리 없이 발버둥 치는 우리들의 모습이 「I Fall in Love Too Easily」나 「April in Paris」 같은 친숙한 곡들과 함께 감각적으로 묘사되어 있습니다.

『후와 후와』는 선물 받은 원서를 갖고 있었는데 이번에 국내에 번역본이 나온 것을 알고 앞의 『녹턴』과 함께 구입했습니다. 이 책은 어릴 적에 함께 살던 고양이 〈단쓰〉와의 추억을 담은 무라카미 하루키의 에세이에, 일러스트레이터 안자이 미즈마루의 폭신폭신한 그림이 더해진 책입니다.

저도 어린 암컷 고양이와 함께 살고 있습니다. 언젠가는 〈단쓰〉처럼 할머니가 되겠지요. 동물들의 시간은 사람에 비해 너무나 빨라서, 미처 준비하지 못한 채 작별의 시간을 맞이하게 될 수도 있다는 생각을 하면 슬퍼집니다. 안자이 미즈마루의 〈마음을 다해 대충 그린 그림〉이 그러한 기분을 보듬고 어루만져 줍니다. 안자이 미즈마루는 〈폭신폭신〉한 느낌을 표현하기 위해 화면에 온전한 고양이의 전신을 담지 않고 일부분만을 등장시켰으며, 그림에 그림자를 생략했다고 합니다.

대학생 시절부터 안자이 미즈마루의 그림을 좋아했습니다. 그의 책은 보이면 보이는 대로 모두 구입하는 편입니다. 그는 재작년 3월에 죽었습니다. 미처 준비하지 못한 작별이었습니다. 이제 그의 새로운 작품을 다시는 만나 볼 수 없게 됐습니다.

『가벼운 나날』은 구입한 지는 한참 지난 책입니다. 절반쯤 읽다가 덮어 둔 것을 발견하고 다시 읽는데 전에 읽은 내용을 기억해 내느라 애썼습니다.

제임스 설터의 소설로서는 『어젯밤』을 처음 접했습니다. 약 5~6년 전 즈음 친구 C군에게서 선물 받았던 것으로 기억합니다. 제가 접한 그의 작품들은 모두 사랑과 연애, 그리고 결혼의 이면에 아무도 모르게 생겨난 좁고 가늘지만 매우 어두운 틈(보통 우리는 보고서도 모른 척하고 싶어지는 욕실 틈의 곰팡이나 환풍기 구멍의 먼지처럼 어느 날 갑자기 의식하게 되면 참을 수 없이 신경이 쓰이는 그러한 부분들)을 날카롭게 찾아내어 무서울 정도로 담담하게 그려내는 것이 인상적이었습니다.

『가벼운 나날』을 다시 읽기 시작했는데, 무심하고 잔인한 것은 여전했습니다. 절반쯤 읽은 책을 다시 펼치기까지 일 년이나 걸렸습니다. 공교롭게도 그의 소설을 읽는 즈음의 저는 항상 무언가 혹은 누군가와 이별 중이었습니다.

작년 6월, 우연히 그의 다른 작품인 『스포츠와 여가』 번역본을 구입한 바로 며칠 뒤 신문에서 제임스 설터의 부고를 접했습니다. 이제 그의 신작도 다시는 접할 수 없게 되었습니다.

김소월 시집 『진달래꽃』은 시 「진달래꽃」를 교과서에서 접한 것 말고 제대로 읽어 본 적은 없었는데 얼마 전 책 표지를 제가 디자인하게 되어 정독해 보았습니다.

혜원출판사의 의뢰로 『진달래꽃』 양장본의 표지를 디자인했습니다. 『진달래꽃』 이외에도 같은 혜원출판사에서 펴낸 윤동주의 시집의 표지를 디자인한 적이 있습니다. 시리즈로 발행된 두 책의 반응이 좋아 세 번째 시집도 만들 기회가 생긴다면 좋겠습니다.

이재민 디자이너가 작업한 『하늘과 바람과 별과 시』와 『진달래꽃』 표지.

『진달래꽃』과『하늘과 바람과 별과 시』표지 디자인에는 각각 무
엇을 담고 싶었나요?

혜원출판사가 이 시리즈 도서들을 기획할 때, 표지 디자인은 과거
발행되었던 책의 이미지를 재해석한다는 지침을 갖고 작업을 시작
했습니다. 이전 작업인 윤동주의 시집도 예전 정음사에서 발간했던
증보판을 좀 더 현재적인 맥락에서 재구성한 것이고요.『진달래꽃』
도 마찬가지입니다.

다만, 최근의〈복각판〉과 같은 개념은 아닙니다. 완전히 생경한 이
미지를 만들어 내는 것보다는 사람들 눈에 익은 옛 표지의 이미지를
살려 보는 것도 효과적이고 재미있을 것 같아서 그렇게 했습니다.
양장본이기 때문에 표지의 용지 선택에 신중을 기했습니다. 또 그
느낌을 잘 드러내기 위해, 인쇄는 하지 않고 전체를 두 가지 색의 후
가공으로만 구성했습니다.

다음으로 무슨 책을 읽고 있는지 궁금한 분으로는 어떤 분을 추천
하고 싶으세요?

우선 허소영 님이 궁금합니다. 제가 가장 좋아하는 국내 여성 보
컬입니다.

또 한 분은 송재경 님. 음반 디자인을 통해 인연이 닿아 친해지게
된 밴드〈9와 숫자들〉을 이끌고 있는 분입니다.

11

재즈 뮤지션
허소영

조정래의 『태백산맥』,
노랫말처럼 읽히는
전라도 방언의 아름다움

이번엔 마침내 여성 재즈 뮤지션 차례다. 허소영 씨와는 이메일과 카톡으로 연락을 주고받았다. 공연 준비라든가 리허설 같은 것들로 분주한 듯했다. 그래도 날아오는 답문에서는 매순간 따뜻함과 활기가 동시에 느껴졌다. 음악이 사람을 그렇게 만드는 건지 그런 사람이 그런 경쾌한 음악을 하는 건지 문득 궁금해졌다. 책 이야기 말고도 음악 이야기도 들어 봐야겠다는 생각을 했다.

자기소개를 부탁드립니다.

안녕하세요. 재즈 보컬리스트 허소영입니다. 지금까지 1집 앨범 「Her, So Young & Old」와 스탠다드 재즈를 연주한 2집 「That's All」을 내고 활동하고 있습니다. 일렉트로닉 밴드 Hourmelts(아워멜츠)와 재즈 밴드 Prelude(프렐류드)의 5집 「5th movement」를 비롯해 여러 장르의 음악에도 보컬로 활동했습니다. 요즘은 낮에는 국제예대, 추계예대, 광운대에서 수업을 하고요, 저녁에는 주로 서울 어딘가의 재즈 클럽에서 연주를 하고 있습니다.

소개한 이재민 그래픽 디자이너와는 아는 사이신가요?

이재민 님과의 인연은 2007년 Hourmelts의 1집 「Twenties=love」 재킷 작업으로 시작됐습니다. 작업했던 앨범들이 다 소중하기는 하지만, 그중에서도 참 좋아하는 재킷이에요.

그 뒤로도 종종 만나 서로 안부를 묻는 사이로 지내고 있습니다. 좋은 바를 추천해 주시기도 하고, 요즘 뜨는 맛집도 알려 주시고, 고민거리가 많을 때 슬쩍 물어볼 수도 있는 든든한 능력자 지인이세요.

책에 대해 물어보기 전에, 먼저 재즈 보컬리스트가 되신 계기나 과정이 궁금합니다. 언제부터 꿈꿨고, 어떤 과정을 거치셨는지, 힘들지는 않으셨는지.

평범한 부끄러움 많은 시골 소녀였습니다. 노래할 때면 주위 분들이 참 좋아해 주셨는데, 그런 기억과 경험들이 쌓여 자연스럽게 생활이 됐어요. 노래를 부르는 일을 직업으로 삼을 수 있다는 것과 가요 외에도 다른 노랫거리가 있다는 걸 안 것은 어찌어찌 들어가게 된 예술대학에서였습니다.

특별히 재즈 보컬리스트가 되려고 목표를 세웠다기보다, 주위에 훌륭한 재즈 뮤지션이 많아서 자연스럽게 그런 환경이 저도 재즈 곡을 노래하는 사람으로 성장시켰습니다. 운이 좋았죠.

과정은 자연스러웠는데 재즈와 친해지는 시간은 녹록지 않았어요. 새로운 언어를 체득해 가는 일과 비슷하니까. 지금 단계는 재즈적으로 생각하는 것에는 익숙해졌고 듣는 것도 가능하지만 마음껏 표현하기는 어려운, 딱 그 레벨에 있지 않나 싶습니다.

노래를 하는 사람으로서는 분에 넘치도록 행복합니다. 흥미가 있고 공부를 하고 싶은 재즈와 그 밖의 예술 형태들에 열려 있는 생활을 하고 있으니까요.

다만 제가 연주하는 멜로디들이 어떻게 하면 세상에 더 나은 하루를 만들어 줄 수 있을까 고민하는 시간들이 가끔씩 힘듭니다.

요즘 대중적으로 걸 그룹이 인기이고 지망생도 많은데 재즈 음악 쪽은 어떤가요? 특히 여성 보컬의 경우에는?

관찰자로 이야기하자면, 음악 생활을 시작하려는 학생들 사이에서는 재즈가 인기가 없는 편이에요. 요즘은 많은 음악 대학교에서 필수 과목처럼 재즈의 요소들을 배우고 있지만 친해지기 어려운 게 사실이죠. 그래도 진지하게 재즈를 공부하는 어린 친구들이 종종 보여요. 또 재즈와 힙합, 재즈와 펑크 같은 트렌디한 시도들도 계속되고 있고요. 멋진 여성 보컬들, 남성 보컬들도 많이 보이고요. 클럽 에반스나 디바 야누스, 재즈 앨리에서 〈보컬 잼 세션〉이라는 이벤트도 종종 열립니다. 내일의 엘라 피츠제럴드와 프랭크 시나트라가 준비하는 무대를 직접 찾아가 보시는 것도 의미가 있을 거예요.

직접 곡도 만들거나 쓰시나요? 악기는?

제 앨범 1집에 수록된 곡을 모두 작사·작곡했습니다. 곡을 많이 쓰는 사람이 되고 싶은데, 아직까지는 여러모로 힘이 드네요. 숙제처럼 하고 있습니다.

요즘은 피아노와 우쿨렐레를 배우고 있어요. 노래에 도움이 많이 됩니다. 예전에 잠깐 소프라노 색소폰도 했어요. 무대에서 함께 연주하는, 다른 악기를 연주하시는 분들의 수고를 이해하게 되는 좋은 경험이었어요. 학교에서 만나는 학생들에게도 노래 이외에 악기를 경험해 보라고 자주 권해요.

좋아하거나 닮고 싶은 뮤지션은 누군가요?

너무 많은데요. 몇 해 전까지만 해도 재즈, 스윙만 들었어요. 요즘은 다양하게 들어 보려고 노력합니다.

가장 닮고 싶은 사람은 엘라 피츠제럴드, 사라 본, 카르멘 맥래, 패티 오스틴, 블라섬 디어리, 세실 맥로린 살반트. 목소리의 질감이나 프레이징phrasing(끊어 부르기)이 독창적인 뮤지션들입니다. 이 뮤지션들을 조화롭게 섞어서 제 노래에 넣었으면 좋겠어요.

요즘은 조니 미첼, 엘리엇 스미스, 에리카 바두, 제인 버킨 같은 뮤지션들의 음악도 자주 듣고 좋아합니다.

평소 책은 어떤 걸 어떻게 구해 읽으세요?

주위 분들과 대화 중에 자주 인용되는 책들은 읽어 보려고 해요. 아무래도 예술 분야 지인들이 많다 보니 고전 소설이나 인문학 책을 읽습니다. 시는 글을 써야 할 때 영양제처럼 읽고요.

주로 서울 와우북페스티벌 같은 행사를 통해서 한꺼번에 구입하거나 지하철 서점도 자주 이용해요. 요즘은 마포구에 있는 도서관을 애용하고 있습니다.

학교 수업이 있거나 작업을 해야 할 때는 음악과 관련된 책들을 반복해서 읽고, 그 외 서적들은 시간 여유가 있을 때 몰아서 읽는 편이에요.

요즘 읽고 있거나 최근에 인상 깊게 읽은 책은요?

헤세나 도스토예프스키, 조지 오웰을 좋아하고 자주 곱씹습니다. 최근에 가장 인상적으로 읽었던 소설은 에인 랜드의 『아틀라스』예요. 너무 제 자신이 잘 드러나 보이는 대답인 것 같아서 부끄럽습니다.(웃음)

번역된 글들만 읽다 보니 느껴지는 갈증 같은 것이 있어서 요 근래에는 한국 소설과 시도 읽는데요, 신영복의 『감옥으로부터의 사색』이나 조정래의 『태백산맥』, 이성복의 시를 사랑합니다.

요즘 저와 항상 함께 다니는 책은 한강의 『희랍어 시간』과 우쿨렐레 연습 교본, 델로니어스 멍크 피아노 솔로집입니다.

읽게 된 계기나 동기는요? 간단한 소개나 소감을 부탁드립니다.

에인 랜드의 『아틀라스』는 지인과 대화 중에 인상 깊어 기억해 두었다가 읽게 됐습니다. 저 또한 이야기를 나누어야 하는 사람이다 보니, 뚜렷한 철학을 가지고 있는 이야기꾼들에게 매료됩니다. 에인 랜드의 단단한 신념과 그것을 소설의 형태로 사람들에게 설득시키는 과정이 매력적이었어요. 『감옥으로부터의 사색』과 『태백산맥』은 선물을 받아서 접하게 된 경우입니다.

신영복 선생님의 글은 하루를 마감하며 나를 돌아볼 때 조금씩 읽습니다. 단어마다 따뜻한 마음과 큰 뜻이 꾹꾹 담겨져 있어요. 책을 읽으면서 한국의 근현대사에 대한 관심도 많아졌습니다.

『태백산맥』은 영어로 된 가사를 노래하는 저에게 숙젯거리를 잔뜩 안겨 준 작품입니다. 노랫소리처럼 읽히는 전라도 방언들의 아름다움에 한동안 빠져 있었죠. 절절한 이야기들이 〈나는 무엇을 노래해야 하나, 왜 노래하나〉 고민하게 했습니다.

인상 깊은 대목을 소개해 주실 수 있나요?

「그날」이라는 시와 더불어 이성복의 시를 읽기 시작했어요. 그중에서도 〈모두 병들었는데 아무도 아프지 않았다〉는 구절은 오랫동안 생각하며 되뇌는 시구입니다.

「봄밤에 별은」이라는 시도 좋아해요.

봄밤에 별은 네 겨드랑이 사이로 돋아난다
봄밤에 어둠은 더 멀지도 가깝지도 않고
바람 불면 개나리 노란 가시 담장 불똥을
날린다 이 순간의 괴로움을 뭐라고 하나
봄밤에 철없이 인생이 새고 인생은 찻길로
뛰어들고, 치근덕거리며 별이 허리에 달라

붙어도 넌 이름이 없다, 넌 참 마음이 없다

— 이성복, 「봄밤에 별은」 전문

〈이 순간의 괴로움을 뭐라고 하나〉 짧은 글을 읽은 것뿐인데 바깥 세상을 볼 수 있는 색채가 하나 더 생긴 듯한 기분이었어요.

『감옥으로부터의 사색』에서는 「함께 맞는 비」에서 〈돕는다는 것은 우산을 들어 주는 것이 아니라 함께 비를 맞으며 함께 걸어가는 공감과 연대의 확인이라 생각됩니다〉라는 구절입니다. 아무래도 가장 유명한 글귀이기도 하고요.

『태백산맥』을 읽으면서 무엇을 노래해야 하나, 노래를 왜 하나 고민하게 됐다고 하셨는데 지금은 답을 찾았나요?

여전히 찾고 있는 중입니다. 답을 찾는다는 것이 가능할까 하는 생각도 자주 합니다.

그전에는 형식을 중시했어요. 재즈라는 틀을 중요하게 생각했고, 기술적인 면에 많이 치중했습니다. 『태백산맥』을 읽고 나서는 사람들의 마음에 닿고 생각하게 하는 예술을 곰곰이 고민하기 시작했습니다. 허소영이라는 사람이 재즈의 옷을 입고 어떤 내용을 왜 노래해야 하나, 의미가 있었으면 좋겠다, 하는 것들이죠. 고민하는 건 좋은 징조라고들 하시던데, 힘 빠지지 않고 유연하고 조화롭게 시간을 보내고 싶습니다.

다음 추천하고 싶은 사람은요?

몇 해 전 상암동 〈북바이북〉이라는 동네 서점에서 연주한 적이 있습니다. 서점의 재미있는 변신을 보여 준 인상 깊었던 장소입니다. 많은 이벤트들과 함께 요즈음은 문화 예술인의 사랑방이 되었는데요, 그 중심에 계신 김진양 대표님의 책이 궁금합니다.

그다음으로는 JNH MUSIC 대표이신 이주엽 선생님이 궁금합니다. 말로, 박주원, 전제덕 등 내로라하는 한국의 대표 뮤지션들이 소속되어 있는 곳이에요. 한국적인 재즈의 모습을 제시한 말로 님의 3집 「벚꽃지다」의 노랫말을 지으신 분이기도 합니다.

12

북바이북 대표
김진양

신현만의『사장의 생각』,
30대 사장에게 필요한
70대 인턴 같은 책

요즘 국내에도 이른바 독립서점이 많이 생겼다. 그중 하나가 북바이북이다. 친자매인 김진양(36), 김진아(40) 대표가 공동으로 경영한다. 진양 씨는 대학 때 국어국문학을, 언니는 철학/식품영양학을 전공했다. 두 사람 모두 인터넷 포털 회사 다음Daum에서 콘텐츠 관련 일을 하다가 3년 전부터 차례로 퇴사하고 퓨전 서점 사업에 뛰어들었다. 온라인에서 일을 하다 보니 사람을 직접 상대하는 오프라인 활동에 대한 갈증이 있었다고 한다. 지금은 직원 2명과 주말 인턴 2명까지 합쳐 모두 6명이 일한다.

김진양 대표와는 먼저 이메일로 문답을 주고받은 후 상암동 북바이북 책방에도 들러 이야기를 더 들었다. 요즘 사정이 어떠냐는 물음에 김 대표는 입으로는 〈힘들다〉면서도 웃음소리가 끊이지 않았다. 그런대로 사정이 괜찮다는 뜻일까, 원래 성격이 낙천적인 걸까, 아니면 좋아하는 일을 하기 때문일까. 답변으로 짐작해 보시기를.

자기소개를 부탁드립니다.

안녕하세요. 상암동에 있는 동네 서점 북바이북을 운영하고 있는

책방 주인장 김진양이라고 합니다. 평범하게 일반 직장인으로 생활하다가 2013년부터 서점 주인이 되어 180도 바뀐 삶을 살고 있습니다. 오전 11시에 출근해서 오후 11시에 퇴근하는 하루 12시간 근무를 하고 있습니다. 일반 직장 생활만 계속했더라면 만나기 어려웠을 작가, 뮤지션 같은 다양한 창작자들도 만나면서 때론 힘든, 때론 행복한 일상을 보내고 있습니다.

소개하신 허소영 님과는 어떤 인연이지요?

재즈 보컬리스트 허소영 님은 작년에 북바이북에서 공연을 해주신 인연으로 처음 만나게 되었습니다. 사람의 목소리로 다양한 감정을 표현할 수 있다는 사실을 실감할 수 있었던 멋진 시간이었어요. 인상에 오래도록 남는 공연이었습니다.

올해에도 새로운 음반을 계획 중이신 걸로 알고 있는데 앞으로도 좋은 음악, 좋은 공연 보여 주실 걸로 믿습니다.

어떻게 이런 서점 일을 하게 되셨지요?

원래 이 사업을 하려고 퇴사한 건 아니었어요. 그때가 30대 초중반이었는데, 계속 직장에 다니면서 결혼하고 안정적인 삶을 살 건지, 아니면 다른 시도를 해볼 건지 고민하다가, 더 늦으면 못 움직일 것 같다는 생각에 나왔어요.

6개월 정도 쉬면서, 콘텐츠를 오프라인에 적용했을 때 뭘 할 수 있을까 생각하다 보니 자연스럽게 서점이 떠올랐어요.

단순히 책을 팔아 수익을 남기는 방식보다는 콘텐츠로 접근을 했어요. 온라인 미디어에서 일할 때 콘텐츠가 갖고 있는 폭발적 성격을 알았어요. 책도 사실은 포털에서 매일 소비되는 콘텐츠 못지않게 트렌드 변화나 속도가 빨라요.

서점을 아날로그적으로 인식하는 분들이 많은데, 사실은 굉장히 많은 책들이 쏟아져 나오고 큐레이션도 거기에 맞춰 속도감이 있어야 해요. 그런 걸 경험하다 보니 자연스럽게, 책을 팔아서 얼마나 남길까가 아니라 콘텐츠를 활용해서 이런 공간에서 뭘 할 수 있을까, 그런 쪽으로 생각하게 됐어요.

저희는 책 읽기를 단순 지식 습득이라기보다 실천과 행동을 위한 활동임을 강조합니다. 저자나 뮤지션을 직접 만나면서 실천까지 할 수 있는 책 읽기를 돕는 서점을 지향합니다.

어떤 행사들을 하죠?

월 4회 정도로 매주 목요일 저녁 8시에 〈작가 번개〉가 있어요. 저자 초청 강연회 형태인데, 참가비 1만 원에 맥주나 커피나 차를 제공해요. 사전에 블로그를 통해 신청을 받아요. 거의 2년째 해왔어요.

유료 수업도 해요. 4주(혹은 8주) 과정으로 진행해요. 여행 드로잉, 캘리그라피, 마음 그림(미술 심리 치료) 같은 것들이 있어요. 8월에는 별자리 클래스(자기 별자리 분석)도 해보려고요.

매주 토요일에는 북바이북 창업 이야기를 들려주는 〈술 먹는 책방 아카데미)도 해요. 요즘 서점 창업에 관심들이 많아서 열었어요. 컨설팅이라고 하면 너무 거창하고 경험을 공유하고 같이 공부해 보자는 거지요.

미니 콘서트도 있습니다. 매장에다 책 읽기에 좋은 음악들을 틀어 두는데, 그러다 보니 국내 재즈 뮤지션들도 알게 돼 초청 공연도 하게 됐어요. 격주 정도 간격으로 금요일에 열어요. 참가비는 2만원이고요. 지하 공간에 기본 악기랑 음향 시설도 웬만큼 갖춰 놨어요.

이곳을 찾는 고객들의 특징이라면?

상암동 방송국 직원들이 많이 오세요. 처음엔 직장인들이 업무 스트레스를 풀 만한 가벼운 책 위주로 팔릴 줄 알았는데, 생각보다 연령대도 높고 인문서나 묵직한 책을 찾더군요. 지금은 큐레이션 반, 찾는 책 반씩 비치하고 있어요. 매장에는 3천 종 정도 있습니다. 책값은 정가인데 구매 액수의 5퍼센트씩 적립해서 쓸 수 있게 해줍니다.

도서정가제 이후에 온라인 판매가와 가격 차가 줄어들면서 매장을 찾아와서 주문하는 분들이 많아졌어요. 음료도 마시고 구경도 할 겸 와서 구매하는 분들이 늘었어요. 그래서 가격 경쟁보다는 가게 단골을 유치하는 것이 중요해졌어요. 도서 판매 이외의 행사를 통해서 매일 가도 지루하지 않은 공간으로 만드는 게 중요해요.

수익 구조를 보면 책 판매와 음료 판매, 행사 수익이 3대 3대 3 정도 돼요. 행사를 해서 사람들이 오면 그만큼 책도 나가니까 같이 늘어요. 그런 방향으로 어떻게든 사람이 오게 하는 쪽으로 노력합니다.

하루 종일 책으로 둘러싸인 공간에 있고, 하는 일이 책을 읽고 추천해 주고 작가님들과 행사를 진행하는 일이다 보니 일반 직장인으로 살 때보다는 확실히 많이 읽게 되는 것 같습니다.

북바이북 내에서는 〈강제 독서〉라는 말이 있어요. 손님이 조용히 서가를 둘러보실 때에는 주인장이 부산스럽게 다른 일을 하거나 하면 분위기가 어수선해져 방해가 될 수 있으니까 함께 조용히 책을 읽는 분위기를 만들기 위해서입니다. 〈강제 독서〉 시간을 통해서도 많이 읽게 됩니다.

처음에는 강제로 시작한 일인데, 이제는 너무나도 자연스러운 일이 돼버렸습니다. 책을 〈읽고 싶은〉 시간뿐만이 아니라, 책을 〈읽어야 하는〉 시간에도 자연스럽게 책에 몰입할 수 있게 되었습니다. 대단하지 않나요?(웃음)

읽는 책도 좀 바뀌었습니다. 직장 생활을 할 때는 일상을 벗어난 이야기를 다룬 책들, 가령 여행 에세이 같은 것들을 즐겨 읽었습니다. 책방 주인장을 하고부터 한 가지 달라진 독서 습관이 있다면 〈지금 고민하고 있는 포인트〉에 대한 답을 구할 수 있는 책들을 몰아서 3~4권씩 읽게 되었다는 겁니다.

어떤 TV 독서 프로그램 캐치프레이즈가 〈책에서 답을 구하다〉라는 걸로 알고 있는데요, 서점 일을 하면 할수록 책만큼 대단한 도구가 없다는 생각을 하게 됩니다. 가만히 앉아서도 전 세계의 내로라

하는 지식인들의 지혜를 얻을 수 있고, 고민하는 문제에 대한 답을 빠르게 구할 수 있는 수단으로는 책만 한 것도 없다는 생각이 강하게 드는 요즘입니다.

지금 읽고 있거나 최근에 인상 깊게 읽은 책은?

우선 신현만의 『사장의 생각』이 있습니다. 북바이북을 처음 시작할 때는 작은 공간에서 저 혼자 북 치고 장구 치고 재미있게 운영을 했습니다. 하지만 지금은 공간도 조금 넓어지고 함께 일하는 직원들도 늘어나면서, 그래 봐야 소규모이지만요(웃음), 제가 북바이북에서 어떤 역할을 해야 하는지에 대해 조금씩 더 고민하게 됐습니다.

이른바 〈리더십〉에 대해 태어나서 처음으로 진지하게 고민을 하게 된 거죠.(웃음) 그러던 중에 『사장의 생각』, 『사장의 일』(하마구치 다카노리), 『사장의 길』(서광원)이라는 3권의 책을 만나게 되었습니다.

그러면 승진은 언제 시키냐고요? 리더십이 확인됐을 때입니다. 예를 들어 차장이 많은 성과를 만들어 냈지만 부장급에 필요한 리더십을 갖추지 못했다면 그에 대한 보상은 성과급 지급과 연봉 인상에 머물러야 합니다. 즉, 성과는 연봉으로 보상하고 리더십은 승진으로 보상해야 합니다. — 신현만, 『사장의 생각』 중에서

이런 책들이 나온 것을 보면서, 〈요즘 젊은 사장님들이 정말 많아

지긴 했나 보구나〉 싶었습니다.

영화 「인턴」에도 나오지만 30대에 〈사장〉이라는 자리에 있게 되면, 모르는 일 천지인데도 스스로 헤쳐 나가야 하는 상황에 직면하게 됩니다. 어디 물어볼 곳도 없고 기댈 사람도 없고 막막하기만 할 때가 종종 있지요.

그럴 때 영화 「인턴」에 나온 것처럼, 인생의 모든 지혜를 갖고 있는 70대 어른 인턴님이 계셔서 금방이라도 해답을 얻을 수 있다면 얼마나 좋을까 생각하곤 했는데, 『사장의 생각』이란 책을 통해 조금이나마 그 실마리를 풀 수 있게 된 것 같아요.

그렇다고 해서 고민거리가 전부 해소되었다고 하면 거짓말이고, 적어도 지금 상황에서 내가 어떤 일을, 어떤 역할을 어떻게 해야 하는지에 대한 혜안을 얻을 수 있었고, 그것들을 조금씩 실행 중입니다.

두 번째 책은 닐 도널드 월쉬의 『신과 나눈 이야기』 시리즈입니다.

서점 주인이 되고 나서 가장 많이 받은 질문이 〈다니던 회사를 그만두고 새 일을 시작할 때 두렵지 않았느냐〉는 것이었습니다. 그럴 때마다 당연히 저의 대답은 〈두려웠죠〉였습니다.

그런데 너무나 신기하게도, 그런 두려움의 큰 산을 넘고 나니까 세상에 무서울 게 없어진 것 같아요. 예전의 그 큰 두려움도 견디고 잘 지나왔는데 앞으로 어떤 일을 못하겠느냐는…… 그런 터무니없는 자신감이 희한하게 생겨 버렸습니다.

그리고 나니 인생을 대하는 자세도 자연스럽게 조금씩 변하게 됐습니다. 예전에는 하루 중 아주 많은 시간을 내 안이 아닌 내 밖에서 보냈던 것 같은데, 이렇게 인생의 전환점을 겪고 난 지금에는 온전히 내 안에서, 내 안의 행복 같은 것을 생각하는 데 많은 시간을 보내게 됐어요. 이런 삶의 궁극적인 질문을 던지게 해준 책, 인생의 주인공을 〈나〉로 만드는 데 가장 큰 영향을 준 책이 바로 『신과 나눈 이야기』 시리즈입니다.

이 책은 북바이북에 자주 오시는 단골손님이 소개해 줘서 읽게 됐어요. 제가 종교가 전혀 없음에도 불구하고 사람들이 왜 매주 교회에 나가고, 매일 새벽에 마음을 모아 기도하는지 이해를 하게 된 책이기도 합니다.

이 책의 주인공은 오십 평생 시궁창 같은 삶을 살았습니다. 결혼에 여러 번 실패하고, 돈도 많이 벌지 못하고, 건강하지도 않고…… 참다 참다 내 삶은 왜 이러냐고, 신에게 진심으로 한탄을 하게 됩니다. 그의 진심을 느낀 〈신〉이라는 존재가 조목조목 그에 대한 답을 들려준 10년간의 기록입니다. 제목대로 〈신과 나눈 이야기〉를 묶어낸 책입니다.

인생에 대한 통찰이 담긴 많은 문구들이 마음을 풍요롭게 해줬고, 북바이북을 운영하는 마음가짐에도 큰 영향을 주었습니다. 책을 다 읽고 난 후에도 되새기고 또 되새기고 싶은 구절들이 많아 침대 맡에 책을 두고 수시로 읽곤 합니다. 필사도 해보고, 줄을 쳐보기도 합니다. 그렇게 반복적으로 원하는 삶의 방향을 책 안에서 찾고 되새기다 보면 마음가짐도 달라질 수 있다고 생각합니다.

무엇보다 이 책을 통해 배운 가장 중요한 교훈 중 하나는 원하는 게 있으면 〈진심으로〉 원하라는 것입니다. 진심이 아닌 건 하늘이 무너져도 절대 일어나지 않는다는 사실을 혹독하게 알려 줍니다.

요즘 책방을 차린다거나 도서 판매와 결합한 사업에 관심을 갖는 분들이 많습니다. 조언을 해주신다면요?

우선, 결코 여유롭게 할 수 있는 일은 아닙니다. 편하게 커피 한 잔 마시며 책 읽는 장면만 생각하고 시작하신다면 곤란합니다. 더구나 혼자서 운영할 계획으로 시작하신다면 다시 한 번 생각해 보시기 바랍니다. 체력적으로도 많이 힘들고 생각보다 할 일이 많기 때문에 금방 지칠 수 있습니다. 막상 부딪혔을 때 상상했던 로망의 삶과는 괴리감을 느낄 수도 있습니다.

그래도 기왕에 각오를 하신 분이라면 사활을 걸고 하셨으면 합니다. 그렇지 않다면 아예 시작을 하지 않는 편이 낫다고 조금 세게(?) 말씀드릴 수도 있을 것 같습니다.

그다음으로는, 가능하면 부업 병행을 피하시기 바랍니다. 대부분의 경우 책을 파는 것만으로는 먹고살기 어렵다고 생각합니다. 그래서 책방 운영을 시작하면서 당연히 다른 부업을 병행할 생각을 하시는 분들이 많습니다. 물론 생활의 경제적인 안정을 위해서라면 그렇게 할 수밖에 없는 사정도 있겠지만, 장기적으로는 어떻게 해서든지 서점 안에서, 서점이라는 사업 구조에서 생계가 해결될 수 있게 하는 것이 더 중요합니다. 이 역시 사활을 걸고 시작하는 마음가짐에서 나올 수 있는 것이겠지요.

그렇게 되기까지는 시간도 오래 걸릴 겁니다. 과연 서점 운영만으로 돈을 벌 수 있을까라는 의구심이 자꾸 들 수도 있습니다. 그래서 다른 일에 기웃거리기도 쉽습니다. 하지만 오래도록 서점 운영을 하고 싶다는 바람을 유지하고 관철시키는 것이 무엇보다 중요합니다.

앞으로 새로 시도해 보고 싶은 게 있나요?

지금 사업 모델을 상암동 이외 다른 곳에도 시험해 보고 싶어요. 좋은 기회가 주어진다면요.(웃음)

그다음 사람으로는 누구를 추천하고 싶은가요?

임경선 작가님을 추천합니다. 마침 7월에 하는 북바이북의 작가 번개 행사에 나오시기로 예정돼 있기도 합니다.

〈사랑은 관대하게, 일은 성실하게, 관계는 무리하지 않게〉라는 짧은 구절로 삶의 태도를 지혜롭게 정의 내려 주신 작가님입니다. 하루 이틀 고민해서는 나올 수 없는 깨달음이라고 생각합니다. 평소 어떤 책을 읽고 어떤 라이프 스타일로 살아가시는지 궁금합니다.

13

소설가, 에세이스트
임경선

———————————

올리버 색스의 『고맙습니다』,
세상 사람들에게 보내는
마지막 작별 인사

임경선 작가와는 두 차례 이메일을 주고받았다. 질문과 답이 오가는 과정이 무척 경쾌하고 수월했다. 탁구공이 네트를 넘어갔다가 되돌아오는 것 같았다. 할 일을 미루거나 시간에 쫓기는 것을 싫어한다는 말을 나중에 듣고 곧바로 이해가 됐다. 그의 에세이 글도 (좋은 의미에서) 쉽고 〈캐주얼〉한 것이 특징이다. 젊은 층에서 인기가 높은 비결이다.

7월 21일 북바이북에서 열린 임 작가의 북토크에도 가봤다. 젊은 여성들로 가득했다. 11년간 신문과 라디오를 통해 〈인생 상담〉을 했다는 관록을 확인해 볼 수 있는 순간이었다. 2시간 가까이 쉬는 시간도 없이 선 채로 청중의 질문을 받고 답을 했다. 젊은 남녀들이 일상에서 부딪히고 고민하는 다양한 문제들에 대해 허물없는 언니처럼 자기 생각을 들려줬다. 그중 인상적인 대목. 〈결혼으로 연애(낭만적인 사랑)는 반드시 망하게 돼 있어요. 하지만 너(결혼 상대)한테만큼은 내가 망해도 좋다는 각오로 하는 게 결혼이에요.〉 〈결혼을 한다면 어떤 남자와 하는 게 좋겠느냐〉는 한 여성의 질문에 대해서는 이렇게 답했다. 〈자기 일을 좋아하고 그 일에 충실한, 그리

고 책을 많이 읽는 남자를 택하세요. 아무래도 이해의 폭이 넓고 깊습니다.〉

김진양 님과는 어떤 인연이 있으신가요?

김진양 대표님과는 몇 해 전 북바이북 서점에서 제 장편소설『기억해 줘』북토크를 하면서 처음 알게 되었습니다.

이번에 오랜만에 저의 에세이『태도에 관하여』로 앵콜 작가 번개를 하게 되었습니다. 개성 있는 서점을 잘 운영해 나가시는 두 자매 대표님들을 늘 응원하고 있습니다.

요즘 근황은 어떠세요?

올봄엔 장편소설『나의 남자』와 독립출판물『임경선의 도쿄』를 출간해서 조금 바빴고요, 초여름부터는 새 에세이를 찬찬히 쓰고 있습니다. 아마 올겨울에는 출간될 것 같아요.

다른 일을 하시다가 작가가 되셨는데요, 가장 큰 계기라면요?

저는 12년간 일반 기업에 다니는 회사원이었습니다. 2005년에 네 번째로 갑상선암 재발 수술을 받게 되면서 몸이 너무 안 좋아져 도저히 회사 생활을 할 수가 없게 되었습니다. 출근을 안 해도 되고, 시간을 조정할 수 있고, 사람들과 말을 많이 안 해도 되는 직업을 찾다 보니 글을 쓰는 일밖에는 없었어요. 인생의 차선책으로 시작한 글쓰기였습니다.

기왕 시작한 것, 〈차선〉을 〈최선〉으로 만들어 보자 다짐하고 하다 보니 감사하게도 지금 11년째 글을 쓰면서 생활할 수 있게 되었습니다. 만약 그때 그렇게 아프지만 않았더라도 저는 아마 지금도 평범한 직장인이었을 겁니다.

해외에서 오래 사셨지요? 5살 때부터 17살 때까지 유년 시절을 일본, 미국, 포르투갈, 브라질 등 남미와 유럽 등지에서 보냈다는 소개를 봤는데요, 어느 곳이 가장 큰 영향을 주었습니까?

골고루 영향을 받았다고 생각합니다. 일본에서는 타인에게 민폐를 끼치지 않아야 함을 배웠고, 미국에서는 건강한 개인주의, 다원주의, 합리주의를 배웠습니다. 브라질에서는 열정과 솔직함을 배웠고, 포르투갈에서는 소탈함과 담백함을 배웠다고 생각합니다.

그런 인생 경험이 한 인간으로서 혹은 작가로서 자신에게 어떤 영향을 주었다고 생각하나요?

성장기 거의 대부분을 이곳저곳 외국에서 보내다 보니 스스로 〈아웃사이더〉 혹은 〈경계인〉임을 자각하게 됐습니다. 그런 위치에서 주변을 바라보는 습성이 생기다 보니 남들보다 조금 더 예민하고 섬세하게 주변을 관찰하는 사람이 된 것 같습니다.

또한 문체에 있어서도 알게 모르게 〈무국적성〉이 느껴진다는 말을 많이 들었습니다.

작가와 국적(의 관계)에 대해서는 어떻게 생각하세요?

〈외국에서 오래 살았는데 지금 한국에서 살기 답답하지 않은가. 외국에 나가서 살고 싶지 않냐〉라는 질문을 종종 받고 합니다.

저는 딱히 외국이 외국 같지도 않고 한국이 고국 같지도 않습니다. 민족주의를 경계하기도 합니다. 〈한국인〉이라는 정체성에 대한 강박은 작가에게 필요한 것 같지는 않습니다.

암투병을 일찍 오래 하셨습니다. 지금은 괜찮으신가요? 죽음에 대한 생각이 남다를 것 같은데요?

스무 살 때 첫 번째 갑상선암 수술을 받고 작년에 다섯 번째 재수술을 받았습니다. 지금도 혈액 검사상으로는 아직 암세포가 몸 어딘가에 남아 있어서 9월에 3차 항암 치료에 들어갈 예정입니다.

죽음에 대한 남다른 생각이요? 그냥 죽는 것이 두렵습니다. 아픈 것도 지겹고 싫고요.

이제 40대이신데요. 20~30대와 비교했을 때 생각에서 가장 크게 바뀐 점과 더 확고해진 점이 있다면요?

물리적으로 나이가 들었다는 사실 외에는 멘탈의 영역에서는 크게 바뀐 점이 없다고 생각합니다. 성격 그리 쉽게 안 바뀝디다.

나이가 들면서 어떤 생각에 대해 〈더 확고해지는 것〉에 대해서는 오히려 경계하는 편입니다. 고정관념이나 선입견, 자기 고집이 되기 쉬우니까요.

역으로 나이가 들수록 〈아, 이렇게 바라볼 수도 있구나〉 하는 유연성, 혹은 세상사를 단순하게 흑백으로 가르지 않고 복잡함 그대로를 이해하고 받아들이는 자세가 중요하다고 생각합니다.

요즘 남-여 성을 둘러싼 갈등과 논쟁이 다시 고조되고 있습니다. 들려주고 싶은 생각이 있으신지요?

다양한 충위의 이야기들이 있습니다. 이런 이야기들이 계속 어떤 형태로든 이어져야만 언젠가는 제자리에 안착할 수 있으리라 생각됩니다.

제가 생각하는 궁극의 양성평등은 〈사적 영역의 양성평등 혹은 페미니즘〉입니다. 물론 공적인 영역, 혹은 사회 속에서 페미니즘과 양성평등을 논하는 것도 쉽지 않지만, 사적인 관계(자신이 사랑하는 남자와의 관계)에서 양성평등을 이뤄 나가는 일은 더더욱 고독하고 힘겨운 투쟁이기 때문입니다. 공적 영역과 사적 영역 양쪽에서 두루 양성평등이 이뤄지길 바라고 있습니다.

평소 남성들이 여성에 대해 흔히 착각하거나 오해하고 있다고 생각하는 점이 있다면요?

잘 모르겠습니다. 오히려 제가 생각하는 것이 남성들에 대해 착각하거나 오해하는 것일 수도 있겠다는 생각이 듭니다. 성별 차이나 특성을 단순화하고 싶지 않습니다.

지금까지 여러 책을 써오셨는데요, 가장 특별하게 생각하는 책이라면?

지금까지 14권의 책을 출간했습니다. 제게는 하나하나가 다 소중하지만 굳이 그중에서 하나를 꼽으라면 2012년에 출간한 『엄마와 연애할 때』라는 에세이를 꼽겠습니다.

늦은 나이에 힘들게 가진 외동딸 윤서를 낳고 키우면서 쓴 에세이인데요, 그때 쓴 글들은 긴 인생의 시간 속에서 오로지 그 시기에만 쓸 수 있는 특별한 글이라고 생각됩니다. 아이가 태어난 후 첫 3년간은 엄마도 호르몬의 영향 때문에 무척 감정적, 감성적이 되기도 하고 〈엄마〉로서 새로 태어나는 시기이기도 하거든요.

『엄마와 연애할 때』라는 책이 많은 독자분들한테 사랑을 받아서 감사하고 기뻤지만, 개인적으로는 이 책이 내 외동딸에게 남길 수 있는 가장 의미 있는 유산이라고 생각하기 때문에 특별합니다. 나중에 내 딸이 아이를 낳은 후 이 책을 읽는 모습을 상상해 보면 벌써부터 가슴이 벅차오릅니다.

혹시 글을 쓰는 과정에서 징크스가 있나요? 글이 안 써질 때는 어떻게 하나요?

특별한 징크스는 없습니다. 하나의 습관이 있다고 한다면 저는 책 원고를 수정할 때 컴퓨터 화면에서만 수정하지 않고 반드시 종이로 인쇄 출력해서 그 위에 빨간 펜으로 수정합니다.

저는 출력한 종이들을 킨코스에 가서 책의 형태로 반듯하게 제본

해서 수정하는 것을 좋아합니다. 그래서 책마다 모든 수정 단계의 원고를 책 형태로 간직하고 있습니다. 한 권의 책이 만들어지는 과정을 기록으로 남기고 싶은 거지요.

글이 안 써질 때는 별로 없는 편이지만, 만약 그럴 경우에는 제가 평소 좋아하는 작가들의 소설이나 에세이를 읽으면서 머리를 식히거나, 잠을 자서 뇌에 휴식을 주거나, 유산소 운동을 함으로써 뇌에 힘을 주곤 합니다.

글이 다시 자연스럽게 나올 수 있는 상태를 의식적으로 만드는 거지요. 글이 안 써진다고 해도 매일 규칙적으로 일정 작업 시간을 반드시 채우려고 노력하는 편입니다. 써지든 안 써지든 일단 책상 앞에 앉아 있다는 말이지요.

평소 책은 어떤 방식으로 골라 보시는지요?

보통은 좋아하는 작가의 신간을 찾아 읽거나, 제가 좋아하는 작가가 좋아하는 또 다른 작가들의 책들을 가지치기 방식으로 찾아서 봅니다. 예를 들어 무라카미 하루키로 인해 레이먼드 카버의 작품을 접하게 되었듯이.

처음 알게 된 저자라도 흥미를 유발하는 책이라면 무작위로 구매해서 읽기도 합니다. 저희 집의 세 식구는 책을 사는 일에 관한 한 돈의 사용 한도가 일절 없습니다. 유일한 사치이죠. 하지만 사서 보기 시작했더라도 재미가 없다 싶으면 가차 없이 도중에 그만 읽습니다.

특별히 즐겨 보는 장르나, 나름의 독서 안배 방식이 있나요? 근래
들어 어떤 취향의 변화가 있다면요?

아무래도 소설과 에세이를 가장 좋아합니다. 소설의 경우 아름답
고 슬픈 이야기를 좋아하고, 에세이의 경우 위트가 있거나 담백한
스타일을 좋아합니다.

자기만의 문체를 가진 작가들을 선호합니다. 너무 과거에 배경을
둔 고전 작품이나 음식을 주제로 한 소설과 에세이는 별로 좋아하지
않습니다.

취향의 변화라고 한다면, 스릴러 소설을 원래 잘 읽지 않았는데
최근에 정유정 작가님의 모든 소설을 읽어 냈던 것이 변화라면 변화
라고 할 수 있습니다.

빼놓지 않고 보는 작가의 책이 있다면?

외국 작가로는 무라카미 하루키, 줌파 라히리, 마르잔 사트라피,
에쿠니 가오리, 와타나베 준이치, 야마모토 후미오, 아니 에르노, 알
랭 드 보통. 국내 작가로는 고종석, 정희진, 신형철이 있습니다.

지금 읽고 있거나 최근에 인상 깊게 읽은 책은요?

지금 읽고 있는 책은 최은영의 소설집『쇼코의 미소』입니다. 최근
에 인상 깊게 읽은 책은 올리버 색스의『고맙습니다』와 알랭 드 보통
의『낭만적 연애와 그 후의 일상』입니다.

『쇼코의 미소』는 최은영 소설가의 첫 책이라고 합니다. 그녀의 트위터를 보니 첫 책을 낼 때의 긴장과 흥분, 그리고 뿌듯함 같은 것이 진하게 느껴지면서 저까지 흐뭇하고 행복해졌습니다. 모든 작가들의 〈첫〉 책을 읽어 보는 일은 그 설렘을 나누는 일 같습니다.

올리버 색스의 『고맙습니다』는 작가가 암으로 시한부 판정을 받은 후 쓴, 인생에 대한 마지막 회고 에세이라고 할 수 있습니다. 자신의 인생을 정리하면서 세상 사람들에게 보내는 마지막 작별 인사입니다. 담담한 문체인데 행간에서 전해 오는 저릿저릿함에 가슴이 뜨거워졌습니다.

두렵지 않은 척하지는 않겠다. 하지만 내가 무엇보다 강하게 느끼는 감정은 고마움이다. 나는 사랑했고, 사랑받았다. 남들에게 많은 것을 받았고, 나도 조금쯤은 돌려주었다. 나는 읽고, 여행하고, 생각하고, 썼다. 세상과의 교제를 즐겼다. 특히 작가들과 독자들과의 특별한 교제를 즐겼다. 무엇보다 나는 이 아름다운 행성에서 지각 있는 존재이자 생각하는 동물로 살았다. 그것은 그 자체만으로도 엄청난 특권이자 모험이었다. ― 올리버 색스, 『고맙습니다』 중에서

알랭 드 보통의 『낭만적 연애와 그 후의 일상』은 연애의 시작부터 오래된 결혼 생활에 이르기까지, 사랑의 모든 과정을 솔직하게 담은 소설입니다. 결혼 생활을 하는 독자라면 특히 더 공감할 것입니다.

곁에 두고 오래 반복해서 보는 책이 있나요?

가장 좋아하는 작가, 하루키의 모든 책을 곁에 두고 반복해서 읽습니다. 최근에는『직업으로서의 소설가』를 일본어 원서로 두 번, 한글 번역본으로 두 번 읽었습니다.

서가에 꽂힌 책 중에 사람들이 알면 깜짝 놀랄 만한 책이 있을까요?

『시마 과장』시리즈로 유명한 일본 만화가 히로카네 켄시의 모든 만화책을 소장하고 있습니다.

지금 집필 중이거나 구상 중인 책은요?

가장 최근에 낸 책이 소설이라 이번에는 에세이를 집필하고 있습니다. 뚜렷한 콘셉트를 정해 두기보다 쓰고 싶은 주제의 글을 자유롭게, 즐거운 마음으로 쓰고 있는 중입니다. 에세이를 정말 잘 쓰고 싶다는 생각이 듭니다.

앞으로 꼭 써보고 싶은 책은요?

줌파 라히리의 장편소설『저지대』나 얀 마텔의『파이 이야기』처럼 마음에 진하게 와닿는, 인간과 삶의 본질을 그려 내는, 그런 아름답고도 아릿한 소설을 쓰고 싶습니다.

요즘 직업으로 글쓰기나 관련 일을 지망하거나 생각하는 사람이 많습니다. 들려주고 싶은 현실적 조언이 있다면?

직업으로서의 글쓰기는 한국에서 쉽지 않습니다. 현실적 조언은…… 너무 많아서 이걸 다 말하려면 24시간이 필요할 것 같습니다.

아주 간단히만 말씀드리자면,

1. 가급적이면 다른 밥벌이용 직업/일을 갖고 있으면서 글쓰기를 시작하라고 권해 드리고 싶습니다. 안 그러면 인지도가 없는 동안에는 쓰기 싫은 글을 써야 합니다.

2. 회사에 출퇴근하듯이 매일매일 정해진 시간에 글을 쓰는 식으로, 본인의 작업 리듬을 확보해야 합니다. 그러기 위해서는 직장인보다 더 성실해야 합니다.

3. 직업으로 글쓰기에 성공하려면 재능+노력+운, 이 세 가지가 골고루 필요합니다. 세 가지가 뒷받침되어서 〈지속적으로〉 글을 쓸 수 있어야만 합니다.

이건 정말이지, 무척 어려운 일인 것 같습니다.

그다음 추천하고 싶은 사람은요?

『한국이 싫어서』, 『댓글부대』 등의 소설을 쓴 장강명 작가를 추천합니다. 자신의 고유한 목소리를 내고, 무척 부지런하고 성실하게 글을 쓰는 장강명 작가를 좋아합니다.

14

소설가
장강명

제임스 엘로이의『블랙 달리아』,
장편소설 쓰는 법을 가르쳐 준
교본 같은 책

참 순발력 있는 작가. 장강명의 작품이 나올 때마다 드는 생각이다. 『한국이 싫어서』, 『댓글부대』. 아직은 많지 않지만 선보이는 작품마다 우리 사회의 관심사를 꿰뚫는다. 아마도 기자 특유의 감각 덕분일 것이다. 세상의 조짐이나 기미를 빠르게 파악해 읽힐 만한 이야기로 주조해 낼 줄 안다. 언제 한번 만나 봐야지 싶었는데 이렇게 연결이 될 줄은 몰랐다. 그와는 전화로 연락이 닿았다. 먼저 이메일로 질문을 보낸 후 답을 받았다. 보내온 답변 중에 눈에 띄는 대목이 있었다. 조만간 출간 예정이라는 새 장편소설 이야기였다. 제목이 또 한 번 파격적이었다. 『우리의 소원은 전쟁』. 직접 만나서 이야기를 더 들어 봐야 했다. 호기심 많은 소년 같은 인상의 작가는 글로 승부를 보고야 말겠다는 의욕에 차 있었다. 매일 스톱위치로 글 쓰는 시간과 함께 청소 시간까지 기록해서 엑셀로 정리한다는 대목에서는 감탄할 수밖에 없었다.

추천자인 임경선 님과는 어떤 인연이 있나요?
제가 요즘 문학 공모전 제도를 소재로 한 논픽션을 쓰고 있는데,

관련 자료를 찾다가 임경선 작가님의 글을 읽게 되었습니다. 『태도에 관하여』에 실린 「미등단 작가의 어떤 고백」이라는 에세이였는데, 미등단 소설가가 출판계에서 어떤 불이익을 받는지에 대한 내용이었습니다. 이야기를 좀 더 자세히 듣고 싶어서 인터뷰를 요청했고, 당인리 발전소 근처 한 카페에서 만나 첫인사를 드리고 취재를 하게 되었습니다.

근황은 어떠세요?

올해 초부터 지난달까지 거의 외출을 하지 않고 집에 틀어박혀 새 장편소설에 매달렸습니다. 제목은 『우리의 소원은 전쟁』이라고 하는데요, 북한 붕괴 상황을 배경으로 한 스릴러입니다. 지금 교정 작업 중이고 10월 말쯤 출간될 예정입니다.

작년 여름부터 거의 1년을 매달렸는데, 중간에 설정이 꼬여서 처음부터 다시 쓰는 등 우여곡절이 많았습니다. 제가 쓴 소설 중에 가장 길고 스케일도 커서, 저도 출판사도 내심 기대하고 있습니다. 원고 분량이 『한국이 싫어서』의 세 배입니다.

퇴고 원고를 출판사에 넘긴 뒤에는 그동안 못 만났던 지인도 만나고, 포털 사이트에 소설가 지망생들의 질문에 답변해 주는 연재도 하고, 맛난 것도 먹으러 다니고, 그러고 있습니다.

대학에서 도시공학을 전공하고 기자로 11년 일하다가 전업 작가가 되셨습니다. 일찍부터 소설 연재도 하고 잡지도 냈다고 들었습니다. 모든 게 작가가 되기 위한 우회로였나요?

아닙니다. 그렇게 큰 그림을 그리고 인생 계획을 장기적으로 짜면서 살지는 않았습니다. 대학에 들어갈 때에는 엔지니어가 꿈이었고, 졸업할 때에는 기자가 되고 싶었습니다. 그사이에 소설가의 꿈은 늘 막연히 품고 있었고요.

돌이켜 보면 이런저런 우연과 즉흥적인 선택들이 겹쳐 이 자리에 오게 됐습니다. 뭔가를 굳게 결심하고 추진한 적도 더러 있었지만, 〈어디가 뜬다더라, 좋다더라〉 하는 말에 휩쓸린 적도 많았고, 대개는 별 생각 없이 코앞에 닥친 일을 처리하며 시간을 보냈습니다.

전업 작가로 나선 것치고는 비교적 일찍 상도 많이 받고 대중적으로도 많이 알려졌습니다. 소감이 어떤가요? 예상했었나요?

솔직히 예상하지 못했고, 지금도 얼떨떨합니다. 금방 떴으니 가라앉는 것도 순식간이 아닐까 두렵기도 합니다.

근래에 작품 활동이 두드러진 작가 중 한 명입니다. 매일 글쓰기 시간을 스톱워치로 잰다는 게 사실인가요? 굳이 그럴 필요까지 있을까요, 라고 묻는다면요?

네, 매일 스톱워치로 글 쓰는 시간과 청소 시간을 기록하고, 그걸 엑셀로 정리합니다. 저는 스스로를 전업 작가 겸 전업 주부라고 생각하기 때문에 집안일도 제 업무라고 여기고, 제 〈근무 시간〉에 청소, 설거지, 빨래를 하는 시간도 포함시킵니다.

제가 의지가 그다지 강한 편이 아니어서, 이런 식으로라도 스스로를 감독하고 관리해야 합니다. 안 그러면 밑도 끝도 없이 게을러질 것 같습니다.

이전 인터뷰를 보니까 내 책을 널리 읽히도록 하고 말겠다는 투지가 강한 파이터 같은 인상을 받았습니다. 이런 해석에 대해 어떻게 생각하세요?

실제로 몇몇 인터뷰에서 제가 바로 그렇게 말한 적도 있습니다. 그런 선언이 상업주의나 대중영합주의로 비칠 수도 있겠지만 저 자신은 오히려 일종의 작가 정신이라고 생각합니다.

〈문학이 참 좋은 건데 사람들이 외면한다, 그러니 정부가 문인들에게 보조금을 줘야 한다〉며 시장과 국가에 바로 백기를 들고 싶지 않습니다. 저는 영화관, PC방, 골프장, 술집에 있는 사람들을 일부라도 서점과 도서관으로 빼앗아 오고 싶습니다. 시장 논리가 세상을 지배하는 시대에 이 문제에 대해 여러 가지 의견과 태도가 있을 수 있겠는데, 제가 걸으려는 길은 그러합니다.

책을 팔아 부자가 되고 싶다는 게 아닙니다. 쓰고 싶은 글을 마음대로, 계속해서 쓸 수 있도록 경제적 독립을 확보하고 싶다는 얘기입니다. 지금 한국 소설 시장은 매우 규모가 작기 때문에 그 정도 선까지 가기 위해서는 필사적으로 노력하지 않으면 안 됩니다.

그렇다고 제가 앞으로 글을 쓰면서 독자의 요구를 그대로 따르기만 하지는 않을 겁니다. 덧붙여 말씀드리자면 저는 제 책을 사놓기만 하고 읽지는 않는 〈구매자〉보다 도서관에서 빌려 읽는 〈독자〉가 훨씬 더 좋습니다.

그동안 자신(＝자신의 작품)에 대한 평 중에 스스로 가장 공감한 말, 가장 거리가 먼 말은?

어떤 서평을 읽고 마음이 뭉클했던 적이 있었습니다. 『한국이 싫어서』에 대한 평이었는데 〈나는 한국을 떠나고 싶지 않은데 어떻게 해야 하나〉라는 문장이 있었습니다. 그때는 그 글을 쓰신 분이나 저나 서로 모르는 사이였는데, 세상 인연이 묘해서 나중에 뜻밖의 장소에서 만나 뵙게 되었습니다.

반면 『제7회 젊은작가상 수상작품집』에 실은 단편 「알바생 자르기」에는 제 예상과 다른 독자 평들이 있어 조금 당혹스러웠습니다. 저는 이 소설에서 독자들이 회사의 중간 관리자에게 이입하도록 글을 꾸몄습니다. 그런데 이 중간 관리자의 눈에 당돌하기 그지없어 보이는 알바생의 요구는 사실 법적으로 보장되는 당연한 권리입니다. 알바생이 일을 잘했건 못했건, 성격이 싹싹했건 아니건 간에 퇴직금과 4대 보험료는 줘야죠.

제 목표는 독자들이 중간 관리자를 따라가다가 슬슬 불편함을 느끼고 어느 순간 〈이건 아니잖아〉라고 깨닫게 만드는 것이었습니다. 그러면서 한국 사회에서 알바생들의 처지가 얼마나 취약한지, 정당한 요구가 얼마나 쉽게 묵살될 수 있는지 생각해 보게 만드는 거였어요. 그런데 〈저 알바생 너무하는 거 아냐〉라는 식의 반응이 많아서 다소 놀랐습니다. 제가 수위 조절에 서툴렀던 것 같아요.

문장에 대한 콤플렉스를 느낀다고 했습니다. 기자로서 체득한 글과 작가로서 부러운 글은 어떻게 다른가요?

기본적으로 신문 기사의 문체를 좋아합니다. 제가 기자가 되지 않았더라도 결국에는 신문 기사와 비슷한 문장을 썼으리라고 생각하고요. 문체에는 글쓴이의 성격이나 태도가 반영된다고 보거든요. 기사 문장의 간결함이나 명확함, 높은 가독성은 제 손에 딱 맞는 연장이고 제 몸에 딱 맞는 옷입니다.

다만 제가 요즘 신문사 편집국에서 배운 그대로 문장을 쓰지는 않습니다. 한정된 지면에 많은 정보를 담기 위해 읽기 불편할 정도로 밀도를 높이고, 강박적으로 육하원칙에 집착하며, 모호함을 일절 용납하지 않는 등의 신문 제작 규칙을 굳이 제가 지킬 필요는 없지요.

짧고 빠른 문장으로는 잡을 수 없는 문학적 가능성들이 분명히 있습니다. 신선하고 풍요로운 표현으로 쾌감과 통찰을 동시에 주는 문장을 보면 부럽습니다. 어떤 부분은 저도 습득하고 싶고, 어떤 부분은 애초에 지향점이 다르다고 여기고 체념합니다.

어떤 작가가 되고 싶나요?

독자에게 어떤 식으로든 강렬한 문학적 체험을 선사하고 싶고, 시간의 파괴력을 버틸 걸작을 남기고 싶고, 당대의 문제를 외면하지 않고 거기에 소설로 대결하고 싶고, 독서 시장에서 〈저 사람 책은 시간이나 돈이 아깝지 않다〉는 신뢰를 얻고 싶고, 그러면서도 다음에는 뭘 쓸지 알 수 없는 예측불허의 존재이고 싶고, 순문학에서 대중소설까지 다양한 스펙트럼의 글을 다 잘 소화하고 싶고, 어느 진영에도 아부하지 않는 저널리스트이고 싶고, 매년 꾸준히 책을 한 권 이상 발표하는 다작 작가가 되고 싶고…… 욕심이 많습니다.

지금까지 쓴 책 중에 대표작을 꼽는다면요?

10월 말 출간 예정인 『우리의 소원은 전쟁』입니다. 〈여기서 승부를 걸어 본다〉는 생각으로 전력 질주하듯 썼어요. 북한을 배경으로 한 스릴러인데, 200자 원고지로 1,700매가 넘는 분량입니다. 소설 속에서 벌어지는 사건의 규모도 크고 인물도 상당히 많이 등장하는데, 그런 가운데서도 독자들이 긴장감과 속도감을 느끼도록 온 힘을 기울였습니다.

뜻밖의 소재이고 제목도 파격적인데요. 어떻게 쓰게 됐지요?

원래 북한 문제에 관심이 많았고, 앞으로도 이 문제를 가지고 책을 여러 권 쓰려고 합니다. 우리가 프랑스에서 테러가 나도 〈Pray For Paris〉라고 하면서 아픔을 나누려 하지 않습니까? 그런데 지금 여기서 차로 한두 시간이면 닿는 곳에서 수천만 명이 기본권을 제대로 누리지 못하고 있고, 수만 명 이상이 정치범 수용소에서 엄청난 고문과 학대를 당하고 있습니다. 여기에 관심을 갖는 것은 한국에 사는 사람의 도덕적 의무라고 생각해요.

다만 이번 소설은 북한 인권 문제보다는 한반도에 닥칠 급변 사태를 가정하는 내용이고, 대중적으로 흥미를 불러일으킬 스릴러 형식으로 썼습니다.

어떤 내용인지 소개해 주실 수 있나요?

북한 정권이 붕괴된 상황을 배경으로 하고 있습니다. 이응준 작가님이 『국가의 사생활』에서 흡수통일이 된 이후의 상황을 소설로 묘사했죠. 그런데 그건 너무 비관적인 시나리오 같아서, 저는 김씨 왕조가 무너진 뒤 과도정부가 들어서고 다국적군이 주둔하는 상황을 소재로 삼았습니다.

제 소설에서는 북한이 중남미의 불량 국가처럼 되는 것으로 그려집니다. 부패한 정부와 마약 카르텔이 있는. 북한은 지금도 세계적인 마약 생산국이고 수출국입니다. 주민들 사이에서도 마약이 아주 많이 퍼져서, 주부들이 김장하기 전에 힘내려고 필로폰을 먹고, 필로폰을 혼수품으로도 주는 상황이라고 합니다. 국경 지대에 가면 마을 사람 중에 마약 안 해본 사람을 찾기 힘들 정도라고 합니다.

김씨 왕조가 무너진다고 해서 마약 공장이나 기술자들이 함께 사라지진 않습니다. 북한의 수십 만 특수 부대원들은 또 갑자기 무슨 일거리를 찾겠습니까? 그들을 고용할 곳도 마약 카르텔입니다. 남한이 새 시장으로 떠오르면서 북한산 마약이 물밀듯 넘어올지도 모릅니다. 소설적 상상이지만 원고 감수를 해주신 북한 전문가들도 〈그럴싸하다〉는 반응을 보이더군요.

화제가 되면서 동시에 논쟁도 부를 것 같군요.

논란거리가 됐으면 합니다. 저는 지금 한반도에서 제일 중요한 것은 통일이 아니라고 생각합니다. 가장 중요한 문제는 북한 인권 문제입니다. 이걸 해결해야 하고, 그 방법으로서 통일을 검토할 수도 있고 아닐 수도 있다고 봅니다.

두 번째는 한반도에 곧 닥칠 급변 사태로부터 남북한 양쪽의 취약 계층을 보호하는 일입니다. 힘 있고 머리 좋은 사람은 전쟁이 나든 통일이 되든 돈을 벌 거예요. 약자는 전쟁이 나든 통일이 되든 사회 혼란에 이리저리 휘둘리고 삶이 타격을 입을 겁니다. 그건 북한도 마찬가지겠지요. 제 소설에서 그런 문제를 제기해 봤습니다.

취약 계층이 입을 피해를 어떻게 최소화할 것인가를 궁리해야 한다고 생각합니다. 통일로 GDP가 어떻게 될 것이다, 그러니까 통일은 대박이다, 그런 주장에 저는 매우 비판적입니다. 5000만 명 중에 4000만 명이 큰돈을 벌어도 1000만 명의 삶이 몹시 괴로워진다면 그런 통일은 막아야 한다, 그런 이야기를 해야 합니다.

평소 책은 어떻게 고르고 어떤 방식으로 읽으세요?

여러 권을 번갈아 가며 다소 산만하게 읽는 편입니다. 한 권만 붙잡고 있으면 지루해서…….

트위터에 단문 독후감을 올리시더군요. 평소 읽은 것은 다 올리나요?

취재 참고용으로 읽은 실용서에 대해서는 그냥 넘어가기도 합니다. 최근에 『취업면접 기출질문 300: 삼성그룹』이라는 책을 읽었는데 독후감을 올리지는 않았습니다.

신간이나 한국 작가의 책인데 너무 형편없다고 느낀 경우에도 아예 얘기를 하지 않거나, 아니면 출간일로부터 시간이 어느 정도 지날 때까지 기다리기도 합니다.

특별히 즐겨 보는 장르나, 나름의 독서 안배 방식이 있나요? 근래 들어 어떤 취향의 변화가 있나요?

기본적으로는 잡식성이고, 소설, 논픽션, 과학책을 선호하는 편입니다. 특별한 안배 방식은 없고 닥치는 대로 읽습니다. 대신 읽다가 아니다 싶은 책은 굳이 끝까지 붙들고 있지 않고 그냥 덮습니다. 세상에는 다 읽어 봤자 시간 낭비인 책들도 많습니다.

최근에 제 독서 습관에 생긴 제일 큰 변화는 전자책 전용 리더기로 책을 많이 읽게 됐다는 점입니다. 올해 초에 전용 리더기를 장만하게 되었는데 그 뒤로 독서량이 엄청나게 늘었습니다. 제가 작은 글자를 잘 못 읽는데 전자책 리더기는 원하는 만큼 글자를 확대해서 볼 수 있어 아주 편리합니다. 서울시 교육청 등에서 운영하는 전자도서관도 알차게 이용하고 있습니다.

빼놓지 않고 보는 작가의 책이 있다면?

마이클 크라이튼, 제임스 엘로이, 리 차일드, 로저 젤라즈니, 올리버 색스의 책은 번역서는 거의 다 읽었고, 원서로도 몇 권 읽었습니다.

지금 읽고 있거나 최근에 인상 깊게 읽은 책은요?

기왕이면 한국 신진 소설가들의 작품을 말씀드리고 싶네요. 읽은 지는 조금 되었지만 정아은 작가님의 『잠실동 사람들』과 정세랑 작가님의 『보건교사 안은영』, 이혁진 작가님의 『누운 배』를 추천하고 싶습니다. 모두 아주 재미있으면서 인상적인 작품들입니다. 독자를 더 만나면 좋겠습니다.

그 책을 읽게 된 계기나 동기는? 간단한 소개와 소감도 부탁합니다.

『잠실동 사람들』은 서울 잠실동의 한 고층 아파트에 사는 인간 군상의 모습을 세밀하게 그립니다. 『보건교사 안은영』은 퇴마 능력을 지닌 고등학교 보건교사의 모험담입니다. 『누운 배』는 불경기와 경영 부조리로 망해 가는 조선소에서 고군분투 또는 우왕좌왕하는 사람들의 이야기입니다.

『잠실동 사람들』과 『보건교사 안은영』은 저자에게서 선물을 받아 손에 들게 되었고, 『누운 배』는 한겨레문학상 심사를 하며 읽게 되었습니다. 개인적으로 잘 아는 사이는 아니지만 저는 이 세 작가분과 제가 공통점이 많다고 생각해서 동류 의식이 있습니다. 만나 뵌 적은 없지만 임성순, 심재천 작가님 등에 대해서도 그렇습니다.

대체로 2010년 이후 장편소설로 데뷔했고, 취재를 바탕으로 쓰며, 이미지보다 서사를 중시하고, 읽기 쉬운 문장을 구사하고, 장르 소설 기법을 적극 활용하고, 현실에 대한 문제의식을 직접적으로 드러내고, 사회를 일종의 시스템으로 묘사하려는 경향이 있다는 점 등이 그러합니다. 회사 다니다 그만둔 직장인 출신들이라는 공통점도 추가할 수 있겠군요. 한 그룹으로 묶어서 불려도 괜찮지 않을까 합니다. 〈월급사실주의자〉라든가……. 어떤 새로운 흐름 아닌가 생각하고, 저도 그 흐름 중에 있는 사람이라고 여깁니다.

곁에 두고 오래 반복해서 보는 책이 있나요?
제임스 엘로이의 『블랙 달리아』입니다. 저한테는 장편소설을 쓰는 법을 가르쳐 준 교본이나 다름없습니다.

서가에 꽂힌 책 중에 사람들이 알면 깜짝 놀랄 만한 책이 있을까요?
국내 정치인들의 자서전이나 에세이가 여러 권 있습니다. 정치부 기자 시절에 받거나 취재를 위해 구입한 서적들입니다. 꽤 버렸지만 참고 자료로 갖고 있는 책이 스무 권 가까이 됩니다.
정치인들이 쓴 책 상당수가 자화자찬으로 가득하거나 출판기념회를 열기 위해 날림으로 대충 만든 물건인 게 사실입니다. 그러나 우상호 의원의 『촌놈』이나 김한길 전 의원의 『눈뜨면 없어라』처럼 매우 훌륭한 에세이도 있습니다.

말씀드렸다시피 문학 공모전을 소재로 한 논픽션을 쓰고 있습니다. 제목은 〈문학상을 타고 싶다고?〉라고 하고, 민음사의 새 잡지 『릿터』에서 4분의 1 정도를 연재한 뒤 단행본으로 출간하게 될 것 같습니다. 단순히 문학 공모전 제도만 살피려는 게 아니라 그걸 통해 한국 특유의 채용 시스템인 공채 문화를 짚어 보려 하고 있습니다. 문학 공모전도 공채의 일종이라고 봅니다.

취재는 절반쯤 마쳤는데, 한국 문학계에 장편소설 공모전을 도입한 출판사의 대표들, 문학상을 운영하다 폐지한 출판사의 대표, 심사위원, 미등단 작가, 편집자, 작가 지망생 등을 만나 말씀을 들었습니다. 다른 분야의 공채 제도를 알아보기 위해 취업 컨설턴트나 아나운서 아카데미 강사, 로스쿨 학생, 영화 프로듀서 등도 인터뷰했습니다. 문학상 심사에 참여하거나 응모 원고 배분 과정을 참관하기도 하고, GSAT(삼성직무적성검사) 고사장이나 로스쿨 학생 시위 현장을 찾아가 어떤 모습인지 살펴보기도 했습니다.

이것도 욕심이 많아서…… 한국 정치판을 다루는 소설을 한 출판사와 계약했고, 신문사를 배경으로 한 소설, 제대로 된 범죄 수사물, 연애 소설, SF, 외국 독자들에게 어필할 만한 판타지 등등을 다 쓰고 싶습니다. 논픽션도 꾸준히 쓰려 합니다.

글쓰기 외에 딱히 크게 욕심나는 일은 없네요. 나중에 꼭 개를 키우고 싶습니다. 또 색소폰을 배운 지 십 년이 넘었지만 실력은 별로인데, 나이가 더 들면 연습을 제대로 해서 잘 불고 싶습니다.

종이책은 사라질 거라고 봅니다. 읽고 보관하고 사고 팔고 빌리는데 전자책과 비교해 불편하고 낭비 요소가 많습니다. 종이책이 절대로 안 사라질 거라고 하시는 분들이 있는데, 레코드 판도 아직 안 사라졌으니까 그 정도 명맥은 유지할지도 모르겠습니다. 종이책의 물성이나 질감은 제 생각에는 중요하지 않고, 그게 정말 중요한 문제라면 그런 특성도 전자적으로 엇비슷하게 구현하는 기술이 나오리라 예상합니다.

전자책 시대가 오면 가장 먼저 큰 변화를 겪는 곳은 유통 분야가 아닐까 합니다. 공급률이니 재고니 하는 용어가 다 옛말이 되거나 지금과는 완전히 다른 뜻으로 바뀌겠죠. 실물 서가가 사라지면 큐레이션의 영향력이 훨씬 더 커질 것 같습니다. 대형 서점 MD가 새로운 권력이 되기보다는 다양한 서평 사이트와 풀뿌리 독서 공동체가 등장해서 좋은 책을 서로 추천하는 문화가 형성되길 바랍니다. 북클럽 오리진의 출범도 그런 맥락에서 이해하고 있습니다.

매체가 달라지면 내용도 변하겠지요. 단말기가 독자 취향을 파악해 맞춤형 결말을 제공한다거나, 소설의 표준 형태가 단행본이 아니라 온라인 연재물이 되는 창작 환경으로까지 발전하지는 않았으면 하는 바람입니다.

그다음 추천하고 싶은 사람은요?

조성주 전 정의당 미래정치센터 소장을 추천합니다. 그분이 정의당 당대표 선거에 출마했을 때 출마 선언문을 매우 인상 깊게 읽었습니다. 그런데 그 출마 선언문을 읽은 지 얼마 지나지 않아 조 전 소장님이 진행하는 팟캐스트에 초대가 되어 인사를 나누고 이야기를 하게 되었습니다.

제가 조 전 소장님과 정치적 견해가 다 같은 것은 아니지만, 그의 〈2세대 진보정치론〉에 대해서는 공감하는 바가 많습니다. 또 〈지지층에게 카타르시스를 주는 것을 목적으로 하는 선명성 정치〉를 경계하는 태도도 매우 높이 평가하고 있습니다. 무엇보다 독서의 폭이 상당히 넓으신 걸로 아는데, 요즘 무슨 책을 읽고 계신지 궁금합니다.

15

전 정의당 미래정치센터 소장
조성주

사울 D. 알린스키의
『급진주의자를 위한 규칙』,
〈진보적〉이라는 자기만족을
경계하며

이번에는 정치인이다. 그것도 30대의 운동권 출신 비주류다. 조성주 전 정의당 미래정치센터 소장. 굳이 비주류라 부른 것은 정의당이 군소 정당이기 때문이기도 하지만, 우리 사회에서는 아직까지도 금배지 정도는 달아야 정치인으로 보는 경향이 지배적이기 때문이다. 하지만 대중의 시야에는 쉽게 드러나지는 않는 공간에서 나름의 의미 있는 역할을 수행하는 이들이 적지 않다. 조성주 전 소장도 그런 계열에 속한다. 심상정, 노회찬, 유시민과 같은 인물들을 진보 정치 1세대라 부른다면 그는 2세대 진보 정치를 표방해 왔다. 2015년 7월 정의당 당대표 선거에 출마했을 때 낮은 인지도에도 불구하고 심상정-노회찬에 이어 3위(17.1%, 1266표)를 기록했는데, 당시 출마 선언문이 주목을 받았다. 그는 2017년 2월 정의당을 탈당하고 서울특별시청 노동협력관으로 근무를 시작했다. 그의 정치적 입장이나 행보에 대해 여기서 왈가왈부할 생각은 없다. 다만 평소 정치인의 말과 글이 중요하다고 역설해 온 그의 지론에는 어떤 배경이 있는지 궁금했다. 우리 정치권이 소홀히 여기거나 함부로 여기는 부분 아닌가. 그와는 이메일로 연락이 닿았다.

추천자인 장강명 작가와는 어떤 인연이 있는지요?

청년 세대를 위한 노동조합인 〈청년유니온〉 활동을 할 때 장강명 작가의 소설 『표백』을 보게 되었습니다. 청년 세대들을 불쌍하다고 보는 일반적인 시선이 아니라, 그들이 가지고 있는 세상에 대한 냉소를 섬찟할 정도로 실감나게 묘사한 것을 보고 처음 관심을 갖게 되었습니다.

소설 『표백』을 보면 청년들보고 시민 단체나 서명 운동 같은 것은 어차피 안 될 테니 하지 말라고 냉소하는 문장이 나옵니다. 제가 당시 하던 일이 바로 그런 일이었습니다. 조금 이상한 이야기지만 그래서 더 좋아지게 되었던 것 같습니다.

그리고 작년에 제가 잠시 진행했던 팟캐스트에 게스트로 모시게 되면서 인연이 닿았습니다. 따뜻하고 낭만적인 이야기보다는 섬찟하지만 더 현실에 가까운 이야기들을 만들어 내는 장강명 작가의 문학 작품들의 팬이기도 합니다.

근황을 간략히 소개해 주시겠습니까?

얼마 전까지 1년여간 정의당 부설 정책연구소인 미래정치센터의 소장으로 활동했습니다. 이제는 한 명의 당원으로 정당에서 활동은 계속해 나가고 있습니다.

개인적으로는 오랜만에 평소 읽고 싶던 책과 영화 등에 빠져 지내고 있습니다. 그 외에도 다양한 이슈들에 관심을 가지고 공부하고 기획하고 있습니다.

최근에 가장 관심을 갖고 있는 분야는 한국의 대학원생, 조교들의 노동권 문제입니다. 최근 미국에서도 대학원생과 조교들의 노동조합 설립 권리를 인정하는 판결이 나왔는데 한국에서도 10만 명에 달하는 대학원생들의 권리 문제를 고민할 시기가 왔다고 생각합니다.

일찍 현실 정치 문제에 관심을 갖고 직접 활동에 뛰어들었습니다. 어떤 계기가 있었는지 들려주실 수 있나요?

2000년대 초반 군에서 제대한 후 당시 민주노동당이라는 진보 정당에 가입해서 활동했습니다. 2006년 당시 민주노동당 최순영 의원실에서 인턴으로 활동하면서 처음으로 정치에 본격적인 관심을 가지게 되었습니다. 그 후로 18대 국회에서도 보좌관으로 일할 수 있는 기회가 생기면서 정치의 중요성을 알게 되었습니다.

그러나 본격적으로 직접 정치인이 되겠다고 생각한 것은 청년들의 노동 문제를 해결하기 위해 만들었던 〈청년유니온〉 활동을 하면서부터였습니다. 우리 정치가 대변하지 못하는 목소리들이 너무 많다는 것을 절감하면서 정치에 나서려는 마음을 갖게 되었습니다.

지향하시는 〈2세대 진보정치론〉을 간략히 소개해 주실 수 있나요?

〈민주주의 밖의 시민들〉, 〈노동운동 밖의 노동〉이라는 문제의식을 가지고 있습니다. 그간 한국의 진보정치가 87년 민주화 이후에 형성된 일부만을 대표해 온 것은 아닌가 하는 반성에서 출발했습니다.

노동조합이 있는 사람들보다는 노동조합도 만들지 못하는 사람들, 노동으로 인정받지 못하는 노동을 하고 살아가는 청년들, 소수자와 사회적 약자에 더 집중해야 하고 그렇게 하기 위해서는 전략적으로 젊은 세대들을 육성할 필요가 있다는 주장입니다.

처음 내건 목표에 비추어 볼 때 지금은 어디쯤 와 있다고 생각하시는지요?

시민사회 운동에서는 청년유니온, 민달팽이유니온, 청년연대은행 등이 이미 새로운 2세대 사회운동의 실천적 성과를 만들어 내고 있다고 생각합니다. 그러나 아직 정당정치의 영역에서는 첫발을 뗀 수준입니다.

그렇지만 작년 그리고 올해를 거치면서 다양한 청년들이 정당을 통해 정치에 도전하고 자신들이 대변하고 싶은 사람들과 관심 있는 주제들을 다루려고 하는 경우가 많아졌습니다. 시작은 순조롭다고 할 수 있습니다.

그 과정에서 무엇이 가장 힘들었고 현재 가장 어려운 숙제라고 생각하시는지요?

여전히 젊은 사람들이 정당을 통해 정치에 도전하는 것이 어렵습니다. 한국의 정당들이 매우 약한 이유도 있지만 정당들이 스스로 젊은 인재들을 키우기보다는 외부에서 스타성 있는 사람들을 영입하려 하는 것에 몰두하는 모습들이 고쳐지지 않고 있습니다.

젊은 세대를 육성하기 위해서는 교육도 필요하고 직접 활약할 일

자리도 필요한데 여전히 정치 영역에서 미래 세대가 활약할 일자리나 역할이 많이 부족합니다.

정의당 대표 출마 선언문이 화제가 된 걸로 압니다. 당시 어떤 과정으로 어떻게 쓰시게 되셨지요?

국내에서는 정치인의 〈촌철살인〉이라는 단어로 표현되는 순간의 자극적인 〈레토릭〉에는 주목하지만 연설이나 정치 글에는 주목하지 않습니다. 그러나 해외의 민주정치 지도자들은 보수와 진보를 떠나 훌륭한 말과 글로 사람들을 설득하고 사고의 폭과 깊이를 넓혀 갑니다.

정치는 주먹이 아니라 말과 글로 싸우는 것입니다. 그래서 좋은 정치 글이 필요하다고 생각했고, 직접 초안을 작성한 후 약 1주일간 지인들과 토론하고 논쟁하면서 출마 선언문을 작성했습니다. 상대를 비난하기보다 솔직하고 담백하게 문제의식을 전달하고 싶었습니다.

아버지에 대한 이야기로 출마의 변을 시작하고자 합니다.

아버지는 인천에서 자동차 유리를 만드는 노동자였습니다. 아침 7시부터 밤 11시까지, 매일 반복되는 야근에도 월급은 단돈 20만 원이었습니다. 아버지의 삶은 우리 사회의 노동 현실 그 자체였습니다. 1987년 이후 아버지의 공장에도 노동조합이 만들어졌고 아버지는 조합원이 되었습니다. 그리고 가족의 삶은 조금씩 달라졌습니다. (……) 작은 승용차도 장만하게 되었고, 단칸방에서 주택공사가 만든 13평 아파트로 이사할 수 있었습니다. 저는 그 덕분에 대학에 진학할 수 있었고 세상을 바라보는 다른 시각도 배울 수 있었습니다. — 조성주, 「정의당 대표 출마 선언문」 중에서

평소 책은 얼마나 읽나요? 어떤 책들을 어떤 식으로 찾아보세요?

요즘은 한 달에 3~4권 정도 보는 것 같습니다. 강연 같은 일정이 많다 보니 꾸준히 읽기보다는 주말에 몰아서 보는 습관이 생겼습니다. 최근에는 소설을 먼저 보고, 새로운 문제의식이 담겨 있다고 생각되는 사회과학 서적들을 그다음에 찾아 읽습니다.

그리고 정치사회 분야의 고전 격인 책을 한 권 정해서 틈틈이 시간 날 때 읽어 나갑니다. 그런데 솔직히 말하면 만화책을 제일 많이 보기는 합니다.(웃음)

근래 들어 독서에 어떤 취향의 변화가 있나요?

지난번 장강명 작가와 대화한 후로 미래 산업에 관심이 많아져서 산업과 관련한 문제의식이 있는 책들을 찾아보게 되었습니다. 아직은 좀 어렵지만 공부한다고 생각하고 보는 편입니다.

문학에서는 원래 추리소설은 잘 안 보는 편이었는데 최근 몇 년간은 히가시노 게이고 같은 일본의 사회파 추리소설에 재미를 붙이고 있습니다.

빼놓지 않고 보는 저자의 책이 있다면? 이유는요?

소설에서는 장강명, 정유정 작가의 책을 꼭 챙겨 봅니다. 열렬한 팬이기도 합니다. 그리고 정치사회 분야는 특정 저자보다는 출판사를 중심으로 읽습니다. 정치학 책은 주로 후마니타스 출판사에서 나오는 책들을 즐겨 보고 지인들과 토론을 많이 합니다.

지금 읽고 있거나 최근에 인상 깊게 읽은 책은요?

서해문집에서 나온 『차별이란 무엇인가』와 후마니타스에서 낸 『백 사람의 십 년』. 최근에는 이 두 권을 읽고 있습니다.

그 책을 읽게 된 계기나 동기는? 간단한 소개와 소감도 부탁합니다.

『차별이란 무엇인가』의 경우, 최근 우리 사회에서 여성주의 문제가 중요한 사회 갈등의 주제로 등장하고 있다고 생각합니다. 그런데 생각해 보니 스스로 차별이라는 문제를 이론적으로 검토해 본 적은 없이 감성적으로만 〈차별은 나쁜 것〉이라는 식으로 접근해 왔다는 생각이 들었습니다. 그래서 〈차별〉이라는 것에 대해서 제대로 이해해 보고 싶었고 이 책을 보게 되었습니다.

『백 사람의 십 년』의 경우는 지인이 번역을 했다는 인연도 있지만, 작년에 중국에 잠시 간 적이 있는데 무척 역동적인 사회이면서도 정치사회적으로는 복잡한 맥락과 깊은 상처가 있다는 느낌을 받았습니다. 그래서 중국을 좀 더 이해해 보고자 하는 생각에서 중국 현대사에 큰 영향을 끼친 문화 대혁명 시기 평범한 열 사람의 이야기를 담은 이 책을 읽게 되었습니다.

내 인생에 큰 변화를 준 한 권의 책 같은 것이 있나요? 아니면 곁에 두고 오래 반복해서 보는 책이 있다면?

사울 D. 알린스키의 『급진주의자를 위한 규칙』입니다. 미국의 버락 오바마 대통령과 힐러리 클린턴 후보 모두에게 영향을 준 1960년대의 사회운동가 알린스키가 쓴 책입니다.

사회를 더 낫게 개혁하기 위해서는 오히려 설득의 의사소통과 정치적 상대성에 대한 인정, 진보가 원하는 세상이 아닌 사람들이 살아가고 있는 세상에 근거해서 행동할 것을 주창한 책입니다. 스스로 〈진보적〉라는 자기만족에 빠지지 않게 해주고 늘 현실에서의 꾸준한 변화를 만들어 가는 것이 중요하다는 것을 일깨워 주는 책입니다.

1. 힘이란 당신이 지닌 것이 아니라, 당신이 지니고 있다고 주위 사람들이 믿고 있는 것이다.

2. 당신의 적이 자기 경험을 발휘할 수 있는 싸움터를 벗어나, 적이 어떻게 행동해야 할지 갈피를 잡지 못하는 새로운 전장(戰場)을 창안하라.

3. 적의 무기로 적을 쳐부수고, 적의 전술 지침에 나오는 요소들을 이용하여 적을 공격하라.

4. 말로 대적할 때는 익살이 가장 효율적인 무기다.

5. 어떤 전술을 상투적으로 사용해서는 안 된다. 특히 잘 통하는 전술일수록 자주 사용하는 것을 피해야 한다.

6. 겉으로 보이는 단점은 가장 훌륭한 장점이 될 수 있다. 자기의 특성 하나하나를 약점이 아니라 강점으로 받아들여야 한다.

— 「알린스키의 병법」, 『베르나르 베르베르의 상상력 사전』 중에서

요즘 누군가가 책으로 써줬으면 하는 것이 있나요?

지극히 현실적이면서도 멋진 정치소설이 있었으면 합니다. 정치를 나쁜 것, 부패한 것으로만 묘사하는 것이 아니라 시민들과 공동체에 꼭 필요한 어떤 것이고 사회를 좋게 만드는 노력들의 일환으로 이야기하는 그런 멋진 정치소설이 한국에도 있었으면 좋겠습니다.

그다음 추천하고 싶은 사람은요? 이유는?

소설가 손아람 씨를 추천합니다. 손 작가의 소설인 『디 마이너스』와 직접 각본 작업에 참여했던 「소수의견」을 영화로 보고 많은 고민을 품게 되었습니다. 날카로운 사회 비판과 더불어 평범한 사람들에 대한 따뜻한 시선을 촘촘히 숨겨 놓은 글들이 늘 자극을 줍니다.

최근에는 소설 작업 외에도 〈작곡가〉들의 노동권 문제를 제기하기도 하는 등 다양한 작업들을 하고 계신 것으로 알고 있습니다. 근황도 궁금하고 무엇보다도 다음 작품으로 어떤 것을 고민하고 있는지 그리고 요즘 어떤 책을 보고 있는지 무척 궁금합니다.

16

소설가
손아람

———————————

황석영의 『무기의 그늘』,
영리하고, 성실하고,
무시무시한 소설

손아람 작가는 젊은 세대를 대표하는 소설가들 중 한 명이다. 적어도 한때는 그렇게 이야기됐다. 한때는 그랬다는 말은 그 후로 뜸한 후속작을 기다리는 사람이 많다는 뜻도 된다. 그러면서도 그는 우리 사회와 문단의 뜨거운 쟁점에 대해 당찬 발언과 행동을 서슴지 않는 활동가로도 꼽힌다. 거침없다. 이른바 〈문단 권력〉과 대결하기도 한다. 문학뿐만이 아니다. 힙합 음악도 했고, 영화 각본도 써서 번듯한 상도 받았으며, 게임 스토리에다 최근에는 방송 출연에 이르기까지 장르를 가리지 않고 반경을 넓혀 간다. 다재다능이다. 그럼에도 불구하고 자신의 본령은 어디까지나 소설이라고 강조한다.

손 작가와는 먼저 전화로 통화한 후 이메일로 문답을 주고받았다. 이메일로 답변을 받고 보니 궁금한 구석이 더 많아지는 작가였다. 추가로 물어보고 싶은 게 생겼다면서, 만나서 사진도 찍으면서 이야기를 나누면 어떻겠느냐고 수작을 걸어 봤다. 손 작가는 지방에 일이 있어 잠시 내려와 있다며 대신 사진만 몇 장 보내왔다. 아쉽지만 어쩔 수 없었다.

2010년에 『너는 나다: 우리 시대 전태일을 응원한다』의 공저자로 만났습니다. 술자리에 이미 취한 채로 나타났는데 사람들이 저분이 바로 청년유니온 대표 조성주 씨입니다, 하고 소개하더라고요. 세대 대표성이 충분한 우울함을 느꼈지요! 그 이후 왕성한 사회 활동과 정치인으로의 행보까지 관심 가지고 지켜봤습니다.

소설 『디 마이너스』의 시공간이 조성주 님의 학창 시절과 겹쳐서 이런저런 대화를 나누며 친해졌고요. 한 세대의 평범성을 대의하려는 자세, 시대를 읽는 눈 모두 훌륭한 정치인입니다. 대의 민주주의가 마침내 이 문턱까지 도달했다는 감탄이 들게 하죠.

조용히 각본을 쓰던 중이었는데 〈로이 엔터테인먼트〉라는 방송음악 업체의 불공정 문제를 『한겨레』 칼럼을 통해 제기한 뒤로 예기치 않게 문화예술 산업 불공정 문제 대응 활동에 뛰어들게 되었습니다. 이후 미술계에서 조영남 씨 대작 사태가 터졌고 웹툰 업계에서도 비슷한 사건이 반복되면서 제도적 조정이 필요하다는 생각을 하게 되었습니다.

현재 민변, 예술인 소셜유니온, 참여연대 등의 시민단체와 함께 〈문화예술용역거래 공정화에 관한 법률〉 입법 청원 운동을 하고 있습니다. 권력에 밀려 법적으로 창작자 지위를 인정받지 못하게 된 〈예술용역 노동자〉의 권리를 보호하기 위한 법률이지요.

고교 시절부터 밴드 활동을 했고 대학에서는 미학을 전공했고 그 뒤에는 소설을 쓰고 있습니다. 영화 작업에도 참여했습니다. 본업은 뭐라고 생각하시나요? 가장 애정을 둔 분야는 뭔가요?

소설입니다. 단 한 권이라도 소설을 쓰는 작가는 자기 뿌리가 거기 있다고 느낄 수밖에 없습니다. 자기 세계의 원형을 완결성의 손상 없이 보여 줄 수 있는 현대의 몇 안 남은 기예거든요. 사유에도 유전자란 게 있다면, 한 인간의 정신적 유전자를 고스란히 보존한 채 퍼뜨릴 수 있는 방식이고요. 가장 애정을 둔 분야 역시 당연히 소설입니다. 저에게는 자식, 고양이, 프라모델 중에 가장 애정을 둔 게 뭐냐는 질문8처럼 느껴지네요.

작년 초 연합뉴스 인터뷰에서 〈개인 일상보다는 인간이라는 종에 관심이 많다〉고 하셨더군요. 부연 설명을 부탁드려도 될까요?

제가 전업 작가의 길을 결심한 게 2008년께였는데, 꽤 오랫동안 한국 문학이 인간을 정치나 사회로부터 분리된 갈라파고스의 희귀종처럼 다뤄 온 것에 대해 불만이 많았습니다. 문학이 정치나 사회를 직접 다룰 필요는 없습니다. 하지만 인간이 세계로부터 독립하여 존재할 수 없다는 걸 인정한다면, 적어도 이 세계의 맥락과 분위기 안에 놓인 개인을 적절하게 담아내려는 노력을 해야겠지요.

요즘엔 굳이 그런 말을 강조할 필요도 없이 많은 작가들이 애를 쓰고 있습니다. 돌이켜 보면 제가 작가가 되기 전 10년 동안이 정치 사회적 갈등 압력이 상당히 완화됐던 시기가 아니었나 싶어요. 작가들 입장에서는 일종의 휴가 기간이었던 셈이죠.

같은 인터뷰에서 〈국내에서 예쁜 단어 찾기 경쟁보다는 세계에
영향력을 발휘하는 작품을 쓰고 싶다〉는 말도 인상적이었습니다.
국내 공모 문학상에 반대하면서 자칭 〈100억 원 세계 최고 문학
상〉까지 만들어 1회 수상자로 자신에게 시상까지 했습니다. 국내
문학계에 대한 불만이 큰가요? (대안으로) 세계에 영향력을 발휘
하기 위해 구체적으로 어떤 작업을 하고 있는지요?

문학보다는 문학 제도에 대한 문제의식을 갖고 있습니다. 출판사
가 문학상을 제정해 문학 작품을 공모 받고, 출판사가 선택한 심사
위원들이 수상작을 선정하고, 출판사가 월급 주는 문학 평론가들이
그 수상작을 극찬하는 비평을 써서, 출판사가 출간하는 문예지에 수
록하는 방식은 명백히 문제가 있습니다.

편집 권한과 비평 권한이 출판 자본 아래 묶여 있으면 문학장에
왜곡이 발생할 수밖에 없지요. 그 제도 자체가 문학 권력입니다. 한
동안 한국 문학이 유려한 어휘 퍼즐이 된 듯한 경향을 보였던 것도
출판사 편집위원들의 성향과 관련이 있어요.

그 패러디로 제가 상금 100억 원인 세계 최고의 문학상을 제정하
고 제가 쓴 소설 『디 마이너스』를 수상작으로 선정한 거지요. 소설
뒤쪽에 내가 직접 평론을 써서 수록하고 띠지에는 〈이 계절 반드시
읽어야 할 소설, 전율적으로 아름답다! ── 손아람(소설가)〉라고
10자평을 쓰게 해달라고 출판사에 요구했는데 미쳤냐면서 만류하

더라고요. 그런 식의 문학 제도가 미쳤다는 건 확실하다는 뜻이겠지요.

출판사 중심의 공모전 폐지와 문예지의 비평 청탁 근절 두 가지를 요구하면서 열심히 토론도 요청하고 글도 썼는데 아쉽게도 성공하지는 못했습니다. 구조조정은 이뤄지지 않았고 문학 출판사들의 편집위원들이 물갈이되는 선에서 끝났죠.

제가 자유롭게 문학 제도를 비판하고 자유롭게 글을 쓸 수 있는 것은 제도 바깥에서 태어나 성장했기 때문입니다. 빚진 게 없기 때문이죠. 운이 좋았고, 모든 작가가 제가 걸은 길을 걸을 수는 없습니다. 예비 작가들에게는 무모하게 제도를 개인적으로 보이콧하지 말고 공모전에 뛰어들라고 권합니다. 대신 제도 안으로 무사히 입성한 뒤에는 침묵하지 말고 목소리를 내달라고요.

2015년 8월 『한겨레』 인터뷰에서 〈우아한 지성보다 원시적 감각을 믿는다〉고 답했더군요. 책을 쓰고 읽는 것은 어떻게 해석하시는지요?

사실은 우아한 지성도 중요합니다. 그런데 지성을 틀에 박힌 지성적인 형식으로 드러나지 않게 통제하는 능력도 지성입니다. 지성에 집착하는 지식인들이 유머 감각, 감수성, 상상력, 공감 능력의 부족 때문에 호소력을 잃는 경우를 많이 봤습니다. 제 생각에 그건 반지성주의적 독자가 아니라 작가의 지성 부족을 탓해야 하는 문제입니다. 인간에 대한 이해가 모자란 거니까요. 감각의 영역을 인정하고 활용하는 것 역시 지성의 임무라고 저는 믿어요.

표현 전략을 효과적으로 사용하지 못하는 작가의 책은 아무리 좋은 내용을 담고 있다 해도 잘 읽히지 않습니다. 재미가 없기 때문이 아니라 애초에 세계를 반쪽으로만 인식하는 사람의 글이라고 생각하기 때문입니다. 기념비적인 과학서와 철학서, 판결문과 연설문조차 수준 높은 유머 감각, 비유와 수사 전략으로 가득 차 있어요.

마르크스의 『공산당 선언』은 지나칠 만큼 잘 쓴 글입니다. 사상적 가치 이상의 문학적 가치를 갖는 선언문이죠. 표현력이 조금만 모자랐다면 세계의 역사는 지금과 상당히 달라졌을 겁니다.

그동안 자신(=자신의 작품)에 대한 평 중에 가장 공감한 말이 있다면? 반대로 가장 거리가 먼 말은?

첫 작품 이후로 독자와 평론가들에게 여성 인물을 지나치게 주변화 한다는 비판을 들었습니다. 그때마다 〈내가 살인에 대해 쓰는 것은 살인에 동의하기 때문이 아니고, 폭력에 대해 쓰는 것은 폭력에 동의하기 때문이 아니다. 나는 인물에 내가 아닌 세계를 투영한다〉는 식으로 변론해 왔습니다. 이를테면 「소수의견」에서는 민주화 운동에 투신했던 386세대 인권 변호사들이 여성 인물들을 속으로 흠모하면서도 겉으로는 노골적으로 적대하거나 무시하는데 이런 설정은 다수/소수 구도의 입체적 딜레마를 드러내기 위해 의도한 것이었습니다.

다만 비판적 논쟁을 반복하면서 몇 가지 깨달음을 얻었습니다. 제가 여성 인물의 문제를 독자가 곱씹어 볼 만한 통찰의 수준까지 밀어붙이지 않은 채 그저 툭 던져 놓고 방치해 왔다는 것. 작가의 시선과 관심이 머무는 시간 자체가 세계를 인식하는 우선순위를 드러내는 거지요.

예를 들어 자본주의의 흐름에 관심이 많은 작가는 기업의 세계를 다루면서 노동자의 자리를 쉽게 스쳐 지나갑니다. 특히 영화 「소수의견」을 촬영하면서, 여성 배우들이 남성 캐릭터와 여성 캐릭터에 부여된 깊이의 격차를 받아들이기 어려워하는 걸 지켜보고 충격을 받았습니다.

내 작업이 세계의 문제를 투영하는 게 아니라 그 문제의 재생산에 일조할 수도 있다는 거죠. 작가가 어떻게 다루느냐와 달리, 무엇을 다루고자 하느냐는 세계관 차원에서 이루어지는 무의식적이고 근본적인 선택이기 때문에 조정하려는 노력이 없으면 폐허가 되기 쉽습니다. 그러나 여전히 대사 하나만 뚝 떼어 와서 〈이거 여혐 아니에요?〉라고 물으면 슬픔을 느끼지요.

평소 책은 어떤 방식으로 보시는지요?
문학은 문장과 어휘 단위로 꼼꼼히 읽습니다. 인문·사회과학서는 맥락을 쫓는 독서를 합니다. 자연과학서의 경우 인용된 수학이나 과학 이론을 직접 찾아보거나 종이나 컴퓨터로 증명을 시도해 보기도 합니다. 어쩌다 보니 작가가 되었는데 고등학교 때까지 꿈이 수학자였습니다. 숫자 주무르면서 노는 걸 좋아합니다.

문학보다 과학서를 즐겨 읽는 편입니다. 직업이 되어서 그런지 문학은 편식이 심합니다. 폭넓게 탐색하는 독서를 하지 않고 좋아하는 책을 수십 번씩 곱씹어 되읽습니다. 어렸을 때는 세상에 읽어야 할 책이 너무 많다고 생각해서 속독에 중점을 두고 훈련을 했습니다. 하루에 몇 자씩 읽는 걸 목표로 정하기도 했지요. 그래 봐야 세상의 문자를 다 읽을 수 없다는 걸 깨달은 뒤로는 읽는 것보다 읽을 것을 선택하는 과정을 훨씬 중요하게 생각하게 되었습니다. 믿을 수 있는 작가, 그런 작가를 추천해 주는 믿을 수 있는 독서가를 주변에 두는 게 중요한 것 같아요.

빼놓지 않고 보는 작가의 책이 있다면?

크리스토프 바타이유. 황홀하게 아름다운 글을 쓰는 작가이기도 하지만 출간된 책이 적어서 다 읽을 수 있었죠. 정반대로 차갑고 완고한 정서를 가진 코맥 매카시나 김훈의 소설도 거의 다 쫓아 읽었습니다. 너무 고집스러워서 독창적으로까지 느껴지는 경지 같은 것에 홀렸습니다. 둘 다 제가 수용하기 어려운 세계관을 가진 노년의 작가라는 게 아이러니네요. 아, 제 책도 **빼놓지 않고 읽습니다**. 쓰면서 수백 번씩.

지금 읽고 있거나 최근에 인상 깊게 읽은 책은요?

황석영의 『무기의 그늘』입니다. 오래된 소설이라 기대하지 않았는데 엄청난 독서 경험이라 바로 황석영 작가의 초기 작품을 싹 쓸어 담아 구입했습니다.

그 책을 읽게 된 계기나 동기는? 간단한 소개와 소감도 부탁합니다.

지인이 젊은 날의 황석영에 압도당해 보라면서 추천했습니다. 무기 암거래와 지하경제 시장을 그린 베트남전판 「태양의 후예」라고 소개하면 될 것 같군요. 영리하고, 성실하고, 무시무시한 소설입니다. 저와 같은 시대에 이런 젊은 작가가 있었다면 상당히 불편했겠어요. 저에게는 황석영 작가 최고의 소설로 등극했습니다.

황석영의 『무기의 그늘』 초판본(1985년)과 이와나미쇼텐의 일본어판(1989년). 국내 평단과 독자들로부터 큰 화제를 모은 이 책은 1988년 완간 이듬해 곧바로 일본에서도 번역 출간됐다.

곁에 두고 오래 반복해서 보는 책이 있나요?

진화 이론과 뇌 과학이 대세가 되면서 데이비드 버스의 『진화심리학』을 들춰 볼 일이 많습니다. 방대한 실험 데이터를 담고 있어서 한 번에 독파하는 건 의미가 없고 관련 자료가 필요할 때마다 색인에서 필요한 연구 결과나 실험을 찾아봅니다. 구글링하기 전에도 나침반 역할을 해주고요.

서가에 꽂힌 책 중에 사람들이 알면 깜짝 놀랄 만한 책이 있을까요?
『간고등어 코치 王자를 부탁해』. 복근 운동 책인데 한 달 동안 읽고 사흘 동안 실행해 본 뒤 포기했어요.

지금 집필 중이거나 구상 중인 책은요?
무언가를 집필 중이거나 구상 중이라고 말하면 절대로 완성하지 못하고 포기하게 되는 징크스가 있어서 대답하지 않으려 합니다. 도와주세요.

앞으로 꼭 써보고 싶은 책은요?
지구와는 물리적 환경이 다른 행성의 역사 소설. 중력이 세 배쯤 되고, 자전 주기와 공전 주기가 극단적으로 길어서 백 년마다 한 번씩 모든 게 얼어붙는 겨울이 닥치고, 천 년마다 한 번씩 아무것도 보이지 않는 밤이 덮치는 행성. 날개 달린 짐승이 존재한 적이 없고, 부력이 중력에 비해 턱없이 작아서 항해도 불가능하고 비행도 불가능하며, 공성전도 불가능한 세계에서 인류가 탄생했다면 역사가 어떻게 달라졌을지? 징크스 덕분에 이제 세상에 발표할 일은 없게 됐네요.

어느 인터뷰에서 게임 스토리를 만들고 싶다고 했던데요. 글쓰기 외에 꼭 도전해 보고 싶은 일이 있다면?

작은 게임 스토리를 만드는 기회를 갖게 되어 소원 성취했습니다. 어떤 게임인지는 비밀입니다. 스탠드업 코미디에 관심이 많습니다. 연기력의 한계를 느껴서 호흡이 맞는 배우를 만난다면 쇼를 제작해 보고 싶어요.

책과 읽기와 쓰기의 미래에 대한 예상은?

뇌 과학과 신경공학의 발전 속도를 볼 때 우리가 예상하는 것보다 빠르게 언어는 소멸할지도 모릅니다. 어쩌면 제가 죽기 전에 언어의 자리를 뇌파 통신이 대체할 수도 있지요. 언어와 문자와 종이책과 독서의 역할이 사라진다고 해도 상상력과 추론을 동원해서 정보를 가공하는 일, 우리가 지금까지 문학이라고도 불러 왔고 이야기라고도 불러 왔던 것은 끝까지 살아남겠지요. 계속 그 일을 했으면 좋겠습니다.

그다음 추천하고 싶은 사람은 누구인가요? 이유는?

민주사회를 위한 변호사 모임의 정연순 회장을 추천하고 싶습니다. 민변이 담당했던 주요 시국 사건을 다룬 『옹호자들』이라는 책의 용산 참사 부분을 제가 맡아 집필하면서 만났습니다. 그 뒤에 민변 회장 선거에 출마하셨는데, 사회적 약자의 변호에 앞장서 왔으면서 스스로는 선거 홍보물에 〈최초의 여성 회장〉이라는 슬로건을 사용하지 않겠다고 결정했다는 이야기가 굉장히 인상적이었습니다.

　약자의 핸디캡에 힘을 보태 싸우되, 약자의 프리미엄은 취하지 않겠다는. 너무 멋있잖아요. 법이 지배하는 세계에 대한 소설과 영화 각본을 쓰고 최근에는 활동가로서 민변과 공조하면서 시민 사회에서 변호사의 역할과 책임, 여성으로서 세상을 바라보는 시각까지 궁금한 게 참 많아졌습니다. 민망해서 직접 물어보진 못하겠고요. 꼭 좀 물어봐 주세요.

17

민변 회장
정연순

재일조선인 서경식,
우리 현대사의 풀리지 않는
업보들이 보이죠

민주사회를 위한 변호사 모임(줄여서 〈민변〉)이라는 이름은 일반인에게도 꽤나 익숙하다. 80년대 민주화 운동의 주역 중 하나로, 법정 투쟁의 맨 앞줄에 있었고, 중대 고비 때마다 의미 있는 역할을 했다. 지금도 예전만큼은 아닐지 몰라도 크고 작은 사회 문제에 발언을 하고 지원 활동을 벌인다. 그러다 보니 이 단체의 회장에게도 조명이 쏟아질 때가 많다. 차기 회장에 누가 선출됐다는 소식이 언론을 장식하곤 한다.

정연순 민변 회장은 그런 중에도 더 크게 뉴스를 탔다. 민변 사상 처음으로 경선을 거쳐 선출된 데다, 첫 여성 회장으로 당선되면서 화제가 됐다. 또 하나의 유리 천장이 깨진 것이다. 때마침 우리 사회에 여혐 문제라든가 페미니즘 논쟁이 고조된 터여서 맞춤한 인터뷰 손님이 연결됐다는 생각이 들었다. 먼저 전화 통화부터 했다. 정 회장은 요즘 우리 사회에 닥친 〈격랑〉 때문에 남들보다 조금 더 바쁜 나날을 보내고 있다고 했다. 이메일로 문답을 주고받기로 했다. 보내온 답변서가 마치 잘 정리된 변론서를 보는 것 같았다.

추천자인 손아람 님과는 어떤 인연이 있으신가요?

민변에서 몇 해 전 이명박 정부하에 있었던 여러 사건들을 정리하는 책을 냈습니다. 시국 사건을 맡아 고생한 변호사들의 이야기였는데, 그중 용산참사 편을 써야 할 회원들이 너무 바빠서 원고가 모이질 않았어요. 그전에『소수의견』을 읽고 제대로 된 법정 소설을 쓸 수 있는 한국의 몇 안 되는 작가라고 생각해 왔던 터라, 손아람 작가님에게 연락해서 원고를 부탁하게 되었습니다.

근황을 소개해 주시겠습니까?

2016년 5월 28일부터 민변에서 회장으로 일하고 있습니다. 급여를 받는 일이 아니라서 후배들과 함께 법무법인 지향에서 변호사 업무도 같이 하고 있습니다. 회장으로 취임하면서 박근혜 정부 말기를 함께하는 것에 대한 어떤 예감이 있었는데, 아니나 다를까 이번 가을부터 우리 사회가 격랑에 휩싸이고 있네요. 불가피하게 남들보다 조금 더 바쁘게 지내고 있습니다.

원래 변호사가 꿈이셨나요? 간략하게 이력이나 지금에 이르게 된 과정을 말씀해 주실 수 있으신지요?

중학생 시절에 칼 세이건의『코스모스』를 읽고서 천문학자가 되어야지 하는 야무진 꿈을 꾸던 시절도 있었는데, 본격적으로 대학 진학을 생각할 무렵 하필 수학 성적이 저조해서 결국 문과로 진로를 정하게 되었어요. 그때부터는 자의반 타의반으로 학력고사 세대답게 성적순으로 줄 맞춰서 법대에 입학하게 되었습니다. 변호사가 과연 제 적성에 맞는지는 지금도 잘 모르겠고 다른 것을 할 수도 있지 않았을까 싶지만, 그래도 공익과 인권이라는 주제를 놓지 않고 조금이나마 사회에 기여하고 살아올 수 있어서 후회는 없어요.

민변의 첫 여성 회장으로 선출되셨습니다. 출마나 당선 과정, 취임 이후 어려움은 없었나요?

민변 창립 이래 첫 경선을 치렀는데, 그러다 보니 모든 게 처음이라 매우 조심스러웠습니다. 제가 꼭 당선되어야 한다는 것보다도 선배들이 이끌어 온 민변이라는 조직에 누가 되어서는 안 된다는 생각이 컸어요. 대통령 선거보다 더 긴 한 달이라는 선거운동 기간을 보내는 게 힘들었지만, 그 과정에서 함께 도와준 후배들과 돈독한 정을 쌓았고, 무엇보다도 선거라는 절차를 통해 평소 만나지 못했던 회원들을 직접 만났던 게 이후 회장으로 활동하는 데 큰 힘이 되고 있습니다. 지치고 힘들 때마다 회원들을 생각하면 아무것도 아니라는 생각을 하게 됩니다.

출마하셨을 때 선거 홍보물에 〈최초의 여성 회장〉이라는 슬로건을 사용하지 않겠다고 하신 부분이 손 작가는 굉장히 인상적이었다고 하더군요. 무슨 생각이셨지요?

제가 여성이라는 것은 민변 회원들은 다 알고 있는 사실이라 강조할 필요가 없었죠. 〈최초의 여성 회장〉이라는 슬로건은 능력의 유무와 상관없이 여성이라는 이유로 뽑아 달라고 회원들에게 요청하는 것으로 비칠 수 있어, 후보인 제가 할 말은 아니라고 생각했습니다. 〈최초의 여성 회장〉이라는 수사는 저를 바라보는 다른 사람들이, 또는 제가 당선된 후에 이 일을 여성사의 맥락에서 평가할 때 쓰여야 의미가 있다고 생각합니다. 극히 보수적인 법조계에서 1,000명이 넘는 변호사 단체에 여성 회장이 탄생하기까지 여성 평등을 위해 싸워 온 수많은 선배들의 투쟁의 맥락 위에서요. 그런 의미에서 당선된 이후에는 후배들에게 뭐랄까, 조금의 기대와 희망을 주었다는 보람을 느낍니다. 또 그만큼 앞으로 잘 해내야겠지요.

요즘 여초 현상에 이어 여혐, 페미니즘이 뜨거운 사회 이슈가 되고 있습니다. 관련해서 진단이나 견해를 말씀해 주실 수 있으세요?

차별의 문제는 문화와 인식의 문제이기 때문에 제도적 개선 노력만으로는 한계가 있어요. 한국 여성의 권리는 여성들이 싸워 얻은 것도 있지만 해방 이후 그냥 주어진 것도 있거든요. 예를 들어 남녀 고용 평등의 원칙이 우리 법에 들어온 것은 1953년이지만, 지금도 실현되지 못하고 있죠. 법률의 문제와 별도로 일상을 하나하나 바꾸는 작은 싸움이 소중합니다.

1990년대까지 여성 인권 운동은 법제도 개선을 중심으로 성장해 왔습니다. 하지만 인식 개선은 그만큼 충분하지 못했어요. 최근의 여혐과 같은 일련의 사건은 2000년대 이후 교육 분야에서 차별 없이 성장해 온 젊은 세대들과 그에 대비되는 지배적인 낡은 가치관과의 충돌, 청년 실업과 여러 가지 신자유주의적 경쟁 체제에서의 불안과 두려움, 불만 같은 것들이 어우러져서 나타난 일종의 과도기적 현상이라고 봅니다. 메갈리아 사태와 같은 일을 겪으면서 결국에는 모두가 동등하고 존중받는 사회로 나아갈 것이라고 기대합니다. 그러나 그것이 거저 이뤄지는 것은 아닐 겁니다. 문제가 있다고 느끼는 개인들의 힘이 합쳐져서 이뤄지겠지요.

그런 차원에서 민변의 활동이나 계획 같은 게 있다면?
민변은 99년에 여성위원회를 설치하고 성폭력을 비롯한 여성에 대한 폭력 철폐, 여성 인권을 위한 법률 제도 개선에 노력해 왔습니다. 가장 뚜렷한 성과가 호주제 폐지였습니다. 여성 회원들의 비율도 상대적으로 높은 편입니다. 올해 여성 혐오라는 단어가 등장하면서, 여성위원회 중심으로 폭력적인 언어와 증오 선동 행위를 법률이나 소송 형식으로 어떻게 규제할 것인가를 연구하고 있습니다.

평소 책은 얼마나 어떤 방식으로 읽고 계시는지요?
책은 되는 대로 읽어요. 연말에 읽은 책들을 정리해 보는 일을 약 10년 가까이 하고 있는데요, 1년에 한 50권 내외를 읽는 것 같습니다. 이렇게 읽으려면 시간이 될 때마다 책을 들고 있어야 하니까, 눈에 닿는 모든 곳에 책을 둡니다. 책을 읽는 시간은 주말이 아니면 주중에는 쉽지가 않아서 차를 타고 이동할 때, 잠시 쉴 때를 이용하죠. 여행 갈 때에도 꼭 가져가고요. 굳이 정해진 시간이라면 밤에 잠들기 전에 잠시 책을 꼭 손에 듭니다. 피곤할 때에는 몇 장만 보더라도 바로 졸음이 쏟아지는 효과도 있고요.

특별히 즐겨 보는 장르나, 나름의 독서 안배 방식이 있나요? 근래 들어 어떤 취향의 변화가 있다면?

사회 변화의 추세를 분석하는 책들은 좀 챙겨 읽는 편이에요. 아무래도 직업적으로 사회 구성원들의 의식 변화랄까 삶의 변화를 주의 깊게 봐야 하니까요. 최근 몇 년간은 과학책을 많이 보고 있습니다. 예전에는 좋은 대중 과학 서적을 찾기 어려웠는데 요즘에는 좋은 책들이 많이 나오고 있어요. 과학 기술의 발전이 현재와 미래를 규정하는 정도가 극단적으로 강해지고 있기 때문에 그 흐름을 따라가기 위해서라도 과학책을 읽으려 애씁니다. 작년에 읽은 『숲에서 우주를 보다』라는 책은 1년간의 자연 관찰기인데, 365일 옆에 두고 책을 읽는 날짜와 비슷한 시기를 펼쳐 보며 읽었는데, 참 좋았습니다.

빼놓지 않고 보는 작가의 책이 있다면?

책을 적지 않게 내시기 때문에 다 읽지는 못했지만, 서경식 선생님의 책을 좋아합니다. 두 가지 점에서요. 첫째는 그분이 경계인으로서 갖고 있는 시각. 재일교포 형제간첩 조작사건의 피해자인 서승, 서준식 선생님의 형제로 일본에서 태어나 재일교포로서 온갖 차별을 받고, 형들이 그리던 고국으로부터도 배반당하고 감옥에 갇히는 것을 봐야 했던 고통을 겪어 내면서 사회와 인간의 실존에 대한 감각을 키우셨지요.

　구식민지 종주국인 일본에서 태어난 나는 원래는 모어여야 할 언어(조선어)를 이미 박탈당하고 과거 종주국의 언어를 모어로 해서 자라났습니다. 나는 모든 것을 일본어로 생각하며 모든 것을 일본어로 표현합니다. 그렇다면 나는 일본어라는 〈언어의 벽〉에 갇힌 수인이 아니고 무엇이겠습니까? ― 서경식, 『언어의 감옥』 중에서

　더구나 그분이 주시하는 것은 우리와 가장 가까운 일본이어서, 우리 현대사의 풀리지 않는 업보들이 글의 소재로 등장합니다. 내가 딛고 있는 역사와 현실을 직시하는 태도와 힘에 늘 존경의 마음을 품고 있어요.
　두 번째는 글의 향기입니다. 다루는 주제들이 결코 가벼운 것은 아닌데 담담하면서도 간결하게, 굳이 무겁지도 가볍지도 않게 주제를 아우르는 글 솜씨는 정말 닮고 싶습니다.

지금 읽고 있거나 최근에 인상 깊게 읽은 책은요?
　베른트 하인리히의 『생명에서 생명으로』입니다.

그 책을 읽게 된 계기나 동기는? 간단한 소개와 소감도 부탁합니다.
　페이스북에 〈과학책 읽는 보통 사람들〉이라는 그룹이 있어요. 그곳에서 추천받은 책입니다. 생물학자인 저자가 심각한 병에 걸린 친

구로부터 편지를 받고, 생명의 순환에 관여하는 생물들을 소개하고, 그 생명의 사슬에서 예외가 될 수 없는 〈인간〉에 대한 생각을 썼습니다. 특히 마지막 장에서 제목 그대로 〈생명에서 생명으로 이어지는 것은 무엇인가〉에 대한 생각을 펼치는데 많은 감동을 받았습니다. 죽음으로 가는 과정이 얼마나 자연스러운 것인가, 그럼에도 불구하고 이어지는 생명은 단순히 물질적인 것을 넘어선 차원에 있다는 저자의 주장을 꼭 읽어 보라고 권하고 싶습니다.

여성을 좀 더 잘 이해하려는 남성들에게 특별히 권하고 싶은 책이 있나요?

여성 일반이라기보다는 한국 사회의 여성 노동자들의 삶에 관한 책으로 『나, 여성노동자』(2권)를 추천합니다. 1970년대부터 2000년대까지, 30대부터 60대까지 여성 노동자들이 자기 글쓰기를 통해 개인의 삶과 역사를 드러낸 글을 엮었습니다. 70년대 가부장적 질서 속에서 삶을 희생해야 했던 언니들이 어떻게 노동자로 자각하며 자신의 삶을 찾아 이어가는지 읽다 보면 눈시울이 뜨근해져요. 그런데 그 삶이 2000년대에 와서는 비정규직의 삶으로 재편되지요. 여전히 인간으로서의 존엄을 지키기 위해 싸워야 하는 두 주제인 〈여성〉과 〈노동〉에 대한 이해를 돕는 훌륭한 책입니다.

곁에 두고 오래 반복해서 보는 책이 있나요?

나카무라 요시후미의 『내 마음의 건축』(2권)입니다. 문외한이지만 건축에 관심이 많아요. 건축은 실용과 예술이 만나는 지점에 있고 우리가 사는 공간의 문제이거든요. 저는 노년에 조그마한 집과 마당을 갖는 게 꿈이어서 도움이 되는 건축이나 인테리어 책을 틈틈이 읽는데, 이 책은 건축가인 저자가 좋아하는 전 세계 건축물 25곳을 소개하고 있어요. 건축학적으로 아주 의미가 있다기보다는 저자의 마음에 드는 곳들인데, 셜록 홈스 박물관도 있고 하회마을도 있답니다. 글도 좋지만 저자가 손수 그린 스케치에 큰 사진도 아낌없이 썼어요. 소개된 곳을 다 가봐야지 하는 꿈을 갖고 있는데, 그게 소망일뿐이어서, 실제로 다 가볼 순 없겠지…… 하면서 생각날 때마다 가끔씩 책을 펼쳐 그 속으로 여행을 가곤 하죠.

서가에 꽂힌 책 중에 사람들이 알면 깜짝 놀랄 만한 책이 있을까요?

요코야마 미츠테루의 『바벨 2세』 애장판을 가지고 있어요. 이 만화는 채 10살도 안 된 꼬꼬마였던 저에게 꿈과 상상력을 가득 채워준 작품이에요. 지금도 눈을 감으면 만화 속 모래바람과 사막이 생각날 정도니까요. 한참의 세월이 지나 애장판이 다시 발간되었다는 소식에 바로 구매해서 서가에 꽂아 두었습니다. 어린 시절의 저로 돌아가고 싶을 때마다 꺼내 봅니다.

민변 회장 외에 꼭 도전해 보고 싶은 일이 있다면?

수중 다이빙을 해보고 싶어요. 그런데 워낙 물을 무서워하는 데다 사는 게 바빠서 아직은 엄두를 못 내겠더군요.

요즘 인공지능 이야기가 나오면서 법률 업무도 도전을 받는다고 합니다. 법조인을 지망하는 젊은이들에게 들려줄 수 있는 조언이 있나요?

물론 판례를 찾아 주고 서식대로 정리하는 전형적인 업무는 인공지능이 빠른 속도로 대체하겠죠. 그러나 무엇을 우선해야 하는가, 무엇이 소중한 것이며, 새롭게 주장해야 할 권리의 목록에 무엇을 넣어야 할 것인가는 창의적이며 매우 인간적인 일이죠. 그 고민을 거듭하고 세계를 구성하는 원리에 대해 모색하는 작업은 여전히 우리 인간의 영역으로 남아 있을 겁니다. 그렇기에 좋은 법조인이 되려면 더더욱 인간과 세계에 대한 근원적 성찰의 노력이 필요할 것 같네요.

그다음 추천하고 싶은 사람은 누구인가요?

동물보호 단체 카라KARA의 대표이기도 한 임순례 감독님. 아주 예전부터 제가 팬이기도 하지만, 여성주의적 시각에서 더 나아가 동물권으로 인식과 활동의 지평을 넓히고 계시는데, 그런 인식의 확장을 더해 주는 독서의 비밀은 무엇인지 궁금합니다.

18

영화감독,
동물보호단체 카라 대표
임순례

***

『스콧 니어링의 자서전』,
그가 설계하고 실현한 삶이
제겐 가장 완벽해 보입니다

임순례 감독 하면 영화 「우리 생애 최고의 순간」이 떠오른다. 벌써 10년이 다 돼 간다. 그의 삶의 궤적도 남달랐다. 고3 때 자퇴하고 2년 간 책을 읽으며 소일하다 뒤늦게 대입 검정고시를 거쳐 또래보다 2년 늦게 대학에 들어갔다. 한양대 영문학과에 다니면서 프랑스 문화원 시네마테크에서 유럽 예술영화를 200편가량 보고는 영화에 뜻을 세우고 한양대 대학원 연극영화학과에 진학했다. 하지만 학교생활에 만족하지 못한 그는 석사 과정을 〈수료〉로 마무리한 채 프랑스로 가서 파리 제8대학교에서 영화학 석사 학위를 받았다. 귀국 후 조감독 생활 끝에 첫 단편영화 「우중산책」으로 이름을 알렸고 장편영화 「세 친구」로 우뚝 섰다. 하지만 「우생순」이 대대적인 히트를 친 이후로는 소식이 뜸했다. 언젠가부터 동물보호 시민단체 카라 대표를 맡아 헌신하는 모양이었다.

연락해 보니 임 감독님은 새 영화 작업까지 겹쳐 많이 바쁜 것 같았다. 그래도 책 인터뷰라고 하니 기꺼이 응해 주었다. 문답 역시 이메일로 주고받았다.

추천자인 정연순 님과는 어떤 인연이 있나요?

정연순 변호사님과는 2000년대 초반 여성 영화인 모임 자문 변호사와 이사의 관계로 처음 만나게 되었습니다. 몇 년 후 제가 집을 지으면서 시공업자와 소송을 벌이는 일이 생겼고, 소액 소송이어서 〈나홀로 소송〉을 진행할 때 정 변호사님이 많이 도와주셨어요. 그 뒤로 자신도 까칠한 유기견을 키우고 있는 반려인으로 제가 대표로 있는 동물보호 시민단체 카라의 소송도 많이 도와주시고 하셨어요. 주로 제가 민폐를 끼치는 입장이긴 합니다만……. 올봄 서울국제여성영화제에서는 「여판사」 상영 전 사전 이벤트 행사의 연출자와 작가로 만나는 재미있는 경험도 함께 나눈 적이 있습니다.

근황을 소개해 주시겠습니까?

영화감독으로서는 촬영을 곧 앞둔 차기작을 준비하고 있습니다. 대표를 맡고 있는 동물보호 시민단체 카라 업무에다, 몇 달 전부터는 인천영상위원회 위원장을 맡아 그곳 업무 등의 일정을 조율하면서 바쁘게 지내고 있습니다.

현재 동물보호 시민단체 카라 대표를 맡고 있지요. 혹시 모르는 분들을 위해 어떻게 그 일을 시작했고, 현황은 어떤지 소개해 주시겠습니까?

2004년 가을에 카라의 운영자 한 분과 연이 닿아 명예이사직을 수락하게 되었습니다. 명예이사 역할은 그리 크지 않았는데, 2007년

대표 자리가 공석이 되면서 대표직 제안까지 받았어요. 영화 일과 병행할 수 없다는 이유로 2년여를 고사하다가 결국은 맡게 되었습니다. 그게 2009년 여름이었어요.

어릴 때부터 동물을 워낙 좋아했고 동물들의 열악한 처지를 계속 외면하기 힘들었습니다. 카라는 유기견과 길고양이 등의 복지 개선뿐 아니라 농장 동물, 실험 동물, 야생 동물, 동물원 동물 등 모든 종류의 동물 권리 증진을 위해 노력하고 있는 단체입니다. 현재 1만여 명의 후원 회원들과 함께하고 있습니다.

영화 일도 계속하고 있지요? 혹시 다른 계획은?

영화는 내년 1월 중순에 촬영 들어가는 게 있습니다. 일본 영화가 원작인 「리틀 포레스트」 리메이크 작업을 준비 중입니다. 김태리, 류준열 씨가 캐스팅된 상태입니다. 예산은 그리 크지 않은데 사계절을 모두 담아야 하는…… 현실적으로는 좀 어려운 프로젝트입니다. 하지만 촬영하는 동안에는 함께 작업하는 스태프들과, 촬영 후에는 영화를 보시는 관객들께 힐링을 주는 그런 영화가 되었으면 하는 바람을 갖고 있습니다. 「리틀 포레스트」 작업이 끝나면 이중섭 화백의 일대기를 다룬 영화를 계획 중입니다.

어릴 적 책벌레였던 것으로 알려져 있는데요. 요즘은 어떤가요?

책벌레까지는 아니지만 책 읽는 것을 좋아한 것은 사실입니다. 요즘은 영화를 준비하는 중이다 보니 절대 시간이 부족해서 책을 거의

읽지 못하고 있습니다.「리틀 포레스트」가 요리 영화라서 요리·귀
농 관련 책을 읽고 있긴 해요.(웃음)

평소에 책은 얼마나 어떤 방식으로 읽고 계시는지요?

영화를 찍지 않는 시즌에는 일주일에 한두 권 정도 읽는 것 같습
니다. 주로 자기 전에 한두 시간쯤 시간을 내어 읽는 편인데, 너무 재
미있다 싶으면 잠자는 시간을 줄여서라도 끝까지 읽기도 하고요.

특별히 즐겨 보는 장르나, 나름의 독서의 안배 방식이 있나요? 근
래 들어 어떤 취향의 변화가 있나요?

책에 관해서는 딱히 체계나 계획은 없이 닥치는 대로 읽는 잡식성
이라고 자신 있게 말씀드릴 수 있는데, 최근 10년 사이에는 아무래
도 관심 영역인 동물·환경·불교 책을 자주 보게 되는군요.

빼놓지 않고 보는 저자의 책이 있다면?

오르한 파묵, 폴 오스터, 파울로 코엘료, 바르가스 요사, 살만 루슈
디, 마루야마 겐지, 조정래, 성석제, 공선옥, 허수경······.

지금 읽고 있거나 최근에 인상 깊게 읽은 책은요?

최근에 인상 깊게 읽은 책은 안희경의『문명, 그 길을 묻다』와 공
지영의『시인의 밥상』. 현재 읽고 있는 책은 허수경의『너 없이 걸었
다』입니다.

그 책을 읽게 된 계기나 동기는? 간단한 소개와 소감도 부탁합니다.

『문명, 그 길을 묻다』는 정연순 변호사를 통해 안희경 작가를 소개받았고, 안 작가가 이 책을 제게 보내 주었습니다. 『경향신문』에 연재한 내용을 묶은 책인데, 연재 당시에는 보지 못했습니다. 여기에 등장하는 석학들 중에는 제가 모르는 분도 많았지만, 세계적 지성들이 분석하고 예언하는 인류의 현재와 미래에 대한 통찰에 공감하고 배운 바가 많았습니다.

『시인의 밥상』은 요리 영화를 준비 중이기도 하고 박남준 시인과 공지영 작가의 글을 좋아해서 읽게 된 책인데 기대만큼 좋았습니다. 책을 읽으면서 행복한 시간이 오래오래 남는 유기농 에세이입니다.

『너 없이 걸었다』는 작년에 나온 책이지만 놓치고 있다가 얼마 전 전숙희 문학상 시상식에 갔다가 알게 된 책입니다. 허수경 시인이, 현재 자신이 살고 있는 뮌스터라는 독일의 한 작은 도시의 공간을 배경으로 자신이 사랑하는 문학인들, 평범한 사람들, 자신만의 감성과 기억을 강물에 물감 풀어놓듯 살며시 조근조근 풀어놓은 책입니다. 아주 느리게 읽고 싶은 책입니다.

여성을 좀 더 잘 이해하려는 남성들에게 특별히 권하고 싶은 책이 있나요?

리베카 솔닛의 『남자들은 자꾸 나를 가르치려 든다』. 모던하면서도 도식적이지 않게 페미니즘을 이해할 수 있는 책이라고 생각합니다.

곁에 두고 오래 반복해서 보는 책이 있나요?

욘게이 밍규르 린포체의 『티베트의 즐거운 지혜』. 아무 쪽이나 펼쳐 읽어도 지혜와 성찰을 얻을 수 있는 책입니다.

『달라이 라마의 행복론』. 달라이 라마는 언제나 진리입니다.

『스콧 니어링 자서전』. 그가 설계하고 실현한 삶이 제게는 가장 완벽해 보입니다.

살아야 한다는 것을 기정사실로 인정한다면, 우리는 질문을 멈추어서는 안 된다. 어디에서, 어떻게, 무엇으로, 무엇을 위해 살 것인가? 삶의 수단이나 목표가 비열하고 저급하다면, 그 인생은 살 만한 가치가 없으며 자존심을 유지할 수도 없다. 지식을 습득하고 이용하는 데에도 올바른 동기가 밑바탕이 되어야 하며, 그 지식을 말과 행동에 적용하고 생계 수단으로 삼아야 한다. 이 마지막 명제는 부처가 말한 팔정도 가운데 하나이다. 〈바른 생활이란 다른 모든 생물들에게 해가 되지 않고 오히려 도움이 되는 옳은 일에 종사하는 것이다.〉 ─『스콧 니어링 자서전』 중에서

서가에 꽂힌 책 중에 사람들이 알면 깜짝 놀랄 만한 책이 있을까요?

『워런 버핏, 집중투자』. 제가 돈 욕심은 없는 편인데 가끔 낼 때가 있습니다. 동물 애호가들은 아마 모두들 공감하실 텐데…… 학대받는 동물들을 볼 때마다 로또를 맞거나 거액의 돈을 벌어서 유기견이나 길고양이 보호소를 차리고 싶다는 생각을 하게 됩니다. 몇 년 전

에 이 책을 사서 읽은 후에 주식투자는 아무나 하는 게 아니라는 교훈을 바로 깨닫기도 했지만, 워런 버핏이 단순한 주식투자의 대가가 아니라 자신의 철학과 주관이 뚜렷하고 자신의 장단점을 냉철히 파악하고 실천하는, 인간적으로 현명하고 매력적인 사람이라는 생각을 갖게 해준 책입니다.

앞으로 꼭 도전해 보고 싶은 일이 있다면?

동물보호 운동과 영화의 접점에서 개 식용을 근절하는 데 기여하는 영화를 만들고 싶은데, 원래 제가 잔인하고 폭력적인 상황을 잘 견디지 못합니다. 공포 영화를 좋아하지도 않고 액션 영화의 폭력적인 장면에서는 거의 눈을 감고 소리만 들을 정도니까요.

하지만 한 해에 200만 마리 이상이 희생되는 개 식용 근절에 보탬이 되는 영화를 언젠가는 꼭 만들고 싶습니다. 그러기 위해서는 개 농장의 비참한 현실과 그들의 죽음까지도 다루는 영화를 만들 수 있도록 내적인 힘을 키워야겠지요.

그다음 추천하고 싶은 사람은요? 이유는?

조선희 전 서울문화재단 대표를 추천하고 싶습니다. 신문사 기자, 영화잡지 편집장, 소설가, 문화 관련 기관장을 거쳐 다시 소설가로 돌아간…… 그리고 진짜로 책을 좋아하는 그녀의 독서 지형도를 보고 싶어요.

19

작가, 전 서울문화재단 대표
조선희

강준만의 〈한국 근현대사 산책〉 시리즈,
역사의 디테일들로 한국사의
길을 닦다

한국은 문화적 소일거리가 다양하지 않다. 요즘은 그래도 사정이 많이 나아졌지만 80년대만 해도 미술관이라든가 박물관 같은 문화예술의 욕구를 달래 줄 만한 사회 기반이 변변치 않았다. 그런 중에 영화는 가장 값싸고 손쉽게 접할 수 있는 대안이었다. 신문에서는 영화 리뷰 기사나 칼럼이 인기를 끌었다. 『씨네21』이 창간된 것도 그 무렵이었다. 정치 시사가 지배하던 국내 주간지 시장에 혜성처럼 등장한 이 영화 전문지는 대학생들 사이에 인기 폭발이었다. 창간 주역이 조선희 작가였다. 그전 신문기자로 일할 때부터 맛깔스런 영화평으로 이름을 알린 그는 『씨네21』에서 초대 편집장을 맡아 명성을 이어갔다. 이어 한국영상자료원장, 최근에는 서울문화재단 대표이사를 지냈고 틈틈이 소설과 에세이집도 냈다. 전화로 연락이 닿았다. 그동안 오랫동안 묵혀 두고 있었던 두 번째 소설 출간을 앞두고 마무리 작업에 몰두하고 있다고 했다. 이메일로 문답을 주고받았다.

추천자인 임순례 님과는 어떤 인연이 있으신가요?
임순례 감독이 프랑스에서 돌아와 처음 단편영화를 만든 게 「우중산책」이었는데 이게 당시 제1회 나이세스 단편영화제에서 대상인가를 받았어요. 제목처럼 좀 울적하지만 운치 있는 영화였는데, 1994년이었지요. 저는 『한겨레신문』영화 담당 기자였고 인터뷰하느라 처음 만났어요. 그 이후론 제가 임순례 감독 팬으로 쭉…… 그리고 우리가 동갑이에요.

근황을 소개해 주시겠습니까?

2016년 8월로 서울문화재단 일을 마치고 지금은 10년 전부터 써 오던 장편소설을 마무리하고 있습니다. 지난 9월과 10월 두 달 원주 토지문화관에 입주해서 작업을 했고요.

그동안 신문기자, 영화잡지 편집장, 작가, 한국영상자료원장, 서울문화재단 대표 등 다양한 일을 하셨습니다. 언제 가장 행복했습니까? 가장 자기다운 일이라고 생각하는 것은요?

글쎄요. 사회생활 자체는 제가 운도 좋았고 많은 기회가 주어졌고 대체로 행복했던 것 같습니다. 그러나 좀 엄밀히 말하자면 어느 일이나 행복 70, 불행 30이라 할 수 있어요.

신문기자는 세상을 알기에 좋은 직업이었지만 개인 시간이 너무 부족했고요, 『씨네21』편집장은 1990년대 후반 당시 막 살아나던 영화계 현장과 함께 호흡하는 것이 즐거웠지만 잡지가 망할까 봐 불안했고요, 소설가는 소설 쓰는 일이 개인적으로는 최고로 밀도 있는 작업이었지만 늘 혼자 지내야 해서 우울했고요, 한국영상자료

원장은 한국 고전영화의 세계에서 보낸 시간이, 그리고 첫 공공기관 경험이 흥미로웠지만 중간에 정권이 바뀌면서 남은 임기에 맘고생을 했고요, 서울문화재단은 이제 공공기관에 약간 익숙해지고 또 사업 영역이 워낙 그야말로 〈버라이어티〉하다 보니 시간 가는 줄 몰랐지만 우리들의 〈갑〉인 시청, 시의회를 상대하면서 스트레스도 많이 받았지요.

그중 가장 행복했던 때가 언제인가…… 한겨레 신문사와 『씨네21』시절이라고 말하고 싶은데, 그건 그때 너무 젊어서 모든 게 신기하고 신나고 아직 사회적 지위가 그렇게 높지 않아서 같이 일하는 동료들하고 같이 어울려서 고생하고 놀고 할 수 있었기 때문 아닐까 싶어요. 일단 지위가 너무 높아지면, 기관장이라는 데는 좀 외롭고 딱딱한 장소지요.

소설을 쓰기 위해 편집장을 그만두고 최근 재단 대표이사직도 사임한 것으로 압니다. 집필 중인 작품이나 계획에 대해 말씀해 주실 수 있나요?

지금 쓰고 있는 소설은 제목이 가칭 〈세 여자〉예요. 1920년대부터 1950년대까지 한국 현대사를 배경으로 실존했던 세 여자가 주인공이지요. 공산주의자로 활동했던 여자들과 그 주변 인물들이 등장하는데 제가 생각하는 이 소설의 실제 주인공은 〈역사〉 그 자체예요.

요즘 시대에 우리들은 그냥 일상을 살지요. 하지만 식민지와 전쟁에 이르는 그 시대에는 어떤 이념을 가진 사람이라면 개인을 떠나 역사 그 자체를 살 수밖에 없어요. 그 삶이 너무 근사하면서도 가엾어요. 처음 구상한 것이 2005년이었어요.

나는 〈신여성〉 하면 나혜석만 있는 줄 알았는데 허정숙이라고 결혼을 네 번 하고 미국, 일본, 중국, 소련을 유학하고 중국에서 항일투쟁하고 해방 후에 북한으로 갔던 그런 여자가 있었던 거예요. 한국 사회가 냉전의 모드 아래서 독립운동가들도 김구 같은 우파만 떠받들어졌을 뿐이지 신여성 역시 좌파 쪽 여자들은 묻혀 있었던 거죠.

처음에는 허정숙이라는 이 신여성 한 사람에게 관심을 가졌다가 더 들여다보니 그 시대에 그런 여자들이 많았고 또 더 들여다보니 당대 역사가 너무 흥미진진하더라고요. 그리고 지금의 한국 사회를 만드는 정치적 성분이 식민 시대와 해방 공간에서 비롯되는 거라 그 시대를 다루는 것이 우리 시대를 이해하는 데 많은 도움이 되거든요.

어쨌든 2005년에 소설을 준비하기 시작했는데 2006년부터 3년간 한국영상자료원 가느라 쉬고 한국영상자료원 나와서 2년 반 동안 원고를 써서 거의 마무리할 때쯤 서울문화재단에 가게 돼서 또 중단됐어요. 2백자 원고지 3천매. 긴 분량이지요. 올여름에 책이 나오는데 12주년 기념으로 나오는 거죠.

소설을 알게 되면서 직접 써보고 싶은 생각까지 들었다고 하셨지요. 그런 열망은 왜 생기는 걸까요? 신문기자는 사실을 전하는 일종의 논픽션 작가인데 픽션으로 나아가는 것은 왜일까요?

픽션은 지식인, 글쟁이가 꿈꿀 수 있는 최고의 사치라고 생각해요. 소설이란 걸 처음 써본 것이 1987년이었는데 그걸 쓸 때 행복했던 기억이 나요. 기사는 모든 이해 관계자들의 얼굴이 어른거리는 가운데 사실과 사실 사이의 좁은 길을 가는 것이죠.

반면, 소설을 쓰는 건 무궤도의 드넓은 지평 위를 상상력과 자유연상이 이끄는 대로 종횡무진 하는 거예요. 거기엔 객관성이나 공공적 가치 때문에 억압해 왔던 모든 사적인 것들이 내면의 저 밑바닥으로부터 딸려 올라와요. 주관이나 취향, 수치심이나 상처나 성장기의 기억까지.

그 첫 소설을 쓸 때의 황홀했던 기억을 잊지 못했기 때문에 10여 년 후에 기자 일을 접었어요. 짧은 글, 하루 또는 일주일 뒤면 사라지는 글, 다른 사람이나 바깥 세계에 관한 글이 아니라 긴 글, 오래 남는 글, 내 자신의 생각과 내 마음의 이야기를 하고 싶었던 거죠.

평소 책은 얼마나 어떤 방식으로 읽고 계시는지요?

제가 책을 워낙 느리게 읽기 때문에 많이 읽는 편은 아니에요. 그런데 적어도 이번 소설을 쓰면서는 자료 삼아 한국 역사 관련 서적을 참 많이 읽었지요. 그중에서 언급할 만한 것들을 추려 보면…….

저는 강준만 선생의 『한국 근대사 산책』, 『한국 현대사 산책』 시리즈는 아주 훌륭한 작업이라고 생각해요. 30년쯤 전 강만길 선생의 『한국 근대사론』과 『한국 현대사론』을 읽고 우리가 〈태정태세문단세〉 하던 것들을 사회 체제와 계급 구조로 해석해 주었을 때 정말 놀라웠던 기억이 있어요. 그 연장선이라고 생각해요.

강준만 선생 작업은 아주 성실하고 충실하게 한국 역사의 디테일들을 조립해서 책 안에 역사 산책의 사이버 스페이스를 만들어 놓은 거죠. 누구나 들어와서 분별하고 판단할 수 있도록.

그런데 역사를 읽다 보면 사악한 결정들이나 집단적 오류나 엉뚱한 오인 사격 같은 것도 많고 나름 잘한다고 하는 〈뻘짓〉들이 워낙 많기 때문에 그 모든 행위들이 다 쓸데없는 것 아니냐는 냉소나 회의주의에 빠지기가 쉬워요. 그럼에도 우리가 정신을 수습해서 뭔가 괜찮은 일을 해야 한다면 뭘 해야 할 것인가, 하는 고민들을 보여 주는 게 강준만 선생의 글들이죠.

그런 역사적 무기력감에서 빠져나오는 데 도올 김용옥의 『중용, 인간의 맛』도 도움이 됐어요. 중용의 중(中)이 명사로는 〈가운데 중〉인데 동사로는 적중하다 할 때의 그 〈맞히다〉는 뜻이라는 거예요. 무조건 좌우의 중간이 아니라 좌우의 극단적인 경우를 다 생각해 본 다음에 상황에 가장 맞는 어떤 결론을 내는 게 〈중용〉이라는 거지요.

송우혜 선생의 『마지막 황태자』 시리즈도 그 시대를 이해하는 탁월한 역사적 상상력을 보여 줘요. 역사학자로서 온당한 관점을 가지고 잘 쓰인 책을 만나면 정말 스펀지가 물을 빨아들이듯 읽게 되는데 서대숙 선생의 『북한의 지도자, 김일성』도 그 예지요. 저는 1955년 주체사상이란 게 나온 다음의 북한은 마르크스주의 사회가 아니라고 봐요. 폐쇄적인 독재 체제일 뿐이지요.

소설을 쓰시면서 소설 작법에 관한 책도 따로 보시나요.

별로 보는 편은 아닌데 이번에 제가 문화재단 그만두고 소설 작업을 다시 시작할 때 제 친구 하나가 김연수의 『소설가의 일』을 선물했어요. 정말 신의 한 수, 시의적절한 선물이었죠. 너무 적확하고 절실해서 제가 정말 아껴 가면서 하루에 한 챕터씩 읽었어요.

글쓰기에 관한 한 제가 절대적으로 인정하는 텍스트는 스티븐 킹의 『유혹하는 글쓰기』이고 무명의 소설가 또는 소설가 지망생의 마음을 위로해 주었던 책으로는 폴 오스터의 『빵 굽는 타자기』가 기억나요.

지금 읽고 있거나 최근에 인상 깊게 읽은 책은요?

소설을 쓰는 동안은 남의 소설을 읽기 힘든데요. 그래서 소설 퇴고 작업을 일차 끝내고 12월 한 달간 쉬면서 밀린 소설들을 읽었어요. 권여선의 『안녕 주정뱅이』. 우리 집 고양이가 병원에 입원하는 바람에 병실에서 이 단편들을 읽으며 시간을 보냈지요. 참 징하고 짠한 작품들인데, 그래서 마음이 비워지는 기분이 드는 건 무슨 아이러니인지.

원주 토지문화관에 이번에 같이 입주해 있었던 동료 작가들 소설들도 있어요. 남상순 작가의 『걸걸한 보이스』. 이건 청소년 소설인데 유쾌하고 깜찍하면서도 한국 사회의 축소판을 그려 보인달까, 이 작가의 스타일도 그렇거든요. 여하튼 재미있었어요.

하성란 씨의 예전 단편집 『푸른 수염의 첫 번째 아내』도 새로 주문해서 보았는데 하나하나가 절창이더군요. 예쁘고 선량한 작가 안에 이런 도발성이 들어 있다는 게 놀라웠죠. 재미있는 단편소설집 하나 챙겨 놓으면 그야말로 베개 뒤에 달달한 과자 봉지 숨겨 놓은 것처럼 일상이 즐거워지지요.

은희경 작가도 원주에 같이 있었는데 그의 데뷔작 『새의 선물』은 명불허전의 걸작이지요. 그걸 쓰러 들어갈 때 〈불온함〉의 상상력을 놓치지 않기 위해서 밀란 쿤데라의 소설을 챙겨 가지고 갔다고 해요. 저는 쿤데라의 『농담』, 『생은 다른 곳에』를 좋아하는데 그 불온함이라는 거, 뭔지 알 것 같아요.

상투적인 생각이나 상상을 훌쩍 뛰어넘고 싶어서 읽는 책이 저는 정혜윤의 책이에요. 가령 『런던을 속삭여 줄게』는 런던 여행기이지만 역사적 상상력으로 공간들을 다 뒤집어 보이거든요.

저의 아주 젊은 친구인데 김현진이 최근에 첫 소설을 냈어요. 『말해 봐, 나한테 왜 그랬어』. 여성성과 자존감에 대해 많이 생각하게 했는데 한마디로 나쁜 아버지들이 딸들의 인생을 어떻게 망치는가를 증명해 보이죠. 김현진이 소설가로서 잠재력이 보여서 반갑기도 했어요.

근래 읽었던 것 중에 프란츠 베르펠의 『옅푸른색 잉크로 쓴 여자 글씨』는 〈완벽한 소설이란 이런 것!〉이라는 생각이 들게 했고요.

내 인생의 책이라고 말하고 싶은 책이 있다면?

『에니어그램의 지혜』라는 책이 있는데 성격의 아홉 가지 유형에 대해 분석해 놓은 책이에요. 제가 10여 년 전에 이 책을 처음 읽었을 때는 에니어그램이라는 것에 폭 빠져 가지고 친구들 만나면 이걸 가지고 성격 테스트를 해주곤 했어요. 심지어 우리 시어머니한테도 설문지를 드리고 테스트를 했었죠.

에니어그램은 옛날에 이슬람 수도자를 위한 수련 프로그램에서 시작했다고 하는데, 지난 100년 정신분석학의 연구 성과들이 결합하면서 하나의 근사하고 풍부한 체계를 갖추게 됐죠. 성격을 1번부터 9번까지 구분해 놓는데 에니어그램이 좋은 점은 몇 번은 좋은 성격이고 몇 번은 나쁜 성격이다가 아니라, 몇 번의 경우 장점이 발달하면 어떻게 되고 단점이 끝까지 가면 어떻게 되는가 하는 것, 그리고 이 성격의 뿌리가 뭔지, 어디서 오는지 그런 장점과 단점, 원인과 결과를 함께 본다는 거예요.

여기서 약간의 사적인 홍보를 끼워 넣어야겠는데요, 저희 언니가 에니어그램을 이용한 힐링 전문가인데 지난해 『이미 그대는 충분하다』라는 제목의 책을 냈다는 거! 책을 읽으면서 스스로 힐링하는 방법을 알게 되는 책이에요.(웃음)

또 에리히 프롬에 대해 말해야 할 것 같은데요. 제가 대학교 1학년 때, 말하자면 의식화 프로그램으로 세미나를 하면서 처음 읽었던 게 에리히 프롬의 『소유냐 삶이냐』였어요. 이것이 말하자면 〈내 운명의 지침을 돌려놓고 뒷걸음질 쳐 사라진 날카로운 첫 키스의 추억〉이었죠.

나중에 그의 책들을 여러 권 챙겨 보았는데 『자유로부터의 도피』

는 정말 매력적인 책이에요. 흠씬 빠져들어서 읽었고 그 후 한 사회의 대중심리가 어떻게 작동하는지에 대해 관심을 갖게 되었죠.

그리고 프란츠 카프카. 제가 독문과를 나왔는데, 참고로 1978년에 입학했고요. 학교가 휴교를 밥 먹듯 하던 하수상한 시절에 카프카의 장단편, 그의 모든 소설들을 다 읽었는데 어쩌면 그것이 나중나중에 제가 기자 그만두고 소설을 쓰고 싶게 만든 게 아닌가 싶어요. 19세기 말에서 20세기 초에 걸쳐 살았지만 21세기적인 작가. 지금 세상에도 그렇게 현대적인 작가는 드물지요.

앞으로 꼭 도전해 보고 싶은 일이 있다면요?

글쎄요. 제가 그동안 한국 사회에서 얻게 된 귀한 경험들을 가지고 재미와 의미가 모두 있는 어떤 일을 하고 싶어요. 그것을 시작하는 해라서 2017년 한 해는 제게 중요한 해가 될 것 같습니다.

그다음 추천하고 싶은 사람은요? 이유는?

주철환 서울문화재단 대표이사. 대학으로는 선배인데 서울문화재단에는 제 후임으로 오게 되셨어요. 인간적인 매력이 철철 넘치는 분인데 그분의 스타일에 어떤 지적 배경이 있는지 궁금합니다.

20

서울문화재단 대표
주철환

김훈의 『공터에서』,
우리에겐 여백과 공터가 필요합니다

주철환 대표는 처음엔 다소 부담스러워하는 기색이었다.

〈추천받았다는 이야기를 들었을 때 좀 조심스러웠어요. 정말 독서가 생활인 분들은 따로 있잖아요. 주철환이란 사람은 솔직히 책 읽기보다는 만나서 대화하는 것, 음악 듣고 영화 보고 TV 보는 것 좋아하는 사람인데, 책 인터뷰에까지 얼굴 내미는 걸 보면 자기현시욕 참 강한 사람으로 비칠까 봐 걱정이 되기도 하고요……〉

설명을 했다. 오리진의 〈요즘 무슨 책 읽으세요〉 코너는 애독가나 다독가만 상대하는 것은 아니며, 순전히 소개된 사람의 자발적인 추천에 따라 진행되기 때문에 우발적인 연결과 의외의 발견에 더 묘미를 느낀다고. 그제야 안심이 되는지 그다음부터는 편하게 이야기를 풀어놓았다. 인터뷰는 서울 동대문구 용두동 청계천로변에 있는 서울문화재단 대표 집무실에서 진행됐다.

추천한 조선희 작가와는 어떤 인연이 있으신가요?

그냥 서울문화재단 대표 전후임 관계입니다. 그렇게 만나게 된 것 말고 사적인 인연은 없어요. 알고 보니 고려대 선후배 사이더군요.

학교 다닐 때도 몰랐어요. 그분이 4년 후배이고, 나는 국문과, 그분은 독문과에다, 나는 꼭 4년 마치고 졸업해서 군대 간 사람이어서 겹치지도 않았고, 나는 방송 PD, 그분은 신문기자 출신이고요.

재단 전후임자로 만나 인수인계하는 과정에서 알게 됐어요. 재단으로서는 제가 네 번째 대표인데 최근에 역대 대표들 만나서 이야기한 적이 있어요. 아마 그때 추천하실 생각을 하셨나 보죠.(웃음)

MBC PD 시절부터 대중적으로 많이 알려진 편인데요. 요즘 근황은 어떠세요?

여기가 일곱 번째 직장이에요. 첫 직장을 동북중학교 국어 선생으로 시작해서 1년, 그다음 고등학교로 가서 1년 반, 군 제대 후에 MBC에서 17년간 PD 생활, 그다음 이화여대에서 7년 반 교수 생활, 그다음 경인방송 가서 2년 가까이 대표 생활을 했고요.

그다음 JTBC 가서 4년 반 정도 일한 다음에 아주대 교수로 가서 2년 반 있다가, 작년 9월 1일자로 서울문화재단 대표로 왔습니다. 아주대는 아직 적을 두고 휴직 상태에서 왔어요.

여기 임기 3년이 끝나면 아주대로 복귀할 생각이고요. 대학 정년이 65세니까 그때 돌아가게 되면 남은 1년을 장엄하게 마무리하겠지요. 물론 미래 일이야 누구도 장담을 할 수는 없는 일이겠지만요.(웃음)

다양한 분야의 여러 역할을 거쳤습니다. 그중에서도 가장 잘 맞는 옷이라고 한다면?

그런 질문하면 매번 하는 대답이 있어요. 〈나는 행복에 순위를 매기지 않는다〉고요. 20대 초반부터 학교 교사로 직장 생활을 시작했는데 그땐 그게 너무 잘 맞았고, 30대와 40대 초반까지 예능 PD 생활은 대단히 좋았고, 40대 중반부터 50대 후반까지 교수 생활도 아주 좋았고, 그 뒤 대표 생활도 나쁘지 않았고, 지금도 여전히 좋아요. 언제가 제일 좋았다기보다 그때그때 나이에 맞게 살았던 것 같아요.

물론 체력 같은 것을 감안할 때 가장 열정적이었던 때는 MBC PD 시절 아닐까 싶어요. 17년을 했으니까 기간도 가장 길고. 그때 1987년 10월 18일 대학생 상대로 한 「퀴즈 아카데미」를 처음 만들었는데 올해 30주년이 돼요. 가을에 그때 추억을 되돌아보는 행사도 기획 중이에요.

「퀴즈 아카데미」를 떠올려 보면, 대중을 상대하는 일을 하면서도 지식이나 배움과 연결하는 시도들을 해온 것 같습니다.

그렇게 봐주시는 데 대해서는 부정할 수도, 그렇다고 강하게 긍정할 수도 없습니다. 물론 얼마간 염두에 뒀을 수는 있겠지요.

저는 평소에도 〈즐거움과 깨달음 사이에 놀라움과 설렘이 있다〉고 말합니다. 특히 깨달을 때의 즐거움을 중시합니다. 그때그때 순간에 집중해서 즐거움을 찾는 편이에요.

글쓰기에도 관심이 많은 것 같더군요. 책도 많이 쓰셨지요?

제 이름으로 나온 에세이가 모두 15권입니다. 특별히 베스트셀러를 기록한 것은 없습니다. 그만큼 책을 냈다는 것은 그래도 꾸준히 생각하고 썼다는 얘기고, 그걸 출판해야겠다는 사람이 있었다는 것이니 고마운 일이죠.

외부 기고도 많이 하신 편인데 지금도 기고하나요?

지금은 우리 회사 월간지인 『문화 플러스 서울』에 권두 칼럼을 쓰고 있습니다.

쓰신 책은 다 에세이인가요?

첫 책은 대중가요 가사를 자의적으로 해석해서 냈어요. MBC 사보에 어쩌다가 한 번 쓰기 시작해서 연재까지 하게 됐는데, 당시 『한겨레신문』이 창간되면서 연재를 하자고 제안이 와서 기쁘게 수락했어요.

나중에 보니 매주 목요일 한 번씩 모두 다섯 달을 연재했더군요. 그걸 모아서 『주철환 프로듀서의 숨은 노래 찾기』라는 제목으로 출간했어요. 1990년이었어요. 그때 밤을 새워 가면서 정성을 다해서 단어도 조탁을 해가며 쓴 기억이 나요.

그다음부터 여기저기서 원고 청탁이 와서 책을 좀 냈지요. 『PD는 마지막에 웃는다』, 『30초 안에 터지지 않으면 채널은 돌아간다』, 『시간을 디자인하라』…… 가장 최근에는 2년 전에 『인연이 모여 인생이 된다』를 냈어요.

작가로서도 욕심이 있나요?

없다고는 할 수 없겠지만 저는 제 주제를 알아요. 글을 아무리 쓴다고 해도 작가 김훈이나 조정래처럼 쓸 수는 없을 테고, 그저 내 문체로 내가 잘 쓸 수 있는 글을 쓸 뿐이지요. 저는 소박한 생활 문인이라고 생각해요.

글을 쉽게 쓰시는 편인데, 비결이나 요령 같은 게 있나요?

평소에도 사람들한테 뭘 그렇게 쓰느냐는 말을 많이 들어요. 생각이 나는 대로 메모를 많이 하거든요. 순간순간 섬광처럼 스치는 생각들을 적어 두지요. 지금도 스마트폰에 그런 메모가 수두룩해요. 그게 나중에 글을 쓸 때 단초가 되지요.

평소 책은 어떻게 읽으세요?

학술적인 어려운 책들보다 쉬운데 뭔가 생각하게 해주는 책이나 글을 좋아해요. 다른 사람들에 비해 특히 시집을 많이 읽는 편이에요. 대중적인 시들도 좋아해요. 나태주나 정현종, 안도현 시인의 시들. 시 한 구절 한 구절, 쉽게 읽히지만 읽을 때마다 생각을 많이 하게 돼요.

대학 시절 아주 친했던 과 친구가 최정례 시인인데 『개천은 용의 홈타운』이라는 시집으로 재작년 미당문학상을 받았어요. 그 친구는 평소에 보면 그냥 불평불만 많은 아줌마인데 시를 보면 딴사람이에요. 그게 참 신비롭고 흥미로워요.

제가 처음 책도 냈지만 대중가요 가사에도 관심이 많아요. 비틀스 노래 가사 풀어놓은 책 같은 것도 잘 사서 보고. 어릴 때부터 노래를 움직이는 시라고 생각했어요. 그래서 이번에 밥 딜런이 노벨문학상을 받았을 때도 무척 기뻤어요.

최근에 읽으려고 봐둔 책으로는 후배인 김민식 PD가 낸 『영어책 한 권 외워 봤니』랑 김훈의 『공터에서』, 최철주의 『존엄한 죽음』 같은 것들…… 읽어 보려고 적어 뒀어요.

좋아하는 책의 취향 변화 같은 것을 느끼나요?

대학 때까지만 해도 책을 많이 읽을 수밖에 없는 환경이었어요. 1학년 동안 고전 100권 읽기라고 해서, 『성장의 한계』, 『침묵의 봄』 같은 분야별 고전이라든가, 또 제 전공이 국문학이다 보니 『삼국유사』부터 이광수의 『무정』, 이상의 『날개』, 김수영의 시에 이르기까지 문학책도 좀 읽고 한문학도 국문학에 포함되니까 사서삼경 같은 고전들도 읽었어요.

저는 나를 잡아끄는 책을 좋아해요. 읽다가도 재미가 없으면 관둬요. 가령, 좋아하는 손창섭 작가의 소설은 다 읽었어요. 『인간동물원초』, 『잉여인간』 같은. 인간의 복잡한 내면에 대한 묘사가 왠지 모르게 끌렸어요. 중학교 때 읽은 게 아직도 기억에 남아. 최인호의 소설도 거의 다 읽었어요. 장정일도 좋아하고.

저는 어릴 때부터 책을 읽는 것보다 생각한 시간이 더 많았던 것 같아요. 지나고 보니 그게 내 삶에 아주 유익했어요. 요즘 젊은 친구들을 보면 생각할 여백이 별로 없어 보여서 안타까워요.

이번에 김훈 작가의 새 소설도 제목이 『공터에서』인데 그 제목에서 영감을 많이 받았어요. 우리에겐 공터가 필요하다는 생각을 많이 했어요. 너무 틈이 없어요.

저는 학교 다닐 때 제일 비교육적인 말이 〈너 무슨 생각해?〉 같은 거라고 생각했어요. 딴생각 하지 말라는 거잖아요. 너무 폭압적이에요. 좀 혼자 생각하게 됐으면 좋겠어요. 우리에겐 여백이, 공터가 필요하지 않나 싶어요.

저는 자랄 때 공터가 너무 많았어요. 사실은 평범한 삶이 아니었어요. 엄마 아빠의 사랑도 없었지만 간섭도 없었어요. 그게 나를 키운 것 같아요. 이젠 웬만큼 알려진 사실이지만, 저는 어머니가 일찍 돌아가셨어요. 만 5년 같이 살다가 돌아가셨거든요. 고모님이 나를 입양해서 키우셨는데 전혀 간섭하는 스타일이 아니었어요. 제게 공터를 만들어 주신 분이죠.

시장 바닥에서 가게 물건 파는 아주머니였는데, 나는 시장을 배회하거나 조그마한 가게의 다락방에서 지냈어요. 진짜 고개를 들 수 없을 정도의 좁은 공간이어서 항상 엎드려서 혼자 뭔가 끼적거리며 생각하고 그런 시기가 있었어요. 그때 다락방 소년 시기가 지금 나를 만든 원동력이었어요.

그러고 보면 책을 많이 읽어서가 아니라 생각을 한 덕분이었어요. 저는 책을 읽었다는 자족감만으로는 의미가 없다고 생각해요. 읽은 것을 자기 생각과 함께 키워 가야죠. 단어 하나에 대해서도 깊이 생각하는 습관이 있었어요.

가령, 가게는 왜 가게라 부를까, 집은 왜 집일까. 그런 생각이 나한테는 큰 도움이 됐어요. 제게는 수학 시간도 국어 시간이었어요. 그때 배운 것 중에 〈경우의 수〉가 제일 기억나는데, 그것도 관련 공식보다는 〈세상에서 살아가는 경우가 이렇게 많은데 우리는 왜 정해진 길로만 가라고 할까〉, 어린 나이에도 그런 생각을 했어요.

화학 시간에도 〈화(化)〉가 변화라는 뜻인데, 무엇이 무엇이 되는 거구나, 무엇이 결합해서 새로운 뭔가가 된다는 사실이 신기해서 한참을 생각하곤 했지요. 그런 식이었어요.

여러 직장을 거치셨는데, 요즘 자신의 일로 고민하는 사람이 많습니다. 일자리가 부족한 것도 있지만 지금 일을 하는 사람들도 미래의 불확실성 때문에 고민이 많은 것 같습니다. 혹시 젊은 시절로 돌아가면 뭘 할 것 같으세요?

제가 좋아하는 걸 하겠지요. 여전히 교사를 택할 것 같아요. 저는 청소년들 만나서 얘기하고 듣는 게 제일 즐거워요. 은행원처럼 계산하거나 기술 관련 직종은 안 맞는 걸 알아요.

요즘 얘기들 하는 4차 산업혁명이나 알파고에도 관심이 많지만, 내가 잘할 수 있는 건 역시 언어 영역 같아요. 나보다 젊은 세대에게 내 언어와 경험과 지식으로 뭔가를 선물하듯이 즐겁게 해주는 걸 좋아해요.

앞으로 꼭 해보고 싶은 게 있다면요?

어떤 자리 욕심은 없어요. 나보다 젊은 분들이 나를 만나고 싶어지게 되는 게 내 꿈이에요. 그렇게 사는 삶이면 성공한 삶일 것 같아요. 물론 쉽지는 않을 겁니다. 그러기 위해서는 세상과 끝없이 소통해야겠지요. 그러기 위해 글을 많이 쓸 것 같아요.

쓸 건 많아요. 소설도 쓰고 싶은 게 있어요. 1990년대 초 MBC PD 시절 사보에다 소설을 연재한 적이 있어요. 제목이 〈잊고 산 것들〉인데, 용두사미로 끝나긴 했지만.(웃음) 의욕만 넘쳤지 역량과 시간이 부족해서 허겁지겁 끝내고 말았는데 다시 제대로 펼쳐서 써보고 싶은 생각이 있어요.

또 어릴 때부터 작곡도 많이 했어요. 「퀴즈 아카데미」 주제곡도 직접 썼고 그 뒤 음반도 두 개 냈지요. 앞으로 좀 심심해지면 창작 활동을 더 왕성하게 할 것 같아요. 쓰고 싶은 글 쓰고 음반도 내고, 새로운 형태의 공연도 개발하고 싶은 욕심이 있어요.

오락과 예술 요소를 결합한 새로운 형식의 강연 및 공연 개발 같은 것도요. 어떤 형식이 될지는 모르겠지만 그런 걸 생각하고 있어요. 아내가 강릉에서 직장 생활을 하는데, 거기 전원주택을 잘 지어서 문화판을 벌이는 거죠. PD 시절에 친했던 연예인들도 초대해서 달밤에 공연도 하고 얘기도 하는.

저는 지금 가장 부러운 우리 세대 사람이 저보다 두 살 많은 배철수, 한 살 많은 김창완 씨 같은 분들이에요. 여러 활동을 하면서도 즐겁게 살면서 좋은 영향을 주고 있잖아요.

나는 외롭게 정상에 올라가는 삶도 좋지만, 개마고원에서 친구들과 숨바꼭질하며 사는 삶이 더 좋다고 생각하는 편이거든요.(웃음) 난 친구들하고 어울리는 게 좋아요.

끝으로 책과 관련해 한 마디 덧붙인다면?

　누구나 한 권의 책을 쓰라는 게 평소 제 제안이에요.

　우리 직원들한테도 항상 이야기해요. 〈책을 내라. 내가 추천사도 꼭 써주고 후원도 하겠다〉고요. 제 친구들한테도 〈우리가 육십을 살았는데 책 한 권 안 쓰고 뭐하니. 통장 남기려고 하지 말고 책을 남겨〉라고 해요. 저는 이미 15권을 썼기 때문에 후회가 없어요. 제 아들은 지금 제 책은 안 읽는데, 제가 이야기하지요. 〈내가 죽고 나면 한번 읽어 봐〉라고요.

　대학교 수업 하면서도 학생들에게 책 한 권 쓰면 취업에도 좋다고 해요. 〈네가 살아온 인생 이야기를 책으로 한 권 쓰면, 그걸 가지고 입사 면접장에 가서도 유리할 거다〉 그래요.

　실제로 그 말 듣고 실천한 친구가 있어요. 글도 잘 쓰고 사진도 잘 찍는데, 대학 졸업 후 군대를 ROTC로 갔다 와서는 바로 취직 안 하고 혼자 1년간 세계여행을 갔다 와서 책을 냈어요.

　『지구별 사진관』이라는 제목인데, 지금 젊은이들 사이에 인기 있는 프로그램인 「아는 형님」 만든 최창수 PD가 저자예요. 입사 면접 시험 때 남들은 자기소개서를 냈는데 그 친구는 책을 자기 포트폴리오로 갖고 간 거예요. 심사위원들이 글이며 사진을 보니 PD도 잘하겠다 싶었던 거죠.

저는 학생들에게 인생에서 〈모범 트랙〉 말고 〈모험 트랙〉을 타라고 해요. 좀 모험적인 삶을 살라고 권해요. 친구들을 봐도 그때그때 쫓겨서 허겁지겁 살다가 나중에 은퇴하고 나면 허망하거든요.

저는 누구나 책을 쓸 수 있다고 생각해요. 자기 이야기도 다른 사람의 이야기도 좋고. 제 주변에는 엄청나게 읽는 친구도 있어요. 하지만 자기 글은 한 편의 에세이도 안 썼어요. 그러면 허무하지 않을까요. 생각은 깊어졌겠지만. 그래도 뭔가 읽었으면 자기화해서 써내는 게 좋겠다고 생각해요. 책을 쓰려면 글을 써야 하고 글을 쓰려면 생각을 많이 해야겠지요.

감히 한 가지 팁을 드리자면 야구만 봐도 늘 잘하던 사람이 잘하면 감동이 없어요. 못하던 사람, 못하던 팀이 잘하면 명장면이 되고 감동이 일어요. 인생도 그래요. 사람은 희망을 봤을 때 감동을 하거든요. 기대를 안 했는데 시련을 겪고 잘하는 사람이 감동을 줘요. 그러니까 죽어서 통장을 남기려고 하지 말고 자기 글을, 자기 책을 남기세요. 그게 책에 대해서 제가 강조하고 싶은 이야기입니다.

다음으로 추천하고 싶은 사람은요?

이탈리아 출신 기업인으로 요즘 방송에서도 활동하는 알베르토 몬디를 추천할까 해요. 종편 프로그램 「비정상회담」을 통해 알려진 인물인데, 아주대에 초청해서 강연을 들은 적이 있어요. 자기 인생의 선택에 관한 내용이었는데 좋았어요. 책 이야기를 들어 보고 싶어요.

21

「비정상회담」의 이탈리아 대표
알베르토 몬디

지금의 나로 이끈
다섯 번의 선택

이번엔 주한 외국인이다. 이탈리아인 방송인 알베르토 몬디. TV 프로그램에도 고정 출연하면서 얼굴도 꽤 알려진 인물이다. 기획사에 속해 있으면서 매니저를 두고 있었다. 전화로 연락이 닿았다. 다행히 직접 만나서 이야기를 듣기로 했다. 이 코너에서 외국인은 처음인데, 더구나 이탈리아인이어서 책 이외에 다른 것들도 물어봤다. 방송에서 본 대로 우리말이 유창했다. 10년 가까이 한국에서 직장을 다니면서 많은 사람들과 이야기를 나눈 덕분이라고 했다. 하지만 한국어로 된 책을 읽는 것은 아직은 부담스럽다고 했다. 작년 여름에 태어난 아들 이야기를 할 때 얼굴이 가장 밝았다. 벌써 육아 계획까지 생각해 둔 모양이었다. 앞으로 영어 공부보다 책 읽기에 먼저 재미를 붙이게 하고 싶다고 했다. 그가 국내 대학에 강연 초청을 받아서 했다는 〈인생의 다섯 가지 선택〉 이야기가 인상적이었다.

추천자인 주철환 대표와 어떤 인연이 있나요?

제가 JTBC의 주한 외국인들이 출연하는 프로그램인 「비정상회담」에 출연하게 됐을 때 주 대표님이 JTBC에 계셔서 얘기는 들었어요.

직접 인사하고 애기를 한 것은 작년 초여름쯤에 아주대학교에서 외부 강연자로 초대받아 가서였어요. 올 초 아주대 입학식에서도 강연을 했고요.

요즘 근황을 소개해 주시겠어요?

사업과 다른 일들을 병행하고 있습니다. 방송에서는 「비정상회담」에 고정 출연하고 있고, 간간이 다른 프로그램에 초대 손님으로 나가기도 합니다. 매주 월요일 네이버에 이탈리아 축구 문화에 대한 칼럼도 쓰고 있고, 『중앙일보』에 한 달 반에 한 번꼴로 〈비정상의 눈〉이라는 제목으로 두세 명이 돌아가면서 칼럼도 쓰고 있어요. 또 잡지 『엘르』에 록 뮤직에 대한 칼럼을 쓰고 있고.

다른 일이 많아지면서 작년 2월에는 회사를 나와서 지금은 주한 이탈리아 상공회의소 부회장을 맡아 자문도 해주고 있어요.

관심이나 활동 분야가 생각보다 넓군요.

원래 운동이나 음악을 좋아했어요. 축구도 했고 록밴드도 하면서 악기도 좀 다뤘고⋯⋯. 작년 8월에 아들이 태어나서 지금은 육아까지 거들어야 해서 많이 바빠요.

그렇지 않아도 부인이 한국인이라고 들었습니다.

각자 중국에 유학 와서 중국어 수업을 듣다가 만나서 결혼하게 됐어요.

그래서 한국에 오시게 된 건가요?

처음엔 이탈리아에서 중문과를 나온 후에 중국 다롄으로 가서 1년간 유학을 했어요. 여러 나라에서 유학생들이 왔는데, 저는 이상하게도 가장 친한 친구들이 한국인이었어요. 같이 유학 간 이탈리아 친구 3명 모두 한국인들하고 어울렸어요.

그전까지는 한국을 몰랐는데 그때 관심을 갖게 됐고 가보고 싶은 마음이 생겼어요. 졸업 후에 여행을 시작했는데, 기차로 블라디보스토크까지 갔다가 속초에 들렀어요. 잠시 있으려던 것이 한 달, 두 달 길어지다가 결국 장기 체류하게 됐어요.

원래는 중국으로 가서 취업할 생각이었어요. 그때 주한 이탈리아 대사관에서 인턴을 뽑길래 지원해서 일을 했어요. 그러고 난 후에는 한국경제학회 회장으로 있던 구정모 교수님이 공부를 더 하라고 해서 강원대에서 2년 경제학을 공부했어요.

마친 후에 조세연구원, 맥주 회사인 사브밀러에서 3년, 자동차 회사인 피아트크라이슬러에서 3년 근무했어요.

방송 출연은 언제부터 어떻게 하게 됐지요?

맥주 회사에 다닐 때였어요. 잘 가던 한남동의 커피숍 사장님이 보고 싶어 하는 사람이 있다고 해서 갔다가 「비정상회담」 캐스팅하는 분에게 발탁됐어요. 처음엔 못 하겠다고 했어요. 저한테는 안 맞을 것 같기도 했고.

아내도 반대했어요. 다른 사람들 관심 받는 걸 꺼려 하는 편이거든요. 어차피 파일럿 프로그램이라고 해서 한 번만 찍어 보자 했는데 결국 지금 141회까지 나가게 됐어요. 그동안 출연진이 많이 바뀌었는데 첫 회부터 계속 출연하고 있는 사람은 캐나다인 기욤과 저 2명뿐이에요.

여러 군데 글도 쓰고 하면서 바빠져서 다니던 회사는 작년 2월에 그만뒀어요.

한국 생활이 어렵지는 않던가요?

2007년에 왔으니까, 이제 10년이 됐네요. 맨 처음에 춘천에 살 때 신기했던 것은 도시에 광장이 없다는 점이었어요. 이탈리아를 비롯해서 유럽 어디나, 심지어 중국도, 어느 도시나 마을을 가든 사람들이 모이는 도심 광장이 있어요.

이탈리아의 어느 도시를 가면 맨 처음 가는 곳이 광장이에요. 거기서 도시 분위기를 알 수 있거든요. 중국도 아침이나 밤에 사람들이 광장에 나와서 춤도 추고 무예도 하고 그래요.

춘천에서는 두세 시간 산책하면서 왔다 갔다 했는데도 어딘지를 몰라서 신기했던 기억이 나요. 그리고 식당에서 이모님이 반찬을 무료로 계속 더 주는 것도 신기했어요.

그리고 저한테 다가와서 영어로 말을 걸 때였어요. 그때 저는 영어를 지금처럼 못 했어요. 이탈리아 사람들은 보통 영어를 그렇게 잘하지는 못하거든요. 저도 학교에서 불어를 배웠고 대학 때 전공이 중국어였기 때문에. 오히려 영어보다 간단한 한국어가 더 편한데도 영어로 말을 걸어서 당황했던 적이 많아요. 그럴 때마다 미국인도 아닌데 왜 영어로 묻지 하는 생각이 들었어요. 결국 한국에서 영어 공부를 따로 했어요.

한국인은 이탈리아 사람이랑 뭐가 가장 다르던가요?

사고방식에서 가장 큰 차이는 한국인은 남들 시선을 많이 의식한다는 거예요. 다른 사람이 나를 어떻게 생각할지에 대해서 생각을 굉장히 많이 하는 것 같아요. 체면이나 이미지를 중시하고 눈치를 많이 보는 것 같아요.

그래서 그런지, 하면 안 되는 게 많아요. 말하고 싶은데 하면 안 되겠다 싶은 것도 많고. 그에 비하면 이탈리아나 유럽은 훨씬 더 자유로운 분위기예요.

요즘 젊은 층은 좀 다르지 않나요?

네, 젊은 사람들은 많이 바뀌는 것 같아요. 그래도 유럽 사람들에 비하면 다른 사람 의식을 많이 하는 편이에요.

자동차만 해도 유럽인들은 자기 연봉의 5분의 1이나 4분의 1 정도 가격의 차를 사는데 한국인은 자기 연봉 수준의 차를 사요. 제가 자동차 회사를 다녀봐서 그런 통계 조사를 알거든요. 물론 차를 좋아해서 그런 것일 수도 있지만 자신의 이미지가 작용하는 것 같아요.

사교육 문화 같은 것을 봐도, 비판들은 하면서도 그래도 남들 하니까 어쩔 수 없다는 식으로 다 따라하는 게 많아요.

반대로 한국인이 이탈리아나 이탈리아인에 대해 갖고 있는 오해
나 편견 같은 것은 어떤 게 있던가요?

이탈리아 하면 음식을 떠올리는데 주로 파스타랑 피자를 이야기
해요. 하지만 그건 극히 다양한 음식들 중의 두 가지 종류일 뿐이거
든요. 이탈리아는 한 나라로 통일이 된 것도 150년밖에 되지 않아서
지역 특성이 아주 강해요. 음식도 다 달라서 정말 다양해요.

그리고 한국뿐 아니라 영화 같은 데서도 자주 그렇게 묘사되는데,
이탈리아 남자들이 바람둥이라고 생각해요. 여기에는 약간 오해가
있어요. 이탈리아는 어릴 때부터 여자를 공경하는 문화 속에서 자라
요. 집안에서 할머니가 제일 보스예요. 여성인데다 나이도 가장 많
으니까. 일찍부터 여자한테 배려해 줘야 한다고 배워요. 여자한테
친절하다고 무조건 작업 거는 건 아니에요.(웃음)

이탈리아 책 읽기/쓰기 문화는 어떤가요?

동네마다 도서관이 잘 돼 있어요. 중고등학교 때는 자주 가서 책
을 많이 읽었어요. 이탈리아는 오전 수업만 있어서 마치고 오후에는
주로 마을 도서관에 가서 공부하거나 책을 읽었어요. 물론 요즘은
통계를 보면 인터넷이나 스마트폰 때문에 독서 인구가 줄고 있어요.

읽는 책을 봤을 때 한국과의 가장 큰 차이라면, 한국은 픽션보다
논픽션이 인기인 것 같더군요. 자기계발서나 에세이, 경제경영서가
많이 팔리는 것 같은데, 이탈리아는 그런 책이 인기가 없어요. 소설
을 많이 보는 편이에요. 한국은 미국 영향이 큰 것 같아요.

글쓰기는 어릴 때부터 많이 써야 했어요. 이탈리아는 모든 시험에 객관식 문제가 없어요. 구술이나 필기 시험을 보는데 주관식으로 답을 직접 써야 해요. 국어는 한 달에 한 번씩 작문 시험을 봤어요. 주제를 세 개 내주고는 골라서 쓰는데 한 번에 네다섯 쪽을 쓰는 식이지요. 어쩔 수 없이 한 달에 한 번은 서너 시간 글을 써야 해요.

평소 책은 얼마나 어떤 방식으로 읽나요?

고등학교 때나 대학 때는 많이 읽는 편이었어요. 고등학교는 수업이 8시부터 1시까지만 있고, 그다음은 숙제하고 나면 자유 시간이니까 축구도 하고 책도 많이 봤어요. 많이 읽을 때는 하루 한 권 읽을 때도 있었어요. 대학 때도 많이 본 편이었어요. 통학을 했는데 기차나 버스 안에서 읽기도 하고.

지금은 한 달에 한두 권 정도밖에 못 읽고 있어요. 주로 이탈리아 책을 아마존으로 주문해서 봐요.

한국어 책도 보나요?

아무래도 힘들어요. 영어나 한국어로 책을 읽으면 이해하는 데 애를 쓰느라 공부하는 느낌이에요.

그나마 다 읽은 한국어 책은 법정 스님의 『무소유』, 『살아 있는 것은 다 행복하라』 정도예요. 원래 철학을 좋아했는데 동양 사상이고 유럽에서는 생소한 불교 저작이고 하니까 새로워서 보게 됐어요.

단어를 찾아보면서 읽었는데 모르는 단어는 사전을 봐도 무슨 뜻인지 잘 모르겠더군요. 불교 용어들이 그랬어요.

조창인의 『가시고기』도 아는 작가한테서 선물 받았는데 85퍼센트밖에 이해를 못 했어요. 이 책 경우에는 제가 중국어를 전공해서 오히려 한자어는 이해가 되는데 순수 한국어나 문학적인 표현이 이해하기 어려웠어요.

특별히 즐겨 보는 장르가 있나요?

소설을 주로 보고 에세이나 경제경영서도 읽는 편이에요. 옛날에는 톨스토이, 도스토예프스키, 칼비노, 마르케스 같은 작가의 기본 고전들을 많이 봤는데, 제일 좋아한 책은 마하일 불가코프의 『거장과 마르가리타』였어요. 요즘은 현대 최신 저작들을 많이 봐요.

빼놓지 않고 보는 저자의 책이 있다면?

밀란 쿤데라를 아주 좋아해서 그전에 나온 책은 다 봤어요. 『향수』, 『불멸』, 『정체성』…….

지금 읽고 있거나 최근에 인상 깊게 읽은 책은요?

이탈리아 작가 주세페 카토젤라의 *Il Grande Futuro*(위대한 미래). 이슬람에 대한 책인데 실제 일들을 토대로 썼어요. 이탈리아를 포함해서 온 유럽이 요즘 테러 때문에 문화 충돌을 겪고 있는데, 이 책은 이슬람 신도의 입장에서 쓴 책이에요.

작은 마을의 친구 두 사람 이야기예요. 한 명은 부자이고 한 명은 하인인데 서로 제일 친한 사이였어요. 부자 친구는 군대에 가고 하인은 모스크로 가서 코란을 공부해서 나중에 고위 지도자가 되어서는 탈레반 조직에 들어가서 전사로 싸우기 시작해요.

이슬람 테러 조직이 극단주의자에 미친 사람처럼 보이는데 반대 시선에서 보면 이해할 수 있는 면이 있음을 보여 줘요. 그쪽 사회나 세계는 어떤지. 작가가 실제로 소말리아까지 가서 극단 이슬람 단체와 살았던 체험을 토대로 썼어요.

이 책을 읽게 된 것은 제가 좋아하는 이탈리아 랩 가수인 조바노티 때문인데, 그가 인스타그램에 올린 것을 보고 저도 읽게 됐어요. 이 가수도 책을 쓴 작가인데 제가 믿을 만한 문학인으로 생각하기 때문에 추천하는 책을 보곤 합니다.

곁에 두고 오래 반복해서 보는 책이 있나요?
티나 실리그의 『스무 살에 알았더라면 좋았을 것들』. 이 책은 대단한 내용은 아니지만 가끔씩 읽게 돼요.

조쉬 카우프만의 『퍼스널 MBA』. 제가 회사를 다녔고 경영 관련 일을 하는 사람이니까 수시로 보게 되더군요. 마케팅, 영업, 재무관리, 경영, 회사 내 인간관계 등 내용이 잘 정리돼 있어서 참고할 때가 많습니다.

코엘료의 『연금술사』. 아까 말한 조바노티의 *Il grande Boh!*(위대한 모름!). 본인이 자전거 타고 남미 여행한 경험을 썼는데 두세 번 읽었어요. 단순히 여행 책이 아니라 자기 생각을 담아 낸 책이에요.

서가에 꽂힌 책 중에 사람들이 알면 뜻밖이라고 생각할 책이 있을까요?

아인슈타인의 말과 생각을 모은 책인 *Ideas and Opinions*(한국어판은 『아인슈타인의 나의 세계관』), 영국 작가 닉 혼비의 음악 소설 *High Fidelity*(한국어판은 『하이 피델리티』).

아주대에서 했다는 강연 내용을 간략히 얘기해 주실 수 있나요?

〈인생의 다섯 가지 선택〉이라는 제목으로 했는데요, 인생에서 중요하게 생각하는 순간의 결정들에 대해 경험한 것들을 이야기했어요.

첫 번째 선택이 전공입니다. 중국어를 택했는데 그땐 정말 중국이 지금처럼 경제 대국이 되기 전이었거든요. 그때 주변에서 놀림 많이 받았어요. 하지만 저는 남들이 다 하는 외국어는 하기 싫었어요. 그게 저한테 한국까지 오게 된 기회를 열어 줬죠.

두 번째인 유학도 비슷해요. 이탈리아 사람들이 중국에 유학을 가면 대개 명문인 베이징대나 상하이의 푸단대를 가는데 저는 일부러 이탈리아 학생들 없는 곳으로 갔어요. 다롄 외국어대학으로. 친구 2명을 설득해서 같이 갔어요.

그때 학교에서 원서를 내니까 학과 조교가 다롄에는 갔다 온 사람도 없고 가도 아무도 없다고 하더군요. 그래서 가기로 했어요. 가서는 너무 잘한 결정이었다고 생각했어요.

오히려 베이징에 간 친구들은 후회를 하더군요. 주변에 이탈리아 학생들밖에 어울릴 사람이 없고 공부하느라 바쁘다고. 저는 중국인들과 어울려 놀면서 여행도 많이 하고 중국 문화를 제대로 익힐 수 있었어요. 거기서 지금 아내도 만나게 됐고요.

세 번째는 취업이에요. 유학 후에 이탈리아로 돌아가서 졸업하고 취업이 됐어요. 어떤 대기업의 인턴십을 마치고 입사하게 됐어요. 좋은 회사니까 부모님도 좋아하시고 친구들도 부러워했는데 저는 내키지 않았어요. 곧바로 회사에 들어가기보다 좀 더 놀면서 배우고 싶은 생각이 들었어요. 한국으로 돌아간 여자 친구를 다시 만나고 싶은 마음도 있었고요.

부모님께 얘기했어요. 회사에 안 가고 기차 여행을 하고 한국으로 가겠다고 했더니 크게 실망하시더군요. 중국어 공부를 하고 왜 한국에 가느냐, 비행기도 있는데 왜 하필 기차 여행이냐 그러셨어요. 하지만 저는 여행이 너무 재미있었어요. 결국 한국까지 왔는데 잘된 것 같아요.

네 번째는 커리어. 직장 선택이에요. 사람들은 선택을 앞에 두고 걱정을 많이 하는데, 저는 어떻게 보면 운이 좋아서 좋은 회사를 다닌 셈이긴 한데, 고민을 해서 선택한 게 없어요.

한국에서도 외국인이다 보니 처음부터 한국인에 비하면 말도 그렇고 뭐가 됐든 비교가 안 되니까(한국인이 더 잘하니까), 예의 바른 태도와 미소, 성실한 일 처리, 사람 열심히 만나는 것, 이 세 가지만 열심히 했어요. 그랬더니 제의가 들어왔어요.

다섯 번째는 결혼이에요. 제 나이 스물일곱에 했는데, 돈이 없었어요. 적금 700만 원뿐이었는데, 기다렸다가 나중에 하자는 얘기도 나왔었지만 그냥 그 돈으로 결혼했어요. 결혼식을 거창하게 한 것도 아니고. 그런 후에 조금씩 집도 생기고 차도 생기고 했어요. 하나씩 생기는 게 훨씬 재미있었어요.

그래서 저는 피아니스트가 되려면 피아노 살 걱정, 레슨 걱정 말고 어디서든 피아노 앞에 앉아서 쳐라, 작가가 되고 싶으면 글쓰기 과정 듣거나 책 낼 걱정 하기보다 앉아서 무작정 쓰라고 이야기하고 싶어요. 그런 이야기를 했어요.

앞으로 꼭 도전해 보고 싶은 일이 있다면?

이건 좀 반쯤 농담 삼아 하는 말이긴 한데요, 한국관광공사 사장을 해보고 싶어요. 그래서 외국인에게 한국 여행 홍보하는 일을 잘하고 싶어요.

제가 회사 다닐 때 시장 관리하는 일을 했기 때문에 지방 출장을 다니면서 한국 구석구석 여행을 정말 많이 했거든요. 안 가본 곳이 없을 정도로.『론리 플래닛』같은 책에도 안 나오는 좋은 곳이 정말 많아요.

그런데도 지금 나와 있는 책자들은 외국인이 쉽게 알 수 없거나 정보의 깊이가 부족하고 무엇보다 재미가 없어요. 맛집 식당 추천에 그치는 게 많아요.

제 친구들이 다들 일본에 가는데 한국에 안 와요. 한국에 뭐 볼 게 있냐면서. 좋은 데가 너무 많은데도. 한국의 관광 분야 쪽 분들은 열심히들 하시긴 하지만 외국인이 무엇에 관심을 가지는지, 무엇을 좋아할지를 잘 모르는 것 같아요. 한국의 걸 그룹이나 케이팝 같은 것 보여 주면 스파이스 걸스 아류 같은 느낌을 받아요.

오히려 한지 공예나 도자기, 산속 암자 생활 이런 게 더 매력적이에요. 유럽 사람들이 일본에 가는 이유는 동양에 대한 그런 환상 때문이거든요. 한국도 다른 곳에서는 볼 수 없는 것, 느낄 수 없는 전통문화부터 시작해야 한다고 생각해요.

혹시 더 추가하고 싶은 이야기가 있나요?

음…… 최근에 아이를 낳았는데 이런 질문을 많이 받았어요. 영어도 가르칠 거냐고요. 저는 영어보다 책을 즐길 줄 아는 법을 가르치고 싶어요. 책을 즐기고 많이 읽다 보면, 필요한 외국어는 알아서 배울 거라고 생각해요. 세상에 대한 관심이 생기니까 자연히 외국어도 필요한 줄 알겠죠.

두 번째 릴레이

.

1

카카오 대표
임지훈

———

마스다 무네아키의 『지적자본론』,
한 사람의 철학이 담긴
책을 좋아합니다

마침 북클럽 오리진이 활동하는 플랫폼인 카카오에 새로 취임한 임지훈 대표도 책을 좋아한다는 말이 들려왔다. 독서 생활에 관한 인터뷰를 청했다. 대표 취임 초기여서 바빴던 모양인지 한참 뒤, 잊을 만할 때쯤에야 연락이 왔다. 다른 언론 매체와의 형평성 때문에 조심스럽다면서도 〈책 읽는 문화 확산은 좋은 일〉이라며 응하겠다는 답신이었다. 〈책 이야기에 한해〉 직접 만나서 답하겠다고 했다. 판교 오피스로 향했다. 거기에도 아담한 도서관이 있었다.

제 생각엔 이 코너가 책 소개 자체보다, 다양한 분들이 책 읽는 습관을 갖고 있다는 사실이 알려지고, 그런 독서 습관이 더 널리 확산됐으면 좋겠다는 취지를 갖고 있을 것 같았어요. 그런 면에서 의미가 있는 것 같고, 잘됐으면 좋겠습니다.

임지훈 대표가 최근에 가장 인상 깊게 읽은 책으로 꼽은 책은 일본 기업인 마스다 무네아키의 『지적자본론』이었다. 일본의 혁신 기업 〈컬처 컨비니언스 클럽CCC〉의 마스다 무네아키 회장이 자신의 경영

철학을 담은 책이다.

　무네아키 회장은 국내에도 화제가 된 츠타야 서점을 필두로 도서관과 서점 등의 혁신을 주도한 기업인이다. 책을 핵심으로 한 콘텐츠산업과 오프라인 매장의 결합을 통해 전국에 1,400여 개 매장을 운영하고 있다. 그는 이 책에서 〈고객 가치의 창출〉과 〈라이프 스타일 제안〉을 키워드로 제시하면서, 지적자본의 시대에 〈제안력〉이 지닌 절대적 중요성과 이를 뒷받침하는 〈디자인〉에 대한 새로운 통찰을 전한다.

이 책은 어떻게 읽게 되셨지요?

　사실 우연히 봤는데 일단 책이 재미있었어요. 심지어 얇기까지 하고, 한 시간이면 다 읽을 수 있을 정도로…….(웃음) 저는 서점에 자주 갑니다. 제가 사는 집 근처 서점이 잘 돼 있는데, 제 습관 중 하나가 서점에 가서 돌아다니는 겁니다. 그러다가 눈에 띄는 책이 있으면 다섯 권이고 열 권이고 그냥 삽니다. 이 책 경우에도 그렇게 해서 샀어요. 누구 추천을 받거나 해서 이걸 읽어야지 하고 산 건 아니었어요. 읽다 보니까, 저자도 제가 여기저기서 들어 봤던 사람이더군요. 내용도 아주 좋았어요.

　지금까지 기업을 성립시키는 기반은 재무자본이었다. 퍼스트 스테이지나 세컨드 스테이지에서는 〈자본〉이 당연히 중요하다. 충분한 상품과 플랫폼을 만들려면 〈자본〉이 필요하기 때문이다.

그런데 소비 사회가 변하면 기업의 기반도 바뀌지 않을 수 없다. 아무리 돈이 많아도 그것만으로는 〈제안〉을 창출해 낼 수 없기 때문이다. 그렇다. 앞으로 필요한 것은 〈지적자본〉이다. 지적자본이 얼마나 축적되어 있는가, 하는 것이 그 회사의 사활을 결정한다. 재무자본에서 지적자본으로. 그런 이유에서 나는 이 책의 제목을 〈지적자본론〉으로 정했다. — 마스다 무네아키, 『지적자본론』 중에서

읽고 난 소감은 어땠나요?

저는 IT 쪽만 십 몇 년째 해온 사람이거든요. 그런데 이 책의 저자는 제가 늘 생각해 왔던 IT에 대한 관점과 달랐어요. 저는 관점이라는 게 굉장히 중요하다고 생각하거든요. 어떤 문제의식을 갖고 세상을 바라보느냐가 중요한 거죠. 뭐, 구글이 어떻게 하느냐, 페이스북이 어떻게 하느냐, 텐센트가 어떻게 하느냐는 것은 제가 평소에도 매일매일 접하는 일이에요.

이 책의 경우에도 제가 주목한 것은 그런 남다른 관점이었어요. 본문 중에, 정확한 문구는 기억나지 않지만, 재미있는 몇 가지가 있었어요. 예를 들자면, 〈이 서점이 빛이 나는 이유는 오히려 공간이 많이 비어 있기 때문〉이라든지 하는 대목이에요. 책을 파는 것을 이렇게 정의한 것이 굉장히 인상적이었어요.

책 하면, 보통 IT업계 사람들은 규격화된 상품으로 보잖아요. 이 책이나 저 책이나 책이면 다 똑같다고 생각하잖아요. 그러면 사람들은 온라인 모바일의 경우 좀 더 값싸게, 아니면 배송을 편리하게 하

면 되겠다고 이야기하는데, 이 저자는 〈책〉을 판다고 생각하는 게 잘못된 거라고 해요. 〈책 안의 콘텐츠〉를 팔아야 한다는 거죠.

저자는 또, 왜 서점의 책이 가나다순으로 진열돼 있어야 하나 반문해요. 이건 아주 공급자 중심의 마인드라는 거죠. 정작 소비자 입장에서는, 가령 여름휴가에 필요한 책이 모여 있기를 바랄 수도 있거든요. 그런 경우엔 여행책과 음식책이 나란히 있는 게 좋을 수도 있다는 거죠. 이런 것 하나하나가 평소에 생각을 덜 하는 부분을 환기시켜 줬어요. 특히 IT 종사자들은 IT스러운 고민만 많이 하는데, 관점을 다시 돌이켜 보게 하는, 본질을 다시 생각하게 하는 아주 좋은 계기를 이 책이 줬어요.

평소에 책은 얼마나 읽는 편이세요?

한 달에 한 열 권, 스무 권 정도는 읽는 것 같아요. 그렇다고 모든 책을 첫 페이지부터 끝 페이지까지 다 읽는 건 아니에요. 이건 제 개인적인 생각이긴 한데, 우리는 책을 읽을 때 어떤 약간의 죄책감을 갖고 읽는 경향이 있는 것 같아요. 공부를 해야 한다는 압박감 같은 것? 저는 그렇지는 않아요.

솔직히 사놓고도 못 읽은 책도 있어요. 막상 사놓고서 보다 보니까, 한 열 페이지쯤 읽었는데 너무 재미가 없다 싶으면 그냥 두기도 해요. 그래도 한 30쪽 읽었는데 그중에서 얻을 게 있을 수도 있잖아요. 그러면 저는 그것으로도 책값이 충분히 됐다고 봐요. 우리 책값이 보통 1만 원, 2만 원 정도인데 커피 두세 잔 먹는 값이잖아요. 책

안에 충분히 그만 한 가치가 있다고 생각해요.

사람들이 책에 대해 불편해 하는 것은 처음부터 끝까지 다 읽어야 한다는 압박감이 작용하는 측면도 있는 것 같아요. 이걸 사놓고 다 못 읽으면 어떡하지 하는 생각 때문에 책 사는 것 자체를 주저하는 거죠. 저는 그런 쪽이 아니라 그냥 많이 사는 편이에요.

주로 어떤 책을 즐겨 읽는 편인가요?

저는 한 사람의 철학이 담긴 책을 좋아해요. 왜냐하면, 제가 카카오 대표가 되기 전에 케이큐브라는 투자 회사를 했는데 성과가 좀 좋았어요. 그때 제가 한동안 블로그도 하고 있었어요. 경영이나 벤처기업에 관한 글들인데, 출판사 두 군데 정도가 와서 책으로 써보면 어떻겠느냐고 해서 미팅도 한 적이 있어요. 결국에는 안 한다고 했어요.

왜냐하면, 10년 후에 돌이켜봤을 때 제가 후회할 것 같더라고요. 이 정도의 내공을 가지고 책을 냈다는 것 자체가 부끄러울 것 같다는 생각이 들었어요. 저는 어떤 정점에 올라간 사람이 그 시기에 책을 썼다면 진짜 고민을 많이 해서 썼을 거라고 생각해요. 자신의 평판이 걸려 있기 때문에 꽤 고민을 해서 썼을 거라는 것을 그때 간접적으로 느꼈어요.

그래서 저는 인생에 몇 권 안 쓰는 사람들의 책이야말로 정말 가치가 있는 것 아닐까 생각해요. 그래서 책을 읽을 때도 왜 이 사람은 이렇게 썼을까 하는 생각을 많이 해요.

가령 콜린 파월(전 미국 국무장관)이 쓴 책의 경우에도 저는 아주 잘 읽었어요. 물론 유명해지려고 쓴 부분도 있겠지만, 그런 사람은 본인의 평판이 있으니까 함부로 쓰지는 못했을 거예요. 그래선지 주옥같은 대목들이 많더라고요. 어떻게 보면 책을 잘못 썼을 경우에 잃을 게 있는 사람들이 쓴 책이 그만한 가치가 있다고 보는 거죠.

잃을 게 있는 사람들이라니요?

자신의 평판을 잃을 수 있다는 말이죠. 책 장사를 한다는 얘기를 듣고 싶어 하지 않는 사람들이지요. 진짜 자신의 정수를 공유하고 싶은 사람이라고 할 수 있지요. 그런 사람들은 책이 많이 팔린다고 해서 인생에서 엄청난 득을 보는 것은 아닐 거라고 저는 가정하는 거죠.

책을 써서 얻을 것이 있는 사람이 아니라 그걸로 뭔가 잃을 수도 있는 사람의 책이라니 재미있는 포인트군요.

그렇다고 해서 전문 작가분들을 비하하는 것은 아니에요. 그런 경우는 여기에 해당하지 않죠. 영역이 좀 다르다고 생각해요. 제가 주로 읽는 영역이 인문, 역사 이런 쪽이다 보니 그런 거고. 저는 『박시백의 조선왕조실록』20권짜리 만화 같은 것도 아주 재미있게 읽었어요. 그것도 어쨌든 누군가가 실록 원문을 고민해서 해석한 끝에 나온 책이잖아요.

책에 대한 취향은 이전부터 그랬습니까?

오히려 사회생활을 하면서 그렇게 된 것 같아요. 중고등학교 때는 『닥터스』(에릭 시절) 같은 소설도 아주 재미있게 읽었어요. 아무래도 사회생활을 하면서부터 점점 더 역사, 인문, 경영 이런 쪽으로 읽게 되는 것 같아요. 좀 더 생각하게 만드는, 책장을 넘기다 한 포인트만 저한테 생각할 거리만 줘도 저한테는 충분히 의미가 있는 그런 책이 좋아요.

요즘은 모바일로 콘텐츠의 유통과 소비가 많이 일어납니다. 가벼운 것들이 너무 많다는 지적에 대해서는 어떻게 생각하세요?

그 부분에 대해서는 예스, 노가 있는 것 같아요. 우리 다음Daum을 보면 훌륭한 콘텐츠들이 많이 있어요. 저는 기본적으로 콘텐츠에 어떤 일률적인 좋고 나쁨의 기준은 없는 것 같아요. 저희가 키워드로 던진 것이 〈개인화Personalization〉였습니다. 〈온 디맨드On Demand〉라는 키워드를 던지면서 말씀드린 것은, 협의로 보면 내가 원하는 것을 그때그때, 콘텐츠가 됐든 다른 서비스가 됐든 심지어 상거래까지 필요한 게 있으면 바로 〈전달deliver〉해 주는 것이죠.

광의의 〈온 디맨드〉는 우리가 확보한 수많은 데이터를 가지고 그 사람만의 맥락을 이해해서 가장 잘 맞는 것을 추천해 주는 거죠. 그런 관점에서 보자면 각자가 원하는 콘텐츠도 다를 수 있는 거죠. 연령대별로도 원하는 것은 또 다를 거고. 그 문제는 그런 식으로 자연스럽게 진화해 나가는 게 맞지 않느냐는 생각이에요.

요즘은 출판publishing 분야도 영역이나 경계가 파괴되거나 불분명해지고 있습니다. 외국에서는 기사가 책 분량으로 나오는 경우도 있지요. 책도 순발력이 강조되면서 퍼블리싱이라는 이름으로 통폐합되는 추세인데요.

네 그렇죠. 저희 회사의 비전이 〈Connect Everything〉이고 새로운 연결과 새로운 세상, 더 나은 세상을 만드는 건데, 저는 진짜 그게 의미가 있다고 생각해요. 그래서 카카오가 도움을 드릴 수 있는 부분이 있으면 당연히 관심을 더 가져야 한다고 생각합니다. 관점을 달리하고 문제를 정의하고 그것을 해결하는 게 저희가 하는 일이라고 생각해요.

퍼블리싱 쪽도 아직 제가 산업 차원에서 들여다보지는 않은 영역인데, 이런 건 있어요. 책은 분명히 얻는 게 있거든요. 제가 첨단 분야에서 일하고 있고 그 방면에 관심도 많지만 의외로 종이 노트를 항상 들고 다니고 펜으로 적어요. 많은 사람들이 필기용으로도 전자기기를 들고 다니지만 저는 손으로 써요. 그만큼 종이책의 느낌과 감성을 좋아해요. 손으로 필기를 하면 뇌가 훨씬 더 촉진된다는 연구 결과도 있잖아요.

그렇게 보자면, 국가 전체적으로도 더 많은 산문 텍스트를 읽고 그걸 적어 보고 하는 게 좋은 일이 아닐까 싶어요. 우리가 지금 너무 가벼운 스낵 컬처 시대에 살고 있잖아요. 이런 이야기를 하는 걸 보면 저도 벌써 나이를 먹어 가고 있다는 느낌이 들긴 하지만요.(웃음)

평소에 새로운 뉴스나 정보는 어떻게 얻으세요?

저희는 보통 아침 10시까지 출근인데, 아침에 일찍 오면 오전에는 수많은 뉴스를 봅니다. 국내외 막론하고. 보통은 웹으로 봐요. 그다음부터는 계속 회의죠. 의논할 게 회의에 올라오면 같이 이야기하고 들어주고 의사 결정하는 게 대표의 하루니까요.

젊은 나이에 큰 회사 대표직까지 올랐습니다. 앞으로 더 큰 꿈이 있습니까?

솔직히 잘 모르겠어요. 진짜로. 제가 옛날에 블로그에 썼다가 지운 것 같기도 한데, 예전에 케이큐브 대표 하던 시절에도 보면, 제가 서른한두 살일 때 대표직에 오르면서 업계에서 굉장히 화제가 됐거든요.

그때 누군가가 저한테 질문을 했어요. 이게 원래 하고 싶었던 거냐고, 대표가 되기 위해 무슨 노력을 했냐고. 저는 솔직히 대답해 줬어요. 저는 대학 졸업할 때까지도 벤처캐피털이 뭔지를 몰랐고, 그냥 제가 좋아하고 의미 있는 일을 찾아서 했을 뿐이라고요. 그래서 그전엔 NHN에도 좀 있었고 잠깐 컨설팅 회사에도 있었는데 저랑 맞지 않는 것 같아서 그만뒀고, 그러다가 벤처투자라는 걸 알게 된 사람이라고요. 그걸 하기 위해서 처음부터 뭔가 착착 계획을 세우고 한 사람이 아니었어요. 케이큐브만 해도 굉장히 잘되고 있었어요. 그런데 어느 날 갑자기 〈카카오 대표를 하시는 게 어떻겠습니까〉라고 여기 경영진들이 얘기해서, 저로서는 그전에 전혀 생각지도 않았던 일을 맡게 된 거예요.

그전까지 카카오 대표가 될 생각도 계획도 없었고, 되고 싶다고 한 적도 없었어요. 저는 태생이 약간 그래요. 제가 좋아하고 의미 있다고 여기는 일을 하는 게 제일 중요하다고 생각해요. 그러다 보면 최적이 되는 게 어디선가 나올 수 있다고 생각해요.

그 의미라는 게 뭔지 좀 더 구체적으로 말씀해 주실 수 있나요?

내가 돈을 번다고 쳐요. 그 경우에 돈을 버는 것 자체가 목적이 돼 버리면 의미는 안 보겠다는 거잖아요. 인생에서 돈이란 것이 먹고사는 게 어려울 정도라면 중요한 고민거리가 될 수 있겠지만, 그게 아니라면 그 다음부터는 의미라고 생각해요. 매슬로가 말한 인간 욕구의 5단계와도 관계가 있을 텐데, 결국은 자신이 돈을 벌기 위해 하는 일이 자신과 세상에도 의미를 줄 수 있어야 한다고 생각해요.

저는 기업이라는 것은 세상의 어떤 문제를 해결하는 조직이고 그런 문제 해결을 통해서 세상이 좀 더 좋아진다고 생각해요. 형태는 다양할 수 있지만. 그건 분명히 의미가 있는 일이죠.

카카오 대표 제의를 처음 받았을 때도, 카카오 대표라면 폼도 나고 좋겠다 이런 게 아니라, 카카오라면 〈연결〉을 통해서 분명히 할 수 있는 게 아주 많을 거라는 생각을 했어요. 이렇게 4천만 국민이 다 쓰는 서비스는 세계 어디에도 없을 것 같은데, 이런 거라면 뭔가 의미 있는 걸 할 수 있겠다는 생각이 가장 컸어요.

요즘 무슨 책을 읽는지 궁금한 사람은 누구인가요?

임정욱 스타트업 얼라이언스 센터장 님이 궁금합니다. 평소 잘 알고 지내는 분이기도 한데, 책도 많이 읽으시고 관점도 좋으신 것 같고 해서요. 이 일로 따로 연락을 드리진 않았습니다.

2

스타트업 얼라이언스 센터장
임정욱

댄 샤피로의 『핫시트』,
스타트업 CEO를 위한
아주 현실적인 조언

임정욱 센터장과는 구면이다. 예전 한 직장에서 근무한 적도 있고, 그가 다음에서 미국 라이코스를 인수하면서 현지 대표로 근무했을 때 나 역시 미국 연수 중이어서 보스턴에서 보곤 했다. 그는 국내에서 IT 분야의 이름난 얼리어답터다. 특히 미국에서 소셜 미디어가 처음 태동했을 때부터 쓰기 시작해 지금은 손꼽히는 파워 유저다.

그를 만난 것은 이른바 〈불타는 금요일〉 저녁이었다. 그는 약속 장소로 서울 강남 역삼동 〈콜드 컷츠〉라는 크래프트 맥주집을 제안했다. 마침 그 무렵이 트위터 10주년(2016년 3월 21일)이 되는 날이었다. 팔로워 26만 명을 거느린 파워 트위터러인 그로부터 소셜 미디어에 대한 이야기와 책 이야기를 차례로 들었다.

임지훈 대표와는 아는 사이인가요?

5~6년 전인가요, 임 대표가 케이큐브를 창업하기도 전에 소프트뱅크벤처스에 심사역으로 있을 때 알았어요. 소프트뱅크벤처스 대표를 비롯해서 그곳 분들을 잘 아는데 거기 직원이었죠. 젊고, 중간 직급으로 올라오던 중이었는데 아주 스마트한 인상을 받았죠.

제가 트위터에 글을 올리던 초기에 반응도 하고, 블로그 글도 잘 쓰고 해서 기억하고 있었습니다. 제가 미국 라이코스 사장으로 보스턴에 가 있을 때도 미국 출장 오면 연락이 와서 보곤 했습니다.

제가 소셜을 통해 알게 된 사람이 굉장히 많은데 그렇게 인연을 맺은 한 분이죠. 나중에 보니까 케이큐브벤처스 대표가 됐더라고요. 놀랍다고 생각했죠. 그 뒤에 실리콘밸리로 출장 오면 밥도 같이 먹고 그랬죠. 제가 한국으로 돌아와 스타트업 얼라이언스 센터장을 맡아서 또 모임에서 만나곤 했습니다. 그러다 이번에 카카오 대표로 가셨지요.

소셜 미디어 사용자로서는 국내에서 아주 얼리어답터시죠. 지금도 파워 블로거이신데요. 영향력을 실감하십니까?

영향력이 실제로 크긴 하죠. 사실 그러다 보니 사람들이 제 실체보다 과대평가를 해서 좀 당황스럽기도 해요. 비유하면 이런 거죠. 제가 언론사에 들어가기 전에 글만 보고 동경해 오던 분을 회사 들어와서 실제로 만나고 이야기해 보니까 굉장히 좋았거든요. 저도 지금 여기저기 기고도 많이 하고 소셜을 통해 알려지다 보니 직접 만나면 그런 비슷한 기분이 드나 봐요.

물론 저로서는 제 일에 도움이 되는 것도 굉장히 많아요. 스타트업 얼라이언스의 인지도와 신뢰도 덩달아 올라가고요. 제가 소셜에 올리는 내용을 보고 언론이나 기자들이 아이디어를 얻고 기사를 쓸 때 묻기도 하니까, 이런 게 선순환을 만들어 내는 것 같아요.

저는 처음 신문사에 들어가서 기자 생활을 할 때도 노트북을 제 돈으로 사서 갖고 다녔어요. 회사에서 지급받은 게 너무 무거워서 갖고 다니기 어려울 때였어요. 저는 〈이게 내 무기인데 좀 좋은 걸로 내 생산성을 올리면 좋은 것 아닌가〉 하고 생각했어요.

그러다가 2006년 다음에 들어갔을 때도, 기왕 인터넷 업계로 왔으니 투자를 해야겠다 싶어 맥북을 하나 샀어요. 그때는 맥북 사용자가 드물 땐데 왜 애플 애플 하는지 직접 써봐야겠다 싶었어요.

그러다 소셜 미디어를 처음 알게 된 것은 2007년인가 다음에서 본부장 회의를 하는데 누군가 〈미국에서 트위터라는 게 나왔는데 쓸 수 있는 글자가 140자밖에 안 된대〉 그러는 거예요. 그때 분위기는 다들, 저도 속으로는 〈뭐 그런 게 다 있지〉, 〈140자 갖고 뭘 하지〉, 〈블로그가 있는데 왜 그런 걸 쓰지〉 하고 말았어요.

그러다 2008년도부터 조금씩 뜨면서 이야기가 되기 시작한 거예요. 그래서 직접 써봐야겠다 생각했는데, 한국에서는 쓸 수가 없었어요. 스마트폰도 나오기 전이고 해서. 그래서 미국 라이코스에 출장 갔을 때 로밍폰으로 연결해서 트윗을 처음 날려 봤어요. 그때 미국인 담당자랑 인터뷰한 후여서 〈라이코스, 생각보다는 나쁘진 않네〉 뭐 이런 식의 영어 단문을 올렸던 것 같아요.

그랬더니 멘션이 바로 온 거예요. 그때는 멘션이 뭔지도 모를 때고, 뭔가 띡 하고 뜨는데, 〈네가 라이코스에 대해 느낀 걸 더 얘기해 줘〉 이런 내용인 거예요. 〈당신 누구냐〉고 물었더니 미국 라이코스 PR 디렉터였어요. 그래서 〈어떻게 알았냐〉고 했더니, 라이코스라는 단어를 검색하다가 뭔가가 있어서 자기가 반응했다는 거였어요.

그 애길 듣는 순간, 야 이거 엄청난 게 되겠다고 생각했어요. 전 세계 사람들의 실시간 반응을 볼 수 있다는 거니까요. 웹의 구글 검색만 해도 실시간 반응은 알아볼 수가 없거든요.

그게 왜 큰 건지 알았냐면, 제가 신문사에 있을 때 일본어판을 운영한 적이 있어요. 그때 한국 드라마 「겨울연가」를 일본에서 방영했는데 그곳 주부들 반응을 블로그 같은 데서 보고 기사를 쓰곤 했어요. 문제는 실시간 반응 검색이 안 되는 거였어요. 트위터는 그게 되니까 어마어마한 거라고 생각했죠. 그래서 계속 조금씩 쓰기 시작했어요.

2008년 말 한국에 들어와서 쓰기 시작할 때 처음으로 트위터 사용자 모임을 한 적도 있어요. 허진호 박사랑 6명이 했는데 그게 국내 처음일 거예요.

그때 국내 이용자 수는 얼마나 됐죠?

셀 수는 없고, 몇천 정도 됐을까요? 아무튼 그게 계기였고, 미국 라이코스로 혼자 가서 시간이 한국과 반대니까 남는 시간 활용해서 써봤죠. 그때그때 생각이랑 메모, 미국 IT업계 이야기나 『뉴욕 타임스』 읽다가 본 것 조금씩 올렸죠. 그렇게 꾸준히 쓰다 보니까 조금씩 팔로워가 늘어서 어느새 수천 명이 된 거예요.

처음엔 〈에스티마〉라는 이름으로 활동했는데, 어느 날 갑자기 이찬진 씨가 〈이분이 라이코스 임정욱 CEO입니다〉라고 하는 바람에 본의 아니게 커밍아웃이 됐죠.

이찬진 씨도 영향력이 있었죠?

아마 저보다는 늦게 썼을 텐데, 지명도가 있으니까 금방 팔로워가 늘었죠. 그러다 2009년 11월쯤에 한국에도 KT가 아이폰을 출시하면서 사람들이 그 힘을 알기 시작했어요. 확 불이 붙듯이 트위터가 급속도로 퍼지면서 제 팔로워도 5천, 1만 5천 이런 식으로 급증했어요.

영향력을 절감한 게, 2010년인가 2011년에 한국으로 분기에 한 번 정도 출장 올 때였는데, 올 때마다 저보고 〈차 한 잔 하자, 보고 싶다〉 이러는 사람이 느는 거예요. 그래서 한 번 오시라고 했더니, 한 10명 정도가 다음으로 찾아왔어요. 조금 당황했죠. 그래도 실제로 만나서 이야기도 나눠 보고 싶은 생각이 있었어요.

한두 명 그렇게 볼 수는 없으니까, 〈그러면 다음에서 네 시쯤 차 한 잔 하죠〉라고 올렸어요. 그랬더니 누가 온오프믹스(문화 모임 플랫폼) 같은 데 페이지를 만들어서 순식간에 신청자가 2백 몇십 명까지 올라간 거예요.

안 되겠다 싶어서 회사에 양해를 구해 교육관 공간을 마련하고, 샌드위치도 제 돈으로 사서 준비하고 강연까지 준비했어요. 트위터

방송이라는 데가 와서 생중계까지 하고.

그때 든 생각이 〈미디어 지형이 정말 변하는구나〉 싶었어요. 옛날에는 이렇게 사람 모으려면 미디어 도움을 받아야 가능했는데 내가 트윗 하나로 사람을 모을 수 있구나 그런 생각을 하면서 놀랐죠.

그때 트위터 팔로워가 한 만 명 정도밖에 안 됐을 때였지만, 참여도는 아주 높았어요. 초기에 원래 뜨겁잖아요. 그래서 트위터 모임도 많이들 생기고……

지금은 소셜 미디어가 수도 늘고 많이 분화됐죠?

그런 데다가, 지금은 페이스북 자체가 큰 미디어가 된 것 같아요. 버스를 타보면 사람들이 페북을 보는 경우가 많아요. 예전엔 게임을 하거나 네이버나 다음을 보곤 했는데 지금은 대부분 페북을 보고 있어요. 각자 자기만의 뉴스 피드를 보고 있긴 하지만 페북 자체가 하나의 거대한 미디어가 된 거죠.

페북은 어느 정도로 사용하고 있나요?

미국에 있을 때만 해도 페북은 거의 안 쓸 땐데, 저도 그냥 순수하게 가족 사진이나 올리고 그랬는데 귀국하고 나서 점점 사용자가 늘더군요. 처음엔 모르는 사람이 친구 신청하는 것은 안 받다가 언제부턴가 〈수락〉을 누르기 시작했는데, 계속 천 명 이상 쌓이다 보니까 그것도 스트레스더라고요.

그래서 에라 모르겠다 싶어 그냥 놔뒀어요. 지금 페북 팔로워는

1만 6천인가 그래요. 페북도 5년 사이에 진화하면서 팔로워가 생기고 타임라인을 보여 주는 알고리즘도 바뀌고 한 거죠.

한국에 들어온 후로는 트위터에 글 올리면서 페북에도 같이 하나 올리는 식으로 썼는데, 갈수록 페북이 훨씬 더 영향력이 세다는 걸 느껴요. 저랑 연결된 사람 수는 트위터보다 훨씬 더 적은데.

제가 워드프레스wordpress.com 블로그를 연동해서 쓰는데 몇 년 전부터는 페북을 통해서 들어오는 트래픽이 훨씬 더 많아요. 거의 10배 차이가 날 정도예요. 트위터는 그때만 조금 오르다 마는데, 페북도 물론 아주 오래 가는 건 아니지만, 하루 이틀 생명력이 몇 배 더 강해요. 댓글 기능도 있고 해서. 사람들을 만나도 페북으로 봤다고 인사하는 사람이 훨씬 더 많아요.

지금은 1인 파워 미디어라는 걸 실감하시겠네요.

의도했던 것은 아닌데 그렇게 된 것 같긴 해요. 나름대로는 꽤 일관성 있게 2008년부터 지금까지 해온 결과가 아닌가 싶어요. 중간에 하다 만 적도 없고.

거의 매일 똑같이 하고, 정치적으로도 과격한 발언은 안 하고, 진보도 아주 보수도 아니고 절제된 얘기를 하고, 부화뇌동하지 않고 좀 냉정한 편으로 오래 해오니까 저도 모르는 신뢰도가 쌓인 것 같다는 생각이 들어요. 그래서 사실 부담스러워요. 어떨 땐 제가 어떤 글을 올리면, 〈영향력 있는 분이 그러시면 안 되죠〉 이런 얘기도 하고 그러니까요.

습관은 있죠. 아침에 신문 보고 몇 건 재미있는 것 올리고. 숙제라 기보다 제가 매일 아침 신문을 헤드라인이라도 보는 게 버릇이기도 하고. 늘 재미있는 것을 찾아 읽는 걸 좋아했고. 운동 같은 걸 할 때 도 유튜브나 동영상 뉴스라도 보는 습관이 있기 때문에 그렇게 하 는 거죠.

보다가 공유할 만한 게 있으면, 한 글자라도 마치 편집기자가 제 목 다는 것처럼 나름대로 요점을 생각해서 올리면 기억하기도 좋고 저장도 되니까, 나중에 주위에 이야기하고 강연에도 재활용할 수 있 어서 가급적 그렇게 하려는 편이에요.

낮에는 일을 해야 하니까 거의 안 하지만, 아침에 출근하기 전에 잠깐 하고, 밤에 자기 전에 좀 하는 게 오랜 생활 패턴이 됐어요. 주 말에는 여유가 있으니까 조금 더 하고.

그러면서 깨달은 법칙 중 하나는 정말 아무 의미가 없는 것 같은 것도 누군가한테는 도움이 되더라고요. 그 도움을 받은 사람이 또 다른 정보를 나한테 주기도 하고. 인맥 확장에도 도움이 돼요.

저는 어떤 이야기를 들으면 이건 누구한테 소개해 주면 좋겠다, 이건 누구한테 해주면 좋겠다 이런 생각이 자연스럽게 들어요. 스 타트업 얼라이언스가 〈커넥팅 피플〉이라고 해서 그런 일을 하기도 하고.

가령, CES(국제전자제품박람회)에 가서 퍼듀 대학 부스를 지나가는데 거기에 VR(가상현실)을 개발하는 스타트업이 있었어요. 거기 미국 아저씨가 저를 붙들고는 자기네 CEO가 한국계래요. 명함만 주고받고 왔는데 나중에 그 CEO한테서 연락이 왔어요. 한국에 온다고. 아마 모르긴 해도, 저를 검색해 보니 만나 볼 사람이다 싶어서 연락한 것 같아요.

어제 만나서 이야기를 들어 보니 생각보다 기술이 매력적이더라고요. 그분은 미국에서 15년 산 분이라 한국에 아는 사람도 없었는데, 제 소개로 퓨처플레이 류중희 대표랑, 네이버 송창현 CTO랑 바로 오늘 미팅했어요.

그런 게 쉽지 않은 일인데, 제가 해줄 수가 있어서 좋죠. 그런 분을 알게 될 때 메모하듯이 페북에 써서 남겨 놓으면, 일종의 신원 조회도 돼요. 이번에도 제가 아는 카이스트 교수가 〈아는 친구〉라고 댓글을 달더군요. 그렇게 연결이 되는 거죠.

페북은 그런 게 글로벌 규모로 되는 거예요. 외국인들도 저를 아는 분들이 있어요. 물론 알고리즘으로 돼 있어서 외국어는 잘 안 보이게 돼 있지만, 한국에 관심 있거나 한글을 좀 읽거나 하는 외국인에게는 저도 모르게 제 글이 많이 보이는 거예요. 직접 친구맺기가 안 돼 있는 경우에도.

그게 본의 아니게 사진까지 붙어서 노출되다 보니 매일 보는 사람처럼 느껴지는 거죠. 어떤 스타트업 모임엘 가도 일부러 소개할 필요가 없어서 그런 것들은 좋은 것 같아요.

트위터나 페북을 잘 쓰는 요령을 알려 주신다면요?

블로그에도 썼었는데 일관성 있게 하는 게 중요해요. 있는 그대로의 자기를 담아야지 과장하거나 무리하면 드러나게 돼 있어요. 일부러 더 쓰려고, 덜 쓸려고도 하지 말고 쓰고 싶은 만큼만. 그리고 상대방 입장에서 도움이 되는지 생각해 보고 써보는 게 중요해요. 흥분하지 말고 차분하게 대응하는 게 좋습니다.

나의 SNS 원칙: 겸손, 꾸준, 진솔, 절제

SNS를 현명하게 사용하려면 어떻게 해야 할까. 우선 겸손해야 한다. 자기 자랑보다는 상대방의 입장에서 도움이 되는 정보를 나누기 위해서 노력해야 한다.

또 꾸준함이 필요하다. 매일 조금씩 써가면서 습관화시키는 것이 중요하다.

SNS의 내용은 진솔해야 한다. 자기 자신을 있는 그대로 표현해야지 가식적으로 잘 보이려고 하면 안 된다. 상대방에게 개방적이면서도 호기심을 가지고 있어야 한다.

마지막으로 절제해야 한다. 별것 아닌 일에 흥분해서 정확하지도 않은 정보를 퍼 나르는 일은 삼가야 한다.

개인 미디어 시대다. 미디어의 힘이 언론사에서 개인으로 분산되는 시대다. 이제는 조직이나 회사에서도 SNS를 잘 이용하는 것이 실력으로 인정받는다. 회사나 제품을 홍보하는 것도 SNS가 효과적이다.

SNS는 직접 해봐야 이해할 수 있다. 전통 미디어는 계속 고전하겠지만 SNS는 계속 성장하며 모든 사람의 일상생활 속에 자리 잡을 것이다.

SNS를 인생의 낭비라고 생각할 필요는 없다. 그렇다고 SNS에 너무 몰입해서 함몰될 필요도 없다. 그저 SNS를 정보를 얻고 주위 사람과 공유하는 효과적인 미디어 도구라고 생각하면 된다. 인생의 낭비라고 여기지 말고 늦기 전에 직접 해보길 권유한다.

— 임 센터장이 블로그에 올린 〈나의 SNS 4원칙〉

처음에는 사적으로 시작했다고 했는데, 지금은 사적인 것, 공적인 것 구분하나요?

개인적인 것은 전혀 안 써요. 너무 많은 사람이 보기 때문에 그런 건 할 수가 없어요. 가끔 정부에 비판적인 내용의 글을 올리면 〈당신은 공인 아니냐, 괜찮겠느냐〉 그러는 분도 있어요. 스타트업 얼라이언스를 공공 기관으로 생각하는 분도 있어요.

책 추천도 많이 하시죠? 어떤 특별한 분야가 있나요?

임지훈 카카오 대표가 지난번에 비슷한 말을 하셨던데, 저도 책이라는 게 어떤 사람이 자기가 알고 있는 것을 집약해서 풀어낸 건데, 그걸 단돈 1만 몇천 원에 얻을 수 있다는 것은 대단한 거라고 생각해요. 그리고 그 책에서 도움이 되는 부분이 조금만 있어도 그 값어치는 한다고 생각해요.

저는 새롭고 흥미로운 아이디어를 담은 책들을 관심 있게 봐요. 제가 몰랐던 걸 알려주는 책에 관심이 많아요. 그런 책을 쓰는 작가들은 새 책이 나왔나 찾아서 보기도 하고요. 존 그리샴 같은 작가는 특별히 좋아해서 그 사람 책은 거의 다 읽었고요.

소셜에서도 책을 많이 언급하지만, 솔직히 그 책들을 다 읽은 건 아니에요. 앞부분만 읽거나, 출간에 앞서서 제가 흥미가 있어서 언급하는 것들이 아주 많죠. 그러다 보니 사람들이 제가 책에 관심이 많은 걸로 생각하는 것 같아요. 소셜에서 영향력도 있고 신뢰가 쌓여서 그런지 책 추천사를 써달라는 요청도 많아요.

제가 거절을 잘 못하기도 하고, 새 책이 나왔다고 하면 먼저 읽어보고 싶은 생각도 있고 해서 그런 책 받아서 추천사를 많이 쓰기도 했죠.

예전에 『아이패드 혁명』이라는 책의 한 장(章)을 맡아 쓴 적이 있는데, 그 담당 편집자 소개로 미국에 있을 때 『인사이드 애플』이라는 책을 번역한 적도 있어요. 그 뒤에 한국에 와서 번역자로 강연도 좀 하고, 나중에는 저자 애덤 라신스키를 샌프란시스코 가는 길에 인터뷰해 보기도 했죠. 그런 식으로 출판사에 알려지면서 점점 추천사 부탁이 늘어났어요. 지금까지 추천사만 한 50회 썼나? 어떤 것은 길게 서문 비슷하게 쓴 것도 있고요.

스타트업 얼라이언스에서도 북 세미나 같은 걸 해요. 그러다 보니 책을 더 주의 깊게 보게 되고, 책도 많이 보내와요. 출판사에서 책의 성공 여부를 타진해 오기도 하고. 소셜로 관계를 맺은 분 중에 책을 쓰는 분들도 많고……

스타트업 얼라이언스에서 직접 하신다는 북 세미나는 뭐죠?

테헤란로 북클럽이라고 해서 한 달에 한 번꼴로 해요. 1년여 전부터 해왔어요. 온오프믹스로 공고도 하고. 정기적인 날짜를 정하지는 않고 좋은 책 있으면 수시로 해요. 송길영 다음소프트 부사장 책 나왔을 때 했고, 『인사이드 애플』 저자 애덤 라신스키가 한국에 왔을 때도 했고. 얼마 전엔 넥슨에 대해 쓴 『플레이』라는 책이 나왔을 때 저자인 신기주 기자가 와서 했고. 『제로 투 원』 저자 피터 틸이 왔을 때도 크게 했어요.

평소에 책은 어떻게 읽으시죠?

여러 갈래로 읽게 되는 책들이 많아요. 보내오는 책도 많고. 흥미로운 책은 일부러 골라 찾아서 보기도 해요. 사서 못 읽는 책도 많아요.

킨들로 영어 신간을 찾아 읽기도 합니다. 오디오북도 거의 15년째 오더블 닷컴audible.com 회원으로 이용하고 있어요. 옛날에 버클리대 다닐 때 영어 공부도 할 겸, 월 16달러에 매달 한 권이라도 들으면 손해는 아닐 거라는 생각으로 자동 결제되게 만들어 놓았는데, 이게 쌓인 책을 전부 소진해서 0이 돼야 해지를 할 수 있어요. 요즘은 너무 보고 들을 게 많아서 5~10시간짜리 오디오북을 온전히 듣기도 쉽지 않아요. 그래서 사놓고 안 듣는 책이 어마어마하게 쌓여 있어요.

숙독할 필요가 없는 책은 자투리 시간이나 걸어다닐 때 오디오로 소화하는 식으로 듣다 보면 파생 정보가 있어요. 꼭 그 책을 읽어야 할지 판단하기 어려울 때는 유튜브를 찾아봅니다. 꼭 저자 강연이 있어요. 외국 책을 보면 아무래도 국내에서 얻기 어려운 정보나 통찰을 빨리 얻을 수 있어요. 어떤 책은 솔직히 번역에 문제가 많아서 원서를 읽기도 하고.

요즘 읽고 있는 책은 뭐지요?

저는 멀티로 동시에 여러 권을 읽는 편이에요. 얼마 전에 읽은 책으로는 『오리지널스』가 있어요. 추천사를 써달라는 부탁을 받고 출간 전에 부리나케 읽었어요. 저자인 애덤 그랜트 교수의 전작인 『기브 앤 테이크』를 워낙 공감하면서 읽었기 때문에 이번에도 기대를 했고 역시 흥미롭게 읽었어요. 다만 번역 초고를 읽어서 정독을 못한 느낌이에요. 다시 읽어 봐야겠다는 생각을 합니다.

그리고 『사피엔스』가 있어요. 많은 분들이 추천을 해서 사둔 지는 꽤 됐는데 최근에 출장 다녀오면서 읽었어요. 탁월하고 독특한 시각으로 인류의 역사를 해석해 내서 즐거운 마음으로 읽었습니다. 자본주의 시스템과 과학자로 전 세계를 정복해 간 대영제국에 대한 묘사를 읽으면서, 뭔가 구글 딥마인드의 알파고가 떠올라서 오싹한 느낌도 들었어요.

읽고 있는 책으로는 *The Industries of the Future*(한국어판은 『알렉 로스의 미래 산업 보고서』)가 있어요. 우연히 해외 뉴스에서 접해서 알게 된 책이에요. 저자인 알렉 로스가 힐러리 클린턴의 국무장관 시절 미래담당 보좌관을 하며 전 세계를 누볐다는 이력에 끌렸습니다. 로봇, 핀테크, 데이터 등이 바뀌 갈 미래 산업의 모습을 자신이 경험한 풍부한 사례로 쉽게 설명하고 있는 것 같아요.

또 추천사를 쓰느라 흥미롭게 읽은 책으로는 댄 샤피로의 『핫시트』가 있어요. 시애틀에서 글로우포지라는 스타트업을 경영하는 사람의 책인데 스타트업 CEO를 위한 아주 현실적인 조언을 담은 책입니다. 창업부터 투자, 경영, 회사 매각까지 직접 경험해 보지 않았다면 쓰기 어려운 흥미로운 내용이 가득합니다. 마침 시애틀 출장길에 저자를 만나서 인터뷰까지 하고 왔어요.

시애틀 출장길에 그곳 아마존 서점에 가서 사온 책으로 *Get Backed*가 있어요. 스타트업 창업자가 투자를 잘 받는 방법을 시각적으로 설명한 책입니다. 평점도 좋고 책의 구성도 마음에 듭니다. 저는 스타트업에 계속해서 조언을 해야 하는 입장이기 때문에 이런 책을 통해서 도움을 얻습니다. 막 읽기 시작했습니다.

혁신을 이루는 방법에 대해서도 관심이 많아서 보는 책도 있습니다. 스탠퍼드대 티나 실리그 교수의 『시작하기 전에 알았더라면 좋았을 것들』이라고 해서, 창의적인 아이디어를 키워 내고 실행하는 방법론에 대해 나와 있는 책이에요.

『혁신의 설계자』란 책도 읽기 시작했는데, 한 5년 전에 탐독한 『보스의 탄생』을 쓴 하버드대 린다 힐 교수의 책입니다. 원서를 킨들에서 사놓고 못 읽고 있었는데 북스톤에서 이번에 나온 번역판을 보내

줬어요. 조직 개개인의 창의력을 높여서 혁신 조직을 만드는 방법에 대한 책이에요.

생각보다 소설을 못 읽고 있는데, 장강명 씨의 『댓글부대』를 읽고 있는 중입니다. 그의 『한국이 싫어서』를 재미있게 읽어서 후속작도 읽어 보고 싶었어요.

마지막 질문입니다. 요즘 무슨 책을 읽는지 궁금한 분으로는 누가 있지요?

책 많이 읽는 걸로 소문 난 김봉진 〈배달의 민족〉 대표가 어떨까 싶은데요.

직원들에게 책 사 보는 돈은 무제한으로 지원한다는 스타트업 〈배달의 민족〉. 디자이너 출신으로 배달 음식 어플 창업에 성공한 김봉진 대표는 요즘 무슨 책을 읽고 있을까요?

3

배달의 민족 대표
김봉진

홍성태의
『모든 비즈니스는 브랜딩이다』,
경영이란 하나의 페르소나를
만드는 과정

내가 〈배달의 민족〉을 알게 된 것은 TV 광고를 통해서였다. 〈우리가 누굽니까?〉라는 물음과 함께 배우 류승룡을 내세웠던 파격의 광고. 웃음의 코드가 독특했다. 그다음은 신문에 난 회사 동호회 기사였다. 사원들 책값은 무제한으로 지원한다는 독서 복지라니. 이런 발상을 연거푸 떠올리는 기업인이 어떤 사람인지 궁금했다.

김봉진 대표는 〈배달의 민족〉 본사로 초대했다. 서울 송파구 석촌동 석촌호수가 바라다 보이는 건물이었다. 늦은 저녁 시간 창 너머로 보이는 호수 야경이 꽤나 운치가 있었다. 한쪽을 계단식 관중석처럼 꾸며 놓은 다용도 회의실 같은 공간으로 들어가니 무슨 벽보 같은 포스터가 먼저 눈에 들어왔다. 조금은 촌스러워 보이는 서체의 글씨가 빽빽하게 적혀 있었다. 〈배달의 민족〉 광고에서 많이 본 글꼴이었다. 질문은 거기서부터 시작됐다.

서체는 직접 개발하신 건가요?

배달의 민족 창업할 때부터 시작했어요. 지금까지 세 가지가 나왔고, 네 번째 서체를 만들고 있는 중입니다. 세 개는 무료 배포했고,

마지막 것은 마무리 작업 중이에요. 다섯 개까지 만들려고 해요.

그런 일은 왜 하지요?

제가 좋아서요.(웃음) 그리고 저희 브랜드를 잘 알리고 싶어서예요. 회사의 정체성을 알릴 것을 생각하니까 고유의 서체가 있으면 효과적이겠다는 생각을 했죠.

제가 예전에 디자이너로 일할 때 경험한 게 있어요. 현대카드 일을 외주로 했는데 그때 전용으로 개발한 유앤아이 서체라든가, 또 제 옆의 팀이 네이버 나눔고딕 서체 작업을 했었는데, 그런 것들 보면서 글꼴이 가진 힘에 대해 알게 됐죠.

배달의민족 창업할 때 저희 서비스가 갖고 있는 키치와 B급 같은 느낌을 잘 표현해 줄 수 있는 서체가 많지 않았어요. 이 서체들은 〈버내큘러vernacular(토착어)〉 디자인이라는 게 특징이에요. 무슨 말이냐면, 가령 이태리 어느 해변에 가면 집들이 다 하얗게 돼 있고 지붕은 파란색이잖아요. 그런 건 어떤 디자이너가 그렇게 도시 설계를 해서 만들어진 게 아니죠. 제주도에도 현무암으로 된 돌담들이 예쁘게 서 있잖아요. 그 지역 토착민들이 살면서 자연스럽게 만든 거죠. 디자인을 전문으로 배우지 않은 일반인도 뭔가를 꾸미거나 알리기 위해 디자인적인 표현을 할 때가 있잖아요. 그럴 때 뭔가 미숙하고 어눌한 느낌, 하지만 정감 어린 그런 디자인을 말해요.

여기 보시는 첫 번째 서체는 〈한나체〉라고 해서 제 큰딸아이 이름을 붙인 건데요, 아크릴판 위에 시트지를 붙이고 칼로 오려 낸 느낌이 나요. 투박하고 예각이 많지요. 서체 전문 회사에서는 안 하는 방식이지요.

그다음 해에 제 둘째 딸 이름을 따서 만든 〈주아체〉는 함석판에다 붓으로 둥글둥글하게 쓴 듯한 서체예요. 아마 많이 보셨을 텐데 여기저기 다른 회사에서도 광고로 많이들 써요.

서체를 만들 때마다 포스터도 하나씩 만들어요. 한나체는 빅터 파파넥의 『인간을 위한 디자인』 이야기가 담겨 있고요. 그다음 주아체는 UX(사용자 체험) 전문가인 도널드 노먼의 책 『이모셔널 디자인』에 나오는 〈우리는 모두 디자이너〉라는 글에서 따왔어요.

세 번째 주아체는 로저 마틴의 『디자인 씽킹』의 내용이고요. 네 번째는 츠타야 서점을 만든 마스다 무네아키의 『지적자본론』에서 따왔어요. 넷 다 저희가 디자인과 관련해서 영감을 많이 받은 분들의 말을 포스터로 제작했어요.

배달의 민족 〈한나체〉.

배달의 민족 〈주아체〉.

예전부터 〈직원들에게 책값을 무제한 지원하는 회사〉로 소문이
자자했지요?

지금도 책값은 거의 무제한으로 제공해 주고 있어요. 법인카드로
책값 결제한 것은 무조건 다 회사에서 부담하죠. 다만 몇 가지 제약
들을 걸어 놨어요. 온라인 구매는 안 되고 반드시 오프라인 서점에
가서 사라고 하고 있어요.

책값도 가급적 할인받지 말고 정가로 사라고 해요. 출판 시장이
안 좋다는 이야기를 여러 번 들었는데, 맨날 할인받고 하면 어떻게
되겠냐, 서점에 가서 직접 보기도 하고 정가 주고 사라고 해요. 서점
들 그러다 망하면 어떻게 되냐, 그러죠.

그렇게 하니까 직원들이 책을 많이 읽던가요?

도서 구입 비용이 점점 늘어나는 건 사실이에요. 그건 분명히 긍
정적인 일이라고 보는데, 개중에는 너무 과도하게 늘어나는 사람들
도 있어서 일정 정도 지침선이 필요한 게 아닌가 하는 생각이 들기
도 해요.(웃음)

회사에서 부담하는 책값은 한 해 얼마나 되지요?

지금은 월 2500만 원 정도 나가는 것 같아요. 1인당 10만 원이 좀
안 되는 수준인데, 아예 안 보는 사람도 있으니까, 개인별로 다양해
요. 아주 높은 사람도 있고.

책값이 회사 비용 차원에서는 부담이 얼마나 되나요?

단순히 비용으로만 볼 수 없는 게, 구성원들의 자기 성장에 대한 욕구와 열망 이런 걸로 봐야 하기 때문에 저는 그 수치가 올라가는 것을 아주 긍정적으로 봐요.

그 질문을 드린 이유는, 예전에 구글 인사 담당 부사장이 인터뷰 때 한 말이, 구글의 유명한 무료 식당이나 부대시설 같은 게 사실은 돈 액수로는 얼마 안 되는데 밖에서는 굉장한 선전 효과가 있다고 하더군요.

원래 사람들이 상대적이지요. 다른 회사에서 안 하는 걸 해주면 훨씬 크게 받아들이잖아요. 저희 회사도 1층이 카페 거리인데 저희와 다 계약이 돼 있어서 회사 구성원들은 어딜 가든지 사원증만 보여 주면 공짜로 먹을 수 있어요. 그래서 회의실처럼 써요.

공간을 아웃소싱하는 거네요.

네. 회사 안에 키친도 있고 여러 공간이 있지만, 다들 사내에서 회의하는 것보다 나가서 하고 싶어 하잖아요. 그리고 회사는 늘 회의실이 부족해요. 아무리 많이 만들어도 늘 그래요. 그래서 주변 카페를 계약해서 쓰는 식으로 했어요. 경영 차원에서 보자면 임대료나 시설 투자비가 안 들어가니까 좋죠. 카페 커피값이 훨씬 더 싼 거예요.

그리고 매번 회의 분위기도 달라지고, 본인이 선택해서 가는 거니까 만족도도 높죠. 심지어 구성원들은 그걸 회사 복지로 느껴요. 그러니까 다 좋은 거죠. 비용 측면에서 보면 저희는 훨씬 저렴하면서 구성원들 만족도는 높아지는 그런 걸 하고 있는 셈이죠. 구글에 비할 바는 못 되겠지만.

홈페이지에서 회사 소개를 보니까 〈배민신춘문예〉라는 것도 열던데요.

아, 그건 그냥 고객들 상대로 한 이벤트 행사입니다. 가볍게 치킨이나 피자 같은 주제어를 가지고 시를 짓게 하고 시상도 합니다. 재미와 감성을 나누고 싶어서 여는 행사예요.

작년 1회 대회 때는 치킨, 피자 같은 배달 음식이 주제였고, 올해는 음식 가지고 N행시를 짓게 했어요. 이번에 감동적인 문구가 참 많았어요. 1등 당선작에는 치킨 1년치 365마리 쿠폰을 경품으로 드리고 있습니다.

> **송진아** 작가
>
> **불** 조심해. 가스밸브 잘 잠그고
> **고** 기같은 것도 좀 사먹어.
> **기** 어이 독립하니 좋니?
> **피** 치 못할 사정 아니면 가끔은
> **자** 기 전에 엄마한테 전화좀해줘

제2회 배민신춘문예 대상작.

책에 대해서는 제가 체험을 한 게 있어요. 한 번 사업에 실패하고 났을 때였어요. 제가 디자이너라서 어렸을 때는 책을 통 안 읽었거든요. 그림책, 포트폴리오 이런 책만 보다가 사업 실패 후 서른 중반 때부터야 비로소 책을 보기 시작했어요.

그땐 인생도 잘 안 풀리고 하니까, 뭐 잘되는 사람들, 그런 분들이 가진 습관 같은 걸 하나씩 해보자 싶어서 살펴보니까, 모두들 책에 대해서 이야기들을 하더라고요.

또 그때 제가 디자이너로 10년차 정도 됐어요. 그러니까 스스로 좀 한계를 느끼기 시작한 거예요. 그냥 회사 실무에서 배워 온 것만으로 계속해서 아이를 키울 수 있을까, 밥을 먹고 살 수 있을까, 이런 생각이 들더군요. 그때 대학원을 준비하면서 책을 보기 시작했죠.

그전에는 군대에 있을 때 워낙 지루하니까 무라카미 하루키라든가 앨빈 토플러 같은 사람들 책을 읽은 기억은 있어요. 사회생활 하면서는 거의 못 읽은 것 같아요. 그래서 처음에 책을 제대로 읽기 시작했을 때는 책 때문에 삶이 달라진다든가 하는 건 별로 못 느꼈어요. 그런데 한 2년 정도 지나니까 좀 달라지긴 하더라고요.

가장 크게 느낀 게, 제가 집에서 자꾸 책을 보니까 아내도 책을 보게 되더라고요. 서로 얘기하는 것도 좀 달라졌어요. 그전에는 맨날 뉴스에 나오는 이슈 그런 거 가지고 얘기하고 그랬는데 좀 더 다른 이야기도 풍성하게 하게 되고, 자연스럽게 집에 책장도 생기고 하니까 부모님도 책을 읽기 시작하는 거예요. 원래 부모님은 오랫동안 자영업으로 가게를 하셨는데 책 읽는 걸 본 적이 없었거든요.

부모님과 같이 사세요?

네, 지금 같이 살아요. 아버님도 제 책장에서 책을 꺼내 보시면서
〈봉진아, 이 책이 참 좋다〉 이런 얘기도 하시고. 어머니도 예전부터
공부를 무척 하고 싶어 하셨는데, 지금은 노인 대학의 중학생이세
요. 초등학교는 얼마 전에 졸업하셨고. 그런 식으로 책 읽기가 실제
로, 물론 사업을 하면서도 도움이 되지만, 제 생활에서도 많은 도움
이 된다는 걸 알았어요.

처음엔 디자인 책에 관심이 있었다고 하셨는데, 그 뒤로 어떤 책
들을 읽어 나가신 거죠?

제가 95학번인데요. 회사 생활하면서 2005년이 되고 나서 신입
디자이너들이 들어왔는데, 이 친구들 얘기하는 걸 저는 못 알아듣겠
더군요.

졸업 후 10년 동안 (학계에서는) 수많은 이야기들이 있었는데, 저
는 10년 동안 포토샵만 한 거였죠. 신입들이 뭘 이야기하는데 잘 이
해가 안 돼서 물었죠. 〈너희들 그런 거 어디서 배웠어〉 했더니, 〈학교
에서 배웠다〉고도 하고 〈책에도 있다〉고도 해요. 그때부터 (건축디
자인 전문 출판사인) 안그라픽스에서 나온 디자인 관련서들을 거의
다 사서 본 것 같아요.

그러면서, 〈아, 내가 대학 졸업하고 나서 그 오랜 시간 동안 많은

것이 변했고 많은 이론이 생겨나고 작가들이 등장했구나〉 깨닫게 됐고, 재미도 많이 붙었죠. 〈그럼 책을 좀 더 읽어 볼까〉 이런 생각을 하게 됐죠.

그 무렵에 읽었던 걸로 기억나는 책은 뭐가 있죠?
세계 유명 디자이너들 이야기를 모은 로저 마틴의 『디자인 씽킹』, 빅터 파파넥의 『인간을 위한 디자인』 이런 책이 기억나네요. 그러다 가 자연스럽게 마케팅과 브랜딩 쪽으로 넘어가면서 『보랏빛 소가 온다』 같은 책들도 읽었어요.

창업을 구상할 때였나요?
아니, 그땐 사업은 생각도 안 하고 있었어요. 사업을 시작하려고 읽은 게 아니라서. 그냥 회사에서 일이 디자인, 브랜드 쪽을 많이 해 야 하니까 옆 분야를 보게 됐어요. 『마케팅 천재가 된 맥스』 이런 게 너무 재미있는 거예요.
아, 디자인도 이렇게 마케팅과 같이 공부하면 더 재밌겠다는 생각 을 하면서 브랜드 쪽으로도 넘어갔지요. 그때 마침 네이버에 있을 때였는데 UX, CMD(창의적 마케팅 설계) 조직에 지금 JOH의 조수 용 대표가 수장으로 있었어요. 그분이 디자이너이긴 하지만 마케팅 과 브랜드 전반에 걸쳐 많은 기여를 하셨는데 덕분에 공부를 많이 하게 됐어요.
그러면서 자연스럽게 자기계발서라든가 경영서로도 넘어갔지요.

그때 가장 기억에 남는 책은 이나모리 가즈오 회장의 『왜 일하는가』, 짐 콜린스의 『좋은 기업을 넘어... 위대한 기업으로』, 『성공하는 기업들의 8가지 습관』 같은 책입니다. 창업하고 나서 도움이 아주 많이 됐어요.

그러면 그때 회사를 다니던 중에 창업을 꿈꿨나요?

창업을 꿈꾸긴 했지만 지금 이 사업은 아니었어요. 브랜드 컨설팅 회사였어요. 디자인 에이전시 같은. 그걸로 계속 일을 해왔으니까요.

그게 일반적인 경로였겠지요.

실제로도 그 분야에서 사업을 했어요. 네이버를 나와서 대학원에 붙고 난 다음에요. 네이버에서는 제가 더 이상 올라갈 데가 없더라고요. 네이버가 한창 성장하던 시기에 들어갔으면 모르겠는데 어느 정도 인력 채용이 멈춘 마지막 무렵에 들어가서 저로서는 승진도 애매하기도 했고.

대학원에 들어가면서 만난 여러 디자이너들과 같이 〈플러스 엑스〉라는 회사를 공동 창업했죠. 그때 동시에 〈배달의 민족〉이 자연스럽게 만들어지고 있었어요.

그건 별도로요?

네. 6년 전 시작할 때 처음엔 본격적인 사업이 아니라 일종의 작은 〈토이 프로젝트〉였어요. 1인 개발자들이 저마다 재밌는 아이템 하나

잡아서 만들곤 했던 시절이었어요. 배달의 민족도 그중 하나였어요. 약간 가볍게 만들어진 서비스였어요. 제 형하고 후배하고 친구하고 같이 시작했죠. 다들 각자 회사에 다니고 있는 상태에서 했죠.

저희 말고도 굉장히 많은 팀들이 있었죠. 기사 검색을 해보면 그때 저희랑 비슷하게 나왔던 것 중에 고등학생이 만든 〈서울버스〉, 게임 회사로 유명한 〈네시삼십삼분〉도 있었고……. 그땐 사업자가 없어도 애플 앱스토어에다 개인으로 올릴 수 있었거든요. 배달의 민족도 그렇게 만들어졌죠.

앱 개발 붐이 한창일 때였군요.

네, 1인 창업 이야기를 많이들 할 때였어요. 2009년에서 2010년으로 넘어갈 때 스마트폰이 한국에도 나온다면서 기대가 클 때였죠. 저희도 배달의 민족 말고도 여러 개 만들었어요. 기획도 하고. 원래 114 서비스도 하려고 했다가 잘 안 됐고요. 사실 배달의 민족은 아주 운이 좋았죠. 얻어 걸린 거죠.

4~5명이 공동 창업했을 때부터 〈우리는 책값은 무료로 하자〉고 했어요. 그때 제 아내가 저한테 용돈으로 책값은 무제한으로 지원해 줬거든요. 책은 많이 사보라고 허용해 줬어요. 그래서 저도 회사 구성원들한테 지금 그렇게 하고 있는 거죠. 솔직히 저도 책을 아주 많이 읽는 편이라고는 못 하겠어요. 훨씬 더 많이 읽는 분들도 많이 있으니까요.

다만, 제 생각에는 책을 많이 보는 첫 번째 방법은 책을 많이 사는 거예요. 많이 사면 많이 읽게 되는데, 우리가 책을 한 권 살 때 너무 고민하다 보면 결국 꼭 베스트셀러만 사게 되잖아요. 그래서 저는 구성원들에게 책 살 때는 고민하지 말고 일단 사라고 해요. 사놓고 읽지 않아도 하다못해 인테리어 효과라도 있으니까요.

책값은 임금이나 복지에서 열외로 계산되나요?

다른 복지와는 완전히 별도로 계산해요. 왜냐하면 책값은 사람마다 다르니까요. 쓰는 사람은 많이 쓰지만 하나도 안 쓰는 사람도 있어요.

책 읽는 걸 보니까 결국엔 특정 사람이 많이 읽거나 사면 주변 직원들도 따라오더군요. 곳곳에 그런 사람이 있으면 전체적으로 같이 올라가는 것 같아요.

책 읽는 문화 확산에는 확실히 도움이 된다는 말이네요.

네. 회사 안에도 책들이 곳곳에 많이 놓여 있어요. 저는 e북은 거의 안 사거든요. 물리적으로 잡히는 책만 사요. 처음 읽기 시작할 때 그걸로만 훈련을 했어요. 요즘은 큰 애가 12살인데, 집 책장에서 책 찾기 놀이를 해요. 주말이나 이럴 때.

예를 들어 제가 〈『21세기 자본』 찾아봐〉 이래요. 그러면 아이가 〈아빠, 그건 어떻게 생겼어?〉라고 물어요. 그러면 〈아주 두껍고 위는 흰색이고 아래는 빨간색이야〉라고 해요. 그러면 가서 막 찾아요. 그러다가 〈어디 옆에 있어?〉 그러면 〈아빠가 잘 읽는 경제 서적 근처 어디에 있어.〉 그러면 다시 찾아요. 이런 과정이 재미있어요. 숨은그림찾기 놀이를 하는 것처럼.

아이가 찾아서 꺼내 오면 제가 간단히 얘기해 줘요. 〈한나야, 네가 커서 아무리 힘들게 노동으로 일해도 금융으로 버는 돈이 훨씬 더 많고 빠르단다. 이 책에는 그런 얘기가 있어. 결국에는 세금을 아주 많이 내야 되고, 세금을 나라별로 똑같이 낼 수가 없으니까, 전 세계가 같이 공조해서 한 번에 기업한테서 많이 받는 게 좋은 거야.〉 이런 식으로 이야기를 해주죠. 그러면 얘는 당연히 기억을 못 하겠죠. 이제 12살이니까 어떻게 알겠어요. 하지만 그런 걸 아빠랑 이야기하는 걸 즐거워해요. 그렇게 한 1년 정도를 했어요.

이제는 아이가 먼저 하자고 하기도 하고. 그러다가 서점엘 갔더니 그 책을 알아보더라고요. 아빠 서재에 있는 책이라고요. 한나가 크면 훨씬 더 강하게 기억하겠죠. 아빠가 그런 책을 이야기했었고 실제로 이런 내용이 있었다는 걸 기억하면 책과 조금 더 친하게 지낼 수 있는 계기가 되겠죠.

『21세기 자본』을 다 읽으셨나 보네요.
완전히 다 읽지는 못했어요. 너무 두꺼워서요.

완독하셨으면 아마 국내에서 손가락 안에 들었을지도 모를 텐데요.(웃음)
저는 제 나름의 책 읽기 방법이 있어요. 너무 어려운 책들은 만화책이나 중고생들을 위한 책들을 같이 읽어요. 『21세기 자본』만 해도 만화책으로도 한 권 나와 있어요. 그거랑 이거랑 같이 읽었어요.

경영서까지 발전하셨다고 했는데, 그다음은요?

경영 쪽을 읽다 보니까 자연스럽게 마케팅과 연결되는데 심리학이나 역사, 고전 쪽으로 빠지게 되더군요. 많은 분들이 결국엔 고전 쪽으로 가서 읽어야 한다고 이야기들을 많이 하시더군요. 하지만 처음에는 읽기가 힘든 거예요. 그 문장을 한 장 정도 다 읽고 나면. 내용은 어렸을 때부터 다 들었던 내용 같은데. 그래서 UX(사용자 체험) 관점에서 보니까 내용이 어려운 게 아니라 형식이 어려운 거더라고요. 이미 우리 생활 속에는 다 담긴 것들이잖아요. 그러니까 고전이 됐겠죠.

만약 이런 책을 중고생들이 읽으려고 할 때는 어떨까 해서 찾아봤더니, 그 코너에 아주 쉽게 씌어진 책들이 있는 거예요. 그래서 제 나름대로 생각해서 방법을 찾은 게, 서울대 지정 고전을 주니어 김영사에서 인문고전 50선으로 낸 게 있어요. 아리스토텔레스, 니체, 키케로 이런 책이 만화로 나온 게 있더군요. 그걸 전집으로 샀어요. 그걸 읽고 다음에 원서를 읽으니 이해가 쉽더라고요. 그런 식으로 쉽게 씌어진 책과 원전 번역서랑 같이 읽었어요.

특히 제가 좋아하는 고전들이 있어요. 플라톤의 『국가』, 『논어』, 『한비자』, 『군주론』, 니체 관련서를 아주 좋아해요. 이런 책 관련서만 서점에 나오면 다 사요. 『군주론』만 해도 이만큼 있는 것 같아요. 이게 쓰는 사람마다 약간씩 다르고 편집도 달라요. 내용의 강약도 다르고. 저는 기억력이 아주 안 좋은데, 반복해서 읽다 보면 다시 상기할 수 있어서 그 점도 좋아요.

고전의 다양한 변주들까지 즐기는 셈이네요.

처음 읽을 때와 다시 읽을 때 느낌이 매번 다른 것 같아요. 그래서 고전이겠죠. 제가 창업했을 때의 상황과 지금 5년이 지나서 상황이 또 다르니까. 이게 균형이 잘 맞는 것 같아요.

『논어』만 읽고 군자의 삶에 대해서만 자꾸 얘기하다 보면 현실과 동떨어질 수 있는데, 『군주론』을 읽게 되면, 또 현실의 나쁜 면들, 경쟁자들과는 이래야 하고 다른 사람들과 행복하게 잘 지내려면 권모술수도 부려야 해 이러다가 『국가』로 가면, 아 그래도 기본적으로 올바름이라는 걸 추구하는, 그 의미를 잘 찾아야지. 그러다가 『한비자』로 가면 역시 인간들은 나쁘고 법으로 잘 다스려야 해. 이렇게 좀 왔다 갔다 하는 게 저한테는 다면적으로 생각할 수 있어서 좋은 것 같아요.

그런 독서가 사실은 회사 기본 정책에도 많이 반영이 되죠. 〈일은 수직적으로 하고 인간적인 관계는 수평적으로 한다〉 이런 사내 모토가 책에서 영향을 받은 거예요. 우리가 아무리 스타트업이고 신생 회사지만, 또 아무리 모두가 자유롭게 일하는 곳이 창의성을 만든다고 하지만 기본적으로 규율 위에 회사를 세우지 않으면 의미가 없다는 생각들이 그런 데서 영감을 얻은 것이죠.

사원들과 책 이야기도 합니까?

매주 수요일 11시부터 30분간 〈봉 타임〉이라고 있어요. 구성원과의 자유로운 대화 시간이죠. 옆 건물 2층에 20~30명 모일 수 있는 공간이 있는데, 오고 싶은 사람만 아무나 와서 저랑 얘기 나누는 시간이에요. 저는 회사 현안이나 요즘 고민을 이야기하고, 그 친구들은 무기명으로 구글 독스에 사전 질문도 올릴 수 있어요.

익명으로 올리는데, 〈최근 복지 제도는 어떻게 되냐, 경쟁사와는 어떤가〉, 〈작년보다 배달의 민족이 나아진 게 뭐라고 생각하냐, 아무것도 없는 것 같다, 심각하다고 생각한다〉 이런 얘기들을 해요.(웃음)

그때 여러 가지 책에 관련된 얘기도 좀 하죠. 최근에 읽은 인상 깊었던 책이 제 경우엔 『사피엔스』, 『21세기 자본』, 『지적자본론』인데 세 책이 연결돼서 아주 재미있더라고요. 그래서 그걸 연결해서 좀 이야기해 줬어요.

요즘은 무슨 책을 읽으시죠?

『모든 비즈니스는 브랜딩이다』라는 책입니다. 예전에 한 번 읽었는데 기억이 안 나서 다시 읽기 시작했어요.

두 번째 읽으니까 어떤 점이 다르던가요?

창업 초기에 한 번 읽고 두 번째인데요, 예전에는 이론적으로 읽었다면, 이제는 회사 실무를 직접 겪고 나서 보니까 필요한 게 이 책에 있었구나 싶어요.

이 책에서는 〈앞으로 브랜딩은 인성이다, 페르소나다〉라고 하죠. 〈마케팅은 사람에게 기억되게 하는 것이고, 아이덴티티, 인성, 관계 맺기〉라고도 해요. 배달의 민족에도 많이 적용하려고 해요. 회사 경영을 하나의 인성, 페르소나를 만들어 가는 과정으로 보려고요.

그다음으로 황현산 교수의 『밤이 선생이다』라는 책인데, 우연히 선물을 받았어요. 제주도 내려가는 공항에서 비행기를 기다리는데 어떤 분이 와서 반갑게 인사를 하길래 얘기하다 보니까 교보문고 MD라고 해요. 저한테 그 자리에서 자기가 읽고 있던 책을 선물해 줬어요. 사실 저희 집에도 있던 책이었어요. 저는 베스트셀러 경우엔 대부분 일단 사두거든요.

이 책은 산문집이라서 다는 아니고 발췌해서 읽었는데 상상력이나 생각들이 의미 있는 게 많아서 아주 좋더라고요.

『부자의 그릇』이란 책은 제가 서점에서 샀는데, 〈돈은 신용을 가시화한 것〉이라는 말이 인상 깊었어요. 돈에 대해 알려면 기본으로 신용을 먼저 공부해야 한다는 사실을 알았어요.

밖에서 사람들이 알아보기도 하나 보지요?

가끔 있어요. 젊은 친구들의 경우 창업 준비하거나……. 또 출판사 분들. 제가 페이스북에 책 이야기를 많이 올리는 편이니까요. 사실 개인적인 이야기를 쓰고 싶긴 한데, 여기저기서 하지 말라고 하더라고요.(웃음) 그냥 책 이야기를 하라고. 책 이야기는 어차피 다른 사람 이야기를 빌려서 하는 거니까 괜찮다고요. 저로서도 책을 보고 잊어

버리니까 좋은 구절을 바로 찍어서 올려놓고 공유도 하고 그럽니다. 그러다 보니 출판사나 저자분이 책을 보내오는 경우가 있어요.

아, 그리고 연초에 연봉도 결정해야 했었는데, 우석훈 씨가 쓴 『연봉은 무엇으로 결정되는가』도 도움이 됐어요.

생각보다 길어진 인터뷰를 마치고 회사 내부를 한 바퀴 돌며 구경했다. 저녁 시간이 훨씬 지났는데도 남아 있는 직원들이 군데군데 눈에 띄었다. 회사 근처 오모가리 김치찌개 집으로 향하는 중에도 여러 이야기를 주고받았다. 이 말이 내내 기억에 남았다.

〈저희는 배달 음식 업계 혁신도 중요하게 생각하지만, 회사에 대한 생각 자체를 한번 혁신할 수 있었으면 좋겠다는 생각을 해요. 회사를 하나의 인격체로 보는 거죠. 단순히 법인 차원이 아니라 도덕적인 주체로서의 회사. 10년 후쯤에는 그런 주제로 책도 한 권 쓰고 싶어요.〉

마지막 질문을 했다. 〈요즘 무슨 책 읽는지 궁금한 사람이 누구지요?〉 김 대표는 좀 생각해 본 후에 답을 주겠다고 했다. 며칠 후 페이스북 메신저로 답이 왔다.

김주환 연세대 언론홍보영상학부 교수를 추천합니다. 『회복탄력성』이라는 책의 저자이고, 다니엘 핑크의 『드라이브』의 역자이기도 합니다. 제 개인적으로, 그리고 회사의 인사 정책에도 많은 영향을 받았어요.

4

연세대 언론홍보영상학부 교수
김주환

『법륜 스님의 금강경 강의』,
커뮤니케이션의 본질이
그 안에 담겼더군요

김주환 교수는 다채로운 이력과 관심으로 소문이 난 학자다. 대중적으로는 무엇보다 베스트셀러 『회복탄력성』의 저자로 알려져 있지만, 정치학도 출신의 커뮤니케이션 학자로 일찍이 이탈리아 국비 장학생으로 볼로냐 대학에 유학 가서 움베르토 에코의 수업을 들으며 기호학을 공부한 사람으로 화제가 되기도 했다.

국내 사회과학도로서는 비교적 일찍 뇌 과학을 응용한 커뮤니케이션 연구로 미답지를 앞서가기도 했고, 조리 있는 언변이 알려지면서 한때는 TV 시사 토론의 사회자로 〈소통〉의 실례를 보여 주기도 했다.

이처럼 다양한 그의 경력과 관심 때문에 문답이 생각보다 길어졌다. 인터뷰는 서래마을에 있는 그의 단골 북카페에서 진행됐다. 얼마 전 84세 나이로 타계한 에코와의 인연과 일화도 다른 곳에서 접할 수 없는 이야기였다.

김봉진 배달의 민족 대표와는 어떻게 아는 사이시죠?

제가 학교에서 최고경영자 과정을 진행하면서, 혹은 비공식적인 모임을 통해 알고 지내는 기업인들이 좀 있습니다. 그 모임에서 처음 만났어요. 그때 저의 책『회복탄력성』을 이미 읽으셨다고 하더군요. 그런 인연으로 이번 학기에 제가 〈소통 능력과 성취〉라는 강의를 하는데 첫 번째 외부 강사로 모셨습니다.

책은 얼마나 쓰셨죠?
여러 권 있기는 한데 대중서로 많이 알려진 것은『회복탄력성』과『그릿』입니다.

〈회복탄력성〉이라는 개념에 관한 책으로는 앞선 편이었죠?
영어 〈resilience〉에 해당하는 〈회복탄력성〉이라는 번역어를 제가 처음 썼습니다. 당시 국내 학자들은 〈자아탄력성〉, 〈심리학적 탄력성〉, 〈회복력〉, 〈극복력〉 같은 말로 다양하게 번역했어요. 저는 책을 내기 전에 칼럼에서 〈회복탄력성〉이라는 단어를 쓰기 시작해서 책에도 제목으로 뽑았죠. 처음에는 그 개념이 어려운 말이기도 해서 책이 대중적으로 많이 팔릴 거라고는 크게 기대하지 않았어요. 하지만 당시에 베스트셀러에도 들어가고 반응이 꽤 컸습니다.

그 뒤로 〈회복탄력성〉이라는 말도 많이 퍼지고 관심도 높아졌지요.
유사한 책까지 나오고 일반적으로 많이들 쓰셨죠. 그래서 개인적으로는 큰 보람을 느낍니다. 사전에 없던 말을 만들어 통용되게 했으니까요. 지난해 어느 신문에서 국내 학술 논문에 가장 많이 인용된 국내외 저서 목록을 뽑았는데 사회과학 분야에서『회복탄력성』

이 2위였다고 해요. 1위가 『정책학원론』, 3위가 데이비드 헬드의 『민주주의의 모델들』인데, 출간된 지 4년밖에 안 된 책이 2위를 했으니까 다양한 분야에서 많은 분들이 관심을 가졌다는 뜻이겠죠. 지금도 이메일 문의가 와서 자문도 해주곤 합니다.

책 이외에 자기소개를 좀 더 해주시겠습니까?

저는 지금 언론홍보영상학부 교수로 있습니다. 제 학부 전공은 정치학입니다. 학부 전공이라고 해봐야 사실상 전공 공부는 2년 정도에 불과한데 우리나라 사람들은 학부 전공을 중시하다 보니 그게 정체성으로 취급되는 경우가 많지요. 그래서 왜 그런 연구를 하고 책을 쓰느냐는 질문을 종종 받습니다.

제가 대학원에서 정치학을 공부할 때 지도 교수였던 (서울대) 김홍우 교수님이 강조한 게 현상학이라는 철학입니다. 특히 메를로퐁티의 〈몸의 철학〉을 보면 스피치 얘기가 많이 나오고, 〈I am my body〉라는 말과 함께 몸의 중요성을 강조합니다.

이런 철학적 훈련을 아주 많이 받은 상태에서, 그다음 미국 유학을 갈 때 커뮤니케이션 쪽을 공부해 보고 싶다는 생각이 들어서 전공을 바꿨습니다.

이탈리아 유학도 잠깐 하셨죠?

미국 유학을 가려고 GRE며 영어 공부를 한창 하고 있을 때, 학교 조교실에 이탈리아 정부 지원 장학생 공고가 뜬 걸 보게 됐어요.

1년치 생활비와 항공권을 주는 거였어요. 원래 이탈리아어 시험으로 뽑던 건데, 그해 처음으로 문호 개방 차원에서 영어 시험으로 장학생을 선발한다는 거예요. 그래서 준비한 끝에 봄에 이탈리아 문화원에 가서 시험을 보고 합격했어요. 당시 200대 1로 기억하는데 운이 좋았죠.

그때부터 이탈리아 어학원을 다니기 시작해서 가을에 유학을 갔어요. 그때 이탈리아 문화원에서 어느 대학 갈 거냐고 묻더군요. 저는 그때 아는 이탈리아 사람으로는 움베르토 에코 한 사람밖에 없었어요. 세계적인 베스트셀러였던 그의 소설 『장미의 이름』을 저도 너무나 열심히 읽었기 때문이지요. 그래서 〈에코가 있는 볼로냐 대학에도 갈 수 있느냐〉고 했더니 〈아무 데라도 갈 수 있다〉고 해요. 그래서 볼로냐 대학에 기호학을 공부하러 가게 됐던 겁니다. 기호학은 커뮤니케이션이나 철학과도 밀접한 관련이 있거든요. 1년 동안 기호학을 공부한 후에 펜실베이니아 대학으로 유학을 갔어요.

이탈리아 유학 생활은 어땠나요?

신이 나서 갔다가, 진짜 공부다운 공부를 거기서 시작했습니다. 제가 갈 때 이 사람들이 편도 항공권만 줬어요. 학점을 제대로 못 따면 귀국할 표도 못 받는 거예요. 생활비도 한 학기만 먼저 줬어요.

공부를 하게 만드는 장치였군요.

한번 상상을 해보세요. 이탈리아어 수업을 듣고 학점을 받아서 통과해야 돌아올 수 있는 거예요. 그냥 시험도 아니고 소논문을 써내고 학생들 앞에서 발표도 해야 했어요. 정말 엄청나게 공부했어요. 그 덕에 처음으로 공부다운 공부를 했죠. 고3 때보다 더 열심히.(웃음) 게다가 자취 생활도 저는 처음이었어요.

후회는 안 했나요?

너무 재미있었어요. 공부다운 공부를 해보는 거였으니까. 그때 들은 수업이 〈완전어를 찾아서〉였거든요. 역사상 인공어, 인간이 만들어 낸 언어를 리뷰하는 수업이었는데 너무나 재미있었어요.

수업은 영어로?

이탈리아어죠. 그러니까 처음 한두 달은 눈물이 날 정도로 힘들었어요. 가자마자 방도 구해야 했는데, 요만한 신문 쪼가리 광고 보고 전화하면 〈다라라락〉 뭐라 하고는 끊어 버려요. 하나도 못 알아듣겠는 거예요. 이러다 굶어 죽겠다는 생각까지 들더군요. 성당 앞에 앉아서 비둘기 보면서 좌절했던 기억이 나요.

그래도 이 집 저 집 다녀 보는데 어떤 집주인이 영어를 완벽하게 하더군요. 시칠리아 출신인데 미국에서 트럭 몰다가 돌아와서 자기 집에서 하숙 치는 사람이었어요. 그 집에서 방 한 칸을 얻어 생활하는데, 몇 달은 아주 힘들었는데, 계속 듣다 보니 이탈리아어가 라틴어 계열이어서 모음이 〈아·에·이·오·우〉 다섯 개밖에 없어서 듣는 거랑 철자랑 전환이 쉬워요.

점차 이해가 되면서 재미있어졌지요. 2학기 때는 박사 과정 수업도 들으면서 더 재미있게 했고. 기호학에 흠뻑 빠져서 처음으로 학술 논문도 썼고, 에코 선생 과목에서 최고 학점도 받았어요.

에코가 지도 교수였나요?

1년 공부하는 동안 저의 담당 교수였습니다. 기호학 수업에서 학점을 따려면 소논문을 써야 했는데 에코 교수의 지도를 받았습니다.

이탈리아 대학은 원래 대학원 과정이 없어요. 학부만 졸업해도 닥터예요. 에코 같은 석학도 한국식으로 치면 학사 출신이에요. 석박사는 미국식 대학제지요.

반면에 졸업은 무지 어려워요. 모든 과목을 논문 발표하면서 통과해야 해요. 대학은 국가 기관이어서 입학은 세금만 조금 내면 누구나 갈 수 있지만 졸업은 아무나 못 해요. 기호학 같은 경우는 너무 어려워서 여러 학기를 들어야 학점을 딸 수 있을 정도예요.

미국 영향을 받아서 〈학사 이후 과정Post-Laurea〉을 만들었는데 거기에도 석박사의 엄밀한 구분은 없어요. 그걸 마쳐도 학위가 있는 건 아니고요.

에코 선생은 저보고 계속 남아서 2년만 더 하면 포스트 라우레아 과정을 마칠 수 있을 거라면서 공부를 더 하라고 했어요. 하지만 이 과정은 한국이나 미국식으로 보면 석사 과정밖에 인정을 못 받을 거라는 생각이 들어서 펜실베이니아 대학으로 갔어요.

에코 선생이 얼마 전에 작고하셨지요. 국내 팬들도 많이 안타까워
했는데요.

대단한 분이셨어요. 다른 교수들은 가죽 구두에 멋진 가죽 가방을
들고 다니는 이태리 특유의 패셔니스타들이에요. 수업도 10분은 기
본으로 늦게 들어오고.

에코 선생만 시장바구니 같은 나일론 가방에 책을 가득 담아 양손
에 들고 와요. 다른 학생들과 같이 복도에 서서 앞 수업 끝나기를 기
다려요. 옷도 맨날 감색 양복에 빨간 넥타이. 패션이고 뭐고 하나도
신경 안 써요. 그런 걸로 보면 이탈리아 사람 같지 않아요. 미국 교수
같아요. 실제로 인디애나 대학에 오래 있으면서, 교환 교수도 오래
하고, 많이 미국화됐죠.

그게 언제죠?

1991년도입니다.

이미 유명해졌을 땐가요?

이미 국민적인 스타였어요. 어느 정도였냐면, 지금도 생생하게 기
억나요. 1991년 크리스마스였는데 그때는 학교 문을 다 닫아요. 구
내식당을 이용하던 저 같은 자취생은 굶어 죽을 처지가 돼요. 그때
이탈리아어 공부도 할 겸 대학 성당에서 교리문답을 배우고 있었는
데, 같이 성당에 다니던 리카르도 빌란치오니라는 친구가 자기 집에
가자고 했어요. 한국으로 치면 동해안에 인구 5천 정도 되는 소도시

카스텔 페레티라고 하는 곳에 가서 열흘 정도 묵었어요.

이탈리아 시골집들은 어떻게 살고 성탄절은 어떻게 보내는지 생생하게 체험할 수 있었죠. 그때 어느 날 갑자기 그 집에서 〈너네 교수 돌아가셨다〉고 해요. 9시 뉴스 톱이 〈에코 심장 마비로 사망〉으로 나온 거예요. 그 시골에서도 모르는 사람이 없었을 정도로 빅 뉴스였어요. 물론 아시다시피 하루도 안 돼서 오보였다고 나왔지요. 급체로 입원한 건데 와전돼서 심장 마비로 죽었다고 TV 뉴스에 나올 정도였으니. 그때 〈야, 이분은 그냥 교수가 아니고 스타구나〉라고 느꼈어요.

직접 대화도 해보시니 어떻던가요?

처음 가서 면담 신청했을 때가 잊히지 않는데, 그 여비서 이름까지 기억해요. 저를 엄청 구박하고, 에코 선생 바쁘다면서 못 만나게 하고 그랬거든요. 어떻게 해서든 뚫고 결국 만났어요. (웃음) 한국에서 가져왔다면서 인삼차를 드렸죠. 그러자 부인이 좋아하겠다면서 즐거워하시던 모습이 생각나요. 아주 인간적이고 가정적이라는 걸 느꼈죠.

에코 수업은 학부 수업인데도 박사 과정 제자들은 물론이고 머리가 허연 교수들, 프랑스며 미국이며 다른 나라에서 온 학자들도 여러 명 들어와서 수업 들었던 기억이 나요. 대형 강의실에서.

강의 내용은 어땠나요?

좋았죠. 정말 신기한 걸 많이 알려 주셨어요. 옛날 책들을 시장바구니에 잔뜩 들고 와서 보여 주는데, 〈이게 말이야 1700 몇 년대 누구 책인데〉 이러면서 설명을 해줘요. 그 수업 결론이 뭐였냐면 〈인공적으로 만들어진 문자 시스템은 다 죽었다〉는 거였어요.

무슨 뜻이냐면 옛날부터 사람들은 여러 문명권에서 쉽고 간단한 인공적인 표기 체계를 만들어서 소통하기 좋게 하려고 했어요. 그게 어떤 나라의 언어일 수도 있고, 암호 체계일 수도 있고 밀교도 많이 있었죠. 하지만 모든 인공적인 문자 체계는 다 죽었다는 게 결론이에요. 지금까지 살아남은 문자 체계는 한자든 알파벳이든 아라비아 문자든 다 자연 발생적이라는 거예요. 누가 만들었는지, 언제부터 쓰였는지도 모른 채 수천 년 써 온 것만 살아남았다는 거죠.

그러면 제가 딱 무슨 생각이 났겠어요. 한글. 훈민정음. 이건 우리가 자연 발생적인 문자인 것처럼 일상생활에서 막 쓰잖아요. 하지만 누가 언제 어떤 과정을 통해 만들었는지가 정확히 기록으로 있잖아요. 그런 점에서 한글은 세계사적으로 희한한 예외적인 일이에요.

에코 선생한테 얘기해 봤나요?

당연히 했죠. 처음엔 안 믿으려고 하셨어요. 그래서 제가 그때 동생이 서울대 박사 과정에 있었는데 규장각 도서관에 가서 훈민정음에 대한 자료, 되도록 영어 자료와 논문을 다 보내 달라고 했어요.

놀랍게도 그때가 1991년인데, 자료가 거의 없었어요. 「15세기 음운론」인가 하는 한글 논문이 좀 있었고, 훈민정음에 대한 대부분의 연구는 세종대왕의 애민 사상이었어요. 음운론적으로 분석한 영어

논문은 거의 없었어요. 요즘은 달라졌지 싶은데, 그때만 해도 찾기 어려웠어요.

그나마 있던 자료를 복사한 것 받아서 에코 선생한테 드렸어요. 다음부터는 이런 강의 하실 때는 단 예외가 있으니 한국 문자는 인공적으로 만든 게 확실한데 자연 발생어처럼 쓰인다고 해달라고 말씀드렸죠.

미국에서는 어떤 공부를 하셨나요?

기호학 공부를 계속 했죠. 석사 과정 때 기호 생산 이론을 영어로 써서 커뮤니케이션 학회 최우수 논문상을 받기도 했고. 그때 지도 교수가 엘리후 카츠라고 해서 커뮤니케이션학의 대가인데 〈2단계 유통 이론〉, 〈미디어 이벤트〉 같은 큰 이론을 만든 분이에요.

이분이 에코랑도 잘 아는데, 정치 커뮤니케이션, 정치적 대화 political talk에 관심이 많았어요. 그래서 제 학위 논문 주제가 〈사적인 정치적 대화가 여론 형성에 미치는 영향〉이었어요. 여론조사 기법도 새롭게 실험적인 방법을 써보기도 하고 데이터도 많이 얻고 하면서 정치적 대화 이론에 심취하게 됐어요.

그게 메를로 퐁티나 하이데거, 하버마스의 철학적 이론과도 아주 밀접한 관련이 있어요.

집안에서든 술집에서든 우리가 나누는 일대일 대화는 사적인 영역이잖아요. 그런데 여기서도 공적 이슈를 이야기하는 거예요. 그런 현상은 신문 이후, 저널리즘 이후에 생겨난 현상이에요.

그전까지는 〈너 오늘 뭐 먹었니〉, 〈너희 집은 어때〉 이런 애기밖에 안 했는데 지금은 총선 이야기하고 그러잖아요. 그게 저널리즘의 여파인 거죠. 또 사적 대화가 여론 형성으로 연결되기도 하고.

그때 여러 이론을 보고 실험 결과도 보면서 논문에서 강조한 게 뭐냐면, 사람들은 머릿속에 고정된 생각을 갖고 있지 않다는 거예요. 여론조사의 기본 전제는 사람들이 머릿속에 확정된 견해를 갖고 있다는 거거든요. 어느 후보를 지지한다든가, 어떤 이슈에 찬반이라든가. 그런 고정된 생각을 질문을 통해 뽑아내는 게 여론조사라고 생각했어요.

하지만 연구 결과들을 보면, 사람들의 평소 의식은 흐물흐물한 상태일 뿐이에요. 질문을 던지면 답을 하는 순간, 머릿속에 있던 흐릿한 생각 덩어리들이 비로소 구체적인 생각으로 결정된다crystalized는 거죠. 그때는 자기가 내뱉은 말에 따라 신념이 따라가기도 해요. 그렇기 때문에 질문을 어떻게 던지느냐, 사전 전제가 뭐냐에 따라 답이 확확 달라져요. 20퍼센트 찬성률이 80퍼센트가 되기도 할 정도로. 그게 너무 재미있었어요. 인지 심리학과도 관계가 되고 기호학과도 관계가 되는 문제지요.

그래서 뇌 과학이나 IT 쪽에도 일찍부터 관심을 가져 오신 거군요.

박사 논문을 쓸 때가 1994~95년이었는데, 그때 막 인터넷이 성장하기 시작했어요. 제가 학내에서는 처음으로 html로 개인 사이트를 만들기도 했어요. 제가 다니던 애넌버그 스쿨이 커뮤니케이션 분야에서는 최고 명문이었는데도 그때까지 학교 웹 사이트가 없었어요. 제가 개인 사이트를 만들어서 학장 찾아가서 이런 걸 해야 한다고 얘기까지 했어요. 컴퓨터 학생 대표를 맡아서 제작 아이디어도 주곤 했어요.

웹도 일종의 대화 같은 거예요. 다만 매개가 있죠. 원래 자연 대화는 매개 없이 이뤄지는 건데, 인터넷은 매개를 통해 사적 대화를 가능하게 해주는 시스템이죠. 그런 관점에서 연구를 하게 됐어요.

그러다 보니 점점 인터퍼스널interpersonal 커뮤니케이션에 관심을 갖게 됐어요. 그래서 보스턴 칼리지에서 운이 좋게, 박사 논문을 마치자마자 정년보장심사대상tenure-track 교수도 됐어요. 2년 동안 계속 대인 커뮤니케이션 쪽으로 연구하던 중에, 한국에서 BK(해외 인재 유치) 사업으로 해외 젊은 학자 특별 채용을 하면서 국내 대학으로 오게 됐죠.

여기 와서도 개인 간 커뮤니케이션, 소통 능력에 관심을 갖다가 결국 소통은 인지적인 것이고 그것은 뇌 과학을 통해서 할 수 있겠다 싶어서 10여 년 전부터 fMRI(기능적 자기공명영상)를 활용한 연구를 해왔어요. 그러다 보니 최근엔 방송이나 언론학 쪽보다는 뇌 과학이나 신경학, 정신과 쪽과 공동 연구하는 논문만 나오고 있어요.

그런 와중에 개인 간 커뮤니케이션에서 설득 잘하고 관계 잘 맺는 소통 능력이 회복탄력성의 가장 핵심이 된다는 걸 알게 됐어요. 회복탄력성이라는 게 그저 오기나 끈기가 있어서 되는 게 아니라 인간관계를 잘 맺고 소통을 잘하는 사람이 높다는 거죠.

책도 원래는 소통 능력에 대해 썼다가 회복탄력성을 앞에 내세우는 쪽으로 편제를 바꿨죠. 이야기가 길어졌는데, 결국 신문방송학과 교수가 딴짓 하는 게 아니라 개인 간 커뮤니케이션을 뇌 과학과 함께 깊이 연구하고 있다고 봐주시면 좋겠어요. 수업 과목도 〈소통 능력과 성취〉, 〈말하기와 토론〉, 〈비즈니스 커뮤니케이션〉, 〈사랑, 대화, 민주주의〉 이런 것들을 주로 합니다.

미디어를 공부해 오셨으니 말씀인데요, 지금 콘텐츠 산업이 격변기입니다. 이 문제는 어떻게 보세요?

사실 저널리즘이라는 기능은 선사 시대부터 있었던 것 같아요. 신성한 장소인 〈소도(蘇塗)〉 같은 데서 성직자 같은 사람이 칸(정치 지도자)의 말이나 정보를 전파하고 공동체를 통합하는 기능을 했죠. 그게 권력자든 성직자든 공동체의 구심이 돼서 갈 길을 제시하거나 규칙을 전달하고, 어떤 사건이 나면 그 의미를 해석해 주는 식이었죠. 그게 다 저널리즘의 기능이라고 볼 수 있죠.

그런 기능을 특정 형태로 키운 게 근대 저널리즘이에요. 그 고유한 기능은 앞으로도 사회에서 계속 요구될 거예요. 다만 매체의 변화에 따라 생각도 바꿔야 하는 거죠.

매체 변화가 실로 많은 것을 바꿔 놓고 있지요.

여러 분야에 변화가 있지만, 종이 매체를 기반으로 한 또 다른 주요 사업이 교육이라고 생각해요. 대표적인 것이 대학교예요. 놀랍게도 아직도 19세기적인 시스템으로 버티고 있는 공룡 같은 존재라고 할 수 있어요. 신문만 해도 이미 온라인으로 많이 가고 있잖아요. 얼마 전 『슈피겔』과 온라인 『슈피겔』이 싸우는 것만 봐도 그래요.

하지만 국내 대학은 아주 더뎌요. 이제는 교육 서비스도 디지털 매체가 바탕이 돼야 한다고 생각해요. 교육 내용이 클라우드로 가야 한다는 거죠. 온라인 강의를 제공하는 정도가 아니라 그 자체가 온라인 기관이 돼야 한다고 생각해요. 캠퍼스는 그런 활동을 하는 사람들이 잠시 모이는 공간 정도라고나 할까요. 강의실이나 종이책이 쌓여 있는 도서관이 대학의 핵심인 상황은 넘어서야 한다고 생각해요.

변화를 두고 의견도 엇갈리는 것 같습니다.

모델이 바뀌고 있는 중이죠. 대학이 그나마 아직도 버티고 있는 것은 양질의 콘텐츠를 소비할 수 있게 해줘서가 아니라 졸업장이나 학위를 줄 수 있기 때문이에요. 지금처럼 학위증을 파는 사업 모델로는 오래 못 버틸 거예요. 제대로 된 교육 콘텐츠 제공 서비스로 바뀌지 않으면 대학이라는 기관도 오래 못 버틸 거예요. 이 말에는 굉장히 여러 가지가 함축돼 있어서 단순하게 말하기는 어려워요. 결국에는 새로운 사업 모델이 나올 것으로 봅니다.

커뮤니케이션의 맥락에서 뇌 과학을 연구해 오셨는데, 요즘 인공지능에 대해서는 어떻게 보세요?

알파고 얘기부터 해볼까요. 사람들이 그걸 보고 앞으로 많은 직업이 사라지고 컴퓨터가 인간을 통제하는 것 아니냐 하는 우려까지 하잖아요. 맞는 부분도 있고 과장된 부분도 있습니다.

저는 알파고와 이세돌의 바둑 대국 이전부터 당연히 5대 0으로 이세돌이 질 거라고 했어요. 이세돌이 이기면 그건 개발자가 프로그램을 잘 못 만들어서 그렇지 잘 만들면 당연히 이긴다고 봤어요. 바둑 역시 체스보다 훨씬 복잡할 뿐이지 정확한 승패와 규칙이 있는 게임이에요. 엄밀히 말해 바둑도 계산인 거죠.

끝내기 수 같은 것은 이미 수십 년 전에, 어떤 프로 기사도 당할 수 없을 정도의 프로그램이 수학적으로 만들어졌어요. 저의 대학 친구인 김용환 박사가 UC버클리에서 90년대 중반에 바둑 끝내기로 수학박사 학위 논문을 썼어요. 그때 게임이론으로 다 정리가 된 거예요. 끝내기를 조금씩 앞으로 당기면 결국 인간이 이길 수 없게 되는 거예요. 바둑의 수는 아직 모른다는 것뿐이지 분명한 답이 있어요. 한정적인 게임이기 때문이에요.

컴퓨터는 계산에 뛰어나니까 사람보다 잘 찾아낼 수밖에 없는 거죠. 다만 생소한 게임인 바둑을 해석하는 데 시간이 오래 걸린 것뿐이죠. 아직도 완전히 해석은 안 됐지만. 하지만 그런 인공지능은 우리가 두려워하는 진짜 인공지능과는 거리가 멀어요.

그러면 알파고의 승리가 의미가 없느냐. 아니죠, 있죠. 우선, 그것 때문에 직업이 많이 날아갈 거라고 봐요. 예를 들어, 의사가 진단을 내린다고 해봅시다. 진단이라는 게 기호학에서 퍼스가 말한 가추법

abduction이에요. 셜록 홈스가 단서를 보고 추론하는 거랑 같죠. 그걸 하려면 정확한 데이터가 많을수록 좋아요. 그것만 확보되면 병을 진단하는 데도 인간이 컴퓨터를 따라갈 수 없을 거예요. 의사라는 직업도 위험해지는 거예요. 이건 생각하는 인공지능이 아니라 단순한 컴퓨터 계산기만으로도 날아가는 거예요. 주산 학원 선생들이 계산기 하나로 직업을 잃게 된 거랑 같은 원리예요.

그러니까 지금까지는 컴퓨터의 계산 능력의 확산이지, 인간을 통제하고 명령을 내릴지도 모르는 그런 인공지능은 아니에요. 그런 것은 컴퓨터가 몸을 가져야 하고 감각 자료sensory data를 모아야 해요. 〈몸을 갖춘 의식embodied consciousness〉이 구축되면 그게 진정한 인공지능이 될 거예요. 그건 결국 생물학적인 문제예요. 바이오 컴퓨터가 만들어지면 인간의 뇌를 재생하는 것도 가능해지겠죠. 지금은 아직까지 강력한 슈퍼컴퓨터라고 생각해요.

직업이 대량으로 없어진다는 건 맞고, 세상이 달라지는 것도 맞아요. 하지만 터미네이터에 나오는 스카이넷 같은 것이 등장하는 것은 아닐 거라고 봐요. 물론 예방 규제는 필요하겠죠.

지금은 사람들 간의 소통 방식도 바뀌었습니다. 대화가 주로 소셜 미디어나 문자 채팅으로 이뤄지는 경우가 많은데요.

우리가 커뮤니케이션을 얘기할 때 흔히 떠올리는 게 SMCR 모델이에요. 발신자와 수신자가 있고 채널을 통해 메시지를 보내는 구조죠. 이 모델은 1930년대에 클로드 섀넌과 워런 위버가『커뮤니케이션의 수학적 이론』이라는 책에서 정보 이론이라는 걸 주장하면서 처음 인류 역사에 등장했지요.

정보 이론의 목적은 정보량을 계산하는 거예요. 원래 그전까지 정보는 양이 아니라 의미와 결부된 거였어요. 하지만 이제는 정보의 양을 계산할 필요가 생긴 거죠. 딱 하나. 전신 때문이에요. 텔레그래프는 정보를 다 이진법으로 바꾸니까요. 〈비트bit〉라는 개념이 거기서 나와요. 비트가 binary digit(2진수)의 약자잖아요. 섀넌과 위버가 만든 말이에요. 이진법 기호를 통해 알파벳을 계산할 수 있게.

왜 계산이 필요하냐면 한 구리선에 얼마나 많은 정보를 주고받을 수 있느냐 하는 현실적인 문제를 해결하기 위해서예요. 그래서 SMCR 모델을 만들었어요. 그러니까 메시지를 주고받는다는 것은 커뮤니케이션의 원뜻이 아니에요. 전신에서 나온 거란 말이죠. 하지만 이제는 거꾸로 사람들의 대화도 전신 모델로 보기 시작한 거예요.

본래 커뮤니케이션의 어원은 〈카뮤니카레〉라는 라틴어예요. 〈공유한다〉는 뜻이에요. 경험의 공유가 커뮤니케이션의 원뜻이라는 거죠. 서로 경험했던 것 또는 우리가 얘기하는 이 상황을 공유하는 거예요. 그런 커뮤니케이션의 결과물이 커뮤니티community(공동체)이고 커먼 센스common sense(상식)예요. 〈COMM〉이라는 어근이 들어가는 단어가 다 그런 뜻이에요. 코뮌commune도 그렇고.

공동체라는 게 공동의 경험에서 나오는 거예요. 한 지역에 살면 지역 공동체가 되고, 같은 학교를 다니면 학연 공동체가 되고. 신문이나 방송 같은 매스미디어는 베네딕트 앤더슨이 말한 〈상상의 공동체〉를 만들어 내죠. 저 뉴스나 연속극을 보고 내가 좋고 재미있으면 저 사람도 그렇겠구나 싶은 거죠.

소셜 미디어는 그런 경험을 더 빠르고 효율적으로 공유할 수 있게 해주는 거예요. 전통적으로 사람들의 소통은 매개가 없는 대면 소통이었어요. 대중매체 시대는 매개된 소통, 지금 소셜 미디어는 매개를 통한 개인 간 소통이라고 할 수 있어요. 매개를 통한 소통과 대면 소통의 두 영역이 한꺼번에 들어오는 거라고 볼 수 있죠.

소셜 미디어에서 말하는 소통이나 공유가 오히려 끼리끼리 문화를 강화한다는 비판도 있는데요.

글쎄요. 풍성해지고 확장되는 것이 꼭 좋은 건지, 그게 어떤 뜻인지, 그런 게 과연 가능할지, 인류 역사상 그런 적이 한 번이라도 있었는지 의문이에요. 커뮤니티라는 것 자체가 사실은 기본 개념이 〈끼리끼리〉라고 할 수 있어요. 그게 서너 명일 수도 있고 몇백만 명이 될 수도 있지만.

끼리끼리가 인간의 원래 모습이죠. 물론 그것 때문에 갈등이 심해지는 건 문제겠지만. 사람은 원래 어떤 그룹에 속하고 싶어 하고 거기서 편안함을 느끼죠. 그건 본능적인 거예요.

뇌 과학에서도 재미있는 연구가 있는데 집단으로부터 따돌림을 당할 때 뇌는 몸의 고통을 느끼는 것과 똑같은 부위가 활성화돼요. 몸에 위해가 가해지면 고통을 줘서 피하라고 반응하는데, 왕따를 당하는 것도 신체에 대한 위해만큼이나 생존에 위협이 된다고 반응하는 거예요. 매튜 리버먼의 『사회적 뇌』에 그런 내용이 잘 나옵니다.

어원적으로 보더라도, 공동체에서 추방당하는 것을 〈파문 excommunication〉이라고 하는데 〈커뮤니케이션의 단절〉을 뜻하죠. 단순히 메시지를 주고받는 것이 단절되는 차원이 아니라 사회에서 추방당하는 거였어요. 사형보다 더 두려운 형벌이었죠. 차라리 죽여 달라고 할 정도로. 사람들이 어떤 형태로든지 동호회를 만들고 무리를 짓고 하는 것은 긍정적인 측면이 많다고 생각해요. 물론 부작용도 있겠지만.

아까 말씀하신 대로 대중매체가 그 사회의 공통 관심사나 의제를 제시하는 역할을 했다면 지금은 파편화된 상태에서 각자 자기 의제를 이야기합니다.

예전에 에코 선생이 인터넷에 대해 이런 얘기를 한 적이 있어요. 〈새로운 중세가 도래하고 있다〉고. 근대에 와서 대중매체가 만들어 낸 것이 민족주의고 민족국가예요. 이탈리아, 독일, 프랑스가 통일된 것은 다 신문 때문이었어요. 그게 베네딕트 앤더슨이나, 얼마 전에 돌아가신 엘리자베스 아이젠슈타인 같은 분이 얘기한 거예요.

이탈리아에서도 그전엔 피렌체인이라고 생각했지 이탈리아인이라는 자각이 없었어요. 그건 19세기에 와서 가리발디가 통일하고 이탈리아어를 만들고 해서 생긴 거예요. 표준어를 통한 언어 통일도 인쇄 매체 때문에 가능했죠. 억양이 잡힌 것도 TV나 라디오가 나오면서예요.

재미있는 게 〈민족주의〉라는 말은 번역이 잘못된 거예요. 혈연을 뜻하는 〈족(族)〉이 들어갔잖아요. 〈내셔널리즘nationalism〉은 원래 〈복수 종족multiple races〉이 인종과 종족을 초월해서 하나의 깃발 아래 모이는 걸 말해요. 신문 같이 읽고 뉴스 같이 보는 사람들이 국가 상징 안에 모이는 게 내셔널리즘이에요.

그런 민족국가끼리 결국 전쟁까지 하게 된 게 제1차 세계 대전이었죠. 언론학자가 보기에는 신문이나 방송 같은 대중매체가 없었다면 세계 대전은 불가능했을 거예요. 국지전만 일어나고 말았겠죠. 국가 대 국가 전면전은 완전히 대중매체 영향인 거죠.

그렇게 본다면, 가령 예전처럼 공영 채널 하나로 온 국민이 중요한 국가 의제를 똑같이 공유하는 게 좋을까요? 아니면 조각조각 난 게 좋을까요? 둘 다 일장일단이 있다고 봐요. 다만 우리가 민족주의라고 할 때 착각하면 안 되는 게 있어요. 우리는 〈대한 사람 대한으로 길이 보존하세〉라고 해요. 그건 종족주의예요. 근대 민족주의는 그게 아니거든요.

똑같이 생긴 한국인끼리 모여 잘살자, 이건 종족주의예요. 똑같은 한국인끼리 통일하자, 이것도 종족주의예요. 원래 민족주의는 다른 종족들이 합치는 거예요. 이탈리아만 해도 남부와 북부는 완전히 생긴 게 달라요. 저쪽은 키 큰 금발 게르만족이고 이쪽은 키 작은 흑발, 알 파치노 같은 사람들이 합쳐진 거예요.

우리도 이제 진짜 본래 의미의 민족주의가 필요해요. 왜냐하면 다문화 가정이 많아졌잖아요. 다르게 생긴 사람들 그걸 통합하는 것 그게 민족주의예요. 프랑스에서 가난한 나라에서 온 이민자 자녀들이 주류 사회에 통합되지 못해 폭동까지 일어났잖아요.

통합과 분할, 둘 사이의 적절한 균형이 필요하다는 말씀이신데, 지금 상황은 어떻다고 보세요?

소셜 미디어 자체는 〈value-free〉, 좋을 수도 나쁠 수도 있다고 봐요. 잘 사용하면 제대로 된 민주주의를 만들어 갈 수 있다고 봐요. 예전에 제가 방송 토론 사회를 볼 때 항상 들은 얘기가 왜 결론이 안 나느냐는 거였어요. 서로 반대 의견만 표출하고 끝나면 무슨 의미가 있냐고 했어요. 하지만 저는 그게 굉장히 의미가 있다고 봐요. 토론이라는 것은 서로 다양한 의견이 있다는 걸 서로서로 알고, 나랑 반대되는 사람도 듣고 보니 일리가 있는 입장이네, 하고 아는 거죠. 그렇다고 상대를 꼭 따라가라는 건 아니지만 존중은 해야죠. 나랑 다른 의견도 있구나, 그게 같이 가야 한다고 생각해요.

이제 책 이야기를 해볼까요? 요즘 무슨 책을 읽으시죠?

명상에 관한 책인데요, 차드 멩 탄의 『너의 내면을 검색하라』를 읽고 있어요. 그리고 『장자』도 틈틈이 읽어요. 오래전에 나온 이원섭 선생의 삼중당 문고본을 아직도 갖고 있습니다. 요즘 버전으로는 김창환 선생께서 번역하신 『장자』를 읽습니다.

또 최근에 읽은 것 중에는 『법륜 스님의 금강경 강의』가 있어요. 인터넷 강의를 듣다가 좋아서 책까지 사보게 됐어요. 법륜 스님을 그전까지는 〈안철수의 멘토〉, 〈청춘 콘서트〉를 하는 명사 정도로만 생각했다가 그분 강의 40~50분짜리 55편을 내려받아서 한강변을 조깅하면서 다 들었어요. 『금강경』을 읽으면서 거기에 커뮤니케이션 본질이 다 들어 있다는 걸 알았어요.

그다음으로 좀 실망하면서도 재미있게 보는 것은 하루키 책. 봐야지 봐야지 하다가 최근에야 『해변의 카프카』를 다 읽었어요. 뒤로 갈수록 실망했는데 앞부분은 굉장히 재미있었어요. 앞에 고양이 얘기가 나와서 또 나쓰메 소세키의 『나는 고양이로소이다』를 막 읽기 시작했고요.

소설은 의식적으로 읽는 편이세요?

예전부터 학술서라든지 제가 연구하는 뇌에 대한 책을 읽으면 잠을 못 자요. 읽다가 〈오, 이런 연구가 있었어〉 하면서 메모를 해야 하고, 그러면 일이 돼버리니까. 쉬려면 소설을 읽어야죠. SF 영화를 보거나. 지구를 구하는.

소설로 치면 좋아했던 작가는 최인훈, 박태원이에요. 대학 때 문학과지성사에서 나온 최인훈, 박태원의 소설을 읽고서는 반드시 이런 소설가가 돼야겠다고 생각한 적도 있어요. 『회색인』이나 『총독의 소리』, 『소설가 구보씨의 일일』 이런 것 보면, 거기에 담긴 유머가 좋았어요. 씩 웃을 수 있는.

그 유머 감각이라는 게 아무리 뜯어봐도 이게 왜 웃기는지는 몰라요. 예를 들어, 박태원의 『소설가 구보씨의 일일』을 보면 〈창경원〉인가 하는 데 이런 대목이 나와요. 〈어느 봄날 소설가 구보씨는 창경원에 가서 짐승들이 보고 싶다는 생각이 환장하게 치밀어 올랐다.〉 첫 문장이 이렇게 시작해요. 이걸 보고 저는 배를 잡고 웃는 거예요. 근데 이게 왜 웃길까요? 그건 유머예요. 저는 유머라고 생각해요.

그런 유머 감각이 글에 재미있게 깔려 있는 작가가 또 알랭 드 보통이에요. 그 사람의 영어 책을 다 읽었어요. 이상하게 주로 화장실에서 읽는데.(웃음) 그 사람 책을 보면 뭘 느끼느냐면, 〈이런 문장은 영어로만 가능하겠구나〉 혹은 〈영어가 이 사람에게 감사해야 되겠다〉 싶은 생각이 들 정도예요.

기호학을 해서 그런 걸 더 민감하게 포착하는 건가요?

그것보다는, 저는 모든 위대함에는 웃음이 있다고 생각해요. 제 말이 아니라 미하일 바흐친이 한 말이에요. 옛날에 어디선가 봤는데, 〈모든 근엄함, 진지함 뒤에는 폭력성이 있고, 활짝 웃는 거기에 자유가 있고 민주주의가 있다〉고 했어요. 〈웃는 얼굴이 위대하다〉고.

같은 이야기가 『장미의 이름』에도 나와요. 윌리엄 수도사가 마지막에 가서 아드소에게 하는 말이 〈심각하게 진리를 신봉하는 사람을 주의해라. 진리를 위해 제 목숨을 바칠 수 있는 사람은 자기보다 먼저 또는 자기 대신 남을 죽게 하는 법이다〉라는 거예요. 진리에 대한 근엄한 신봉이 폭력성을 가져온다는 거죠.

저는 그래서 활짝 웃는 위대함에 민주주의의 핵심이 있다고 봐요. 활짝 웃으면서 대화할 수 있고 얘기할 수 있다는 것에 인간의 위대함이 있다고 봐요. 지나친 진지함이나 심각함, 나와 다른 의견은 다 죽여 없애야겠다는 태도, 여기에 야만이 있다고 봐요.

그래서 박태원이나 알랭 드 보통이나 그런 유머 감각을 구사할 수 있는 작가가 좋아요. 그게 바로 사회학자 앤서니 기든스가 얘기하는 〈감성 민주주의emotional democracy〉이죠. 민주주의를 제대로 하려면 사적이고 감성적인 차원에서 편하고 자유로워져야 해요.

긴 시간 말씀 감사합니다. 마지막으로, 다음 무슨 책 읽는지 궁금한 분으로 누구를 추천해 주시겠습니까?

재활전문의사인 서동원 원장을 추천합니다. 개인적으로 아는 분이기도 한데 지난 런던 올림픽 국가 대표 주치의를 맡았습니다. 아마 재미있는 이야기를 많이 들을 수 있을 것으로 생각합니다.

5

바른세상병원 원장
서동원

『스티브 잡스』,
그의 완벽주의와 융합을
배웠습니다

경기도 성남시 분당 바른세상병원. 서동원 원장이 근무하는 곳은 집에서 멀지 않은 곳에 있었다. 알려 주는 대로 직접 찾아갔다. 개인 병원치고는 꽤 컸다. 하지만 정작 대표 원장실의 방은 터무니없이 작았다. 빡빡한 수술 일정 사이사이 잠시 와서 쉬는 개인 휴게실 정도로 쓰는 것 같았나.

오전 10시가 조금 넘은 시각인데도 그는 이미 수술을 한차례 끝내고 온 듯 하늘색 반팔의 수술복 차림이었다. 걷어붙인 두 팔의 알통이 도드라져 보였다. 오후에도 수술이 잡혀 있다고 했다.

서 원장은 정형외과와 재활의학과 두 가지 전문의를 겸한 특이한 경력의 소유자다. 런던 올림픽 국가 대표 축구팀 팀 닥터로도 봉사한 적이 있다고 했다. 책 이야기에 앞서 별난 이력부터 들어 봤다.

김주환 교수의 추천을 받으셨는데 어떤 사이세요?

대학생 시절부터 알고 지내는 친구입니다. 저는 고려대, 김 교수는 서울대라서 학교는 달랐지만, 제 초등학교 동창인 수학자 김용환 연세대 교수가 중간에서 소개해 줬어요. 제가 재활의학 레지던트 마치고 보스턴 하버드 의대로 2년 연수를 갔는데 거기에 보스턴 칼리지 교수로 와 있었어요. 그때도 반갑게 만나서 왕래했어요.

요 앞에 인터뷰한 걸 보니까, 그렇게 이탈리아에서 에코 선생 밑에서 기호학까지 공부한 대단한 사람인 줄은 몰랐어요.(웃음)

책은 좋아하세요?

대단한 독서가는 못 되지만 틈틈이 꾸준히 읽는 편입니다. 어릴 적에는 어머니가 계몽사에서 나온 50권짜리 위인 전집인가를 사다 주셔서 열심히 읽은 기억이 나네요. 4남매 중 둘째이자 장남인데 제가 제일 열심히 읽은 것 같아요.(웃음)

중고생 때는 학교 공부 하느라 다른 일반 소설 같은 것은 챙겨 읽을 환경은 아니었고. 대학 가서도 의학 공부에 치여서 다른 책은 많이 못 읽었어요. 10여 년 전 병원 개업하고부터 좀 읽기 시작했습니다. 요즘은 주변에서 책을 선물로 주는 분들도 있고, 제가 관심이 생겨서 사보는 경우도 있고 그렇습니다.

책은 여러 가지를 동시에 읽는 타입이에요. 제 아내는 한 책 다 읽고 다음 책을 읽어야지 어떻게 그러냐고 하지만……(웃음)

분당에서 꽤 큰 병원이라고 들었는데요.

올 8월이면 만 12년이 됩니다. 2003년 전문의 따고 봉직의(월급 받는 의사) 생활하다가 이곳 건물 2층에 세 얻어서 개원했어요. 그 전에는 울산종합병원 과장으로 있다가 주말 부부 생활이 힘들어서 서울로 옮겨 안세병원에 있다가 독립했죠.

　재활의학과 정형외과 전문의 과정 둘을 하셨다고요. 양쪽이 비슷한 분야 같기도 한데, 어떤 의미가 있죠?

　재활의학과는 신경 질환 진단이나 재활 치료, 물리 치료처럼 칼은 쓰지 않는 치료만 합니다. 응급 상황은 거의 없고, 그래서 훈련 과정도 비교적 안정적이고 육체적 부담도 적은 편이에요. 정형〈내과〉라고 보시면 돼요. 반면에 정형외과는 머리나 혈관, 흉부, 내장 등을 제외하고 우리 몸을 다쳤을 때 거의 다 관계가 됩니다. 특히 대학병원의 경우 응급실에 환자가 매일 들어오고, 수술실 들어가면 초긴장 상태에서 칼을 써서 찢고 자르고 톱질하고 못 박고 하는 일을 매일같이 합니다. 또 다음 날 수술 준비하고 책도 찾아보고. 24시간이 부족할 정도로 육체적인 업무 부담이 굉장히 크지요.

　그러니까 제 경우는 둘을 다 거쳤는데, 군대로 치면 육군 병장 제대하고 장교로 임관했다가 다시 공군이나 해군 이병으로 입대해서 훈련을 받은 셈이죠. 정형외과 4년 레지던트 과정이 아주 혹독한 편이었죠. 처음엔 재활의학과 레지던트 4년 마치고 고려대 안산병원에서 과장으로 일하다가 2년간 미국에서 연수하던 중에 생각이 바뀌어서 다시 정형외과를 지원했어요.

　그런 경우에는 편입을 하나요?

　레지던트 1년차부터 다시 하지요. 4년 훈련 받고 정형외과 전문의 자격증을 두 번째로 땄죠.

굳이 그렇게 할 사연이 있었나요?

재활의학과 전문의 따고 미국 연수 갔을 때 하버드 재활의학과 안에 있는 〈근육세포생리연구소〉로 갔어요. 사람 근육세포를 가지고 연구하는 곳인데, 근육 질환이 난치 중의 난치거든요. 다 유전적 질환이고 치료가 어려워요. 근육만큼 인체에 가장 필요하면서도 가장 무시당하는 게 없어요. 살점 좀 떨어져도 죽지 않으니까.

하지만 근육이 제 기능을 못하면서 골다공증도 오고 몸이 약해지곤 해요. 그런데도 근육에 대해 관심을 갖는 과가 임상에는 없어요. 그나마 재활의학과가 관심을 갖는 편인데 제가 간 하버드대 재활의학과의 교수가 근육계에 관심이 굉장히 많았어요. 제가 거기로 간 것도 그것 때문이었어요.

제가 일찍부터 운동을 좋아했어요. 스포츠 질환을 공부하고 싶어서 지원한 거죠. 거기서 재활의학과 연구소에 매일 출근해서 연구를 하는데 주 3회 정형외과 교수들을 따라다니면서 진료도 돌고 많이 배웠죠. 그때 정형외과가 너무 신기하고 재미있더군요.

결국 스포츠 의학을 할 거면 재활의학만으로는 부족하지 않을까 싶었어요. 또 하나의 중요한 도구가 정형외과라는 생각이 들었어요. 그래서 2년 연수 마치고 보통은 교수로 가거나 개업할 상황에서 정형외과 수련의 과정에 다시 지원했어요.

늦깎이였군요.

그때 정원 2명에 모두 5명이 지원했는데 제가 최고령자였죠.(웃음) 다들 저보고 떨어질 거라고 했는데 운이 좋게 붙었어요. 보통은 정형외과 전문의 따고 재활의학 진료까지 보거나, 재활의학을 한 사람은 굳이 힘든 정형외과까지 새로 공부할 필요는 못 느끼는데 저는 좀 무모한 일을 한 거죠.

무모한 일을 왜 하셨나요?

뒤늦게 제 적성을 안 거죠. 원래 타고난 성품은 외과의인데. 사실은 인턴 마칠 때 정형외과 경쟁률이 너무 셌어요. 그래서 저는 막연히 재활의학도 정형외과와 비슷할 거야, 그쪽 공부하면서 이쪽도 배우면 되겠지 하고 생각했어요. 나중에 보니까 전혀 다른 세계였어요. 정형외과는 전공자가 아니면 수술실도 함부로 들여보내지 않았어요.

미국에 가서야 수술실 따라다니면서 겪어 보니 내가 이걸 못해 보면 평생 후회할 것 같더군요. 지금이라도 지원해서 시험을 쳐보고 떨어지면 받아들이자, 생각했는데 붙었어요. 와서 보니 내가 원래 했어야 하는 거였다는 생각이 들더군요.

지금은 만족하세요?

물론입니다. 처음엔 아이들도 초등학생이고 해서 부모님이랑 가족들이 반대했는데 그래도 아내가 흔쾌히 지원해 줬어요. 고맙게 생각합니다.

지금 두 전공의 인기도는 어떤가요?

정형외과는 최고 중 하나죠. 예전이나 지금이나 꾸준한 편이고. 재활의학과도 지금은 정상급입니다. 고령화와 함께 노인층 인구가 많아지니까. 반면에 소아과나 산부인과가 갈수록 줄고 있죠. 출산율이 떨어지고 신생아가 줄어드니까.

전공의 자격이 둘이라는 게 병원 일에도 도움이 많이 됐나요?

비수술 치료인 재활의학과 수술이 주인 정형외과 둘을 같이 하기 때문에 병원이 커지는 데 도움이 됐다고 할 수 있어요.

국가 대표 축구팀 팀 닥터도 하셨다고 들었습니다. 원래 축구를 좋아하셨나요?

어려서부터 축구를 하는 것, 보는 것 다 좋아했어요. 동네에서 장비 없이도 쉽게 할 수 있는 운동이니까. 고2 때 대표 선수로 나가서 뛰다가 전방십자인대가 파열된 적도 있어요. 그것도 모르고 지내다가 의대에 와서야 알았어요.

그쪽은 잘 몰라서 말입니다만, 그런 상태에서도 모르고 지낼 수 있나 보죠?

그럴 수 있죠. 몸이 불편한 쪽은 피해서 생활하고 축구도 하게 되니까. 다른 사람 눈에는 좀 이상하게 보였을지 몰라도. 제가 어려서부터 팔씨름 왕이었어요. 초등학교부터 고등학교 때까지 져본 적이 없어요. 선천적으로 근수축력이 좋은가 봐요.

하버드 근육세포연구소에서 실험 세포를 연구원 것을 쓰는데 제 것을 뽑아 보니 엄청 튼튼하게 나왔어요. 집안 내력이겠죠.(웃음) 지금은 치료를 늦게 해서 후유증 때문에 축구는 보는 것만 주로 합니다만. 전방십자인대 손상 환자에 관한 한 제가 누구보다 잘 안다고 자부할 정도입니다.(웃음) 실제로 수술 경험도 많고 결과를 논문으로도 내고 있어요.

국가 대표 축구팀 팀 닥터는 어떻게 맡게 되셨죠?

2005년 네덜란드에서 열린 20세 이하 세계 청소년 축구 대회 때 국가 대표 축구팀 팀 닥터로 간 적이 있어요. 축구를 워낙 좋아해서 제가 대한축구협회에 지원했어요. 그때 병원 개업하고 잘 안 될 땐데도 2주 동안 후배 의사 뽑아서 맡겨 놓고 갔다 왔죠.

그때 박주영, 이근호 선수가 뛰던 시절인데, 박주영 선수가 나이지리아 팀과 시합하던 중에 점프하고 내려오다가 팔꿈치가 빠지는 일이 벌어졌어요. 재빨리 뛰어 들어가서 끼워 줬는데, 다음 날 3개 지상파 취재진이 저한테 찾아와서 인터뷰를 청하더군요. 밤 11시 경기였는데 전 국민이 봤으니까. 그다음 날 9시 뉴스에 제가 나오니까 아는 사람은 다 연락이 오더군요.(웃음)

박주영 상태가 걱정이 돼서 물어본 거겠죠?(웃음)

두 경기를 한 상태였고 마지막 경기에 뛸 수 있는지를 물어본 거죠. 뛸 수 있다고 했죠. 실제로 뛰었고요.

그 뒤에 런던 올림픽 때도 국가 대표 팀을 따라갔어요. 올림픽은 안 가봤으니까 가보고 싶었어요.

지금 병원은 어느 정도 규모인가요?

전문의가 22명에 정규직 직원이 모두 260명 정도 됩니다. 성남에서는 개인병원으로 가장 크지요. 보건복지부가 지정한 관절 전문 병원이 경기도에 두 곳 있는데 성남에서는 저희가 유일해요.

빠르게 성장한 것 같은데 비결이 뭐죠?

우선 제가 전문의 자격증을 둘 갖고 있다는 게 장점이라고 할 수 있겠지요. 재활의학과 전공의의 경우 말초 신경계PNS에 대한 이해력이 깊다는 장점이 있어요.

그러다 보니 주민들 사이에 입소문이 좋게 난 것 같아요. 하지만 초기 1년 가까이는 병원이 정말 안 됐어요. 개원식 때 선배나 주변 사람들이 와서 보고는 정형외과 개업지가 아니라고 하더군요. 큰길에서 들어간 외진 곳이어서 간판도 잘 안 보이고. 처음 6개월 동안 내원 환자가 50명을 못 넘었어요.

개원할 때 입지는 생각 안 하셨나요?

그땐 생각을 못 했죠. 그런데 그게 어떻게 보면 약이 됐어요. 환자가 적으니까 설명해 줄 시간이 많은 거예요. 자료집을 놓고 의학 공부를 시켜 준 거죠. 당신은 왜 아프고 메커니즘은 어떻고 치료는 어떻게 하는지. 설명을 15분, 길게는 30분씩 했던 것 같아요. 당시 학교에 강의도 나가던 중이었고 저한테도 정리가 되고 좋았어요. 그 자료는 다시 컴퓨터에 입력해서 설명 자료로 삼고. 그렇게 한 2년 했더니 환자들 사이에 입소문이 나서 손님이 밀려들기 시작하는데 감당이 안 될 정도였어요.

보통 정형외과 개원하면 혼자서 150명은 봐야 현상 유지가 된다고 했는데 저는 그때 의사를 한 명 더 뽑았어요. 보통 원장 혼자서 낮에 진료하고 밤에 수술하는 식인데, 저는 한 명 더 뽑아서 진료와 수술을 서로 엇갈리게 맡아서 진행했어요. 그 뒤로도 1.5배쯤 파이가 커질 때마다 의사 1명을 더 뽑는 식으로 했어요.

환자 입장에서는 오래 기다리지 않고 바로 진료를 볼 수 있게 되니까 좋은 거죠. 대개 개인 병원 가면 원장님 수술 중이라고 해서 기다려야 하는 경우가 많은데 그런 게 없도록 한 거죠.

이제 책 이야기를 들어 볼까요. 주로 어떤 걸 읽으세요?

요즘은 소설도 읽곤 하지만 주로 논픽션 류를 좋아했어요. 빌 브라이슨의 『거의 모든 것의 역사』 같은 책을 좋아해요. 모든 과학이 집대성된 책이라서 아주 재미있게 봤죠. 10년 전쯤에 처음 읽었던 것 같은데 그때 제 옆방에 있던 10년 선배도 그걸 읽고 있다고 간호사가 전해 주면서 웃던 게 기억나네요.

한때 칭기즈칸에 관심이 꽂힌 적도 있습니다. TV에서 영화인지 다큐인지를 보고 매료돼서 관련서들을 가지를 치듯 찾아 읽었어요. 어떻게 그런 난관을 뚫고 엄청난 세계 제국을 세웠을까 궁금했죠. 그때 얻은 교훈 중 하나가 칭기즈칸이 당시로서는 상상을 초월할 만한 정보력을 갖고 있었다는 거였어요. 적진 상황을 신속하게 알 수 있는 정보력이 제국의 기반이 됐다는 거죠. 정보라는 단어가 새롭게 느껴지더군요.

병원을 경영하는 입장에서 그 부분이 많이 와닿았어요. 저희 분야도 의학 정보나 정부 고시, 보험 정보 같은 게 대단히 중요하거든요. 요즘도 매일 의료진 회의를 하는데 순번을 정해서 저널의 최신 정보를 발표시키곤 해요. 꽤 비싼 최신 저널도 온라인으로 받아 보는데 그런 게 다 칭기즈칸 영향이라고 할 수 있죠.

또 한 가지 교훈은 칭기즈칸의 리더십이에요. 그가 마을을 쳐들어가면 적이 완전 궤멸될 때까지는 모든 병사들이 전쟁에만 집중하게 했어요. 전리품은 나중에 똑같이 나눠 주는 방식으로. 저도 매년 의사들을 평가할 때 두 가지를 봐요. 환자의 수술 만족도와 친절도예요. 저는 의사들에게 수술을 많이 하라거나 매출 올리라고는 안 합니다. 그렇게 하면 피해는 환자들한테 가니까요. 수술받는 환자의 만족도에만 집중하게 합니다. 그런 식으로 나름의 서비스 품질을 관리합니다.

이건 피터 드러커의 경영서군요.

드러커는 나가모리 시게노부 일본전산 회장이 이야기하는 걸 보고 처음 알게 됐는데 찾아보니 엄청난 사람이더군요. 그의 경영 사상에 반해서 여러 권을 샀어요.

『창조하는 경영자』를 보면 페이지마다 단어만 바꾸면 병원 시스템에 그대로 적용할 수 있는 게 굉장히 많았어요. 주로 침대에서 읽고는 다음 날 병원에 가서 이렇게 하자고 한 경우가 많아요. 병원 시스템을 바꾸는 데 도움을 많이 받았어요. 지금도 가끔씩 반복해서 읽고 생각을 환기합니다.

여기 스티브 잡스 평전은 어떻게 읽게 되셨지요?

1987년에 애플 매킨토시를 첫 컴퓨터로 구입할 때만 해도 잡스는 잘 몰랐어요. 워즈니악이 다 만들었고 잡스는 그냥 수완 좋은 경영꾼 정도인 줄 알았죠. 그러다 아이폰3가 처음 나왔을 때 소개한 기사를 읽고는 다음 날 사서 써봤죠. 존경심이 확 생기더군요. 어떤 사람이길래 이런 어마어마한 걸 만들었을까 하던 차에 전기가 나왔길래 단숨에 읽었어요.

일대기를 보면서 존경할 점도 있고 좀 문제도 있어 보이기도 하고 그랬는데, 저는 유순한 사람이어서 남한테 싫은 소리를 잘 못하는데 잡스는 그렇지 않더군요. 그래도 항상 다르게 생각하고 창의적으로 살려고 노력하는 점은 저와 통하는 면이 있다고 생각했어요. 저도 한때는 미쳤다는 소리도 들었으니까요. 동질감을 갖고 읽었어요. 또이 사람이 추구하는 완벽주의가 의학에서는 아주 중요하거든요. 허술하면 반드시 문제가 돼요.

또 융합을 추구한 것도요. 잡스도 완전히 새로운 게 아니라 기존의 모든 걸 융합했잖아요. 저는 그걸 의료에서 어떻게 구현할 수 있을까 계속 고민합니다. 병원 설계나 치료법 같은 것도.

저희 진료실은 다른 병원과 달라요. 앞쪽에 진료실이 있고 뒤에 복도가 꼭 있어요. 의사들끼리 모여서 의논하고 토론하는 공간을 만들어 뒀어요. 일종의 협진 개념을 공간적으로 적용한 건데, 이게 사실은 하버드에서 배워 온 거예요. 거기 가봤더니 의사들은 가운데 모여 있고 진료실은 밖에 있더군요. 의사들이 가운데에서 책도 찾아봤다가 서로 의논도 하다가 차트나 엑스레이도 봤다가 하는 거예요. 그러다가 환자한테 가서 진료를 보는 거예요.

제가 봉직의 생활을 길게 하진 않았지만, 우리 의사들은 대체로 독방에 갇혀 있는 경우가 많아요. 진료실에 앉아 있다가 환자가 들어오면 차트 보고 엑스레이 보는 식이죠. 책은 환자 앞에서 안 보죠. 그 자리에서 그때 지식만 가지고 결론을 내리고 환자를 보내는 시스템이에요. 다른 과나 동료 의사들끼리 교류는 주로 회식 때만 있어요.

그래서 저는 혼자 개원할 때부터 진료실을 세 개 만들고 뒤에 복도를 뒀어요. 거기서 저 혼자 책도 찾아보고 모르는 것 전화로 물어보기도 하다가 1진료실 들어가서 환자 보고, 2진료실 들어가서 환자 보는 식으로 했어요. 지금도 진료 센터가 본관 1, 2층, 신관 2층 다 그렇게 돼 있어요. 의사들이 서로 의논하고 융합하게 만들려는 노력이에요.

요즘 읽고 있는 책이라면?

묵사(默史) 류주현 작가의 대하소설『조선총독부』를 읽고 있습니다. 우연히 이천 도자기 박물관에 갔다가 보고 사서 읽기 시작했어요. 60년대에 처음 월간『신동아』에 연재됐다가 나온 소설인데 최근에 다시 나왔더군요.

사실 제가 역사에 관심이 많아요. 요즘은 중국인데, 20세기 초에 잠깐 패권을 잃었을 뿐이지 그전에는 G1이었잖아요. 그렇지만 한족이 쭉 이어져 온 게 아니라 몽고한테도 정복당하고 여진한테도 당하고 했잖아요. 그런 역사가 재미있는데, 그 연장선상에서 청에 대한 관심도 생기고 하면서 우리 갑오경장이나 근대와도 연결해서 책을 읽게 됐어요. 일제 강점기 때는 실제로 어땠을까 궁금했는데, 학교에서 제대로 배운 적은 없고 해서 아주 재미있어요. 총독부와 고종의 관계라든가 여러 가지가 생각했던 거랑 다른 게 많아요.

앞으로 계획을 간략히 소개해 주시겠습니까?

알파고 때 인공지능 이야기로 떠들썩했잖아요. 그때 장차 사라질 위기의 직업으로 단순 진단 의사도 거론되더군요. 실제로 진단이라는 것은 질환과 증상만 입력하고 검사 수치만 넣으면 바로 나옵니다. 인공지능이 더 정확할 수도 있을 겁니다. 최신 업데이트된 컴퓨터를 10년 전에 전문의 딴 의사가 어떻게 이기겠습니까.

결국 뭔가 창의력이 있어야 모든 분야에서 성공할 수 있다고 봐요. 비단 의사뿐만 아니겠지요. 저도 그런 위기감을 갖고 있습니다.

고정관념에 빠지지 않고 창의력 있게 병원을 하려고 해요. 그러려면 책도 읽고 논문도 읽고 연구하는 병원이 되어야 한다고 생각합니다.

우리 병원에 노무현 대통령 디스크 수술을 한 척추의사 이승철 원장이 있는데 중국에 강연 갔다가 5년 전과 너무 달라져서 깜짝 놀라고 왔어요. 예전엔 많은 걸 가르쳐 줬는데 지금은 그렇지 않다는 거예요. 엄청난 자본력으로 첨단 의술, 장비를 도입하고 있다는 거예요. 더 노력해야겠다고 생각했습니다.

제 생각에 의료 산업이라는 게 결국 클 수밖에 없는 산업이에요. 사람에게 목숨보다 소중한 게 어디 있겠어요. 그만큼 의료라는 것은 어마어마한 잠재력이 있는데 우리 의료는 여러 면에서 한계가 있어요. 의료 수가 문제도 그렇고 규제에 묶인 게 많아요. 저로서는 현실에 안주하지 않고 계속 투자해서 세계적인 병원으로 키워 보려고 합니다.

다음으로 〈요즘 무슨 책 읽는지 궁금한 분〉으로 누구를 추천하고 싶습니까?

배우 안성기 씨를 추천할까 합니다. 이분 아들과 제 아들이 고등학교 동창이면서 학부모 모임에서 보곤 하는 사이입니다. 배우로도 좋아하지만 이분 독서 이야기를 들어 보면 좋을 것 같습니다.

6

영화배우
안성기

최인호의『인생』,
남은 날이 적다는 생각에,
다시 꺼내 들었어요

국민 배우 안성기. 한국 영화계의 오랜 기둥인 그를 이런 독서 릴레이에서 만나게 될 줄은 몰랐다. 서 원장으로부터 연락처를 건네받아 전화부터 했다. 마침 새 영화 촬영을 끝내고 이제 막 바깥 활동을 시작하던 참이라고 했다. 그는 압구정 CGV에서 만나자고 했다. 거기 신관 지하에 그의 이름을 딴 독립영화 상영관이 있다.

약속 당일 시간에 맞게 나온 그는 몸에 잘 맞는 블랙진에 편한 셔츠 차림이었다. 예순을 훌쩍 넘긴 나이가 믿기지 않았다. 분장이라고는 없는 민낯이어서일까. 가까이 마주 앉았을 때 눈에 들어온 잔주름을 보고서야, 그도 이제 〈원로 배우〉구나 하는 생각이 들었다.

영화관 1층 한쪽 모퉁이에 인터뷰를 할 만한 방이 있었다. 그는 직접 카페 매장으로 가더니 아이스커피를 들고 와서 건넸다. 특유의 푸근한 인상과 말씨에다 초면의 사람을 대하는 모습이 마치 오랜만에 재회한 집안의 형님 같았다.

책 이야기에 앞서 그의 근황과 배우 인생에 대한 질문이 길어졌는데 그는 매번 성심성의껏 답을 이어갔다. 과장이나 가식이 없었다. 그것만으로도 그가 어떻게 지금의 자리에 이르렀는지 짐작이 갔다.

많이 바쁘시죠?

이제 좀 바빠졌어요. 어제는 「런닝맨」이라는 예능 프로그램도 처음 해봤어요. 그동안은 안 했는데 물론 이번엔 영화 마케팅 팀 의뢰도 있고 해서요.

영화 제목이 〈사냥〉인데 콘셉트를 추격으로 해서 잘 맞는다고 생각했어요. 런닝맨 팀이랑 하루 종일 뛰고 잠복하고 하느라 혼났어요.(웃음) 평소에는 서바이벌 게임 같은 게 애들 장난 같았는데 막상 해보니까 저도 애처럼 진지해지더라고요. 긴장감도 생기고. 색다른 경험이었어요. 역시 새로운 걸 하다 보면 새로운 느낌이 생겨요.

원래 TV엔 잘 안 나가시죠?

TV와는 성격이 잘 안 맞는 것 같아요. 영화는 생각할 여유가 많고 재고할 수 있고 작업이 맘에 안 들면 다시 한 번 하자, 이런 게 있어요. 최선을 위해 달려가는 마음이 모이는 그런 거요. 일정도 방송과는 달리 이날 꼭 해야 하는 건 아니고 다음에 할 수도 있고. 반면에 TV는 싫으나 좋으나 비가 오나 눈이 오나 찍을 수밖에 없는, 차선을 택할 수밖에 없는 여건이다 보니까, 일단 근본적으로 안 맞아요.

또 TV는 굉장한 순발력을 요구하는데 저는 그런 순발력도 없어요. 아침에 대본 나와서 찍고 한다는 것은 저로서는 상상하기 힘들어요. 물론 촬영할 때는 집중해서 하지만 서둘러서 하는 걸 좋아하지 않아요.

일상은 어떠세요?

저는 살아오면서 큰 부침이 있었던 것도 아니고 늘 비슷해요. 일상이라는 것도 나다니는 것보다는 집에 있는 걸 좋아해요. TV도 보고 책도 보고 운동도 하고. 집안 청소는 제가 다 합니다.(웃음) 꽃도 가꾸고 이런 소소한 것들이 저한테는 시간이 많이 걸리기도 하지만 재미가 있어요.

사람이 큰일을 해서도 재미가 있겠지만 평소 소소한 일에서 오는 재미도 커요. 그리고 안정감이라고 할까요, 그런 것에 중독이 됐다고도 할 수 있어요. 날마다 하던 걸 안 하면 찌뿌둥하기도 하고, 땀을 흘렸을 때 어떤 성취감, 쾌감이 있거든요.

그 외는 영화 일인가요?

요즘은 1년에 한 편 정도 찍는데 준비와 촬영에 대부분의 시간이 들어가요. 그 외에 제가 맡은 일이 좀 있어요. 신영균예술문화재단에서 이사를 맡으라고 해서 눈에 잘 안 띄는 일을 하고 있어요. 젊은 감독들 지원하는 프로그램. 어린아이들 캠프, 장학 사업, 유니세프도 24년간 했고요. 아시아나 국제단편영화제 일도 13년 됐어요. 저는 한번 일을 하면 오래가는 걸 좋아해요. 그 일 하는 사람과 같이 호흡하는 걸 좋아하죠. 그래서 그런 일들이 쭉 같이 가고 있는 거죠.

촬영하는 영화에 따라 평소 생활이나 기분이 바뀌기도 하나요?

이번에 개봉하는 「사냥」의 경우에는 육체적인 장면이 많이 요구되는 영화예요. 그전의 임권택 감독의 「화장」은 어떤 사람의 생각에 관한 것이고. 어떤 영화를 하느냐에 따라 분위기도 많이 달라지죠. 거기에 집중하다 보면 일의 성격에 따라 조용해지기도 하고 활발해지기도 하고.

촬영이 끝나도 연기자로서 할 일이 남아 있나 보죠?

보충 녹음 같은 게 있어요. 대사 전달이 잘 안 됐다거나 어떤 장면에서 감정이 좀 모자랐다거나 할 때 다시 입히는 작업이죠. 그런 건 늘 하는 거예요. 영화는 연출자와 제작자가 참여하는 시간이 제일 길지만, 배우는 캐스팅되면서 일이 시작되니까 짧은 편인데도 최소 7~8개월은 간다고 봐야죠.

이번 영화는 얼마나 걸리셨죠?

작년 5월에 제의가 와서 촬영은 9월부터 들어갔죠. 그전에 시나리오 보면서 계속 애기를 하다가 두 달 전부터 액션을 연습했죠. 서로 치고받거나 낙법 같은 것. 또 총 쏘는 것 때문에 사격장 가서 총도 좀 쏘고. 이런 준비 과정 거쳐서 12월 중순쯤에 촬영이 끝났어요. 9월 16일에 시작해서. 영화는 하루 만에 일어나는 일을 그린 건데도.(웃음)

촬영 기간 중에는 시간이 가면서 낙엽도 누렇게 변해 있어서 CG로 색도 입히고, 날씨도 추워져서 물에 들어가고 비도 맞아야 할 때는 어휴, 관객이 모르는 고통이 많이 있었죠.

이번이 몇 번째 작품인가요?

지금까지 90편 정도 될 겁니다. 성인이 돼서는 90편. 어렸을 때 아역으로는 70편 했다고 그래요. 정확한 숫자를 아는 사람은 아무도 없어요. 왜냐하면 우리 영화는 필름이 소실된 게 많아요. 정말 안타까운 일인데 그래서 아주 훌륭한 감독님들이 많은데도 제대로 평가받지 못하는 경우가 많아요. 필름이 없어서.

심지어 김기영 감독님 같은 분도 여러 작품을 같이 했는데. 그중 필름이 남은 영화가 「하녀」예요. 그래서 지금은 그 작품이 주로 소개되는데, 그분이 사실은 굉장한 분이세요. 초기에는 굉장히 네오리얼리즘적이었어요. 이태리 전쟁 이후 극사실주의적인 영화가 많이 나왔는데 그 감독님도 그렇게 접근한 게 많아요.

그런데 그 필름이 하나도 없어요. 「하녀」는 뭐랄까, 약간 좀 만들어진, 그로테스크한 분위기를 연출한 거거든요. 나중에 시리즈로 「충녀」, 「화녀」가 나와서 그분은 그런 식으로만 규정이 지어졌는데 그전의 필름들이 진짜 좋았다는 생각이 들어요. 어렸을 때 저의 생각으로도 굉장히 좋았다는 느낌이 있어요.

김기영(1919~1998).

왜 그렇게 소실이 많이 됐죠?

보관이 부실해서죠. 1976년부터는 한국영화진흥공사가 영화 제작사에 의무적으로 보관용 필름을 제출하게 했지만 그전에는 관심들이 없었어요. 보관했던 필름도 어디 영화제에 쓴다고 가져갔다가 분실되거나 아주 어처구니없이 사라진 게 굉장히 많아요.

지금은 영화 투자사들이 메이저 아닙니까. 콘텐츠가 두고두고 자산이 되니까 보관도 잘하는데, 예전에는 영화 제작자들이 개인이고 대부분이 돈 받아서 벌면 끝이라고 생각했죠. 그게 자산이 된다는 생각을 안 했으니 보관이 허술했죠.

필름이라는 게 보관 상태가 조금만 안 좋아도 달라붙고 금방 안 좋아지거든요. 옛날엔 냉방도 잘 안 되던 시절이니까 다 엉망이 돼서 갖다 버린다든가 했죠. 그래서 감독들도 제대로 평가를 못 받게 된 거죠.

1976년 이전 것은 대부분 유실됐겠네요.

그런 게 굉장히 많아요. 그래서 제가 몇 편에 출연했는지 정확히 몰라요. 그런 기억을 잘 하시는 정종화 선생님이라고 계시는데, 영화 포스터니 뭐니 자료를 제일 많이 갖고 계세요. 그분이 영화 연도까지 컴퓨터처럼 기억하시는 분인데, 저보고 70편 했다고 하더군요.

영화 출연하실 때 기준 같은 게 있나요?

그것도 큰일 중 하나예요. 쓴 분들은 열심히 썼으니 어떻든 잘 읽어 봐야 할 것 아니에요. 그래도 좋은 것보다는 별로다 싶은 게 많고, 애매모호한 게 대부분이에요. 좋다는 것은 극소수죠. 그런 걸 만나면 무조건 하는 거죠. 좋은 시나리오라는 건, 다른 것도 마찬가지겠지만, 굉장한 상상력을 자극해요. 읽어 가는 중에 영상이 보이죠. 생각이 떠올라요.

반면에 그런 게 안 떠오르고 꽉 막히는 게 있어요. 더 이상 발전이 안 되는 시나리오가 있거든요. 그러면 괴롭게 읽죠. 어떻게 다 읽긴 해도 이건 안 되겠구나 싶죠. 좋은 시나리오는 읽기만 해도 신이 나요. 읽었던 것 다시 읽고, 액션도 생각이 나고 카메라 시선도 음악도 막 생각이 나요. 그런 게 훌륭한 시나리오죠.

시나리오 읽는 데도 시간이 많이 들어가겠네요.

그렇죠. 평소에도, 가령 「사냥」을 찍는다고 하면 촬영하는 기간에는 거의 날마다 읽어요. 그다음 날 할 것들, 어떤 생각을 더 할 수 있을까, 어떤 느낌을 더 가질 수 있을까, 아니면 사람들이 전혀 생각지도 못한, 돌발적인 상식을 깨는 뭔가가 없을까, 끊임없이 생각해 보는 거죠. 그게 굉장히 중요하고 거기서 새로운 생각이 나와요.

물론 연극 같이 세팅된 무대에서 하는 게 아니고, 촬영 현장이 어떨지 모르기 때문에 현장에 가서 순발력으로 대처해야 하는 것도 있지만, 근본적으로는 사전에 많은 생각과 연구에 의해 좌우가 된다고 봐요.

그래서 제가 평소에 많이 얘기하는 건데, 배우는 자기 시간이 많아야 해요. 생각할 시간, 공상, 상상할 시간이 많아야 해요. 요즘은 다들 배우들이 촬영할 때 제 시간을 가지려고 해요. 방해를 안 받고 집중하려고.

시나리오를 읽다가 공부도 하시나요?

물론이죠. 필요한 공부도 하고 액션도 배우고.

책을 찾아 읽기도 하나요?

그런 경우도 있어요. 최근에는 내년에 찍을 예정인 영화가 있는데, 진도 다시래기 풍속이 들어가요. 장례식장에서 상가 분위기를 축제처럼 띄우는 사람들 이야기인데, 거기선 진도 사투리를 써야 해요. 감독이 추천해 줘서 전라도 탯말이라는 걸 익히는데, 소설을 읽어요. 전라도 쪽 주제로 한 소설 속에 대화가 많이 나오는데 그런 걸 읽으면 굉장히 도움이 많이 되죠. 그 외에도 작품 속 인물에 가까이 가려고 이 노력 저 노력을 하죠.

연초에 어떤 행사에서 뵈었을 때 백발이었는데 영화에 몰입하기 위해서였나요?

몰입보다는 극 중 캐릭터 때문이죠. 머리를 두고도 며칠을 만나서 이야기해요. 생각도 해보고 그림도 비춰 보고. 배역이 60대 중반이어서 반백 정도면 좋겠다 싶었어요. 그냥 직접 길러서 해보면 좋겠다 싶어서 기를 때까지 길러 봤는데 결국 묶기에는 짧았어요.

그런데 그 모습이 아주 좋았어요. 그래서 촬영 끝나고도 이러고 다닐 거야 싶었는데, 그게 잘 안 되더군요. 지금 모습은 제 나이에 비해 젊은데, 흔히 생각하는 60대 중반은 그게 맞는 것 같아요. 하지만 사람들이 낯설어 해서 다시 돌아왔어요.

촬영 기간 중에는 영화 찍느라고 그렇다고 답하면 모든 게 설명이 됐는데, 그게 아니면 이상하게들 생각해요. 무슨 변화 있냐면서 어려워해요. 그래서 수염부터 깎고, 다시 염색하고 머리도 짧게 자르고 해서 원래로 돌아왔어요.

영화 촬영할 때 징크스나 수칙이 있나요?
특별한 건 없어요. 저의 외부에서 뭘 찾으려고 하지는 않아요.

늘 꾸준하고 기복이 없는 인상을 줍니다. 배우는 좀 극적이어야 할 것 같고, 일상도 일반인과는 좀 달라야 할 것 같은데 바른 생활 모범생 같아요. (웃음)
어차피 삶은 자기 인생을 사는 거니까 자기 만족도가 중요하다고 생각해요. 물론 배우는 대중을 상대로 뭔가를 줘야 하는 입장이잖아요. 저는 영화 속에서 다 깨보고 싶어요. 그냥 평소에는 흰색 도화지, 아무것도 안 입힌 상태로 놓아두는 게 중요하다고 생각해요. 아주 일상적이고 평상적이고, 어떤 느낌도 없을수록 좋아요.

제 이미지는 고착된 게 많죠. 부드럽고 가정적이고…… 그런 게 있지만, 거기에다 더 많은 것을 칠해 놓으면 배우로서 어떤 인물을 채

색하는 데 방해가 될 수 있다고 생각해요. 평상시에는 놔뒀다가 영화 속에서 마음껏 뭔가를 보여 줄 수 있도록 하는 것이 편차가 더 클 수 있을 것 같아요.

늘 변화가 많은 사람은 영화에서도 그래 봐야 비슷한 느낌일 테고, 평소에는 조용한 사람이 영화 속 인물의 감정 기복 같은 데서는 표현이 크면 효과가 더 클 수 있지 않을까 싶어요. 가끔 정치 같은 것 제의가 오면 저는 그럽니다. 〈저는 영화 속에서 대통령도 하고 왕도 하고 충신도 해보고 다 하고 있고, 앞으로도 할 겁니다. 그러니 평소에는 저 개인으로 조용하게 사는 게 좋겠습니다〉라고요.

아직 못 해본 역할도 있나요?

지독한 악역은 못 해봤어요. 그렇다고 그걸 꼭 해야겠다는 강박도 없어요. 거의 모든 직업을 다 해본 것 같아요. 특별한 것 말고 일반적인 직업은.

그중에 제일 잘 맞는 옷 같은 배역은?

대부분의 배우들이 평소에 쉴 때도 아무 땅바닥에나 앉아도 되는 편한 역을 좋아해요. 영화 「라디오 스타」에서처럼 평소 입던 옷 그대로 입고, 특별히 분장 안 해도 되는 그런 역할이 좋아요.

아역 배우를 하다가 중간에 공백기가 있었지요?

10년 가까이 되죠.

어린 시절은 일단 제쳐 놓고요. 제 의지로 배우를 다시 시작한 게 78년이니까 그때부터 80년도까지를 한 시기로 볼 수 있을 텐데, 70년대 우리 영화 패턴을 그대로 따라갔던 시기예요. 그때 유일하게 흥행작으로 만들 수 있었던 소재인 사랑 영화 두 편과 반공 영화 한 편을 했죠.

의무 제작 편 수를 채우기 위한 영화를 포함해서 모두 네 편을 했는데, 그때는 심적으로 힘들던 시기였어요. 평생 해야 할 작업인데 이렇게 갇혀 있고 제대로 표현할 수 없는 분위기 속에서 일을 계속해야 한다는 것이 힘들게 느껴졌어요.

80년대에 들어와서 이장호 감독을 만나 「바람 불어 좋은 날」을 했지요. 박 대통령 죽고 5·18민주화 항쟁이 일어나던 와중에 5공이 시작되기 직전에 개봉했어요. 당시로서는 행운이었어요. 사회성 있는 영화여서 검열 통과하기가 어려울 거라고들 했는데 어수선한 시기에 어떻게 해서 나왔어요. 확실치는 않은데 제 기억으로는, 박완서 선생님이 민간인 측 심의위원으로 있으면서 통과시켜야 된다고 고집해서 상영될 수 있었어요.

그때부터 영화계가 조금씩 새로운 이야기를 해보려고 했고, 그동안 못 했던 것들을 시도해 보려던 시기였죠. 그때 출연작이 많았어요. 장선우 감독의 「성공시대」, 이명세 감독의 「개그맨」, 박광수 감독의 「칠수와 만수」, 곽지균 감독의 「겨울 나그네」……. 하여튼 신인 감독이 전부 데뷔한다고 하면 저랑 같이 했어요.

배우 안성기는 여덟 살 때 아역 배우로 데뷔했다. 지금은 부모가 연기학교에
데려가는 경우도 많다지만 당시엔 아역 배우 구하기도 쉽지 않았다.
영화계 인사와 인연이 있는 집안의 자녀가 입문하는 경우가 많았다.
사진은 김기영 감독의 1960년작 「하녀」 출연 장면.

전성기였네요?

네. 80년대는 배창호 감독과 계속해 왔고. 점차 영화적으로 하고
싶은 이야기를 해나가면서, 기술적으로도 조금씩 좋아졌죠. 동시 녹
음도 다시 생겨났고. 하지만 아직도 국내 영화 자본이 영세했어요.

90년대에 들어오면서 소재도 많이 개방되고, 대기업 자본도 들어
오면서 영화가 산업화하기 시작했죠. 제 개인적으로는 90년대 중반
까지는 주연만 하다가 조연을 하기 시작했어요.

2000년대에 들어와서는 세계 속의 한국 영화가 됐죠. 세계가 인
정하는 영화 작가 수준의 감독들이 많이 생겨나기 시작했고, 천만
관객 영화가 나오고 멀티플렉스도 늘어나고 극장 환경이 완전히 바
뀌었죠. 모든 게 전산화해서 한눈에 상황도 알 수 있고.

아역 배우를 하다가 그만두신 것은 영화가 길이 아니라고 생각해
서였나요?

영화가 싫어서라기보다, 고등학교에 올라가면서 역할이 없어진
거죠. 요즘도 영화에서는 고등학생 역할이 별로 없어요.

청춘스타들이 있지 않나요?

고등학생 역할은 거의 없어요. 특별한 경우만 그렇고, 일상적으로
는 배역이 잘 없어요. 그래서 저는 〈그러면 잘됐다, 그동안 제대로
다니지 못한 학교나 제대로 다녀야겠다〉 싶었죠. 그래도 고1, 고2 때
한 편씩은 했던 것 같아요. 「하얀 까마귀」, 「젊은 느티나무」 두 편을
더 했죠.

계속 이어서 하던 것은 중3 때까지뿐이었어요. 사실 저는 평범하
게 친구들과 어울려 딴생각 안 하고 다니는 게 좋았어요. 어릴 땐 초
등학교 때부터 학교에 안 간 날이 더 많았거든요. 늘 불안했어요. 뭔
가 안정이 안 된 거죠. 오전에 공부하고 있으면 오후에 제작부장이
란 분이 데리러 와요. 〈촬영하러 가자〉고 하면 다른 애들이 〈야 좋겠
다〉고 하는데, 저는 하나도 안 좋았어요.(웃음)

공부가 좋았다는 얘기가 아니라 그냥 친구들하고 같이 있고 싶었
어요. 그런데 자꾸 빠져나가야 하니까 싫었어요. 그래서 제가 영화
를 다시 하겠다는 생각은 잘 안 했어요. 대학 가서는 연극회 회장도
하곤 했지만 영화를 하기 위해서 계속 연결을 한 건 아니었어요.

외대 베트남어 학과에 갔을 때도 베트남에 가서 돌파구를 찾아보

자 싶었어요. 그래서 ROTC에도 지원했죠. 여러모로 행동하기 편하게 장교로 가는 게 좋겠다 싶어서. 그런데 졸업과 동시에 월남 추가 파병이 금지됐어요. 결국 전방에 가서 근무를 했고, 베트남이 공산화하는 바람에 국내 취직도 안 됐어요. 당시 ROTC 출신은 서류만 내면 대기업에 다 들어갔는데 저만 안 됐어요. 베트남어 전공자가 쓸모가 없어졌으니 떨어진 거죠.

결국 다시 생각을 해보니 남들보다 잘할 수 있는 건 영화 아니겠나 싶었어요. 신인 배우들이 어려워하는 게 카메라 앞에 서면 시선 둘 데가 마땅치 않다는 건데, 저는 편안했거든요. 어릴 때 늘 그 앞에 있었으니. 그게 굉장히 큰 도움이 됐고 다시 시작하는데 무기였던 거죠.

또 하나는, 어릴 때 봤던 분들이 영화 현장에 많이 남아 있었기 때문에 저를 반갑게 맞아 줬어요. 신인은 처음에 모든 게 낯설고 좀 힘들게 하는 사람도 많고 한데, 저한테는 전부 〈야 많이 컸구나〉 하면서 반겨 주니까 좀 빨리 시작할 수 있었죠.

영화계 복귀해서는 빨리 스타가 된 편이죠?
복귀하기 전에 업자 생활을 한 2년 했고…….

업자라면 무슨 일을 하셨나요?
제대하고 영화하기 전까지 실업자! 방콕맨 말이에요. (웃음)

그때가 인생에서 가장 힘들었던 때였겠군요.

가장 좋았던 시기…….

가장 좋았다고요?

가장 힘들었지만 저한테는 가장 소중했던 시간이었으니까…….

어떤 점에서요?

그 2년 동안 영화를 다시 해야겠다 마음을 먹고 본격적으로 준비를 했어요. 우선 영화 현장에서 뛰려면 몸을 잘 만들어야겠다 싶어서 체력을 준비하고, 영어도 좀 하자, 이러면서 실업자 기간 동안 시간표도 만들고 해서 일부러 아주 바쁘게 지냈어요.

가장 좋았던 것은 저녁에 밥을 먹고 나서는 무조건 방에 틀어박혀 시나리오를 썼어요. 그렇게 해서 완성된 게 네 편이었는데, 개발새발 내용이야 어떻든 간에 끝을 본다는 게 참 의미 있는 일이더라고요. 네 편을 딱 쓰면서 하여튼 저도 모르는 사이에 영화에 대해서 굉장히 많이 알게 된 것 같았어요.

그때는 딱히 일이 없으니까, 어떻게 하면 저녁 시간을 돈 안 들이고 집에 폐가 안 되게 보낼 수 있을까 싶었죠. 시나리오는 원고지와 펜 하나만 있으면 되는 거니까, 일단 내가 이 나이 되도록 집에 피해는 안 주겠구나 생각했어요. 한 시간 정도 뭘 하나 구상해서 시퀀스를 써나가는데, 오늘 한 마디 했다가 요 다음에는 무슨 이야기를 할 수 있을까, 이 생각 저 생각 하면서 썼어요.

지문도 감독 콘티처럼 아주 세밀하게 썼어요. 인물의 심리라든가 카메라 앵글, 빛까지 다 생각하면서. 어떤 날은 원고지 한 장을 쓴 적도 있고, 많이 써야 넉 장 썼을까요. 어떤 날은 하나도 못 쓰고 생각만 하다가 잠들기도 하고. 그 밤 시간이 저한테는 굉장히 풍부하게, 영화를 전공하지 않았으면서도 끊임없이 영화를 생각해 보게 만든 거죠.

당시엔 일반 배우들이 감독들하고 작품 이야기하는 게 드물었어요. 시스템 자체가 한 영화 끝나면 좀 쉬었다가 털어 내고 다른 영화로 넘어가고 하는 게 아니라 동시에 서너 작품을 늘 같이 하는 게 일상이었어요. 지금은 그러면 안 된다는 생각이 일반화됐지만.

이장호 감독님하고 처음 만나서 「바람 불어 좋은 날」을 찍을 때, 처음엔 원래 제가 캐스팅이 아니었어요. 하고는 싶은데 그 역할을 하기에는 제 외모가 너무 샤프하고 잘생긴 쪽이라고 했어요. 그래도 저는 〈아니다, 난 할 수 있다〉면서 장호 형한테 〈제가 시나리오 쓴 것 있는데 보실래요?〉 했어요. 그걸 높게 평가해 주셨어요.

당시 배우들 삶이 그렇지 못했으니까. 자기 시간을 가질 수 없었으니까 그러기가 어려웠는데, 제 시나리오를 보시고는 〈너 감각 좋다〉 이러면서 점점 가까워져서 결국 일을 하게 됐죠. 그 후에 배창호 감독과도 영화를 열몇 편 계속하면서 작품에 대해 이야기를 했어요.

요즘에는 그런 친구들이 많죠. 영화 전공한 친구도 많고 자기 역할 외에도 작품 자체를 가지고 이야기 나누는 사람들이 많은데 그 당시만 해도 없었어요.

그 실업자의 시간이 제게는 굉장히 좋았어요. 오후에는 주로 프랑스 문화원에 가 있었어요. 당시엔 스크린 쿼터제 때문에 해외 영화는 볼 수 있는 게 연 25~30편 정도였어요. 그러니 할리우드의 아주 상업적인 영화가 주를 이뤘죠. 돈을 벌어야 하니까. 다른 유럽 예술 영화 같은 것은 보기 힘들었어요. 알랭 들롱이나 장 가뱅이 나오는 갱스터 영화 몇 편 말고는. 영화 편식이 심했죠.

저로서는 영화의 규모라든가 인간을 소재로 삼고 있다는 점에서 프랑스 영화가 공부하기 좋겠다 싶어서 주 2~3회씩 날을 잡아서 계속 갔는데 그게 굉장히 공부가 많이 됐어요. 그런 시간이 2년, 그리고 조연 생활 2년 할 때와 연결이 되면서 한 4년의 시간이 지금까지도 제겐 아주 굉장한 힘이 되고 있어요.

그 당시로선 너무 힘들었지만, 왜냐면 잘될지 모르는 상태였기 때문에. 모든 일을 시작하는 신인들은 마찬가지겠죠. 잘되고 보니까 그때 시간들이 나한테는 정말 좋은 약이 됐구나 하는 생각이 들죠.

겉보기에 워낙 무난하고 꾸준한 분이어서 저런 분도 좌절이나 힘든 시기가 있었을까 싶었는데 그런 시간이 있었군요.

네. 그래도 제 경우에는 시행착오가 적었던 게, 어른들 모습을 보고 자라서일 거예요. 어렸을 때 보던 어른들이 나이 들어 보니까 변해 있을 거 아녜요? 계속 잘된 분도 있고, 완전히 망가진 분들도 있고 하니까. 어떻게 지내 오신 분들이 아직도 잘 건재하고 있나 봤더니, 대부분이 가정적으로 안정되고 일에 집중하고 일 중심으로 사는 분들이더군요.

　그렇지 않고 다른 일 신경 쓰고 부업도 하고 하면, 그건 아니더라는 거죠. 그런 식으로, 신인이 겪을 시행착오 같은 것을 미리 느꼈어요. 그리고 인기라는 게 그렇게 허망한 것이라는 걸 미리 알아 버렸어요. 거기서 제일 많이 초심을 잃고, 변했다는 얘기도 듣고, 사람들로부터 외면당하고 가슴 아프고 하는데 그런 기간이 저한테는 없었지요. 굉장히 큰 사건이 저한테는 미리 해결이 된 상태에서 가니까부침 없이 쭉 올 수 있었던 거죠.

　그리고 일이 제일 중요하다는 걸 알았어요. 저한테는 영화가 제일 우선이었어요. 가령 인터뷰나 다른 행사나, 그런 것도 물론 중요하겠지만 일 다음이었어요. 무슨 일이 생긴다고 순서를 바꾸거나 하지 않았어요. 그러다 보니 제가 여행 한 번 제대로 가본 적이 없어요. 재작년까지는 없었어요. 진짜 일에 많은 시간을 쏟았어요. 그런 바람에 지금까지 온 것이고. 하지만 앞으로는 제 시간을 좀 가지려고 해요.(웃음) 여행도 하고. 예전에 비해 그만큼 시간 여유도 좀 생겼고…….

　매사에 아주 계획적이고 준비를 착실히 한다는 인상을 받습니다.

　아니요. 그렇지 않았어요. 뭘 어떻게 해서 어떻게 해야겠다는 식으로 아주 계획적이지는 않았어요. 막연했어요. 다만, 어떻게 되든지 한번 가보자 하는 그런 막연한 건 있었어요. 베트남을 생각했을때도, 당시 한진상사가 진출해 있으니 그걸 어떤 식으로 접근해서 어떻게 해야지 이런 게 없었고, 하여튼 장교로 가보자, 가면 뭔가 길이 또 있겠지 이 정도로 생각하다가 이렇게 된 거죠.

그래도 무직 기간 중에도 생활 계획을 세워서 집에 틀어박혀서 시나리오 공부한 것을 보면.

그건 그랬던 것 같아요. 저 자신을 아꼈어요. 막 내팽개치고 자학하고 술 마시고 마구 구는 식은 없었어요. 그렇게는 못 하겠더라고요. 그리고 매사가 긍정적인 편이에요. 남 탓 안 하고, 내가 잘하면 되는 것이고 잘못되는 것도 내가 한 것이고, 모든 걸 그런 식으로 생각하다 보니 큰 어려움이나 갈등 같은 것도 생각보다는 완화돼서 끝나는 경우가 많았어요.

시나리오 습작을 시작했을 때는 영화에 대한 인생 목표가 확고히 섰나 보죠?

그럼요. 그래서 군대 제대할 때 강제 적금 탄 게 몇십만 원 있었어요. 그걸로 중대 연극영화과 대학원을 등록했어요. 한 학기를 지나는데 다른 친구들에 비해 저는 공부가 굉장히 힘들었어요. 습관이 안 돼 있고 방법이 차곡차곡 쌓이지 않았기 때문에. 고등학교 때부터 막 외워서 어떻게 해보려고 했는데 안 됐죠. 공부는 안 되겠다, 때려치우고 현장으로 가자 싶었어요.

그 뒤로 배우 수업을 나름대로 혼자 한 거죠. 영화 많이 보고, 운동하고, 시나리오 쓰기를 계속했죠. 당시에 아버님이 계시던 곳이 그전엔 영화 제작도 하다가 실패하고 기획을 하셨는데, 그 회사의 스크린 퀴터용 계몽영화 비슷한 작품 「병사와 아가씨들」에 제가 출연했죠. 흥행과 상관없어서 누가 해도 되는 거였어요. 터널을 지키는 병사와 터널 안에 사고가 나서 갇힌 버스의 여자 차장과의 이야기.(웃음) 영화계 사람들은 〈아 저놈이 영화를 새로 시작했구나〉 아는 정도였지만 일반 사람은 전혀 모르는 영화였어요.

그리고 두 편의 상업영화를 했는데 존재가 많이 알려지진 않았고, 반공영화는 심적으로 힘들었는데 더 이상 나빠질 게 있겠나 하는 마음으로 버텼어요. 그러던 중에 이장호 감독을 만났고, 80년대라는 시대가 꺾이면서 저와 맞는 시대가 된 거죠.

안성기가 출연한 「병사와 아가씨들」(1977)과 「바람 불어 좋은 날」(1980) 포스터.

그 뒤로는 계속 승승장구하셨나요?

더 고비는 없었어요. 고비는 자기가 만든다고 봐요. 예를 들어 조연 배역에 대한 요청이 자꾸 들어오는데 〈나는 조연 안 해〉 그러면 자기가 고비를 만드는 거죠.

주연을 계속할 수 있느냐 없느냐는 것은 사람들 요구에 달린 거예요. 그게 그 사람의 현재 위치를 얘기해 주는 거거든요. 상품으로 치면 수요와 공급이 만나는 지점인데 수요는 생각 안 하고 자기 고집만 피우면 거기서 차질이 생기는 거죠. 저도 사실 약간 마음이 아팠지만 시장의 논리를 따르기로 했어요. (웃음)

왜냐하면 새로운 사람이 많이 나왔으니까. 내가 그 역할을 하는 것보다는 실제로 젊어서 그 역할을 할 사람들이 많이 있으니까, 자연적인 세대교체가 이뤄지는 거라 생각하는 거죠. 나는 그중의 일원이 돼서 같이 작업하면 되죠.

제가 늘 주장하는 것이, 〈그래도 존재감은 있어야 한다〉는 거예요. 아무리 잠깐 나와도 그 사람이 화면에 떴을 때 존재감이 뚜렷하면 생명력이 있어요.

그런 존재감을 갖추기 위해 지금 자신의 준비, 마음가짐, 이런 걸 철저히 해야 한다고 생각해요. 저는 배우의 역할은 자기가 진짜 힘들 때까지는 늘 있다고 생각해요. 그 역할이 어떤 것이든, 자기가 영화 현장에 있고 싶다고 할 때까지, 자기가 충실하기만 하면 출연할 수 있는 작품이 1년에 한 편이 없을까, 그런 생각이 들어요. 연 200편 쏟아지는데, 할아버지 역할은 있을 거라고 생각하죠.

그 역할에 충실하다 보면, 나름 그 영화 속에서 잘했다면 감동을 줄 수도 있겠고, 그 감동이 어떨 때는 굉장히, 관객이 보기에 〈야, 이건 짧게 산 사람은 줄 수 없는 그런 감동이네〉 이런 것이면 좋겠죠.

그러니까 자기 하기 나름이라는 거죠. 그게 참 힘들긴 하겠지만, 하여튼 출발 지점의 초심이 정말 중요하다고 생각해요. 그때 마음을 잊지 않는다면 지금도 너무너무 행복하다는 생각이 터져 나오는 거죠.

오래 지나오고 나니 영화계의 변화가 보입니까?

전체 파이가 굉장히 커졌어요. 돈 가치가 바뀐 걸 감안하더라도, 가령 1억 들여 만들던 영화가 지금은 50억, 100억으로 만드는 때가 됐죠. 무엇보다 일반인의 생각이 굉장히 많이 변했죠. 제가 시작할 때만 해도 영화 하는 사람은 조금 이상한 사람들, 성을 갈았거나 예명을 쓰거나 집을 뛰쳐나왔거나 그런 사람이 많았어요.

당시엔 연극영화과도 예비고사 떨어진 사람도 갈 수 있는 곳, 좀 논다는 학생들이 다 모이는 과라고 보는 고정관념이 있었어요. 부모들도 거긴 골치 아픈 애들 가는 덴가 보다, 그런 사람들이 만드는 영화니 오죽하겠냐, 뭐 이런 식이었죠.

지금은 시대가 변해서 연극영화과 가려고 하면 〈네 실력으로 어떻게 가려고 그래〉 그럴 정도로 바뀌었죠. 주위를 봐도 이쪽 선호하는 사람이 너무 많아요. 음악, 연극, TV 이런 것 통틀어서 다른 분야 사람들이 영화 하는 사람들을 부러워해요. 언젠가는 꼭 한번 영화 작업을 해보고 싶다는 말을 하는 사람이 굉장히 많아요.

대선배인 셈인데 연기 수업이나 지도도 해주세요?

전혀. 저는 누구를 가르치거나 심사하거나 이런 능력은 없다고 생각하고, 그런 것 참 싫어해요.

후배가 멘토링을 청하진 않나요?

그러진 않아요. 뭐, 어쩌다 얘기할 게 있으면 지금 이런 식의 이야기, 살아가는 이야기, 영화에 대한 생각, 〈뭐, 이런 게 좋지 않겠나〉 이런 얘기할 기회는 자주 있죠.

혹시라도 진로로 고민하는 사람에게는 어떤 이야기를 해주세요? 뭘 유념하라든가.

계속 준비하라는 거죠. 준비하고 있으라는 거예요. 신인도 마찬가지고, 준비가 잘돼 있으면 언제든지 뽑혀요. 뽑혔는데 준비가 안 돼 있으면 그렇게 몇 년 또 가요. 준비가 잘돼 있으면 바로 뽑히고, 그다음이 바로 연결이 돼서 일을 계속하게 돼요.

그러니까 자기한테 굉장히 철저하게 모든 것을 준비하고 있으면 계속할 수 있어요. 자기를 놔버린다거나 미래에 대한 불안 때문에 다른 데서 뭘 찾아본다거나 그러면 곤란해요. 뭘 해도 불안한 미래인데, 자기가 준비를 잘하고 있으면 된다고 늘 생각해요.

시나리오도 써보셨는데 앞으로 제작에 대한 꿈은 없으세요?

아뇨. 제작, 감독은 한 번도 생각 안 해봤어요. 그건 다른 능력이라고 생각해요.

외국은 감독 겸한 배우도 많잖아요?

우리는 감독 일이 너무 많아요. 부담스러운 일도 상당히 많고. 감독들 고충을 아는데 고통스러움에 들어가 보려는 용기도 안 나요.

가장 중요한 것은 스스로 창작 열망이 넘쳐야 해요. 그것 없이 한 번 해봐야 되지 않겠나, 이래서는 성공하기 어려워요. 시나리오가 아주 좋아도 성공하기 힘든데 애매한 상태에서는 어렵죠. 다른 사람들이 갖지 못한 어떤 세계를 그려 보고 싶다, 그런 게 없는 거죠.

저는 그냥 연기하는 것 이것만 해도 아직 멀었다. 좀 더 훌륭한 연기를 할 수 있을 텐데…… 진짜 날마다 보면서 아쉽다 아쉽다 그래요.(웃음)

성격 탓도 있을 거예요. 〈좋아〉 이게 아니라 늘 〈아, 저때 분명히 최고의 감정, 최고의 표현이 있을 텐데……〉 안타까워하죠. 늘 선택의 상황에 놓이는데 이쪽을 택하면 다른 쪽이 아쉬운 거죠. 이렇게 했으면 다른 방향으로 갔을 텐데, 이런 생각을 하다 보면 아주 죽을 맛이에요.(웃음) 연기만 해도 이렇게 생각할 게 많은데, 연출 제작 쪽까지 생각할 여력이 없는 것 같고, 그건 또 다른 그릇이라고 생각해요.

완벽주의자라는 생각을 본인도 하세요?

그런 것 있어요.

오늘 말씀 듣다 보니 양면이 공존하는 것 같아요. 낙천적이라고 하면서도 놓쳐 버린 것에 대한 안타까움을 표시하는 것도 그렇고.

그럼요. 그런 것 있어요. 그런 게 있으면서, 또 〈아이, 뭐 그럴 수 있지 뭐, 다음에 보지 뭐〉 이러고.(웃음)

책은 얼마나 읽는 편이세요?

사실은 많이 못 읽는 편이에요. 특히 촬영 중에는 거의 다른 책을 안 읽어요. 촬영 끝나고 좀 편안할 때 읽는 편이죠. 가끔씩 조금씩 읽는 편이에요.

문학을 좋아해요. 인문서는 좀 어렵고. 이번에 맨부커 인터내셔널상 받은 한강 작가를 보니 예전에 이상문학상 수상작(2005년 중편 「몽고반점」으로 수상)이 생각났어요. 굉장히 강렬한 작품이었다는 기억이 나요. 소설을 좋아하는 편인데 최근에는 잘 못 읽었어요.

이상문학상 수상 작품집은 1회부터 한동안 계속 사 봤어요. 소설을 볼 때도 영화적으로 봐요. 인물을 보면서 영화적인 시나리오, 장소 같은 것도 설정해 가면서. 배우를 하다 보니까 소설에 나오는 인물들의 감성, 어떤 표현 같은 것들에서 얻는 게 많아요.

최근에 읽은 책이라면요?

다시 꺼내 읽게 된 책이 있어요. 최인호 작가의 『인생』이에요.

이 책 속에 실린 글들은 2008년 5월 첫 수술을 받고 난 이후에 쓴 작품들이다. (……) 글들이 종교적이어서 보편적인 것을 기대한 독자들에게는 죄송하지만 어쩔 수 없다. 작가는 어차피 그때그때 그가 마음에 담고 있는 생각들을 쏟아 내기 마련이니까. (……) 고등학교 2학년 때 신춘문예에 입선함으로써 데뷔했는데, 그동안 명색이 작가랍시고 거들먹거리고 지냈음이 문득 느껴져 부끄럽다. 진심으로 머리 숙여 사죄한다.

올겨울은 유난히 춥고 길어서 어서 꽃 피는 춘삼월이 왔으면 좋겠다. 혹여나 이 책을 읽다가 공감을 느끼면 마음속으로 따뜻한 숨결을 보내 주셨으면 한다. 그 숨결들이 모여 내 가슴에 꽃을 피울 것이다. — 최인호, 『인생』 중에서

생전에 형이라고 부르면서 친하게 지냈는데, 돌아가시기 6개월 전에 출간된 책이죠. 암 수술을 받기 시작하고 힘든 투병 생활하면서 고통 속에서도 집필을 멈추지 않고 쓴 글이에요. 〈작가로 죽고 싶다〉 이렇게 외칠 정도로.

제가 명동성당에서 조사도 읽었잖아요. 그 정도로 좀 특별한 관계였어요. 이제 저도 나이가 들어 가다 보니까 남은 날이 적다는 생각을 하고 보니, 어떻게 또 살아갈 것인가 마음가짐, 이런 걸 자꾸 생각하게 돼요.

이 책은 고백에 가까운데, 가톨릭 주보에 쓰신 거예요. 신자들이 굉장한 즐거움을 갖고 이 글을 읽었어요. 왜냐하면 하느님한테 글로 막 대들고 그랬거든요. 어리광도 부리고. 보통 신자들은 글 쓸 때 그

렇게 못 쓰잖아요. 뭔가 파격을 보여 주니까 신도들이 굉장히 좋아 했는데, 나중에는 거기서 나오는 어떤 순수함 그런 것도 많이 느끼게 되죠.

남은 시간이 얼마 없다는 생각이 든다고 하셨잖아요. 남은 시간에 이것만큼은 해봐야겠다는 게 있나요? 오직 연기인가요?

그렇죠. 영화 속에서 모든 얘기를 하고 싶고 표현하고 싶고 그래요. 그게 좀 더 충실하게 삶을 얘기하는 것 같고, 깊이를 갖고 사는 것일 것 같아요.

예전에 젊었을 때 책을 마구 읽은 적이 있었어요. 다독을 했어요. 무슨 책을 읽었는지 모를 정도로. 왜냐하면, 제가 고등학교 때 책을 많이 못 읽었어요. 기회가 참 없었어요.

그래서 군대 가서는 문고판 다 가지고 OP(관측소)에 올라가서 하루에 한 권씩 읽어 대고 했거든요. 그때는 읽는 재미를 느꼈다기보다 욕심만 나가지고. 그리고 영화 시작한 후에도 배우(연기자)는 책을 읽어야 된다고 얘기도 많이 했고 그런 식으로 살려고 했어요.

그런 식으로 많은 생각과 느낌을 갖고 살다 보면 나중에 지금 제 나이가 되면 거의 철학자가 돼 있을 것 같다, 그런 생각을 한 적도 있는데 지금 내 모습을 보면 한참 모자란 것 같아요.

사람 좋다는 이야기는 듣는데, 나름의 어떤 깊이 있는 생각 같은 것은……. 하여튼 지금은 세상이 좀 변해서 그런 것도 있는 것 같아요. 지금은 굉장히 가벼워진 세상이기 때문에 나도 같이 가벼워진 느낌이 있다고 보는 거지요.

예전엔 더 진지하셨나 보죠?

진지하게 생각했고……. 그러니까 그때 세상이 좀 그랬던 거죠. 그때는 제 나이 정도 되면 굉장히 좀 어른스럽고 자기 세계를 이야기하고 좀 더 깊이 있는 이야기를 하고 이랬는데, 지금은 그것보다는 훨씬 가볍다는 거죠.

아까는 어른 행세하는 것 싫다고 하셨는데요.

아, 그건 에너지의 문제지요. 다른 문제였어요. 그건 고정관념에 묶이지 않고 싶다는. 아무리 나이가 들어도 지금도 무슨 일을 할 수 있는 에너지는 존재감과 더불어 있어야 한다고 봐요. 노쇠하면 상대도 맥 빠지게 하는 일이니까.

세상일이 늘 선택 상황에 부딪히는데 둘을 다 가질 수는 없는 것 같아요. 지금까지 오게 된 것은 어떤 긍정적인 것도 있지만 좋은 의미의 어떤 마음의 타협이 있는 것이고 적절함 속에서 살아온 것 아닌가 하는 생각이 들어요.

배우인 경우에는 작가와도 달라서, 작가라면 〈너무 상업화된 세계는 싫어〉 이러면서 나만의 세계는 아니더라도 굉장히 의미 있는 것을 제시할 수도 있겠지만 배우는 사실 그런 삶이 힘들긴 해요.

그래도 여기 CGV에 이름을 딴 안성기 헌정관도 생긴 걸 보면 잘 살아오신 것 아닌가요.

이 아래층에 예술영화 상영하는 독립영화관이 있는데, 거기가 너무 귀퉁이에다 이름도 없이 있는 것 같으니까, 독립영화 관객들도 있다는 것을 얘기하기 위해서 헌정관이라는 이름을 붙인 거죠.

좀 더 알리기 위한 것이 있고, 또 수익금 일부는 독립영화 지원도 하고. 앞으로는 분기에 한 번 정도는 관객과의 만남도 주선하고, 독립영화 쪽을 활성화시킬 수 있는 행사를 마련하려고 해요. 지난달에도 와서 회의를 했어요.

CGV 아트하우스 안성기관 앞에서.

좋든 싫든 한국 영화의 간판이신데 책임감 같은 것 많이 느끼세요?

물론 그런 건 있죠. 나 개인은 아니라는 생각을 하고. 예전부터 생각이, 처음 영화 시작할 때는 이쪽이 존중받지 못하는 일을 하는 사람, 그런 분위기에서 일을 하는 집단으로 비쳤지만, 젊었을 때 일을 하면서도 진짜 존경받는 사람이 되고 싶다는 마음이 많았어요.

요즘 분위기가 상당히 거기까지 간 것 같아서 다행이고 고맙게 생각하지요. 헌정관에 이름을 붙인 것도 새롭게 시작하는 사람들에게 힘이 되는 역할을 하라는 의미가 있거든요. 용기를 주고 우리가 함께 나아가는, 그런 역할을 앞으로 계속 잘 해나가야 되겠죠.

긴 시간 말씀 감사합니다. 다음 순서로는 누구를 추천하고 싶으세요?

가수 김수철 씨를 추천합니다. 영화 「고래사냥」(1984)에도 같이 출연했습니다만 그전부터 오랫동안 알고 지내온 사이입니다. 꾸준히 한길을 가는 고집과 끈기를 좋아합니다. 늘 철들지 않은 아이 같은 모습도 보기 좋고요.

7

가수
김수철

『페터 춤토르 건축을 생각하다』,
눈으로 보는데 귀로도 들리면
그게 명작이죠

가수 김수철. 아마 연령대에 따라 낯선 이름일 수도, 반가운 이름일 수도 있을 것이다. 무대 위를 종횡무진 누비고 다니던 〈작은 거인〉의 리더이자 기타리스트. 「못 다 핀 꽃 한 송이」, 「내일」 같은 발라드를 애절하게 부르던 솔로 가수. 국민가요 「젊은 그대」의 싱어송라이터. 영화 「고래사냥」의 순진무구한 병태. 〈치키치키 차카차카 초코초코 초〉로 시작되는 만화영화 「날아라 슈퍼보드」 주제가의 작곡가. 온 국민을 울린 우리 영화 「서편제」의 작곡가.

더 있다. 86 아시안게임부터 88 올림픽, 2002 월드컵, 2010 G20 정상회의 등에 이르기까지 각종 국제 행사의 음악감독과 작곡도 도맡았다. 이 모든 기록이 한 사람에게 해당된다는 사실이 지금 생각해도 놀랍기만 하다.

전화를 걸었다. 〈원래 인터뷰를 잘 안 하는데 친형처럼 생각하는 안성기 형님 부탁이라니까……〉라며 약속 시간과 장소를 잡았다. 둥근 뿔테 안경에 모자를 눌러쓰고 펄렁이는 8부 바지, 컬러풀한 운동화 차림으로 나타난 그를 앞에 두고 나도 모르게 잠시 머뭇거렸다. 환갑을 앞둔 나이가 도무지 믿기지 않았다. 개구쟁이 같은 웃음소리도 예전에 방송에서 듣던 그대로였다.

책 이야기를 듣기 위해 만났지만 그가 걸어온 긴 음악 여정을 듣다 보니 마치 마술사의 모자에서 오색끈이 딸려 나오는 것 같았다. 여태 알아온 그의 모습은 빙산의 일각이었다. 수면 아래에는 우리 소리 현대화에 바친 36년의 노력이 숨을 죽이고 있었다. 이제 본격적인 인생 2막을 준비하고 있다는 그의 모습은 노래 제목처럼 여전히 〈젊은 그대〉였다.

요즘은 TV에서 보기 힘든데요, 먼저 근황을 들었으면 합니다.

아마 가수 활동을 오래 안 하고 지내다 보니 그러실 겁니다. 그래도 오랜만에 최근 몇 달 사이에 KBS 「콘서트 7080」 500회 특집, 「불후의 명곡」 200회 특집, 「올댓뮤직」 200회 특집, 「열린 음악회」, EBS 「스페이스 공감」 같은 프로에 출연을 했어요.

영화 음악으로는 최근에 임권택 감독의 「화장」을 작곡했고, 지금 SBS에서 하고 있는 주말 연속극 「그래, 그런 거야」 주제곡도 작곡했어요. 밖으로 드러나지는 않지만 하는 일은 많아요.

가수 김수철에 대해서는 워낙 잘 알려져 있습니다. 그동안 대중가요 외에 어떤 작업들을 해오셨지요?

금년으로 국악 현대화 작업을 36년째 하고 있어요. 운이 좋게도 국내에서 열린 세계적인 행사 7개의 음악감독과 작곡을 다 맡아서 했어요. 그런 경험도 있고 해서, 교수들 대상으로 강의도 했고……

강연 같은 경우엔 2010년 서울대 법대 교수님들 앞에서 한 게 처음이었는데 반응이 좋아서 국민대, 서울대 의대에도 가서 했죠. 우리 소리 문화를 주제로 한 건데 동서양의 소리를 비교해 보여 주는 거예요. 가령 영화 「서편제」 같은 음악의 작곡 배경도 설명해 주고 들려주고 하는 거죠. 그런 걸 6년간 해왔어요.

서울대 법대 강연은 어떻게 하게 되셨나요?

학교 측에서 연락이 왔어요. 저로서는 우리 문화를 알릴 기회도 되고, 특히 교육자들이 관심을 가지면 좋으니까 의미가 있겠다 싶어서 응했죠. 처음엔 후회를 많이 했어요. 법대 교수들이 따분해하면 어쩌나 싶었는데, 강연 중에 기립 박수를 받았어요. 저도 놀랐죠. 그게 소문이 나서 국민대, 서울대 병원 같은 데도 가서 했죠.

그동안 국제 행사 음악을 맡아서 일을 하면서 세계가 보는 한국의 이미지에 대한 생각, 경험과 공부를 토대로 한 여러 내용을 강의 속에 넣었는데 의외로 반응이 좋더군요. 하지만 그런 일에 시간을 너무 뺏길 수는 없어서 강연은 선별적으로만 해요. 그 외엔 주로 작곡에 전념해요.

우리 소리 현대화 작업은 얼마나 해오셨죠?

1980년부터 해왔어요. 그러니까 올해로 36년째가 됐어요. 이게 어려워요. 공부를 많이 해야 하고, 돈은 안 되는데 실험도 많이 해야 하고.

하지만 우리 문화를 현대화하는 작업이 필요해요. 문학이든 미술이든 음악이든 사진이든, 우리 문화의 뿌리 위에서 현대화한 것만이 세계에 나가서 경쟁력이 있다고 생각해요. 워낙 서양의 다양한 문화들이 세계를 지배하고 있으니까.

세계에 나가서 보여 주려면 우선 작품이 웬만큼 쌓여야 해요. 화가로 치면 세계적인 작가가 되기 위해서는 그림이 많아야 된다는 얘기예요. 지금 당장 보여 줄 300점, 만일 가능성을 인정받아서 세계적인 프로듀서가 붙을 경우 그다음에 보여 줄 300점, 또 인정받으면 그다음 작품. 이런 식으로 일단 작품이 충분히 누적이 돼야 이어질 수 있어요.

그래서 저는 나이 50까지는 작곡을 많이 해야겠다고 생각했어요. 그동안 우리 소리를 다양한 장르로 현대화한 곡을 써왔어요. 그러는 동안 그 부분에 대해서는 제가 인터뷰도 잘 안 했으니까 잘 모르실 거예요. 영화 「서편제」나 올림픽, 월드컵 개막식 음악 같은 큰 행사야 알려졌지만.

한국 무용 음악이랑 현대 무용 음악 작곡도 했어요. 기타를 국악에 응용한 〈기타 산조〉라는 것도 제가 곡을 만들고 이름을 붙인 새로운 장르예요.

그러는 도중에도 저도 먹고살아야 하니까 곡 주문받은 것도 하고 공부도 병행하다 보니, 이미 나이가 50을 훌쩍 넘겼어요. 그래도 이제 시기가 무르익어서 좀 움직여 보려고 해요. 그동안 작곡한 것들을 이제 공연으로 보여 주고 들려주려는 생각을 하고 있어요. 그러면 일반 사람들이 〈와 ─ 이런 게 있구나〉 하겠지요.

지금 젊은 세대는 김수철이 대체 어떤 사람인가 궁금해할 수도 있을 것 같아요.

그나마 〈치키치키 차카차카〉 이 노랫가락은 많이들 알아요. 「날아라 슈퍼보드」 만화영화 주제가는 워낙 알려져서.(웃음) 그리고 가요 「젊은 그대」의 경우에도 세대와 관계없이 많이들 불리고 있어서 젊은 층에서도 아는 것 같아요.

사실 일찍 대중적으로 유명해지셨잖아요. 밴드 〈작은 거인〉 시절부터로 기억하는데요.

방송으로는 내년이 데뷔 40주년이 되지요. 대학 들어갔을 때 기타를 남들보다 조금 잘 쳤어요. 그게 알려져서 1학년 때 KBS에 나가서 방송을 처음 했어요. 「젊음의 찬가」라는 프로에 나가서 내가 작곡한 「내일」이랑 팝송 대여섯 곡을 불렀던 기억이 나네요.

MBC 대학가요제가 있기 전인가요?

대학가요제는 그 후에 생겼죠. 대학가요제는 두 번이나 떨어졌어요. 1회는 안 나갔고 2회는 예선에서 탈락했죠. 아마 당시로선 제일 시끄러운 음악을 해서 그랬을 거예요. 헤비메탈에 속하는 걸 했거든요. TBC 해변 가요제에서도 탈락하고. 그래서 〈나는 대학가요제는 아닌가 보다〉 생각했죠. 그러던 차에 대학축제 경연대회인가 TBC

생방송에서 상을 받으면서 알려지게 됐어요.

　대학 때 전공은 어느 쪽으로 하셨죠?

　통신학과로 들어갔어요. 아버지가 앞으로는 기술이 중요하다고
해서. 전자통신, 전자공학도 있고 여러 가지가 있었는데, 공부는 수
학 부담이 커서 많이 힘들었어요.(웃음)

　기타는 취미로?

　고등학교 때도 밴드를 했으니까요. 부모님 몰래몰래.(웃음). 그때
부모님들은 문화예술은 무조건 다 딴따라로 봤어요. 그림은 환쟁이,
철학이랑 문학은 글쟁이, 이러면서 싫어하던 세대였어요. 아버지가
조그마한 개인 사업을 하셨는데 엄청 보수적이셨어요. 시끄러운 것
싫어하시고. 자식도 안정된 대기업에 들어가거나 공무원이 되길 바
랐죠. 그래서 기타는 몰래몰래 할 수밖에 없었어요.

　몰래 치신 실력이 그 정도였다는 얘긴가요?

　내가 〈김석봉〉어머니가 촛불을 끄고 글씨 시험을 보게 한 한석봉에
빗댄 별명이었다니까요.(웃음) 이불 속에 들어가서 기타 연습을 했
어요. 기타 줄 사이에 종이를 끼워서 소리가 안 나게. 머릿속으로 음
을 생각하면서 연주 연습을 했어요. 기타는 당시에 집집마다 한 대
씩은 다 있었으니까. 형들이 사놓은 걸 가지고.

대단하네요.

대단한 게 아니라, 너무 좋아하면 그렇게 되죠.

그래서 사실 고교 시절부터 기타로 조금 소문이 났어요. 명동성당에서 1년에 한 번씩 청년들을 위한 음악회를 했는데 밴드로 나가서 알려졌어요. 대학에 들어갔더니 섭외가 오더군요.

그때부터는 승승장구하셨지요.

승승장구한 게 아니에요. TV에 출연할 때도 부모님이 알아챌까봐 모자를 푹 눌러 쓰고 계속 무대에서 왔다 갔다 했잖아요.(웃음) 그러다가 결국 어느 날 들통이 난 거예요. 보통은 TV 화면에 대학 그룹 〈작은 거인〉으로만 자막이 나가는데 하루는 제 이름까지 나간 거예요. 기타는 누구 베이스는 누구 드럼은 누구, 이런 식으로. 이걸 보시고 〈쟤 우리 아들 맞느냐〉 이렇게 된 거죠.(웃음)

아버지가 화를 내시니까, 엄마가 〈너 이제 아버지가 알게 됐으니 그만해라〉 하시더군요. 대학 졸업하고는 몇 년을 놀다가 공부하겠다면서 대학원 행정학과로 들어갔어요. 아버지한테는 〈이제 음악 안 할게요〉 하고서는. 그래도 결국에는 음악을 놓을 수가 없더군요.

영화 음악은 언제부터 하셨죠?

대학 때 이미 친구들과 돈을 모아서 영화를 만들곤 했어요. 6~7명이 모여서 한 일고여덟 작품 했어요. 지금은 장비가 좋아졌지만, 그때는 소형 영화도 만들기가 하늘의 별 따기였어요. 그때 영화 음악 공부하려고 한 달에 비디오를 20~30편씩 보고 그랬어요.

그때 영화를 만들면서 안성기 형도 알게 됐죠. 그때 형도 무명이었어요. 한때 잘나가던 아역 출신이긴 했지만 미래는 불투명하고 고민이 많을 때였죠. 그 형은 그때나 지금이나 변함이 없어요.

국악 공부는 언제부터 하셨나요?

대학 때부터 손을 댔어요. 록 음악을 하면서. 계기가 있는데, 영화하면서 음악을 만들던 초기에 「탈」이라는 작품이 있었어요. 이걸 프랑스 세계 청소년 영화제에 재미 삼아 보내 봤는데 본선까지 진출한 거예요.

한국 젊은이의 한 단면을 그린 작품이었어요. 본선에 올라갔으니 좀 더 완성도를 높여서 다시 보내는 과정에서, 제 생각엔 우리 국악이 들어가면 좋겠다고 생각했어요. 그때가 1980년이에요.

그러니까 영화를 하다가 국악을 시작하게 된 거군요.

네. 처음부터 국악이 아니라 영화를 하다가 그쪽으로 가게 된 거예요. 그때 영화에 쓸 음악을 만들기 위해 국악을 막 뒤졌어요. 중학교 음악 교과서를 봤더니 우리 음악이 별로 없어요.

그때 우리 소리에 대한 의문이 들었어요. 우리가 학교에서 음악을 배울 때는 왜 온통 서양 게 많았지? 그러면서 왜 우리 음악이 훌륭하다는 거지? 들어 보면 재미도 없고 졸리는데, 싫었어요.

저만 해도 국악 음반을 올려놓고는 〈띠링〉 하는 연주 시작 부분을 듣다 보면 얼마 안 가서 잠들어 있기 일쑤고, 일어나 보면 침 흘리고 자고 있더라고요. 그런데 왜 이게 훌륭하다는 거지? 나도 한국인이니까 그런 호기심이 생긴 거죠. 거기서 시작된 거예요.

우리 음악 책을 찾아보니 아는 게 「정선 아리랑」 말고는 몇 개 없어요. 그중에 산조가 있어서 그걸 기타로 연주해서 넣어야겠다 싶었죠. 아무것도 모르고 수박 겉 핥기를 한 거죠. 순전히 의욕으로만. 그렇게 만든 음악을 영화에 넣어서 보냈더니 무슨 입선인가를 했어요.

그 후로 국악을 열심히 들었죠. 듣는 건 그래도 쉬운데 공부로 하자고 들면 뭐든 어려워요.

국악 공부는 어떻게 하셨어요?

그땐 일반 음악 학원도 없는데 국악 학원이 있겠어요? 입시 이외에는 없으니까. 혼자서 계속 판을 사다가 반복해서 들었죠. 가야금 산조, 아쟁 산조⋯⋯.

독학으로요?

혼자 들었죠. 판소리 「춘향전」 같은 것도 2~3년을 들었어요. 하지만 듣는 것만으로는 안 되겠다는 걸 알았어요. 우리 음악이 서양과는 호흡부터 달라요. 전혀 달라요. 다 달라요. 그래서 〈아, 이건 공부를 해야겠구나〉 싶더군요.

양악은 제가 완전히 독학했거든요. 지금도 그렇지만. 이건 아마 우리가 서양 음악을 기본으로 배워서 그럴 거예요. 우리는 음악을 서양 악기인 피아노로 배우잖아요. 가야금이 아니라. 일찍부터 99.9퍼센트에 가깝게 서양식 음악으로 배우는 거죠.

국악을 한 3년 듣고 나니까, 어느 날 훌륭한 소리라는 느낌이 확 오더라고요.

그게 어떤 계기였죠?

거문고 레슨을 받던 중에 그랬어요. 그 무렵에 국악관현악단의 기본 악기들이랑 우리 장단을 배우겠다고 작심했거든요. 피리, 대금, 가야금, 아쟁, 사물……. 그걸 다 배우려면 30~40년 걸리겠다 싶었어요. 하나하나 다 배워야 하니까.

그걸 다 배울 생각을 하셨다고요?

네, 그때부터. 그래서 오래 걸린 거예요. 하나씩 다 배워야 하니까. 그런 식으로 거문고를 배우다가 어느 순간 너무 훌륭한 소리라는 걸 확 깨달았어요. 이런 훌륭한 소리가 왜 교과서에도 없고 우리는 생활화가 안 돼 있고 대중화가 안 됐지? 그때부터 막 묻기 시작했죠. 나라도 계속 공부해야겠다 싶었어요.

그렇게 공부해서 음반을 내고 하다 보니, 86 아시안게임, 88 올림픽, 97 대전엑스포, 97 동계 유니버시아드 대회, 2002 월드컵 개막식과 조추첨 행사 음악, G20 정상회의까지 7개 국제 행사 음악을 제가 다 하게 됐죠.

그런 작업을 하다 보니 자연스럽게 애국심도 생기더군요. 제가 애당초부터 애국심이 있었던 게 아녜요. 세계적인 행사를 할 때에는 우리가 주축이 돼서 좋은 느낌을 세계에 알리고 또 세계의 좋은 것이 우리나라에 와서 화합이 되어 하나가 된다는 걸 고취시켜야 하니까, 그런 작업을 맡다 보니 우리를 알리고 싶어지더군요. 왜 사람들이 우리나라를, 우리 걸 잘 모르지? 그런 생각이 드는 거예요.

사실 한국이란 이름도 월드컵 때 많이 알려지기 시작했지 그전에는 밖에서 잘 몰랐잖아요. 아무리 경제 성장을 했다고 해도 외국이 아는 건 다른 문제거든요. 우리는 많이들 잘난 체하지만 밖에서 보는 것은 그렇지 않아요.

해외 인사들 만나서 듣다 보면 알 수 있거든요. 밖에서는 모르는데 우리 안에서 잘난 척하고 과장된 홍보를 하는 경우가 많아요. 전문가끼리는 정확한 정보를 공유해야 하거든요. 그런데도 과장해서 이야기하고 없는 것을 있는 것처럼 이야기하는 걸 많이 봤어요.

진짜 세계적인 인물들과 일을 같이 하다 보면 굉장히 겸손해요. 이건 우리를 자학하려는 뜻에서 하는 말이 아니에요. 지금은 저도 희망적으로 보지만, 그때 보고 느낀 점을 이야기하는 거예요. 반성이 필요한 부분이니까.

우리는 분야별로 뛰어난 인재가 더 필요해요. 그런 생각을 하다 보니 나부터 내 분야에서 잘하자 싶었어요. 우리 소리가 훌륭한데도 왜 생활화·대중화가 안 됐을까, 그러면 이 부분을 내가 해야겠다 싶어서 시작한 거죠.

하지만 이쪽 일이 돈이 되지는 않잖아요. 공부도 하고 작곡도 하고 녹음도 해야 하는데. 음악은 녹음을 해봐야 잘못된 걸 알거든요. 그래서 대중가요 노래를 해서 번 돈을 다 이쪽으로 쏟아부은 거죠. 이걸 36년간 계속 해온 거예요.

남이 몰라주는 일을 그렇게 오래 해오는 과정에서 힘들지 않으셨나요?

사실은 제가 어려울 때 어떤 재벌이 제 음악을 무지 좋아해서 다 사겠다고 한 적이 있어요. 30년 전 120억 원이었으니까 큰돈이었죠. 5층짜리 빌딩이 10억 할 때였어요. 마음이 왕창 흔들렸어요. 한 4일 동안은 흥분했어요. 그 돈 있으면 이것저것 할 수 있겠구나 싶은 생각에.

하지만 닷새째 되던 날 깨달았어요. 아, 그게 내 길이 아니구나 싶었어요. 그 큰돈 받아서 남들 하듯이 빌딩 사면 그거 관리해야 하잖아요. 그러기 시작하면 음악보다 그런 일에 더 신경 쓰게 돼요.

결국 거절했어요. 그러고 난 다음에 영화 「서편제」가 크게 터졌어요. 그때 유혹을 거절해서 「서편제」 곡이 잘됐다고 봐요. 안 쫓아가길 잘했구나 싶었죠.

사람 사는 이치가 그런 것 같아요. 그때 내가 돈을 좇지 않고 나다운 길을 택하길 잘했구나 싶었어요. 그런데도 「서편제」로 번 돈으로 「태백산맥」 영화 음악에 100인조 오케스트라를 썼는데 다 망했죠. 쫄딱.(웃음) 국악은 전기세도 인쇄비도 안 나오거든요.

그런 역경을 헤치고 나올 때 심정은 어땠나요?

맘속으로 자신 있게 이야기할 수 있는 건 이거예요. 꿈을 돈하고 바꿀 수는 없어요. 그러니 꿈을 향해 계속 가는 거죠. 그렇게 가다 보면 그래도 가끔은 보람된 일이 있어요. 「서편제」도 국악 공부 시작해서 13년 만에 터진 거거든요. 그런 보람으로 또 몇 년 가는 거죠.

그 꿈이란 게 뭐지요?

제 꿈은 건강한 소리를 만드는 거예요. 히트곡이 아니라 사람들에게 감동을 주는 게 목표예요. 건강한 소리가 사람들에게 가닿기를 원하는 사람이에요. 물론 그런 소리가 히트까지 칠 수 있으면 더 좋겠죠.

장르로 나누자면 온 국민이 힘들 때 즐길 만한 소리는 대중가요, 움직임에 의한 소리는 무용 음악, 영상에 의한 소리는 영화 음악이나 드라마 음악, 또 어떤 공간에서의 빛과 소리의 조화는 행사 음악. 이게 다 합쳐져서 김수철의 소리학을 이루는 거지요.

그런 중에 국악은 왜 가요처럼 즐기지 못하나, 이런 숙제를 안고 실험을 하고 있고요. 우리 정신과 의식을 담아 현대화한 음악을 궁극적으로는 세계에도 알려야지, 여기까지가 제 목표예요. 그러기 위해 우리 소리를 현대화, 클래식화, 대중음악화, 그밖에 뉴에이지 같이 새롭게 장르화하기 위해 36년 동안 〈작곡-연주-공부-작곡-연주-공부〉 이걸 반복해 온 거지요.

실패는 당근이죠. 제가 낸 앨범이 37장인가, 40장 가까이 되는데 그중에 가요 판은 12장이에요. 국악은 25장이 거의 다 망했는데 딱 하나 왕창 돈을 많이 번 것이 「서편제」예요.

국악이 안 팔릴 거라는 건 저도 알았어요. 제 음악이 발표되기 전까지는 그런 음악이 없었거든요. 국악을 현대화한 장르로 개발한다든가 대중음악과의 협연 같은 걸 제가 처음 시도했어요. 그걸 음반으로 냈는데 다 망했지요.

그러면 망하는데도 왜 했느냐. 이걸 누군가는 들을 테고, 후배나 여러분에게도 들을 기회가 생길 것이고, 그러면 〈우리 소리가 이렇게 다양할 수 있구나〉 그 가능성을 알아볼 거란 생각에서 낸 거예요. 그 가능성 때문에.

당장에 돈을 벌려고 낸 게 아녜요. 국악을 현대화한 음반 녹음은 비용도 가요보다 3~5배 더 들지만 안 팔려요. (웃음)

요즘은 음반을 개인이 낼 수 있지만 당시엔 등록된 회사만 낼 수 있었어요. 그래서 레코드 회사 권한이 막강했어요. 아무나 못 들어가고 아무나 안 내줬어요. 저는 히트 가요가 많았으니까 계약을 하려고 했죠.

그때 저는 이야기했어요. 〈사장님, 다른 가수들 히트작 많으니까 돈은 그쪽으로 버시고, 저는 국악 현대화 작업을 하고 싶습니다. 이게 언젠가는 (돈도) 됩니다. 세계로 나갈 수도 있어요. 하지만 그게 언제인지는 제가 자신할 수 없어요. 그러니 그때까지 제 작업에 제동을 걸지 말아 주세요.〉

그렇게 조건을 내걸었어요. 그러고는 제작비는 제가 다 댔어요. 레코드 회사는 1원도 안 대줬어요. 국악 현대화 음반 25장 낼 때, 정부나 기업으로부터 1원도 받은 적 없어요. 다 제가 노래해서 번 제돈 갖고 했어요. 그렇게 국악 첫 집을 냈어요. 그게 「국악 김수철」이었어요.

음반을 낸 지 1주일밖에 안 돼서 제작부장한테서 전화가 왔어요. 〈이거 575장밖에 안 나갔다. 나머지는 폐기 처분하겠다〉고 하더군요. 그때 저는 상처를 받았죠. 간섭 않기로 약속받고 내 돈 들여서 낸 첫 국악 음반인데, 그걸 부셔서 다른 음반 낸다는 이야기였으니까요.

결국 다 폐기 처분당했어요. 그때 정말 큰 상처를 받았어요. 맘속으로 엉엉 울었어요. 일주일 잠을 못 잤으니까요.

그래서 제 국악 1집 음반이 별로 없어요. 사람들한테 알려지지도 않았고. 반품 들어와서 폐기됐으니 그게 다 제 빚으로 남았어요. 그래도 버텼어요. 주경야독식으로 낮에 노래하고 밤에 공부하고 그랬어요. 연구할 건 연구도 하고.

국악 공부가 왜 어렵냐면, 사사를 받고 그걸 먼저 외우고, 외운 대로 해보고, 그다음이 응용이에요. 나이가 들수록 이해는 깊어지지만 외우는 게 어렵잖아요. 그리고 우리 장단이 길어요. 서양 음악처럼 서너 소절 일정하게 가는 게 아니라 호흡도 다양해지면서 길어지니까 진도도 잘 안 나가고 공부가 힘들어요.

그때 올림픽 음악을 맡았어요. 더 열심히 해야겠다 싶어서 음악적인 실험을 더 많이 했죠. 우리 소리와 현대음악, 대중음악의 접목을 많이 시도했어요. 돈도 많이 들었어요. 저는 마음에 들 때까지 녹음을 하는데 매번 제작 예산 한도를 넘겼어요. 올림픽 때만 해도 음악 제작비가 당시 600만 원 초과했어요. 굉장히 큰돈이에요. 그런 식으로 1억 가까이 빚이 쌓인 거예요.

레코드 회사 사장이 부르더니 〈너는 노래만 부르면 돈을 버는데 왜 안 하고 이상한 짓만 하냐〉고 했어요. 레코드 회사가 유통권을 쥐고 있으니 아무 말도 못 했어요. 상처만 계속 받았죠.

그때가 저로서는 위기였어요. 저는 밤업소 일을 하지 않았거든요. 낮에 음악 작업하고 밤에는 공부해야 하니까. 또 가끔 행사 음악 들어오면 그것도 하고. 대중가요도 후속 음반을 내긴 내야 했어요. 레코드사가 갑이니까.

이번엔 대중을 쫓아가야 하나 고민하다가 그냥 내가 걸어왔던 길을 가야겠다 싶었어요. 그렇게 해서 나온 게 원 맨 밴드예요. 그런 건 혈기 왕성할 때 해야 하거든요. 한번 해보고 싶었어요.

최초였죠?

국내에서는 최초였어요. 전 세계에서도 두 번째인가 그래요. 원 맨 밴드라고 하면 오해하는 분도 계시는데, 작사·작곡·편곡·연주까지 다 사람이 해야 하는 거예요. 기계 도움을 받는 것은 원 맨 밴드가 아니에요. 드럼 연주하고 그거 듣고 베이스 치고, 드럼과 베이스 듣고 건반 치고 해서 믹싱까지 다 하는 거예요.

그때 돈도 없었어요. 밖에서는 히트곡이 막 터져서 부자인 줄 알았겠지만, 저는 음악만 했으니까. 레코드 회사에 9,800만 원인가 빚이 있고, 올림픽 음악으로 600만 원 빚져서 갚아야 했고.

그래도 저는 음악에 관한 한 긍정적이에요. 돈 없으면 나 혼자 하면 되지 뭐 그런 생각으로 한 거예요.(웃음) 좌우간 대중성 상관없이 내 느낌들을 반영하는 곡들을 냈어요.

그때 MBC의 피디로 있던 친구한테서 연락이 왔어요. 그때도 TV에선 저를 찾을 때였거든요. 84년부터 86년은 완전히 히트를 쳤으니까. 판을 낼 때마다 3~4곡씩 터졌거든요. 그 친구가 하는 생방송 프로에 나와 달라고 했어요.

이번엔 히트곡도 없어서 안 한다고 빼다가, 원 맨 밴드 앨범의 「언제나 타인」이라는 조용한 노래나 하나 부를게 그랬어요. 그랬더니 이 친구가 그거 말고 「정신 차려」라는 곡이 재미있다면서 하래요.

그 노래는 템포가 빠른 곡인데 내가 무대에서 춤을 못 추니까 안 된다고 했는데도 그걸 하래요. 방송 전날 작품 이야기하다가 흥이 맞아서 과음한 데다 당일 늦잠까지 자고 술도 덜 깬 상태에서 리허설에 갔어요.

「정신 차려」를 부르는데 가만히 서서 불렀더니 친구가 막 화를 내는 거예요. 신나는 노래를 그렇게 부르면 어쩌냐고 해요. 하는 수 없이 몸을 움직이긴 해야겠는데. 중학교 때 보건 체조 있잖아요. 발 올렸다가 허이 허이 하는 동작, 그걸 빠른 템포에 맞춰 했어요.

그러다 더 생각이 안 나면 그냥 죽 걸어갔어요. 무대 끝이 나오면 다시 뒤돌아서서 쭉 걸어가고, 생각이 나면 그다음 체조 동작 하고 그랬어요. 후렴구의 〈정신 차려, 이 친구야〉 대목에서는 트로트 노래에서 찔러 대는 동작을 흉내 내서 했어요. 그렇게 생방송이 지나갔는데, 이게 대박이 난 거예요.

전화기에 불이 났어요. 며칠 전에 MBC에서 한 것 그대로 해주세요, 그러는 거예요. 그건 즉흥적으로 한 거라서 다시는 못 합니다, 했더니 방송 녹화한 것 드릴 테니 해달래요. 복사본 비디오 보면서 연습해서 그대로 했어요. 이게 대히트가 됐어요.

그러자 레코드 회사에서 전화가 왔어요. 〈봐라, 그렇게 하면 되지 않냐〉고 해요. 결국 빚도 다 갚고 오히려 수익이 생겼어요. 그 돈 받아서 국악집을 또 냈어요. 그 무렵 현대무용 음악 작곡도 맡았는데, 우리 소리를 현대 음악화하는 장르로 실험을 해본 거죠.

가요는 분량이 보통 3~4분인데 이건 클래식처럼 한 시간짜리였어요. 음반 제목이 〈불림소리〉인데 너무 길면 감상하기 어려우니까 가나다라마로 쪼개서 이름을 붙여서 냈어요. 그때 대한민국무용제에서 음악상을 받았는데 대중가수로 순수 음악상 받은 건 처음이라면서 『객석』에 인터뷰가 나가기도 했어요. 보람이 있었죠.

「불림소리」가 나오자마자 그다음에 제가 음악을 맡았던 영화 「서편제」가 터졌어요. 그 음반이 당시 가요도 다 누르고 1위를 했어요. 순식간에 70만 장이 나가고 나중에는 100만 장이 훨씬 넘었죠.

「서편제」 영화 음악은 어떻게 맡게 되셨죠?

영화 음악을 대중가요보다 먼저 했어요. 극장용을 83년부터 했으니까. 운 좋게 화제작을 많이 하다 보니 「서편제」도 자연스럽게 들어왔죠. 원래 「화엄경」하고 「서편제」하고 몇 개 들어왔던 것 중의 하나였어요. 임권택 감독님과 하고 싶었고, (태흥영화사) 이태원 사장님과도 연결이 돼서 너무 좋아했죠.

「소릿길」 선율 생각하면 지금도 뭉클해요. 왜 그런지 설명하기도 힘든 심정이 되거든요.

그 곡 고생을 엄청나게 한 거예요. 「서편제」가 작곡하기가 굉장히 힘든 곡이에요. 극중에 계속 판소리가 나오잖아요. 악기 선정도 어려워요. 다른 소리와 부딪히지 않으면서도 감동을 줄 수 있어야 하니까. 고민 끝에 5개월 만에 찾아낸 게 대금이었어요. 대금도 그냥 대금이 아닌 정악 대금. 악기를 정하고도 녹음 전날까지도 곡을 못 썼어요.

밀리언셀러를 기록한 「서편제」 오리지널 사운드 트랙.

그럴 수도 있나요?

그럴 수 있죠. 대금 악기 선정해 두고, 대금이랑 연주자랑 녹음실은 섭외를 해놓은 상태였어요. 대금 연주자가 온 후에야 그 자리에서 곡을 쓴 게 「천년학」이에요. 악보를 줬더니 〈이 곡 좋네〉 그렇게 해서 확 한 번에 갔어요. 임권택 감독님도 들어 보시더니 〈수정할 것도 없다〉고 해서 한 번에 일사천리로 갔어요.

그전까지 5개월간 저는 무진장 고생을 했죠. 그게 응축이 돼서 그 순간에 나온 거예요. 그러니 고진감래라는 말이 맞아요. 공짜는 없어요. 사람들이 결과만 보기 쉬운데, 과정을 보면 누구나 엄청나게 고생한다는 걸 알았으면 해요.

그렇게 국악 작품이 연달아 히트를 치니까 레코드사 회장님이 불러요. 〈김수철 씨 말이 맞았네요. 이게 터지네요.〉 그제야 인정을 해요. 저는 그 길로 회사를 나오고는 다시 안 들어갔어요. 그 뒤에 법도 바뀌어서 개인이 음반을 낼 수도 있고 해서 그다음부터는 전부 제가 냈어요. 국악 판을 스물 몇 장 냈어요.

판매는 어땠나요?

그다음에 영화 「태백산맥」, 「축제」 등등 많이 했지만 「서편제」말고는 수익성으로 별로 성공한 게 없어요.

「태백산맥」으로는 상도 받으셨죠?

「서편제」로는 영화평론가상을 받았고요, 「태백산맥」으로는 청룡

영화상과 대종상인가를 받았어요. 음악적 완성도로 보자면 「불림소리」, 「팔만대장경」, 「태백산맥」이 아주 높아요. 음악적 방향을 제시한 점도 있고.

내신 음반 중에서 제일 아끼는 건 뭔가요?

특별히 어느 걸 아낀다기보다, 국악을 현대화한 것은 평생을 가는 작업이고, 「못 다 핀 꽃 한 송이」나 「젊은 그대」 같은 가요는 그래도 여러분이 제가 공부하고 먹고살 수 있는 기회를 주신 셈이니까 감사하게 생각해요. 특히 「젊은 그대」의 경우에는 여러분께 두고두고 갚아야 된다고 생각해요. 온 가족이 부르는 가요잖아요. 지금까지도 불러 주시고. 또 만화영화 주제가 「치키치키 차카차카」도 다들 알아 주시고.

「못 다 핀 꽃 한 송이」 인기가 대단했던 걸로 아는데, 어떻게 쓰신 곡이에요?

솔로 1집에 실린 곡인데, 사실 그 음반을 끝으로 음악을 그만뒀어요. 아버님이 만류하셔서 대학원 들어가서 공부할 생각이었어요. 그때 알고 지내던 안성기 형 소개로 배창호 감독의 영화 「고래사냥」에 〈병태〉 역으로 출연하게 돼서 촬영을 하고 있는데 그게 히트를 쳐서 난리가 났죠. 그때 원작자였던 작가 최인호 형이 〈사람들이 저렇게들 좋아하는데 왜 안 하냐, 노래해〉 그러는 바람에 다시 무대에 섰죠.

「고래사냥」 출연은 어떻게 하셨어요?

영화 배역 중에 어리바리한 병태를 두고 누구를 쓸지 제작진이 고민하던 중에 안성기 형이 〈꼭 병태 같은 애가 있다〉고 해서 저를 소개한 거예요. 만나 뵈러 카페에 들어가는데 제가 발을 헛디뎌서 넘어질 뻔했어요. 그걸 보시더니 배 감독님이랑 최 작가님이랑 다들 적격이라면서 바로 캐스팅이 됐죠.

「치키치키 차카차카」는 TV 만화영화 「날아라 슈퍼보드」 주제가였죠. 그건 어떻게 만들게 되셨지요?

그때 어린이들이 성인 가요를 따라 부르는 게 저는 싫었어요. 아이들이 사랑이 어떻고 이별의 아픔이 어쩌고 하는 정서에 안 맞는 노랫말을 부르는 건 좀 아니라고 생각했어요. 그러고 보니 명색이 작곡가라면서 아이들 위해서 내가 한 게 없더군요.

그게 1990년인데 그때부터 어린이 드라마, 애니메이션 관련된 음악을 조건 없이 했어요. 「날아라 슈퍼보드」는 만화가 허영만 형이랑 같이 했는데, 애들 정서에 맞는 노랫말에 소리는 최첨단으로 재미난 걸 해줘야겠다 생각해서 작업한 거예요. 어린이한테는 꿈과 희망을 주고, 어른한테도 동심의 세계로 가거나 어떤 메시지가 있는 걸 줘야겠다고 생각했어요. 그래서 노랫말 쓰기가 굉장히 힘들었어요.

그렇게 만든 노래가 「못 다 핀 꽃 한 송이」만큼이나 대박을 쳤어요. 온 국민이 따라 불렀으니까. 아주 기뻤죠. 허영만 형이랑은 더 늙기 전에 어린이 위한 것 한 번 더 합시다 얘기해 놓은 상태예요.

대중이라는 건 아무도 몰라요. 운도 따라야 하고. 다 맞아떨어져야 하니까. 스필버그 같은 사람이 「인디애나 존스」 같은 작품 만든 것 보면 대중을 다 알고 만드는 것 같지만, 이게 히트 칠 거야라고 생각해서 작품을 쓰는 것만큼 어려운 일도 없어요.

「못 다 핀 꽃 한 송이」 같은 곡도 그런 것 염두에 두고 쓴 게 아니었어요. 그때의 느낌을 담아 지었는데 어떻게 잘 맞아떨어져서 대중이 좋아해 줘서 그렇게 된 거죠. 우연히 된 거예요.

그리고 나이가 들수록 대중적으로 크게 히트를 치는 일은 대단히 어려워요. 비슷한 연배들이 좋아할 테니까. 지금은 음반을 내도 홍보도 힘들고 음악 프로그램도 별로 없어서 더 어려워요. 후배들 봐도 곡 내고 3개월이면 끝이잖아요.

지금도 음악 공부를 계속 하세요?

공부는 죽을 때까지 하는 거예요. 공부는 학교 졸업한다고 끝나는 게 아니잖아요. 음악도 마찬가지예요. 생각해 보세요. 보통 직장인들이 아침 9시 출근해서 저녁 6시에 퇴근하잖아요. 음악 하는 사람도 무대에 설 때 말고는 그 정도로 해야죠. 가수라면 발성 연습하고, 연주자는 연주 연습하고, 그걸 해야죠. 4~5년 히트 치고 나머지 40년 놀면 되는 게 아니에요.

운이 좋아 재주를 타고 나서 히트를 쳤다고 쳐요, 그걸 유지하기 위해서는 공부해야 해요. 재주만 갉아먹고 버틸 수는 없어요. 자신이 좋은 상품이라는 사실을, 지금 얘기하는 상품이란 말은 나쁜 뜻에서 하는 말이 아니에요. 나라는 상품성을 다른 사람이 보고 판단하는 거니까 가치가 계속 유지되도록 노력해야 한다는 거죠.

인기라는 것은 바람이에요. 잡으려고 하면 안 돼요. 입산하면 하산해야 하듯이 인기도 오르막이 있으면 내리막이 있기 마련이에요. 인기야 반짝하는 거고 진짜 자기 음악의 길을 걸어가야죠. 그러려면 공부해야 해요. 학교 공부 말고, 내가 모르는 것, 뭔가 하고 싶은데 부족한 것, 내게서 고갈된 것 이런 걸 끊임없이 채워 넣어야 한단 얘기예요.

책 이야기를 해볼까요? 책을 즐겨 읽는 편이세요?

일을 하면서 정독을 하기는 힘들어요. 가까이 두고는 보죠. 여러 권을 두고 그날그날 기분이나 느낌에 따라서…….

음악 일을 하시면서도 책 읽기가 필요하다는 생각이 드세요?

당연하죠. 이건 모든 사람이 필요한 거예요. 답은 책에 다 있어요. 우리가 디지털 시대로 가더라도 책은 끝까지 남을 거예요. 우리가 건져 내야 될 부분이에요. 정보가 너무 홍수이다 보니까 오히려 건성으로 확인만 하잖아요. 그러면 깨달음이 안 가요. 그러니까 오히려 요즘 일종의 책 읽기 문화 운동 같은 게 필요해요.

특별히 감명 깊게 읽으신 책이 있으세요?

오래전부터 슈바이처 박사의 자서전 『물과 원시림 사이에서』는 좋아서 정독하는 책이에요. 특히 『슈바이처의 유산』을 보면 슈바이처 박사와 갑부 아들 래리머 멜런이 주고받은 편지 내용이 나오는데 꼭 한번 읽어 보시라고 추천하고 싶어요.

요즘 읽으신 책으로는 어떤 게 있나요?

최근에 감동받은 걸로는 스위스 건축가 페터 춤토르의 책이 있어요. 딱 두 권 있는데 강의를 책으로 정리한 거예요. 『페터 춤토르 건축을 생각하다』와 『페터 춤토르 분위기』. 공간이 사람의 생명과도 연관돼 있고, 생각의 발상이나 동기에도 무지하게 중요하잖아요.

사람과의 조화를 기본으로 한, 그런 정신을 기본으로 한 건축 설계를 이야기하는데, 작년부터 마음에 들어서 읽고 또 읽고 해요. 최근에 읽은 것 중에는 가장 감동적이었어요.

어떻게 읽게 되셨죠?

건축가인 후배가 권했어요. 제가 건축을 재미있어 해요. 아까 얘기했듯이 음악 하는 사람에게도 주변 예술이 중요하거든요. 보는 것도 재미있어요. 보면서 들리는 게 있어요. 들으면서 보이는 게 있으면 그게 명작이고 명곡이에요. 내 생각엔 그래요.

그리고 법정 스님 책. 그분은 88년인가 89년 무렵에 제 기타 산조를 가지고 지방 연주를 다니다가 만났는데, 제 국악을 벌써 듣고 계시더라고요. 연주회에 찾아오셨어요. 그 뒤로 돌아가실 때까지 아주 가까이 지냈죠. 그분의 『무소유』를 대학교 2학년 때인가 읽고 완전 감동했거든요. 그 당시 제가 인도 철학에 빠져 있을 때였어요. 나중에 법정 스님을 직접 보게 되니 너무 좋았죠. 최근에는 다시 『버리고 떠나기』, 『살아있는 것은 다 행복하라』를 많이 읽었어요.

대학 때 기타만 친 게 아니라 인도 철학에도 빠지셨어요?
그때 인도 철학이 우리나라에선 드물 때인데, 크리슈나무르티의 『아는 것으로부터의 자유』가 먼저 나오고 몇 년 후에 라즈니쉬가 들어왔죠. 인도 철학은 매년 읽었어요.

인도 철학은 종교적 이유 때문인가요?
삶의 태도, 생의 자세에 관한 거예요. 저는 종교가 없어요. 법정 스님과도 친했지만 하용조 목사님이나 김장환 목사님도 좋아했고, 김수환 추기경님도 「서편제」 때 뵙고 음반도 드리고 했죠.
법정 스님은 글과 말, 살아가는 모습이 똑같더라고요. 좀 까탈스러움이나 약간의 괴팍스러움 이런 건 그럴 수 있어요. 왜냐하면 존경하는 분들은 자기 자신한테 엄격해야 하니까. 그래야 그게 유지가 되니까요. 그분은 자기 자신한테 아주 엄격했어요. 계속 느꼈어요. 쿨하고. 법정 스님이 생전에 〈내 글은 다 허락할 테니 맘대로 곡을 붙여도 돼〉 그러시더군요.

안 붙였어요. 너무 맑은 글이어서…….

영감이라는 건 삶에서 문득 오는 거지, 기술적으로 떠올리는 게 아니라고 생각해요. 우리나라 사람들은 천재라는 단어를 좋아하는데, 음악이란 게 막 놀다가 갑자기 악상이 떠오르고 하는 게 아니에요.

세계적으로 존경하는 분들을 보면 다들 엄청나게 노력을 하셨더라고요. 우리가 7시간 자면 그분들은 서너 시간밖에 안 잘 정도예요. 그렇게 뒤에서 노력한 땀은 얘기 안하고 결과만 이야기하는 경향이 있어요. 영감을 그렇게 표현하는 것 저는 좋아하지 않아요.

제가 내년으로 방송 시작한 지 40주년이에요. 그동안 작곡만 했잖아요. 종합적인 공연을 기획해 보려고 해요. 그동안 쌓아 온 작품을 국민에게 알려 주고 즐거움과 꿈을 줬으면 좋겠다는 생각이 있어요. 메시지도 주면서 앞으로 나가자는 꿈을 주는.

요즘 젊은 친구들이 힘들다는 것 잘 알아요. 나도 25장 중에 24장이 망했어요. 그럴 때일수록 좋아하는 것을 끝까지 하세요. 그 대신 고생은 감내할 각오를 해야 해요. 자기가 좋아하는 거라면 사랑하는 거라면 기꺼이 이겨 낼 수 있을 거예요. 노력하는 사람한테 기회가 와요. 내가 살아 보니까 맞는 말이에요.

어정쩡하게 여기저기 기웃대고 양다리 걸치는 식은 하지 마세요. 왜 10년, 20년 투자를 못 하세요. 10년쯤 되면 자기가 어디에 능력이 있는지 알 수 있어요. 절대 에너지를 허비하지 마세요.

다음 순서로 어느 분을 추천하고 싶으세요?

도정일 선생님이랑 배우 윤여정 누님이요. 도정일 선생님은 제가 30년 가까이 뵈어 온 분입니다. 책 읽는 사회 운동을 일찍부터 실천하고 계세요. 이분의 생각과 이야기를 함께 나누고 싶어요.

윤여정 님은 자주 뵙는 선배신데 바쁜 연기자 생활 중에도 곁에 책이 있는 걸 봤어요. 대화가 잘 통하는 그분의 생각을 이번 기회에 들어 보고 싶어요.

8

경희대 명예교수
도정일

———————

『강남역 10번 출구,
1004개의 포스트잇』,
작은 쪽지들에 담긴
치열한 목소리들

도정일 교수를 소개받으면서 요즘 건강이 좋지 않다는 이야기를 먼저 들었다. 그러고 보니 대외 활동도 언제부턴가 뜸한 듯했다. 올해 칠순 중반이 넘었으니 그럴 만하다 싶었다. 전화로 연락이 닿았다. 이메일로 질문을 보내면 답을 하겠다고 했다.

그는 일찍이 국내에서 독서 문화 운동을 주도했을 뿐만 아니라 인문학과 자연과학 사이의 대화를 주창했던 실천적 지식인으로 뚜렷한 자취를 남겼다. 2000년대 초반부터, 우리에게는 「느낌표」라는 책 프로그램과 〈기적의 도서관〉이라는 이름으로 기억되는 책 읽기 관련 사업을 주도했고, 진화생물학자 최재천 교수와 함께 묵직한 대담집을 내기도 했다.

북클럽 오리진도 크게 보면 그 동심원 상에 있는 활동인 터여서 궁금한 것이 많았다.

일찍이 2001년부터 책읽는사회만들기국민운동을 발족해서 주도해 오셨습니다. 그때는 어떤 계기에서 시작하게 되셨나요?
1990년대 말 2000년대 초는 인문학 위기론이 대학가에 퍼지고 있

던 시점입니다. 전국 대학의 인문학 교수 100여 명이 서울에 모여 대학에서의 인문학의 위기라는 문제로 시위를 벌인 것도 이 무렵입니다. 인문학 교수들이 집단행동을 벌인 최초의 경우가 아니었나 싶어요. 나는 대학에서의 인문학 위축도 문제지만 사회 전반에 걸쳐 인문적 기본 가치들이 땅바닥에 떨어지고 있는 것이 더 심각한 문제라고 생각했지요.

1997년은 세계 외환위기가 발생한 시점인데, 그 위기를 전후해서 한국인의 심리에 큰 변화가 일기 시작합니다. 생존에 대한 순수한 공포, 무슨 일이 있어도 살아남아야 한다는 생존 명령, 부자 선망, 이런 것이 한국인을 사로잡기 시작했어요. 정신 상태의 변화는 가치관의 변화를 수반하고 가치관의 변화는 사회 변화의 전조가 됩니다. 적자생존론을 절대화하는 것이 사회적 다윈이즘인데 여기에 한국인들이 알게 모르게 포로가 되기 시작한 거지요. 1990년대 말 이후 이런 심리 상태가 한국인의 마음에 깊이 뿌리 내리게 되었다고 생각합니다.

2000년 초 인문학 교수 몇몇이 모여 인문적 가치의 쇠락에서 오는 〈몰가치 사회〉의 문제를 토론했지요. 인문학자들이 사회적으로 할 수 있는 일이 무엇일까를 의논했어요. 인문학적 가치의 사회적 실천 방안을 궁리한 거지요. 인문학자들이 할 수 있는 일은 정치 캠페인이 아닙니다. 문화 운동 외에는 달리 방법이 없다고 생각했어요. 몰가치 사회의 가치 전도가 초래하는 것은 〈인간의 희생〉이라는 위기입니다.

이렇게 말하면 얘기가 사뭇 추상적으로 들리지만, 세월호 참사를 보세요. 세월호 사건은 가치 전도가 몰고 올 수 있는 사회적 고통과 인간 희생을 단적으로 보여 주지요. 그런데 1990년대에 우리 사회는 삼풍백화점 붕괴, 씨랜드 참사 등등 인간 희생의 사건 사고들을 여러 번 경험합니다. 인간의 품위가 존중받는 사회, 사람이 사람답게 살 수 있는 사회라는 것은 인문적 가치가 지향하는 사회입니다.

그래서 우리는 생각할 줄 아는 사회, 성찰하는 사회, 느낄 줄 아는 공감의 사회를 만드는 데 일조하는 문화 운동이 필요하다고 의견을 모았어요. 그래서 〈독서〉가 그 운동의 핵심부에 자리 잡게 된 겁니다. 〈책읽는사회만들기〉란 인간의 사회, 성숙한 사회, 민주 사회 만들기의 다른 이름이었습니다.

책읽는사회만들기국민운동은 지금까지 다양한 활동들을 해왔고 많은 성과를 거둔 것으로 알고 있습니다. 자평을 하신다면?

북스타트 운동, 청소년 인문학 읽기 대회, 시민 독서 강좌, 교사 독서 연수 등은 〈책읽는사회〉가 지금도 공들여 진행하고 있는 독서 운동입니다. 거기 덧붙이고 싶은 것은 〈도서관 운동〉입니다. 독서 운동은 〈책을 읽읍시다〉라는 구호만으로는 되지 않아요. 돈 없는 사람도 책을 볼 수 있고 어른 아이 등 시민 누구나가 책 읽을 기회에 평등하게 접근할 수 있는 사회 인프라를 갖추어 주는 일이 필요합니다. 그 인프라가 도서관이죠.

2000년대 초의 한국은 도서관 빈곤국이었어요. 도서관도 턱없이 적었지만, 애써 찾아가 봤자 원하는 책을 볼 수도 없었어요. 신간을 빠르게 구비하기에는 예산이 너무 열악했거든요. 〈책읽는사회〉 운동은 그래서 정부에 대고 전국의 공공 도서관 수를 늘리고 도서관들이 도서 콘텐츠를 충분히 구입할 수 있게 예산을 대폭 증액하라고 요구했습니다.

〈책읽는사회〉가 출범하던 2001년 당시 전국의 공공 도서관은 약 470개소였는데, 그 도서관들에 우리 중앙 정부가 배정한 콘텐츠 예산 총액은 미국 하버드 대학 한 곳의 도서 예산만도 못 했어요. 도서관은 지역 공동체의 문화적 구심점, 지식 정보에 평등하게 접근할 수 있는 주민의 대학입니다. 도서관은 사회 안전망이고 민주주의를 위한 기본 인프라입니다. 〈책읽는사회〉가 도서관의 이런 사회적 중요성에 대한 인식을 확산시키는 데 조금은 기여했다고 생각합니다.

국민 1인당 평균 독서량은 해마다 줄고 있습니다. 디지털화를 비롯한 생활 환경 변화와도 관련이 있을 텐데요, 어떻게 진단하십니까?

디지털 책도 책이기 때문에 종이책 구매량으로만 독서량을 재는 것은 정확하지 않을 수 있어요. 그러나 일단 종이책을 중심에 두고 말하면 디지털 기기의 보편화가 진행되면서 종이책 독서량이 줄고 있는 건 사실입니다. 특히 젊은 세대의 종이책 독서량은 해마다 줄고 있다는 보고가 나오고 있어요. 종이책은 디지털 매체에 비하면 편이성, 속도, 정보 접근성, 이동성 등등의 면에서 상대가 되지 않아요. 젊은 세대가 종이책을 답답한 구닥다리 매체로 여기는 것은 당연합니다.

그런데 디지털이 종이책을 완전히 밀어낼까요? 아닙니다. 나는 종이책의 미래가 반드시 비관적이라고 보지 않습니다. 독서량에도 〈바닥〉 같은 것이 있어 보입니다. 그 바닥을 치고 나면 일정 수준의 종이책 독서 행위는 꾸준히 안정적으로 유지될 거라고 봅니다.

독서에서는 양의 문제만 중요한 것은 아닙니다. 어떻게 읽고 어떤 효과를 거두는가라는 더 근본적인 문제가 있지요. 디지털은 사람들의 읽기의 방식, 독서 양태, 독서 효과 등에도 영향을 줍니다. 그런데 독서에 관한 한 그 영향이 긍정적이기보다는 부정적이라는 게 거의 모든 조사에서 나오는 공통적 발견입니다.

가장 많이 언급되는 것은 〈주목 시간attention span〉의 단축 현상과 집중력 약화라는 문제입니다. 읽는 데 10분 이상 걸리는 글 꼭지, 좀 어려운 텍스트 같은 것은 기피 대상이죠. 영화를 제외하면 동영상의 경우도 마찬가집니다.

독서 행위가 소중한 가장 큰 이유는 사고력, 기억력, 상상력, 판단력 같은 인간 정신의 핵심적 능력들을 단련시키는 데 독서 이상의 방법이 없기 때문입니다. 이런 능력들을 강화하지 않고서는 성숙한 사회를 기대하기 어렵습니다. 민주주의도 유지하기 어렵지요. 생각하고 판단하고 상상하는 능력을 키우는 일은 그래서 시민의 책임이자 의무 같은 거죠.

그런데 종이책 독서와 디지털 독서 중 어느 쪽이 이해력, 기억력, 상상력을 키우는 데 더 효과적인가? 외국에는 이미 다수의 연구들이 나와 있어요. 종이책으로 읽은 사람과 디지털로 읽은 사람이 텍스트의 내용을 이해하는 정도에는 30퍼센트 이상의 차이가 나는 것으로 조사되고 있습니다. 어느 매체로 읽느냐에 따라 정보 보존률과 손실률에 30퍼센트 이상의 차이가 난다는 것은 주목해야 할 문제입니다.

또 특정의 텍스트를 읽고 난 다음 일정 시간이 지나고 나서 읽은 것의 내용을 얼마나 기억해 내는가라는 문제, 이른바 〈리콜recall〉 능력에서도 종이책 독자와 디지털 독자 사이에는 상당한 차이가 납니다. 종이책으로 읽은 사람의 기억 재생력이 더 높은 거지요. 그뿐이 아닙니다. 타인을 이해하는 〈공감력empathy〉 측정에서도 디지털보다는 종이책 독자에게서 더 높은 공감 능력이 발휘된다는 조사 결과들이 나와 있습니다.

지금은 디지털 시대입니다. 삶의 거의 모든 분야에서 디지털 기술의 지배력은 앞으로 더 커질 겁니다. 그런데 우리가 명심할 것이 있어요. 인간은 기술 그 자체를 위해 사는 게 아닙니다. 기술이 인간을 위해 쓰이고 인간에게 봉사하게 하는 것이 정상 질서입니다. 독서의 경우에도 우리는 디지털 기술이 독서력 향상을 가능하게 하는가를 따져 보아야 합니다. 기술 발전에 정신없이 밀려갈 것이 아니라 어떤 기술을 어떻게 쓸까, 어디에 어떤 기술이 가장 유용한가를 우리가 판단하고 선택하는 일이 필요하죠.

디지털 기술과 독서의 문제에 있어서도 속도, 편의성 같은 디지털 기술의 장점들이 독서 능력을 오히려 쪼그라들게 할 수 있습니다. 책을 잘 읽는 능력은 그 능력 자체로 고도 기술입니다. 그 능력은 디지털 기술과는 다른 거죠. 니콜라스 카의 책『생각하지 않는 사람들』은 디지털 기술 시대가 인간의 생각하는 능력에 어떤 영향을 끼치는지를 보여 주고 있습니다.

독서의 양과는 별도로 생산·소비되는 책의 질적인 측면에서 출판이나 독서 현황은 어떻게 보시는지요?

독서에서는 질의 문제가 중요합니다. 문학의 경우, 읽기 쉬운 책만 선택하는 독자가 대다수일 때 그 나라의 문학은 숨통이 막힙니다. 읽기 어려운 소설, 난삽한 시와 희곡, 도전적 비평도 생산되고 유통되어야 사회의 문학 창조력이 성장합니다. 이 성장을 사실상 좌우하는 것이 독자의 수용력입니다. 생산력과 수용력의 발전에는 상당한 함수 관계가 있는 것 같아요.

그래서 좋은 독자들의 존재 여부가 결정적으로 중요합니다. 어떤 독자들이 있는 나라인가가 문학 생산 수준을 올리기도 하고 내리기도 합니다. 우리는 상당히 수준 높은 독자들을 가진 나라입니다. 창작자들과 출판 편집자들은 그런 독자 인구를 소중히 키워 나가야 합니다.

독서는 안락의 행위 장르일 때도 있고, 도전적 행위 장르일 때도 있습니다. 읽기 쉬운 책만 고르는 독서 행위는 안락한 상태에 머물고자 하는 본능의 자연스런 명령을 따릅니다. 수동적으로 흡수하기만 하는 독서 방식도 안락의 행위 장르에 속합니다. 이런 종류의 독서 행위를 나는 〈물의 독서법〉이라 부릅니다. 물 흐르듯 편하게 낮은 곳으로 흘러가는 독서법이죠. 물의 원칙은 위대하지만 독서에서는 그게 반드시 왕도가 아닌 것 같아요.

반대의 독서법도 있습니다. 책을 고를 때도 그렇고 읽을 때도 그렇고 통상의 궤도를 편안히 돌기보다는 거슬러 오르고 튀어 오르고 벗어나는 독서 방식이죠. 이 종류의 독서법에서 독서라는 것은 쌍방향 도전입니다. 책이 내게 도전하고 내가 책에 도전하는 거죠. 어려운 책을 기피하지 않기(쉬운 책을 왜 읽나?), 책을 향해 질문하고 비판적으로 생각하기(저자여, 나는 당신의 의견과 주장을 존중하지만 내 생각은 다르다) ─ 이런 독서 태도가 도전으로서의 독서법입니다.

독서는 창조 행위에 속합니다. 위에 말한 독서법 중에서 어느 쪽이 더 〈창조적〉인가는 잘라 말하기 어렵습니다. 내 생각에 좋은 독서법은 두 방식을 결합한 것이 아닐까 싶어요. 경험을 말씀드리면 독서에는 열중과 몰두의 경험도 필요하고 거리두기와 비판적 대화의 경험도 필요합니다.

책에 푹 빠져 보는 경험은 소중합니다. 푹 빠지지 않으면 책에서 감동과 즐거움을 경험하기 어렵습니다. 감동, 동화, 흡수가 반드시 성찰적 대화를 불가능하게 하지는 않아요. 오히려 동화의 단계를 거친 후의 거리두기가 책(저자, 작가)에 대한 이해를 깊게 해주는 것 같아요. 내가 생각하는 독서는 정신을 불안한 상승의 높이 앞에 서게 하는 일, 정신이 정신에 도전하게 하는 일입니다. 독서가 창조적 대화라는 주장은 그런 의미의 것이 아닐까 싶어요.

번역서가 아니라면 우리 출판은 큰 어려움에 봉착하지 않을까요? 독서계도 엄청 내용 빈곤을 겪게 될 거고요. 아직 우리 사회의 지적 생산력은 번역에 의존하지 않아도 될 만큼 각 분야에서 고르게 발전해 있지 않습니다. 번역물이 많으냐 적으냐는 그렇게 중요하지 않다고 나는 생각합니다. 중요한 것은 〈좋은 책〉과 〈좋은 번역〉입니다.

문제가 되는 것은 서툰 번역서가 걸러지지 않고 쏟아져 나올 때입니다. 이 부분에서는 출판의 책임이 큽니다. 그러나 요즘 우리나라의 번역 수준은 상당히 높아졌어요. 번역을 꼼꼼히 점검하고 성실한 정제 과정을 거치는 출판사도 많아지고 있습니다. 번역은 느린 숙고의 과정입니다. 단어 하나를 선택하기 위해 몇 시간 고민해야 하는 경우도 있지요. 좋은 번역에 사회적 보상이 따라오는 어떤 시스템 같은 것이 있었으면 싶어요. 독자가 할 일도 있습니다. 좋은 번역서 역자를 한껏 칭찬해 주고 감사를 표시하는 일 같은 거 말입니다.

출판의 주요 잠재적 생산자인 대학 교수들이 학교 업무나 평가 기준 때문에 일반인을 위한 교양서를 쓰는 데 어려움을 겪는다고 호소하기도 합니다.

요즘 교수들은 논문 쓰느라 정신이 없습니다. 논문 생산량이 대학 평가와 교수 업적 평가의 주요 지표라서 교수들은 아마 죽을 맛일 겁니다. 〈내가 논문 기계냐?〉라는 비명도 터져 나와요. 대학에 따라

다르지만 1년에 일정 편수의 논문을 써내야 합니다. 분야마다 차이가 있긴 하지만 인문학 분야에서는 1년에 논문 한 편도 써내기 어려울 때가 있습니다. 두 편이나 그 이상 써내야 한다면 교수는 기진맥진입니다. 교양서 계열의 책은 쓸 틈이 없어요.

연구와 교육에서 중요한 것은 논문의 양적 생산만이 아닙니다. 논문 편수 위주의 정량적 평가 방식은 이공계 쪽에는 유용할지 몰라도 인문계에서는 좋은 방식이 아니에요. 대학들은 학문별 고유성을 살리는 자율적이고 자체적인 평가 방식을 만들어 실시할 필요가 있어요. 지금의 평가 방식은 교육부의 것이건 신문사 등 민간 기관의 것이건 학문 발전이나 교육의 질적 수준 향상에 그리 효과적이지 못합니다.

우리 사회의 지식 문화의 생산과 확산 기지로서 대학과 교수의 역할에 대해서는 어떻게 진단하시는지요?

지식 문화와 관련해서 대학은 3가지 핵심 요소들을 키우고 생산합니다. 지식 문화 콘텐츠를 생산하고 콘텐츠 생산을 지속적으로 담당할 사람들을 키우고 지식 문화를 왕성하게 유지해 나갈 사회 인구층을 키웁니다.

이 세 가지 역할을 수행하는 데 가장 중요한 것은 대학들이 교양 교육liberal education을 빛나게 실시하는 일입니다. 교양 교육은 백화점 문화센터 강좌 같은 것이 아닙니다. 그것은 양념이 아니고, 해도 되고 안 해도 되는 것이 아닌, 대학의 〈필수 과정〉이 되어야 합니다.

교양 교육의 목표는 자유로운 탐구 행위와 거리낌 없는 질문 던지기, 전공에 국한되지 않는 폭넓은 지적 관심과 호기심의 가동, 편견을 넘어서고 정의와 연대하는 공정하고 열린 정신 키우기, 자연과 문명과 사회와 역사에 대한 이해, 인간성의 가치를 수호하려는 정신 자세 키우기, 타인의 입장에서 생각하는 능력의 함양 — 이런 겁니다.

이 리스트를 점검해 보세요. 이건 민주 사회의 시민에게 필요한 정신과 마음의 기본 자질들을 망라합니다. 정치 독재나 전체주의, 시장의 타락 같은 것에 맞설 정신 근력을 키우는 것도 교양 교육입니다.

그런데 지금은 대학 교양 교육의 가치를 지켜 나가는 일이 점점 코너에 몰리고 있는 시대입니다. 가장 큰 이유는 교육의 시장화와 〈돈〉의 유일 가치화입니다. 가시적 성과주의를 기준으로 하면 교양 교육은 설 자리가 없어집니다. 돈 안 된다는 이유로 교양 교육은 경시되고 전공 제일주의와 프로젝트에 매몰된 교수들은 지금 세상에 무슨 교양 교육이냐 전공이나 열심히 하지, 라고 말합니다.

대학 교육의 진정한 핵심이 교양 교육에 있다는 인식이 대학 안에서도 너무 빈약합니다. 교양 교육은 전공 교육에 반하는 교육이 아닙니다. 교양 교육의 튼튼한 바탕 없이는 전공 교육 자체가 빛을 발하기 어렵습니다. 말하기 좀 민망하지만, 전공 제일주의 교육은 영혼 없는 〈사회적 괴물〉들을 곧잘 길러 냅니다. 지금 우리 사회가 그걸 잘 보여 주고 있지요. 2008년 월가 금융 위기가 터졌을 때 고액 연봉을 받는 금융 회사 엘리트 사원들은 〈우리가 영혼을 팔았나?〉라고 자문했어요. 영혼을 팔았지요.

사회를 망하지 않게 하는 것이 지식 문화입니다. 본론으로 돌아가면, 우리 대학들이 지식 문화 사회를 만들어 갈 주요 요소들을 잘 키워 내고 있다고 말하기 어렵습니다. 특히 교양 교육의 바탕 위에 자기 삶의 가치를 세울 줄 아는 인구층을 두텁게 키우는 일이 필요합니다. 그 일의 중요성을 대학은 대학대로, 교수 개개인은 또 그들대로 깊이 인식할 필요가 있어요. 거기서 극히 중요한 요소가 무언지 아십니까? 독서입니다. 대학은 무엇보다도 〈책 읽는 사람들〉을 길러야 합니다. 책이 아니라면 생각의 단초를 열기가 어렵습니다.

요즘 인문학에 대한 일반 독자들의 관심이 높습니다. 강연이나 공부, 읽기 모임도 조금씩 늘고 있습니다. 지금 인문학의 열기나 현주소에 대해서는 어떻게 진단하십니까?

내 생각에 인문학은 질문하는 공부법입니다. 더 정확히 말하면 〈자기 수련법〉이지요. 내가 인문학적 기본 질문이라 생각하는 것이 몇 개 있습니다. 그것들은 우선 인간에 관한 질문들입니다. 〈인간을 인간이게 하는 것은 무엇인가?〉라는 질문, 〈인간이란 무엇인가?〉라는 질문, 〈내가 인간으로 산다는 것은 어떻게 사는 것을 말하는가?〉라는 질문이 그겁니다.

인문학을 공부하는 사람들, 인문학과 삶의 연결을 시도하는 사람들은 각각 다른 관심, 목표, 질문을 가질 수 있습니다. 〈행복해지고 싶다〉는 것도 목표일 수 있고 이 경우 핵심 질문은 〈어떻게 해야 나는 행복해질 수 있는가〉라는 것이겠죠.

그런데 관심과 목표가 무엇이건 간에 인문학적 질문을 던진다는 것은 위에 말한 기본 질문들을 염두에 두고, 그것들과의 연결 속에서 질문하는 행위라고 나는 생각해요. 행복이라는 화두를 던질 때도 위의 세 가지 질문들과 그 화두를 연결시킬 수 있습니다.

인문학은 냉장고가 아니라고 나는 생각해요. 냉장고에서 먹을 것 꺼내는 식으로 인문학으로부터 내가 먹고 싶은 것을 꺼낼 수는 없습니다. 내 생각에, 인문학은 내가 평소 기피해 온 질문들, 내가 두려워하는 질문들과 만나고 마주서게 합니다.

그래서 인문학적 공부는 세상에 대해서도 기본적인 질문을 던지는 정신 자세를 요구합니다. 여기서 〈세상〉이란 사회, 역사, 문명, 자연 같은 것들입니다. 사회에 대한 기본 질문은 예를 들면 〈어떤 사회가 사람이 살 만한 사회인가?〉, 〈우리는 어떤 사회를 만들고자 하는가?〉 같은 겁니다. 인문학을 잠시라도 만나 본 사람이라면 그 경우 〈나 혼자 잘 먹고 잘 사는 사회〉라고는 차마 말하지 못할 겁니다.

역사에 대해서도 마찬가지 방식으로 기본 질문을 만들어 던질 수 있고 문명에 대해서도 그렇습니다. 프란치스코 교황은 2015년 6월에 발표한 「환경 회칙」에서 〈이 지구에 인간이 필요한가?〉라는 질문을 던졌습니다. 이건 인간과 그 문명의 미래에 대한 교황의 인문학, 또는 교황의 인문학적 질문이라고 나는 생각해요. 인간 문명이 지금의 방식으로 얼마나 지속될 수 있을까, 인간 종은 절멸을 피할 수 있을까 같은 난처한 질문들이 거기 담겨 있습니다.

인문학자이시면서 (자연)과학에 관심이 많으시고 상호 대화를 강
조해 왔습니다. 인문학과 과학의 대화는 왜 중요합니까? 그동안
사정은 나아진 것 같습니까?

인간은 자연의 일부입니다. 자연의 한 부분으로서의 인간이라는
것은 인간에 대한 지식이 과학적 지식에 기초해야 한다는 것을 말해
줍니다. 현대 생물학은 생명체에 대한 전례 없는 과학적 지식의 토
대를 닦아 주었습니다. 이 지구상에서의 생명체의 기원과 탄생, 진
화, 여러 호모Homo들의 등장과 소멸, 인체의 유전 체계와 생리학적
구조 등에 대한 지식을 혁명적으로 바꾸어 온 것이 생물학과 그 인
접 분야들입니다.

물고기가 인간의 조상이라는 것을 우리가 〈지식〉으로 갖게 된 것
은 그리 오래된 일이 아닙니다. 인간의 손과 팔다리, 어깨, 눈과 입도
물고기의 선물입니다. 생물학적 인간관에서 인간은 동물 이상도 이
하도 아닙니다.

그런데 〈인간에 대한 이해〉라고 말할 때 그 이해에는 〈인간은 동
물이다〉라는 관점만으로는 이해할 수 없고 설명할 수 없는 차원이
있습니다. 간단히 말하면 의미의 차원과 가치의 차원이 그겁니다.
자연의 일부로서의 인간을 아는 데는 생물학이 제공하는 과학 지식
이 필수적입니다.

그런데 인간은 자연의 일부일 뿐 아니라 스스로 만들어 온 〈문화〉

의 일부입니다. 문화는 의미와 상징과 해석의 세계지요. 이 차원에서는 과학 지식과는 구별되는 다른 지식 체계가 가동되고 있습니다. 이 다른 지식, 의미, 해석의 생산 체계에 관여하는 것이 인문학입니다. 인문학과 과학은 서로 긴밀한 관계를 갖고 있지만 두 세계의 지식 생산 방식은 다르고 상호 환원되지 않습니다. 양자가 서로 긴밀하게 연결되어 있다는 사실 때문에 인문학/과학의 상호 이해가 중요하고, 서로 다른 지식 체계를 구성하면서 함께 인간 문명을 만들고 있다는 사실 때문에 대화가 중요합니다.

예를 하나 들지요. 인간은 우주 안에서 티끌에 견주기도 어려울 정도로 미미한 존재입니다. 과학의 관점에서 그 존재에 무슨 〈의미〉가 있을까요? 그의 존재를 정당하게 할 이유나 근거가 있을까요? 그 존재의 우주적 목적이 있을까요? 이런 질문에는 과학의 응답이 사실상 불가능합니다. 질문 자체가 과학적인 것이 아니기 때문이죠.

그런데 사람들이 살아가는 관계의 세계, 교환의 세계, 나와 네가 만드는 〈사람〉의 세계에서는 의미, 가치, 목적이 아주 중요합니다. 자연 우주는 인간에게 냉랭해요. 지구는 그런 자연 우주에 속하지만 인간은 냉랭한 우주에서는 살지 못합니다. 그에게는 인간이 하는 일이 의미와 가치를 갖는 따뜻한 세계가 필요합니다. 그 세계를 나는 자연 우주와 구별되는 〈상징 우주〉라고 부릅니다.

인문학과 과학의 대화라는 문제는 말하자면 자연 우주와 상징 우주 사이의 상호 이해와 대화입니다. 최재천 교수와 내가 『대담: 인문학과 자연과학의 대화』를 낸 것이 11년 전입니다. 그동안 두 학문 세계 사이에 대화가 많아지고 이해가 깊어졌는가? 서로 관심은 좀 높아진 것 같지만 글쎄요, 대화가 잘 이루어지고 있다고 보기는 어려울 것 같아요. 앞으로는 어떨지 모르지만.

과학의 발달로 인간성의 신비는 점점 빛을 잃어 가는 것처럼 보입니다. 과학기술은 인간의 개조를 꿈꾸고 있습니다. 우리는 정말 유례 없는 문명의 기로에 직면한 것일까요?

최근 『뉴욕 타임스』에 따르면 미국의 퓨Pew 연구소가 시민 상대로 실시한 여론조사가 하나 있어요. 과학을 이용해서 인간 능력을 〈증강〉하는 것에 대한 반응 조사였어요. 퓨 연구소는 세 가지 증강 기술을 제시했습니다. 아기들을 질병으로부터 보호할 목적의 〈유전자 편집gene editing 기술, 뇌에 칩을 심어 사고력 등 두뇌 기능을 높이는 기술, 인체의 속력, 근력, 지구력을 강화하기 위해 인공 합성 혈액을 주입하는 기술 등입니다.

미국인들의 반응은 예상외로 〈부정적〉인 것이었어요. 응답자의 2/3는 인간의 능력 증강이나 개량 기술을 자기네는 원치 않는다고 말했다는군요. 아기들을 질병에서 보호하는 문제에 대해서도 대중의 반응은 부정적인 것으로 나왔습니다. 흥미로운 것은 기독교도, 무신론자, 불가지론자에 따라 반응이 다르게 나왔다는 겁니다. 복음주의 신도들은 63퍼센트가 유전자 편집 기술을 자연에 대한 간섭이라 보는 반면 무신론자와 불가지론자들은 그게 지금까지 인간이 사용해 온 인간 개량 방식들과 근본적으로 다르지 않다는 반응(각각

81퍼센트, 80퍼센트)이었다고 합니다.

과학기술에 의한 능력 증강이나 인간의 〈품종 개량〉의 전망에 대해서는 위에 예시된 것들 말고도 공상 과학 소설 못지않은 휘황찬란한 가능성들이 얘기되고 있습니다. 헉슬리 소설 제목대로 〈놀라운 신세계〉의 그림입니다. 우생학적 개량은 과거에도 있었지만 〈유전자〉 조작 기술을 통한 개량은 특별히 현대적인 기술입니다. 유전자 변형 농산물GMO이 대표적인 경우죠.

우생학을 인간에 적용하는 것에 대한 사회적 반감을 생각하면 인류 사회가 신기술에 의한 〈인간 개조〉를 수용할 가능성은 희박해 보입니다. 운동선수들이 약물에 의한 능력 증강을 시도하면 즉시 비판받고 퇴출됩니다. 노력과 훈련에 의한 개선이 더 본질적인 가치라는 생각을 사람들은 갖고 있어요. 인공보다는 자연에 더 큰 가치를 두는 것도 인간의 보편적 선호 같아 보입니다.

유전자 변형 농산물에 대한 사람들의 불안과 반감은 아직도 매우 강합니다. 과학적으로는 아무리 무해한 것이라 말해도 사람들은 믿지 않아요. 이건 한국이건 미국이건 프랑스건 마찬가집니다. 특히 미국은 과학 선진국이지만 과학기술에 대한 대중의 불신은 아주 깊습니다.

그런데 미래 세계가 과학기술에 의한 인간 개조를 마냥 거부할 수 있을지는 미지수입니다. 자본주의 사회가 유전자 조작 기술의 상업화를 스스로 저지하거나 억제할 수 있을까요? 돈벼락이 쏟아질 텐데? 인간은 욕심이 많습니다. 당신 아이를 천재 만들어 주겠다, 초능력자 만들어 주겠다 할 때 부모들이 그 유혹을 거부하기 매우 어려운 시대가 오지 않겠어요?

유전자 기술에 의한 불평등 사회의 도래 가능성은 단순 가능성 이상의 것이라고 여겨집니다. 국가 간의 경쟁, 개인과 집단의 욕심, 정치 지배 세력들 사이의 욕심 경쟁도 무시할 수 없습니다. 미래 세계는 이런 욕심 추구 세력과 그것을 제어하려는 세력 사이의 경주장이 될 가능성이 있어요. 만약 기술에 의한 전면적 인간 개조의 시대가 열린다면 나는 그것이 현존 인류의, 우리가 아는 〈인간〉의 종말이 될 거라고 생각합니다.

문명은 아닌 게 아니라 지금 기로에 서 있습니다. 앞에서 말씀드린 인문학적 질문 — 〈인간을 인간이게 하는 것은 무엇인가〉라는 질문이 더없이 절박하고 절실해지는 시대입니다. 〈인간이란 무엇인가?〉라는 질문도 그렇고요. 인간은 유전자 이상의 것입니다.

인문학과 과학의 관계를 잘 설명해 준 책으로 추천할 만한 것이 있습니까?

제이콥 브로노우스키의 책 두어 권을 추천하고 싶습니다. 브로노우스키는 수학자이자 생물학자였고 블레이크 시 연구자였지요. 1970년대에 BBC 방송에서 「인간의 상승The Ascent of Man」이라는 문명 다큐를 만들어 방영한 사람입니다. 그 다큐가 책으로도 나와 있는데 『인간 등정의 발자취』라는 제목으로 2009년 우리말로도 소개되었습니다.

브로노우스키는 인간 문명이 〈과학에 의한 문명〉이라 주장했어요. 그에게 인간은 무엇보다도 과학 하는 동물이었어요. 『코스모스』의 저자 칼 세이건은 브로노우스키의 이런 인간관을 잘 계승한 사람입니다. 세이건의 『코스모스』나 그보다 훨씬 전에 나온 브로노우스키의 책(『인간 등정의 발자취』)은 요즘 용어로 표현하면 과학과 인문학적 통찰의 〈융합〉을 일찍 시도한 책들이라 할 수 있어요.

브로노우스키의 책은 인문학을 직접 다룬 것은 아니지만 그의 문명사를 읽다 보면 그가 과학 지식과 인문학적 통찰을 어떤 식으로 교직하고 있는지 엿볼 수 있습니다. 생물학적 진보라는 말은 성립하지 않지만 문화적 진보라는 말은 사용 가능합니다. 만약 인간 문명이 문화적 진보를 보여 준다면 그 진보는 과학과 인문학의 합작품일 겁니다.

제이콥 브로노우스키(1908~1974).

또 다른 책은 역시 브로노우스키의 『과학과 인간 가치Science and Human Values』입니다. 과학을 한다는 것의 특징은 무엇이고 무엇이 과학 정신인가, 과학은 왜 과학인가 같은 근본적 질문들, 과학과 가치의 문제(과학은 중립적인가? 아니다), 인간에게서 소중한 가치들은 무엇인가 같은 질문들이 다루어지고 있어요.

특히 그는 시의 은유적 상상력이 어떻게 과학적 상상력으로 연결되는지에 비상한 관심을 가졌던 사람입니다. 이 책은 이화여대에서 번역한 적이 있는데 지금 잘 구할 수 있는지 모르겠군요. 구하기 어려울 경우에는 브로노우스키의 또 다른 책 『과학과 인간의 미래*A Sense of the Future*』를 추천하고 싶어요.

최근에 인상 깊게 읽은 책으로는 어떤 것이 있나요?

『경향신문』 사회부 기자들이 펴낸 『강남역 10번 출구, 1004개의 포스트잇』이라는 책이 있습니다. 2016년 5월 17일 전철 강남역 근처 화장실에서 살해된 한 젊은 여성을 추모하기 위해 사람들이 강남역 10번 출구에 갖다 붙인 포스트잇 메시지들을 채록한 책입니다.

단일 저자나 소수 저자가 쓴 책이 아니라 1004개의 포스트잇 게시물들이 집단 저자처럼 등장하는 책이죠. 추모, 연민, 분노가 그 많은 쪽지들의 주 내용입니다. 그 메시지들은 강남역 여성 살해가 묻지마 살인이나 조현병에 의한 살인이라는 경찰 발표와는 다르게 〈여성 혐오〉 살인이라는 관점을 압도적으로 표출하고 있습니다.

우리 사회의 여성 멸시와 혐오에 대한 분노가 이처럼 한꺼번에 집단적으로 표출된 것은 우리 사회가 충분히 주목해야 할 일입니다. 일단의 젊은 여성들이 검은 상복 차림으로 거울 영정을 들고 추모의 벽 앞을 행진한 것도 특기할 만한 사회사적 사건이죠. 여성 멸시와 혐오의 문제를 더 이상 덮어 두거나 수면 밑으로 잠기게 할 수 없다는 것이 이 책에 채록된 포스트잇들과 여성 행진이 표현하고 있는 결의입니다.

2016년 강남역 10번 출구 벽면을 가득 채운 추모, 연민, 분노의 목소리들.

또 포스트잇의 상당수가 〈이제는 모른 척하지 않겠다〉, 〈사회 현실을 바꾸는 데 나서겠다〉는 결의도 말하고 있습니다. 포스트잇 한 장 한 장이 짧지만 치열한 사회 진단, 고발, 자기반성의 내용들을 담고 있어요.

늘 가까이 두고 읽는 책이 있습니까? 이유는 무엇입니까?

하나만 소개하면 라인홀드 니버의 『도덕적 인간과 비도덕적 사회』가 있습니다. 지금 우리 사회를 보면 정치/사회 기타 집단들 사이의 품위 없는 욕설과 비방과 모욕 주기, 언어의 말할 수 없는 타락, 중상모략, 덫 놓기 등등의 행동 방식들이 사회를 멍들게 하고 있어요.

사회 집단들은 서로 싸우고 쟁투를 벌이게 되어 있습니다. 그러나 집단들 사이의 쟁투에도 도덕적 원칙이나 품위의 하한선이 불가능한가? 인간 개개인은 도덕적으로 행동할 수 있는 가능성을 갖고 있는 것 같은데 〈집단〉의 경우에는 어째서 그 가능성이 사라지는가? 1932년에 이런 질문을 추적한 신학자 라인홀드 니버의 책은 20세기 명저의 반열에 올라 있습니다. 명저라는 사실이 중요한 것이 아니라 오늘의 한국 사회를 비추는 관찰과 통찰을 주고 있다는 것이 중요합니다.

다음 순서로는 누구를 추천하고 싶으세요?

화가 임옥상 씨와 방송인 유정아 씨입니다. 임 화백은 오랫동안 민중 미술과 문화 운동에 매진해 온 분이고 유정아 씨는 책을 좋아하는 독서인으로 알고 있습니다.

9

방송인
유정아

─────────

우르스 비트머의『아버지의 책』,
스위스 작가한테서
남미의 향기가 납니다

유정아 씨는 변신을 거듭해 왔다. 팔색조로 치면 지금까지 다섯 가지 색깔을 선보였다고나 할까. 시작은 방송인이었다. KBS 간판 아나운서로 9시 뉴스를 진행했고 「열린음악회」 사회도 봤던 기억이 난다. 클래식 FM 라디오에서 DJ로도 활약했다. 프리랜서 선언을 한 후에는 방송 활동과 함께 모교인 서울대학교에서 말하기 강의를 맡아 눈길을 끌기도 했다.

2012년에는 문재인 당시 대선 후보의 시민캠프 대변인으로 나섰고, 2014년에는 노무현 시민학교 교장을 맡는가 싶더니, 최근에는 배우로도 반경을 넓혔다. 재작년 연극 무대에 선 데 이어 올겨울 영화 출연을 준비하고 있다고 했다. 전화 통화 후 이메일로 질문을 보냈고 답을 받았다.

추천자인 도정일 교수님과는 어떤 인연이 있나요?

2012년 대선에서 문재인 후보의 시민캠프 대변인으로 일했습니다. 그전에도 익히 알고는 있었지만 그때 도정일 선생님도 많은 도움을 주셨습니다. 당시 어떤 자리에서 인사를 하게 됐습니다. 그 후로 제 책을 드리기도 했고, 경희대 후마니타스 칼리지 특강과 책읽는사회 모임에 초대받기도 했습니다. 방송인으로서 저의 글과 생각과 행동을 좋게 봐주셔서 기뻤습니다.

요즘 근황을 간략히 소개해 주시겠습니까?

대선 이후 방송은 전혀 하지 못하고 있습니다. 그래서 이제는 저의 정체성을 방송인이라고 하기는 어색합니다. 2014년에는 「그와 그녀의 목요일」이라는 연극에서 조재현, 박철민 등과 주연을 맡아 6개월 정도 공연을 한 적이 있습니다. 그 뒤로 〈여배우〉라 말하고 다녔습니다만 아무도 〈주목〉은 하지 않았습니다.

작년 말까지는 2년가량 노무현 시민학교 교장으로 재직했고, 지금은 올겨울 촬영을 앞두고 있는 박기용 감독의 영화 여주인공으로 준비를 하고 있습니다. 매주 감독님과 만나 시나리오 작업과 캐릭터 작업을 함께하는, 참여하는 배우라고나 할까요.

20대에 연인이었던 남녀가 지금의 제 나이 정도의 중년에 다시 만나 네다섯 번의 만남을 갖는 이야기입니다. 사랑, 관계, 나이듦에 대해 이야기합니다. 지난 늦봄에 출연 제의를 받았습니다. 재작년 연극 무대에 서본 이후로 방송보다 오히려 연기가 나라는 사람에게는 더 즐겁고 잘 맞는다는 생각을 하고 있습니다. 이번 영화를 통해 세상과 타인에 대한 감정이입을 더욱 자연스럽게 할 수 있는 따뜻한 사람으로 세상을 살아갈 수 있었으면 합니다.

평소 어떤 책들을 어떤 식으로 찾아보세요?

우연히 눈에 들어오는 책을 사서 보는 편입니다. 신문의 책 코너나 신간 안내 같은 것들도 참고합니다. 예전엔 이 책은 꼭 읽어야지 하는 강박 같은 것도 있었던 것 같은데, 이제는 내가 읽게 되는 책과의 우연이 인연이라는 편안한 생각으로 책을 대하게 됩니다. 기본적으로는 좋아하는 국내외 작가의 소설을 많이 읽는 편입니다.

근래 들어 어떤 취향의 변화가 있나요?

최근에 마르케스의 『백 년 동안의 고독』과 톨스토이의 『안나 카레니나』를 읽었습니다. 예전에 읽었다고 생각했는데, 사실은 안 읽은 것들이었어요. 길고 오랜 장편의 매력에 눈을 떴습니다.

백 년 안팎의 기간 동안 고독하게 책으로, 고독한 독자의 품에서 함께했던 고전의 〈시간이 흘러도 변하지 않는 것들〉에 대한 경외랄까요. 『콜레라 시대의 사랑』 같은 책에서도 일생을 통해 변치 않는 사랑 같은 것을 느낍니다.

빼놓지 않고 보는 작가의 책이 있다면? 이유는요?

필립 로스와 천명관입니다. 필립 로스는 유대계이면서도 어떤 선민의식의 주류에는 들어가 있지 않아요. 너와 나를 가리지 않고 날카로운 시선을 들이대는 로스의 엄밀함이 좋습니다. 심지어 『유령 퇴장』에서는 자신-남자의 노년에 대해서도 신경질적으로 날카로운 관찰력을 보여 줍니다. 거기서 고독하지만 늠름한 인간의 모습을 봅니다.

천명관은『고래』라는 소설을 인생에 남겼다는 것만으로도 할 일을 다 했다고 생각합니다. 그런 세계를 썼다는 건 그 세계가 그의 어딘가에 있다는 거니까요. 소박하고 성실하게 작품 활동을 이어가는 그의 모습이 좋습니다.

지금 읽고 있거나 최근에 인상 깊게 읽은 책은요?

스위스 작가 우르스 비트머의『어머니의 연인』,『아버지의 책』입니다. 자신의 어머니와 아버지의 이야기를 쓴 길지 않은 소설입니다. 스위스 작가의 책은 거의 처음이 아닌가 싶습니다.

독일어로 글을 쓰는 스위스 작가이면서도, 소설 속에서 남미의 향기가 납니다. 스위스는 거대한 대륙과 무더운 날씨와는 거리가 먼 나라인데도 말이죠. 어쩌면 선대의 역사, 인간의 삶을 거슬러 올라가는 것은 무더운 신대륙을 횡단하는 것보다 더 신비롭고 향기 나는 일일 수도 있겠다는 생각을 합니다.

그 책을 읽게 된 계기나 동기는? 간단한 소개와 소감도 부탁합니다.

동료의 소개로 읽게 됐습니다.『어머니의 연인』은 작가의 실제 어머니가 결혼 전에 사랑했던 실존 지휘자에 대한 평생의 사랑과 고통을 그렸습니다.

『아버지의 책』은 동네에서 소년이 12살 성년이 되면 혼자서 아버지의 고향을 향해 떠나게 하고 성공적으로 끝나면 마을 사람들이 함께 모여 소년의 어른됨을 축하해 주면서 내어 주는 노트에 대한 이야기입니다. 실제 작가의 아버지는 현실의 결혼 생활이나 자식과의 관계 등에선 늘 미숙했지만 평생 마을에서 만들어 주었던 노트에 자기 삶을 빽빽이 성실히 고백했고, 소설가 아들은 그런 아버지의 삶을 회고합니다.

아버지는 매일 저녁 잠자리에 들기 전엔 반드시 펜대와 수정액을 손에 들고 검은 가죽 책에 무언가를 썼다. 그 책은 2절판 크기로 원래는 빈 노트였는데 그동안 그의 글로 거의 다 채워졌다. 그 일은 일종의 사명과도 같았다. ─ 우르스 비트머, 『아버지의 책』 중에서

작가로서는 평생 결혼 전 연인을 마음에 두었던 어머니와 자신의 삶을 혼자서 기록하는 데만 관심을 두었던 아버지 사이에서 글 쓰는 아들이 된 게 축복이었을 겁니다. 매우 매력적인 작품입니다.

곁에 두고 오래 반복해서 보는 책이 있나요?
레이먼드 카버의 단편들입니다. 왠지 내게는 잡히지 않는다는 편견을 가진 책이었는데, 최근에 손에 쥐었고, 앞으로도 반복해서 책장을 열 것 같은 느낌이 듭니다.

요즘 누군가가 책으로 써줬으면 하는 것이 있나요?
20세기 한반도에 살았던 보통 여인의 이야기를 써줬으면 좋겠어요. 그리고 만주에서 독립 운동하던 필부의 이야기 같은 것도.

안판석 감독. 올봄 우리 집 길 건너편에 그분이 작업실을 내면서 그곳이 동네 쉼터가 됐습니다. 늘 책을 읽고 치열하게 생각하고 행동하는 분입니다.『안나 카레니나』도 안 감독의 추천으로 읽게 되었습니다.

또 한 분은 건축가 황두진. 예전에 비슷한 릴레이 독서 추천 코너에서 연결된 적이 있어요. 그때는 황 선생님이 저를 추천하셨는데 이번에는 제가 황 선생님에게 어떤 책을 읽고 계신지 물어보고 싶습니다.

10

건축가
황두진

———

정영문의 『어떤 작위의 세계』,
언어라는 재료를 가혹하게 다루는 방식이
건축가를 닮았죠

글과 집은 다 같이 〈짓는다〉라는 동사를 쓴다. 단어들이나 건축 재료를 가지고 하나의 완결된 구조물을 축조한다는 점에서 통하는 데가 있다. 그래선지 건축가이면서 글쓰기로도 두각을 나타내는 인물들이 꽤 있다. 해외는 물론 국내에도 적지 않다. 황두진 건축가도 그중 일인이다. 지금도 일간지에 기명 칼럼을 연재하고 있는 데다. 최근에는 자신의 건축 철학을 담은 책도 출간했다.

직접 대면해서 이야기를 듣고 싶었다. 하지만 마침 전화로 연락이 닿았을 때 순회 강연차 해외 체류 중이라고 했다. 할 수 없이 이메일로 질문을 보냈다. 바쁜 일정 중에 있다면서도 보내온 답지는 빽빽했다. 내용도 꼼꼼했다. 독서 취향도 남다른 데가 있었다. 읽기와 쓰기에 대한 고집스런 애착이 물씬 느껴졌다.

추천자인 유정아 님과는 어떤 인연이 있으신가요?

학교, 동네, 책, 보이스 트레이닝, 답사 등의 키워드로 설명되는 관계입니다. 같은 동네에 살면서도 그리 자주 만나지는 못합니다만, 오랜만에 봐도 그전에 나눴던 이야기가 그대로 이어지는 것 같은 분입니다. 특히 책에 대한 이야기를 많이 들을 수 있어서 좋습니다.

근황을 듣고 싶습니다.

소위 〈무지개떡 건축〉(주거와 다른 기능이 복합된 건축으로 제가 만든 용어입니다)을 계속하고 있고, 한옥과 관련된 작업 또한 〈직업 속의 직업〉처럼 끊이지 않고 있습니다. 제가 개업한 이후 이제 시간 이 꽤 흘러서 이전에 했던 건물을 증축하는 일도 생기고 있습니다.

잠시 공공 프로젝트로부터 멀어져 있었는데 다시 진입을 시도하는 중입니다. 그건 현상 공모로만 가능한 일이므로 떨어지더라도 계속 도전하는 수밖에 없습니다.

개인적으로는 『서울신문』에 약 반 년 동안 무지개떡 건축의 사례를 추적하는 연재를 해오고 있습니다. 최근에는 환태평양 지역 4개 국 4개 대학을 방문하는 순회강연을 하고 돌아왔습니다.

강연은 어떤 거지요?

외교부의 〈국민 모두가 공공 외교관〉이라는 프로그램입니다. 갈수록 평평해지고 있는 지구에서 각 지역의 역사와 문화가 어떤 의미와 역할을 가질 수 있을까, 라는 주제를 한국 건축의 관점에서 이야기하는 것이었습니다.

방문한 도시는 싱가포르, 쿠알라룸푸르, 방콕 그리고 시드니였습니다. 그간 제가 해온 다양한 작업의 경험이 이런 관점에서 상당한 도움이 됐습니다. 한국뿐 아니라 전 세계가 고민하는 문제라는 것을 다시 한 번 확인할 수 있었습니다.

마지막 강연지로서 유일하게 서구권 도시인 시드니에서도 마찬가지였습니다. 평평하고 매끄러운 지구는 편리하고 좋은 것이지만, 그것만으로 충분하지는 않다는 것을 다시 한 번 느끼는 계기였습니다.

원래 건축가가 꿈이셨나요? 개인 홈페이지 이력을 보면 밴드 하다가 죽도록 맞은 적도 있다고 썼던데요. 진로에 대한 특별한 계기나 각오가 있었나요?

원래는 자연과학자가 되려고 했습니다. 건축이란 분야는 그냥 그런 것이 있나 보다 했지요. 미술책에서 사진 몇 개를 본 정도였습니다. 당시 고등학교 교육 과정에서 세상을 폭넓게 볼 기회가 얼마나 있었겠습니까?

그러다가 계열별로 공대를 들어갔는데 1학년 1학기에 마침 지도교수가 건축가 교수님이어서 면담하러 갔다가 복도에 있는 도면과 모형을 보고 그 자리에서 결정했습니다. 평행우주를 발견하는 느낌이었습니다.

유학파이면서 우리 한옥을 비롯해 역사와 문화에 관심이 많고 작업에도 반영해 온 것으로 압니다. 〈무지개떡〉에 비유하고 책도 썼습니다. 건축 철학을 말씀해 주실 수 있나요?

건축도 창작인 만큼 궁극적으로는 개인의 독창성, 즉 특수성으로 승부가 갈리기는 합니다. 그러나 오래, 그리고 높이 가려면 보편적 가치에 바탕을 두어야 합니다. 전통과 역사, 과학과 기술에 대한 공부는 멈추지 않아야 한다고 생각합니다. 한편 건축은 개인의 세계관을 여과 없이 드러내기가 정말 어려운 분야이기도 합니다. 그 점에서 문학과 성격이 많이 다르다고 생각합니다. 미학 분야에서 건축은 예술이다, 아니다에 대한 논란이 많은 것도 이런 이유에서일 것입니다. 실용적이고 현실적인 내용으로만 점철되어 있다면 건축이 아닐 것입니다. 그것을 넘어설 필요가 있는데 저에게는 〈다공성(多孔性, porosity)〉과 〈중첩된 기하학〉이 그런 세계로 들어가는 문입니다.

〈다공성〉은 벤야민이 이야기해서 유명해진 개념이지만 저는 조금 다른 의미로 접근합니다. 체적과 표면적 간의 관계를 이용해서 건축의 내외부가 맺는 관계를 다양하게 조율하는 개념입니다. 〈중첩된 기하학〉은 한 건물 안에 다양한 기하학이 존재하면서 그것이 다양한 기능 및 재료와의 연계를 통해 건축을 매우 풍성하게 만들어 주는 상황을 의미합니다. 두 가지 모두 생각의 뿌리는 한옥을 다뤄 본 경험에 기초하고 있습니다.

출판사 사옥도 많이 지었습니다. 특별한 이유가 있습니까? 다른 건축물과 다르거나 달라야 한다고 믿는 점이 있나요?

열린책들 구사옥과 해냄 사옥을 맡아 한 적이 있습니다. 그리고 메디치미디어는 저희 회사에서 리모델링한 건물에 입주했습니다. 출판사는 사람과 사람이 만나서 이야기하는 것이 일의 절반입니다. 그 이외의 기능은 대체로 아웃소싱하는 추세인 것 같습니다. 그래서 역설적으로 건물보다 지역이 중요합니다. 아무리 훌륭한 건물도 지역이 제공하는 것을 모두 담을 수는 없습니다. 그런 점에서 출판은 도시를 호흡해야 합니다.

건물 자체로는 다양한 성격의 대화가 이루어질 수 있는 상황을 많이 만드는 것이 중요하다고 생각하지요. 발코니, 옥외 계단 같은 것도 그런 용도로 사용될 수 있습니다. 회사에 잘 꾸며진 주방 같은 것이 있어서 서로 뭘 만들어 해 먹고 그러면 분명히 다른 생각이 떠오릅니다. 가끔 대기업 중역 회의실 같은 출판사 회의실을 보곤 하는데 그런 데서 무슨 이야기가 나오겠습니까.

열린책들 통의동 사옥. 황두진 건축가의 설계로 2001년 완공됐다.

자기 건축물은 다 자식 같겠지만 그중에도 각별하게 생각하는 것이 있나요?

설계한 건물이 자식이라면 끊임없이 자식을 낳아 키우는 일을 하는 셈입니다. 떠나보낸 아이들은 각자 자기 팔자가 있다고 생각합니다. 가끔 아주 망가지거나 심지어 없어지는 경우도 보는데, 애가 타지만 그것도 그 아이의 운명입니다. 반대로 한참 후에 가서 봤는데 제법 연륜도 생기고 제 손을 떠났을 때보다 더 좋아 보이는 경우도 있습니다.

질문에 답을 하자면, 결국 자식과 똑 같습니다. 지금 낳아 키우고 있는 아이가 가장 각별하지요. 그다음으로는 낳고 키우면서 고생을 많이 한 아이입니다. 건물이 완성되고 어느 정도 시간이 흐른 다음에 그냥 가보는 경우가 있습니다. 저를 알아보는 사람도 없고, 다들 바쁘게 건물 안팎을 다닙니다. 이렇게 그 건물에 〈일상〉이라는 것이 생겼을 때 느끼는 독특한 감정이 있는데 그것을 좋아합니다.

국내 건축물 중 가장 아끼는 다섯 가지를 꼽는다면요?

건축가로서는 그 어떤 건축물이라도 (심지어 제가 한 것도) 비판적으로 보게 됩니다. 하지만 그냥 인간적인 입장에서 보자면 모든 건축은 다 좋습니다. 낡으면 사연이 있어 보여서 좋고, 새롭고 멋지면 잘나 보여서 좋습니다. 마치 사람처럼 느껴집니다. 그중에서도 굳이 구별하자면 많은 사람들에게 열려 있는 건물이 좋습니다.

어느 글에서 〈열려 있는 건물이 좋다〉고 했더군요. 잘 구현한 건물을 사례로 들어 주실 수 있나요?

제가 설계한 것은 아니지만, 국립현대미술관 서울관을 예로 들 수 있을 것 같습니다. 일단 공공시설이고 출구가 여러 곳에 있어서 일률적으로 통제한다는 느낌이 없어서 좋습니다. 동선에 약간의 혼란이 있지만 더 큰 가치를 얻기 위한 작은 불편이라고 생각합니다. 후면의 주거 지역으로 작은 출구가 더 생겨도 좋지 않을까 생각합니다. 이렇게 열려 있는 공간에서는 사람들의 몸짓도 좀 더 편안하게 되는 것 같습니다.

한칸서점으로 주목받았습니다. 취지는 무엇이고 지금까지 반응은 어떤지요?

하하, 주목받았나요? 저희 회사에 특이하게도 국문과 출신이 한 분 있습니다. 설계직은 아니고 저희가 〈큐레이터〉라고 부르는 분입니다. 서로 책 이야기를 하다가 〈좋아하는 책을 큐레이팅 해보면?〉 하고 시작한 일입니다. 저희 회사가 골목길 안쪽에 있어서 사람들이

한칸서점. 일반 서가 한 칸 분량의 책들을 큐레이팅 해
건축 사무소 아틀리에에서 판매하고 있다.

서점의 존재를 잘 모릅니다. 책이 안 팔리는 날이 훨씬 더 많습니다만, 그래도 큐레이팅 하는 것은 재미있습니다. 그러다가 책이 임자를 찾아가면 참 경이롭지요.

김수근 전기를 비롯해 책도 쓰고 글도 꾸준히 써오셨습니다. 건축가들 중에 뛰어난 저자들이 국내에도 많습니다. 건축과 글쓰기에 어떤 관계가 있나요?

아주 다른 일입니다. 건축은 혼자 하지 않습니다. 아무리 작은 일이라도 여러 명이 관여하게 됩니다. 하지만 글쓰기는 기본적으로 혼자 하는 일입니다. 그래서 오히려 상보적이라 좋습니다. 회사에서 여러 사람과 설계 프로젝트를 하다가 혼자서 글 쓰는 시간이 돌아오면 마치 두 개의 인생을 사는 것 같습니다. 저는 이전에도 글을 많이 썼지만 글 쓰는 사람으로서의 자기 정체성이 생긴 것은 최근입니다.

건축가들이 글을 많이 쓰는 것은 상대를 설득해야 하는 직업이기 때문인 것 같습니다. 그렇기 때문에 〈지당하신 말씀〉이 많아지는 경향이 있어서 저 자신을 경계하고 있습니다. 자기의 생각과 느낌에 솔직하고 충실한 것이 좋다고 생각합니다. 세상에서 가장 어려운 일이지만요.

글 쓰는 사람으로서 자기 정체성이 생긴 것은 최근이라고 썼더군요. 어떤 계기가 있었나요?

작년에 『무지개떡 건축』을 쓰면서 갖게 된 생각입니다. 이전까지는 건축가로서 글을 쓴다고 생각했는데 이제는 글 쓰는 일이 굳이 건축에 종속될 필요가 없다는 생각을 갖게 되었습니다. 물론 여전히 건축에 대한 글을 주로 쓰고 있지만 마음가짐에는 변화가 있습니다. 일종의 욕심일 것입니다. 그리고 앞으로 제가 글쓰기를 중단하지도 않을 것 같습니다.

평소 책은 어떤 방식으로 보세요?

일단 형식 불문, 내용 불문 무작위로 넓게 읽습니다. 그러다가 어떤 매력적인 주제를 만나면 그 계통으로 한동안 집중해서 읽습니다. 그리고 그 안에서 상반되는 견해도 가급적 접해 보려고 합니다. 쉽게 선동이 가능한 사람은 되지 말아야 하겠지요.

직업상 저에게는 문자 못지않게 시각의 세계도 중요합니다. 사고 체계가 오직 문자의 세계로만 구축되어 있는 듯한 분을 만나면 좀 힘듭니다. 대상이 문자건 아니건 주어진 사물을 유심히 들여다보는 것을 중요하게 생각합니다.

특별히 즐겨 보는 장르나, 나름의 독서의 안배 방식이 있나요? 근래 들어 어떤 취향의 변화가 있나요?

픽션보다는 논픽션, 특히 전쟁사와 관련된 책들을 좋아합니다. 큰 틀의 상황 전개에 개인들의 입장이 들어가고 거기에 각종 객관적인 내용이 더해지면 최고입니다. 앤드루 새먼이라는 영국 기자이며 작가가 있는데 한국전쟁에 대한 아주 좋은 책들을 꾸준히 펴내고 있습니다. 마침 한국에 주재하고 있기 때문에 가끔 만날 일이 있기도 합니다.

다만 요즘은 이전에 비해서 순수 문학도 좀 더 자주 접하게 됩니다. 얼마 전에 화제의 문예지인 『미스테리아』, 『릿터』, 『악스트』 등을 한꺼번에 사서 읽었습니다. 김남일의 『천재토끼 차상문』, 김연수의 『밤은 노래한다』, 『굿빠이 이상』 등도 인상 깊게 읽었습니다.

빼놓지 않고 보는 작가의 책이 있다면?

문헌학자의 입장에서 전쟁 관련 책을 꾸준히 생산하고 있는 김시덕 교수의 책은 거의 다 읽었습니다. 통속 작가로는 법률 소설 작가인 존 그리샴 또한 거의 다 읽었습니다.

지금 읽고 있거나 최근에 인상 깊게 읽은 책은요?

카프 작가인 김남천의 『경영』, 그리고 그 후편인 『맥』을 읽은 것이 기억납니다.

위에서도 썼듯이 제가 최근에 무지개떡 건축 사례를 조사하는 과정에서 그 하위 개념인 상가 아파트의 역사를 들여다보게 되었는데, 그 과정에서 한국 최초의 아파트 소설이 있다고 들어서 구해 읽었습니다. 일제 강점기가 배경이지만 식민 통치에 대한 고뇌 같은 것은 안 나옵니다. 심지어 일본인도 전혀 안 나옵니다.

충정로에 있는 야마토 아파트라는 곳이 배경인데, 마치 식민지의 바다 위에 떠 있는 특수 계층 조선인들의 유람선 같은 느낌입니다.

이념과 관련된 내용들이 많음에도 불구하고 삶과 유리된 유한식자 계층의 관념론 같은 것이어서, 카프 문학이 원래 이런가 하고 갸우뚱하며 읽었습니다. 아마 그래서 임화에게 비판받았는지도 모르겠습니다.

곁에 두고 오래 반복해서 보는 책이 있나요?

정영문의 『어떤 작위의 세계』를 여러 번, 아주 인상적으로 읽었습니다. 그가 한국어를 능숙하면서도 가혹하게 다루는 방식이 건축가가 재료의 통속적인 물성을 거부하는 것과 같다고 느낍니다. 일부 작품이 영어로 번역되었다고 들었는데 『어떤 작위의 세계』의 경우 문장의 성격상 번역 자체가 가능할지 궁금할 정도입니다.

서가에 꽂힌 책 중에 사람들이 알면 깜짝 놀랄 만한 책이 있을까요?

2차 세계 대전 당시 미군 폭격기인 B-17과 나사의 우주왕복선 운항 매뉴얼이 있습니다. 기술적인 내용에 군사 및 우주 개발 문화가 더해져 만들어지는 지극히 건조한 문체가 주는 나름의 매력이 있습니다.

아마 이 분야에서 가장 독보적인 글쓰기를 한 사람은 아폴로 11호의 사령선 조종사였던 마이클 콜린스일 것입니다. 암스트롱과 올드린이 달에 내렸을 때 혼자서 달 궤도를 묵묵히 돈 사람입니다. 그래서 〈인류 역사상 가장 외로웠을 사람〉이라는 별명도 생겼습니다.

그는 이런 경험을 담아 *Carrying the Fire*라는 책을 썼는데, 이 책에는 미공군과 나사NASA의 언어적 습관의 차이에 대한 대목도 있습니다. 문체에 대한 관심이 많았던 것 같습니다. 나중에 스미소니언의 부관장도 지내는 등 활동이 다양했던 사람입니다.

지금 집필 중이거나 구상 중인 책은?

지금 신문에 연재 중인 〈건축가 황두진의 무지개떡 건축을 찾아서〉가 연말에 끝납니다. 단행본 형식으로 다시 정리해서 2017년 초에 출판할 계획입니다. 사진과 도면 등을 풍성하게 넣어서 읽고 보는 책이 되기를 희망하고 있습니다.

건축 설계 외에 꼭 도전해 보고 싶은 일이 있다면?

답사를 좋아합니다. 특히 자연과 역사가 결합되어 있는 곳들을 찾아가는 것이 큰 즐거움입니다. 다만 시간이 너무 많이 걸리는 일이기 때문에 아마 본격적으로는 은퇴 이후에 하게 될 것 같습니다. 이런 관점에서는 전적지 답사가 백미입니다. 특히 한반도는 전쟁을 빈번히 겪었고 한자리에서 여러 번 전투가 벌어진 경우도 많습니다. 마침 주변에 군사 관련 분야에 계신 분들이 많아서 나중에 시간이 나면 좀 조직적으로 다니고 싶은 마음도 있습니다.

아마도 지리학적 관점이 필요한 일인 것 같아서 장기적인 계획으로 그 분야의 책들을 읽고 있습니다. 하름 데 블레이의 『왜 지금 지리학인가』와 한광야의 『도시에 서다』 등이 기억에 남는 책들입니다. 사실 제가 하고 있는 분야와 관련이 있기도 합니다.

인공지능과 빅데이터, 알고리즘이 사회를 바꿔 놓을 거라고 합니다. 건축과 주거, 우리 삶에 대한 선생님의 전망은 어떤가요?

과학기술의 발달로 인간에게 편리함이나 쾌적함을 제공하는 수단들이 비약적으로 개선되고 있습니다. 게다가 물리적으로는 크기가 줄어들거나 아예 보이지 않는 경우도 많습니다. 그래서 역설적으로 건축의 공간이나 구조, 형태가 다시 기능으로부터 자유로워지는 시대를 살고 있다고 생각합니다. 과학기술이라는 도전에 대한 건축의 응전이었던 근대 건축의 기능주의가 과학기술이 더욱 발달하면서 오히려 해체되어 가는 과정이라고 하겠습니다.

본래 기술과 예술의 연원은 같다고도 합니다. 앞에서 건축이 예술인지도 논란거리라고 하셨습니다만, 기술이 점점 발달하면서 인간 건축가는 예술 쪽에서 승부를 걸어야 하는 건가요?

나보다 그림을 더 잘 그리는 사람이 있다고 해서 그림 그리고 싶은 나의 욕구를 억제하지는 않습니다. 그리고 싶으면 그리는 것이지요. 그런 점에서 인간과 기계를 경쟁 구도로 몰아갈 필요는 없다고 생각합니다. 분명히 기계가 인간보다 훨씬 더 잘하는 것이 있을 것입니다만, 그렇다고 인간이 그것을 포기해야 한다고는 생각하지 않습니다. 예술이건 기술이건 인간의 역할은 분명히 있을 것입니다. 인간은 기능과 판단 이전에 욕구가 있는 존재인데 이것이 갈수록 중요해질 것 같습니다.

저와 한칸서점을 같이하는 홍수영 씨를 추천하고 싶습니다. 개인적으로 옥인동에서 〈서울 오감도〉라는 아주 작은 서점을 해오고 있기도 합니다. 문학, 그리고 책에 대한 생각이 누구보다 각별한 사람입니다. 최근에 많이 아팠는데 이런 기회를 가지면 다시 삶의 용기도 얻을 것 같습니다.

11

서울 오감도의 큐레이터
홍수영

롤랑 바르트의『애도 일기』,
어머니를 잃은 작가의 글에서
위안을 얻었습니다

홍수영 큐레이터는 유명인이 아니다. 나도 처음이었다. 그래서 오히려 〈요즘 무슨 책 읽으세요〉 코너의 취지에는 잘 맞는 인터뷰 상대라고 생각했다. 그래서 황두진 건축가가 다소 조심스럽게 추천 후보로 거명했을 때 나는 주저 없이 반겼다. 같은 사무소에서 일하는 직원이긴 하지만 책에 대한 애정이 남다른 데다 독립서점까지 직접 개척해서 운영하고 있어 꼭 소개를 하고 싶다고 했다.

전화번호를 받아 연락을 했을 때는 공교롭게도 얼마 전 건강상의 이유로 수술을 받은 상태였다. 이메일로 문답을 주고받기로 했다. 정성 들여 보내온 답을 보니 소개할 만한 애서가가 분명했다.

황두진건축사사무소에서 오피스 큐레이터로 일하신다고 들었습니다. 오피스 큐레이터라면 어떤 일인가요?

갤러리에 큐레이터가 있듯이 건축가의 아틀리에에서 비슷한 역할을 하는 사람입니다. 설계 도면을 그리는 일을 제외한 대외관계 업무, 영추포럼의 기획과 진행, 건축 콘텐츠의 아카이빙, 활용 같은 것과 관련된 일을 맡고 있습니다. 어떤 건축 프로젝트는 인문적인 자료 조사가 중요할 때가 있는데 그 경우 본격적인 설계 이전 단계에 참여하기도 합니다.

추천자인 황두진 님과는 어떻게 인연을 맺게 되셨나요?

맨 처음엔 황 소장님이 쓴 『당신의 서울은 어디입니까?』의 독자였습니다. 그러다 제가 삼청동의 〈스밈〉이란 작은 도예 갤러리에서 일할 때 황두진건축에서 진행한 영추포럼에 참가하기 시작했습니다. 이영미(문화평론가, 저는 연극 평론으로 처음 접했던 것 같습니다) 선생님 포럼을 시작으로 〈서울〉 시리즈에 모두 참가했습니다(황두진건축의 영추포럼 홈페이지 사진을 보면 청중석에 앉아 있는 제 모습을 찾아볼 수 있지요).

2011년에는 황두진건축사사무소에 입사하게 됐고, 그때 황 소장님께 시집을 선물한 적이 있습니다. 백석 시인이었죠. 부모님이 이북 출신인 소장님께 그 시집을 드리면서 시인이 평안도 출신이어서 사투리도 시 속에 있다고 말씀드렸지요.

나중에 되짚어 보니 재미있는 점이 있더군요. 『당신의 서울은 어디입니까?』에는 장서각 사서였던 소장님의 할아버지가 그전에 성북동 청암장이란 곳에서 사설 도서관을 운영하신 이야기가 나옵니다. 백석 시인의 연인이었던 자야 여사의 대원각(지금의 길상사)이 원래 청암장이었죠. 시집을 선물할 때는 책 속의 그 부분을 기억하지 못했는데, 알고 보니 그렇게 책으로도 연결되는 인연이 있더군요.

잘 모르는 분들을 위해 자기소개와 근황을 말씀해 주실 수 있나요?

대학에서는 국어국문학을 전공했고 시를 쓰려고 한 적이 있습니다. IMF 즈음에 졸업을 하게 돼 취업에 어려움이 있었지만, 영화 홍보사 아르바이트를 시작으로 문학은 물론 문화 예술 전반에 관심을 갖고 도예 갤러리 큐레이터, 영어마을 동화 교육 프로그램 기획 같은 일도 했습니다.

현재는 말씀드린 대로 건축가 사무소에서 콘텐츠 관련 일을 하고 있지요. 건축 콘텐츠뿐만 아니라 문화 전반의 생산 지식을 넓히기 위한 영추포럼 일도 하고 있습니다. 또 〈한칸서점〉이라는 것도 있고요. 사무실 계단 한쪽에 말 그대로 한 칸 규모의 서점을 운영하고 있습니다. 개인 서점 프로젝트 경험도 있고 해서 대표님께 제안해서 시작한 일입니다.

개인적으로 운영한다는 서점은 뭐지요?

〈서울 오감도Crow's Eye View Seoul〉라는 이름의 서점인데 제 개인 공간인 거실 겸 서재를 비정기적으로 개방하는 형태로 운영합니다. 2015년 4월 15일 로베르트 무질의 기일에 처음 생각했던 일입니다. 주문한 무질의 책이 셰익스피어와 세르반테스의 기일인 4월 23일에 도착했는데 그날 무질의 책 단 열 권으로 시작한 실험이었습니다. 날짜는 우연히 겹쳐진 것이었죠. 부암동의 한옥에서 시작해서 급히 이사하는 과정에서 잠시 공간이 없었던 적도 있는데, 지금은 옥인동 수성동 계곡 근처 오래된 연립주택에서 이어가고 있습니다.

맨 처음에는 〈정원과 서재〉라는 독서 모임을 먼저 시작했습니다. 보름달 밤에 모여 묵독과 낭독을 하는 슬로리딩 클럽입니다. 그러다 로베르트 무질의 『생전 유고/어리석음에 대하여』 단 10권의 책으로 시작했죠.

〈움직이는 서재/도서관〉(책과 함께 하는 산책), 혼자 읽기 힘든 책을 함께 읽는 모임(현재 『율리시스』 진행 중), 〈끝내기 위해 또다시〉(사뮈엘 베케트의 작품 제목이기도 한 글쓰기 모임) 같은 활동도 하고 작업실 공유도 합니다.

〈서울 오감도〉. 2015년부터 홍수영 큐레이터는 자신의 거실 겸 서재를
비정기적으로 개방해 서점으로 운영해 오고 있다.

평소 책은 얼마나 어떻게 읽고 있으세요?

빨리 그리고 많이 읽지는 못합니다. 천천히 다양하게 그러나 깊이 읽는 편입니다. 서점 프로젝트를 할 정도로 책을 좋아합니다. 그래서 책과 사람을 연결하는 〈책과 사람의 지도〉라는 사적이면서도 무용한 지도를 만들어 보려고 기록을 해나가고 있습니다. 서점에 오는 친구와 낯선 사람에게 큐레이션한 책을 소개하기도 합니다. 저한테는 그들 모두가 책을 선택하고 읽도록 자극을 주고, 몰랐던 세계로 안내하는 선생님입니다.

어떤 작가의 책을 읽다가 그 속에 나오는 음악을 찾아서 듣거나, 관련 장소로 산책을 가기도 합니다. 개인적인 책 읽기 습관을 확장해서 〈서울 오감도〉를 찾는 사람들과 함께하고 있는 것이 〈움직이는 서재/도서관〉입니다. 각자의 책장이나 서재 같은 물리적 공간을 떠나 어떤 다른 장소로 이동하며 경험하는 독서지요.

특별히 즐겨 보는 장르나, 나름의 독서의 안배 방식이 있나요? 근래 들어 어떤 취향의 변화가 있나요?

시와 희곡, 그림책을 좋아합니다. 그리고 제 나름의 무질서한 책장 분류 방식이 있습니다. 장소성, 건축과 도시, 여행, 사랑에 관한 책, 죽음에 관한 책, 책에 관한 책, 나무와 식물에 관한 책, 실험적인 작업을 했던 작가의 책, 실패한 사람 또는 결핍이 있는 사람에 관한 책, 지인들이 쓴 책, 안목 출판사, 워크룸프레스, 마음산책, 그 외 인연이 있는 독립출판을 비롯해 관심을 두고 소개하고 응원하는 출판사 책 등입니다.

최근에 뇌출혈로 큰 수술을 하면서 뇌 의학에 관한 책에 관심도 생겼습니다. 의사이자 훌륭한 작가인 올리버 색스의 책에 빠져들고 있습니다.

　빼놓지 않고 보는 작가의 책이 있다면?
　황인숙, 허수경, 최승자, 이성복 시인의 시집이 새로 나오면 반갑습니다.
　그리고 〈서울 오감도〉로 찾아와 함께 서점을 만들어 주고 도움을 준 문학평론가 윤경희, 네시이십분 라디오 준, 번역가 심혜경, 최예선 작가, 시인 고옥주, 소설가 김숨, 시인 조은, 시인 황인숙, 시인 양선희, 시인 송승언 등의 활동이나 책을 챙겨 보고 사람들에게 소개도 하고 있습니다.

　지금 읽고 있거나 최근에 인상 깊게 읽은 책은요?
　롤랑 바르트의 『애도 일기』, 김숨의 『L의 운동화』, 응구기 와 시옹오의 『십자가 위의 악마』, 올리버 색스의 『아내를 모자로 착각한 남자』.

　그 책을 읽게 된 계기나 동기는? 간단한 소개와 소감도 부탁합니다.
　수술을 하면서 몸과 마음에 큰 변화가 있었습니다. 어려움이 있지만 좋은 기회로 생각하고 있습니다. 눈물 흘리는 일과 감사한 일이 많아졌습니다. 특히 가족이 없고 가난한 사람이 아프지 말기를 바라는 마음이 커졌습니다. 아파서 회사에 못 가는 동안 시간이 있어도 머리가 어지럽고 아파서 독서에 집중하기가 힘들었습니다. 그래도 중간중간 상태가 좋을 때는 잘 읽히는 책을 쭉 이어 보거나, 짧게 몇 쪽이라도 보곤 했습니다.

롤랑 바르트의 『애도 일기』는 작가가 어머니를 잃고 쓴 애도의 기록입니다. 산책을 할 때 들고 나가서 읽곤 했는데, 작가의 〈사랑을 잃어버린 슬픔〉을 따라가면서 오히려 어떤 위안을 얻었습니다.

한편으로는 별 어려움 없이 사람들과 대화를 하고, 이런저런 일에 관여를 하고, 그런 내 모습을 관찰하면서 전처럼 살아가는 나. 다른 한편으로는 갑자기 아프게 찌르고 들어오는 슬픔. 이 둘 사이의 고통스러운 (이해할 수 없는 수수께끼 같아서 더 고통스러운) 파열 속에 나는 늘 머물고 있다. (1977년 11월 21일)

— 롤랑 바르트, 『애도 일기』 중에서

김숨의 『L의 운동화』, 응구기 와 시옹오의 『십자가 위의 악마』, 올리버 색스의 『아내를 모자로 착각한 남자』 중 「대통령의 연설」은 저뿐만 아니라 최근의 한국 상황과도 연결 지어 읽게 되더군요.

겯에 두고 오래 반복해서 보는 책이 있나요?

주로 희곡과 시집을 반복해서 읽는 편이고, 그 외 몇몇 작품이 있습니다. 만약 다섯 권만 꽂을 수 있는 서가에 두고 반복해서 본다면 다음과 같습니다.

셰익스피어의 4대 비극『햄릿』,『오셀로』,『맥베스』,『리어 왕』

차학경,『딕테』

버지니아 울프,『파도』

일연,『삼국유사』

이동순 편,『백석 시 전집』

이 책들은 읽어도 읽어도 새롭게 다가옵니다. 인간이 겪는 슬픔, 사랑, 약함과 추함, 삶과 죽음, 웃음이 담겨 있습니다.

서가에 꽂힌 책 중에 사람들이 알면 깜짝 놀랄 만한 책이 있을까요?

워커 에반스의 *First and Last*. 1978년에 출간됐는데 코팅이 안 된 얇은 종이에 인쇄된 사진집입니다. 요즘 책과는 달리 종이에서 느껴지는 질감이 아주 좋습니다. 미국농업안정국FSA 의뢰로 촬영한 사진인데, 대공황의 그늘을 보여 주는 아주 사실적인 기록입니다. 정면을 응시하고 있는 가난한 사람들과 그들의 공간이 인상적입니다. 그중에서도 제일 좋은 것은 이삿짐 센터에서 생선 가게 그러다 마지막에 야채 가게로 변해 간 모습을 보여 주는 사진입니다. 이 책은 동네 사진 전문 책방인 〈이라선〉에서 처음 만났습니다. 여행 가방 두 개만 달랑 들고 택시로 이사를 가려던 로망은 이 책의 부피와 무게만큼 멀어지고 말았습니다.

1987년에 출간된『영원한 세계의 명시』도 보관하고 있습니다. 정가 700원짜리인데 중학교 때 학습지 구독 선물로 받았던 것 같습니다. 그때 정작 학습지는 밀리기만 했고 이 작은 시집은 낭송 테이프와 함께 자주 듣고 읽었던 기억이 있습니다.

여성을 좀 더 잘 이해하려는 남성들에게 특별히 권하고 싶은 책이 있나요?

치마만다 응고지 아디치에의 『우리는 모두 페미니스트가 되어야 합니다』. 화제가 됐던 TED 강연이 쉽고 짧은 책으로 묶여 나왔습니다. 여자든 남자든 서로에게 더 좋은 사람이 되기 위해 함께 읽고 이야기하면 좋겠네요.

그다음 추천하고 싶은 사람은요? 이유는?

제가 만드는 〈책과 사람의 지도〉에 점 찍혀 있는 사람들 중에서 정지돈 작가를 추천하고 싶습니다. 정 작가가 예전에 근무했던 출판사 창비의 동료가 저의 지인이기도 해서 알던 사이입니다. 공교롭게도 정 작가가 2013년 회사를 그만두던 날, 문학과사회 신인문학상에 당선이 확정됐지요. 정 작가가 2015년 「건축이냐 혁명이냐」라는 작품으로 문학동네 젊은작가상 대상을 받았을 때는 『건축신문』의 의뢰로 작가 인터뷰를 한 일도 있습니다. 그때 저희 독립서점 〈서울 오감도〉가 부암동에 있을 때인데 그곳에 방문해서 인터뷰를 했어요. 최근에 오감도가 옥인동으로 옮겨 오고 나서는 정 작가의 신작 중편 「우리가 말하는 대로」를 가지고 독자와의 만남 행사를 연 적도 있습니다. 그의 책 이야기를 들어 보고 싶습니다.

소설가
정지돈

장 뤽 고다르의『고다르×고다르』,
선언하듯 내뱉는 무모함과 예언으로
가득 찬 인터뷰

소설가 정지돈은 신예 작가다. 하지만 빠른 속도로 상승 중이다. 기대 섞인 전망으로는 그렇다. 2013년 「눈먼 부엉이」로 문학과사회 신인상을 받으면서 등단한 후 2015년 「건축이냐 혁명이냐」로 문학동네의 젊은작가상 대상을 받은 데 이어, 2016년 「창백한 말」로 문학과지성사의 신인문학상을 받았다. 수상 경력은 그게 다지만 영화배우 같은 준수한 외모에, 파상적으로 쏟아 내는 말과 글이 예사롭지 않다. 이미 여러 곳에 불려 나가 인터뷰를 했던 터여서 관련 내용은 검색하면 어렵지 않게 찾아볼 수 있다.

정 작가와는 전화로 통화한 후 이메일로 문답을 주고받았다. 그 뒤 약간의 추가 문답이 한 차례 더 오갔다. 그의 독서 이야기와 함께 최근에 출간된 그의 첫 소설집 『내가 싸우듯이』에 수록된 내용에 대해서도 물었다. 그의 말처럼 같은 세대 작가들과는 또 다른 목소리임에 틀림이 없다.

추천자인 홍수영 님과는 어떤 인연이 있으신가요?
예전에 다니던 회사 선배의 지인으로 알게 됐습니다.

근황을 소개해 주시겠어요?

특별한 근황이랄 게 없네요. 글 쓰고 사람들 만나며 지내고 있습니다.

지금은 전업 작가로 알고 있습니다. 글을 읽고 쓰기 위한 나름의 규율이 필요할 것도 같은데, 시간 안배나 수칙 같은 게 있나요?

소설을 쓰고 책을 읽을 때 기본 원칙은 쓰고 싶을 때 쓰고 읽고 싶을 때 읽자입니다. 시간을 정해 두고 노동하듯이 소설을 쓰지 않는 게 저의 시간 안배고 수칙이라고 할 수 있겠네요. 다른 청탁, 이를테면 에세이나 인터뷰 등은 마감을 지키자 정도의 수칙만 가지고 있습니다.

원래 작가를 예감했습니까? 혹은 돌아보니 짚이는 게 있나요? 본격적으로 꿈꾼 것은 언제인가요?

원래는 영화감독이 되고 싶었습니다. 중학교 2학년 정도에 그런 생각을 했던 것 같고요. 어릴 때는 소설가가 직업이 될 수 있으리라는 생각은 못 했던 것 같습니다. 초등학교 때 아버지에게 소설가는 뭐하는 사람인지 물어본 기억이 있는데, 노는 사람이라고 아버지가 답했던 것 같네요. 어릴 때부터 책을 좋아했고 이야기를 상상하는 걸 좋아했습니다. 매일 밤 침대에 누워 제가 만든 이야기를 머릿속에서 이어가기를 고대했던 기억이 납니다. 초등학교 내내 그랬던 것 같네요. 판타지 소설에 영향받은 터무니없는 이야기들이었습니다.

2013년 문학과사회 신인상을 받으면서 등단한 후 2015년 문학동네 젊은작가상 대상, 2016년 문학과지성사 신인문학상을 잇따라 받았습니다. 그사이에 어떤 변화를 느끼나요?

문학에 대한 생각이나 접근 방식이 바뀌고 있는 것 같습니다. 그 전부터 그런 성향이 있었다고 할 수 있지만, 상을 받고 책을 내고 글을 쓰는 사람들과 교류를 하게 되면서 더 많은 생각이 듭니다. 이러한 변화가 어떤 것인지 정확히 설명하긴 힘듭니다. 아마 앞으로 쓰게 될 소설로 드러나지 않을까요.

「건축이냐 혁명이냐」라는 작품과 관련해서, 주변 친구들을 통해 건축에 관심을 갖게 됐다고 했더군요. 건축가 중에 글 잘 쓰는 사람도 꽤 있습니다. 글과 건축에 대한 어떤 특별한 생각이 있나요?

건축에 조예가 깊거나 특별한 생각을 가지고 있진 않습니다. 빌딩이나 고가 도로, 다리, 원형 경기장, 광장, 터널, 대형 쇼핑몰, 버려진 창고, 발전소 같은 것을 보면 이상한 감정에 사로잡히곤 합니다만, 왜 그런지는 잘 모르겠네요.

얼마 전에 나온 첫 소설집 제목이 『내가 싸우듯이』이지요. 수록 작품들 중에는 관련 언급이 안 보이던데 왜 그 제목을 붙인 거지요?

프랑스의 영화감독 아르노 데플레생의 영화에서 따온 제목입니다. 데플레생 감독의 영화를 좋아하지만 「내가 싸우듯이」는 보지 못했습니다. 그냥 제목만 알고 있는 영화인데, 소설집 제목을 정하는 과정에서 문득 떠올랐습니다. 이거다, 라는 생각이 들었는데 이유는 잘 모르겠네요.

어떤 인터뷰에서 책을 〈사건〉이라고 표현했더군요. 쓰신 단편 「미래의 책」에서도 책에 대한 생각이 얼마간 드러나 있는 것 같기도 합니다. 책은 무엇이라고 생각하나요? 읽어야 한다면 혹은 굳이 권한다면 왜 읽어야 할까요?

책은 사건이라고 말한 부분을 좀 더 설명하자면, 저는 책이 현실 밖에서 현실을 재현하는 것이 아니라고 생각합니다. 책은 우리 곁에 존재하는 친구나 가족처럼 우리에게 직접적인 영향을 주는 현실입니다. 우리의 삶과 생각과 행동에 직접적인 타격을 주는 사건입니다. 우리는 책을 통해 영향을 받고 그 영향은 다시 책으로 흘러 들어갑니다. 일종의 루핑 작용Looping Effect이라고 할까요.

저는 대부분의 예술을 그렇게 생각합니다. 그렇기 때문에 책이나 기타 예술에 대해 현실을 반영해야 한다거나, 현실 참여적이어야 한다, 또는 현실과 유리된 자폐적인 예술이다, 라고 하는 등의 말은 성립될 수 없다고 생각합니다.

책을 굳이 읽어야 할 필요는 없다고 생각합니다. 굳이 이유를 만들지 않으면 읽을 수 없다고 생각되는 분들은 읽지 않으셔도 됩니다. 읽어야 한다는 압박감을 느낄 필요는 없습니다. 책이 아니라 인터넷이나 핸드폰으로 텍스트를 접해도 되고요. 다만 어떤 형태로든 텍스트를 접하는 건 훌륭한 훈련이 됩니다. 생각을 구조화하고 정리하는 데 활자화된 언어만큼 효과적인 건 없습니다.

평소 책은 얼마나 어떤 방식으로 읽고 계시는지요?

요즘은 다종다양한 책을 쌓아 두고 부분적으로 캡처하듯이 읽고 있습니다. 일부러 그렇게 하는 건 아니고요, 읽을 책은 많고 시간은 없다 보니 그렇게 됐습니다. 처음에는 책을 이렇게 읽어도 되나 하는 생각이 들었지만, 이렇게 된다면 이렇게 된 이유가 있을 것이고 이렇게 된 상황 속에서 형성되어 가는 게 있을지도 모른다는 생각이 듭니다.

쓰신 단편 「여행자들의 지침서」에 이런 대목이 나옵니다. 〈글을 읽게 되면, 무엇보다 먼저 모험 소설을 읽고 추리 소설을 읽고 연애 소설을 읽으며 아방가르드에 빠졌다가 결국엔 포르노 소설을 읽거나 쓰게 되는 법이니까.〉 정 작가의 독서 편력은 어떤가요?

처음에는 동화를 읽었고 그다음에는 백과사전, 다음에는 추리, 모험, 판타지 소설을 읽었습니다. 이후에는 교과서를 읽었고 헤르만 헤세나 토머스 하디 같은 고전을 읽은 후 현대 외국 소설, 한국 소설, 철학서, 미학 관련 서적 등으로 뻗어 나갔던 것 같습니다. 지금은 그때그때 관심사를 쫓아 읽고 있습니다.

특별히 즐겨 보는 분야가 있나요? 근래 들어 어떤 취향의 변화라면?

최근 몇 년 사이에는 새로운 이론과 그 이론에 관계된 책들을 보게 되는데요, 작년부터 올해까지는 미디어 이론, 가령 마셜 맥루언과 월터 옹, 빌렘 플루서 등과 이들에 관계된 책들을 읽었습니다. 그 뒤에 포스트 휴먼 관련 도서를 읽었고 현재는 구성주의와 체계 이론 관련 책들을 읽기 시작한 상태입니다.

빼놓지 않고 보는 작가의 책이 있다면?

저는 전작주의자는 아니어서, 빼놓지 않고 보는 작가는 없습니다. 이 작가의 책은 무조건 신뢰한다는 식의 관용어(?)가 있는데, 저는 어떤 작가나 학자도 그런 식으로는 신뢰하지 않습니다. 망작이나 태작은 언제든지 나올 수 있는 법이니까요.

지금 읽고 있거나 최근에 인상 깊게 읽은 책은요?

『백남준: 말에서 크리스토까지』를 재미있게 봤습니다. 백남준에 관한 글을 쓰게 되어서 그가 쓴 글이나 그에 대한 글을 꽤 많이 봤는데요, 생각했던 것보다 훨씬 재미있었습니다. 백남준은 대중에게는 예술은 사기다, 예술은 막걸리다 따위의 말을 했던 기인이나 TV를 이용한 아방가르드 작품을 만든 예술가 정도로만 알려져 있고 제가 가진 이해도 그보다 깊진 않았는데, 막상 그가 쓴 글을 읽고는 그게 얼마나 편협하고 왜곡된 견해였는지 알겠더군요.

그가 사이버네틱스와 미디어 이론 같은 이론과 선불교를 비롯한 동양 문화, 쇤베르크나 뒤샹 등 서양의 모던 예술을 두고 자신의 생각을 개진해 나가는 과정이 흥미롭기도 했고 그가 글을 쓰는 방식,

유머와 압축, 생략과 비약이 거듭되는 에세이들이 많은 영감을 주기도 했습니다.

겉에 두고 오래 반복해서 보는 책이 있나요?

『고다르×고다르』라는 장 뤽 고다르의 인터뷰 모음집을 가장 많이 본 것 같습니다. 고다르는 선언하듯이 인터뷰를 하는데, 그 선언이 가진 무모함과 예언적 인식이 좋습니다. 다만 고다르의 예언은 대부분 틀리거나 왜곡된 형태로 실현되는데요, 그걸 본인도 알고 있는 것 같아서 더 좋기도 합니다.

장 뤽 고다르(1930~).

서가에 꽂힌 책 중에 사람들이 알면 깜짝 놀랄 만한 책이 있을까요?

글쎄요. 황석영의 『여울물 소리』? 이 말을 들으면 놀랄 만한 몇몇 친구들이 떠오르네요.

이번에 나온 소설집 『내가 싸우듯이』 뒤쪽에 수록한 「일기/기록/스크립트」에 눈길이 가더군요. 예술 모델의 대안으로 〈혼톨로지〉 전략을 이야기한 부분이 나옵니다. 지지하는 입장인가요? 풀어 설명해 주실 수 있나요?

지지하는 입장이라기보다는 당면한 현상이라고 생각하는 편입니다. 〈혼톨로지〉라는 것은 음악평론가인 사이먼 레이놀즈가 자크 데리다의 〈온톨로지〉를 살짝 바꿔서 사용한 말인데, 쉽게 설명하면 일종의 샘플링 음악을 뜻합니다.

다만 여기서 샘플링은 우리가 흔히 생각하는 과거 히트곡의 멜로디를 가져와서 쓰는 차원이 아닌, 다종다양한 음향 효과들, 고전 공포영화의 효과음, 다큐멘터리에 삽입된 아이들의 노랫소리, 뮤지크 콩크레트의 낭송, 구식 신시사이저 음색 등 모든 종류의 음향과 사운드를 사용하는 것을 뜻합니다. 그래서 혼톨로지의 사운드는 과거 지향적이면서도 동시에 미래 지향적이며 또한 존재하지 않는 차원의 소리 같은, 일종의 전시대를 거니는 유령을 소환한 느낌을 주기도 합니다.

이러한 전략은 모든 장르에서 아카이빙이 가능해진 현대에서 나올 수밖에 없는 거라고 생각합니다. 과거의 조각들은 그 과거가 존재했던 순간을 떠올려 줌과 동시에(그 과거는 고전적인 시기일 수도, 혁명적인 시기일 수도 있고) 다른 과거의 조각들이나 현재의 조각들과 뒤섞이면서 시공간에 대한 새로운 인식을 불러일으킨다고 생각합니다. 빌렘 플루서가 말했듯 선형적인 인식이 아니라 순환적인 역사 인식이라고 할 수 있을 것 같네요.

같은 부록에 이광호의 글 「문학은 무엇이 될 수 있는가」에서 가져온 대목도 있더군요.

전위는 이제 깊이의 문제만이 아니라 넓이의 문제가 되었다. (……) 그 전위는 다른 문화 매체와 장르들의 수평적 소통을 도모하는 것이면서, 동시에 그 안에서의 다른 장르가 대체할 수 없는 문학의 역할을 새롭게 만드는 전위이다. (……) 문학은 무엇이든 될 수 있다. 문학 아닌 것도 될 수 있다. (……) 문학은 이제 문화적 후위의 자리에서 문학적 전위를 실험하게 된 것이다.

앞으로 문학이나 소설의 운명과 작가의 역할에 대해서는 어떻게 생각하나요?

프랑스 문학이 가장 예로 들기 쉬울 것 같네요. 이미 19세기에 문학의 절정을 이뤘다고 할 만한 프랑스는 이후 모더니즘, 포스트모더니즘 등에 있어서도 어느 곳보다 빨랐습니다. 스탕달이나 위고 같은 거장 이후 에밀 졸라, 플로베르 그리고 프루스트가 나왔고 이후 초현실주의, 울리포, 누보로망, 텔켈 등의 그룹이 나왔죠.

지금은 어떤가요. 미셸 우엘벡이나 엠마뉘엘 카레르를 어떻게 봐야 할까, 라는 생각이 듭니다. 기욤 뮈소가 국제적인 인기를 얻고 있고 피에르 르메트르가 공쿠르상을 받았죠.

새로운 매체로서 문학은 힘과 영향력을 다했다고 봅니다. 클래식과 같은 거죠. 문학을 즐기는 사람은 그대로 있을 것이고 생산도 계속되겠지만 소수에 가까울 거라고 생각합니다. 가끔 스타가 나오는 정도겠죠.

그 외에는 영화나 게임의 바탕으로서의 문학이 인기를 끌거나 역사나 연구서와 결합된 형태의 문학이 있을 거라고 생각합니다. 지난해 노벨 문학상을 탄 스베틀라나 알렉시예비치가 대표적인 경우겠죠.

같은 부록 뒷부분에서는 김수환/유리 로트만의 〈책 읽기 모델〉의 부활에 주목하면서 〈예술-삶이 맞이하게 되는 필연적인 결과〉라거나 〈삶 자체가 되려는 당대 예술의 특정적 지향〉에 대해 이야기했지요. 여기에 주석을 단다면?

예술도 본래 삶의 일부이기 때문에, 그 영향 관계를 일치시키려는 시도는 시기별로 있으리라고 생각합니다. 두 가지 급진적인 방향이 있습니다. 하나는 예술을 삶과 완전히 떨어뜨려 놓으려는 시도이고 다른 하나는 예술을 삶과 완전히 통일시키려는 시도입니다. 저는 둘 다 가능하지 않다고 봅니다만, 두 가지 태도 중에서 더 흥미를 느끼는 쪽은 후자입니다. 후자가 되면 예술은 기능이 되거나 정치가 되거나 과학이 되는데, 이 과정에서 발생하는 것들이 가져다주는 영감들이 많습니다.

요즘 88만원 세대, 밀레니엄 세대 같은 세대론이 많이 거론됩니다. 젊은 작가로서 세대 의식이 있나요? 자기 세대가 이전과는 다르다거나 달라야 한다는? 아니면 같은 세대 작가들과 자신의 문학이나 지향점이 다르다는 느낌은?

세대에 대한 특별한 의식은 없습니다. 동세대와 같은 생각을 공유하고 있다는 느낌을 거의 받지 못하기 때문입니다. 그렇다고 저를 제외한 동세대들이 같은 생각을 한다고 생각하지도 않습니다. 갈수록 개별화하고 있다는 느낌이 듭니다. 다만 이전 세대와 달라져야 한다고 생각하는 건 있습니다. 이를테면 페미니즘에 대한 입장이 그렇습니다.

글쓰기 이외에 해보고 싶은 것이 있나요?

해양 생물학자가 되어 심해의 생물들이나 과거 바다에 살았던 생물들에 대해 연구해 보고 싶습니다.

그다음 추천하고 싶은 사람은요? 이유는?

영화감독 홍석재 씨를 추천합니다. 가끔 만나서 이야기를 나누는데 좋은 책에 대한 이야기를 많이 들려줍니다. 못 본 지 꽤 되었는데 지면으로나마 그가 읽고 있는, 또는 읽은 책에 대해 듣고 싶습니다.

13

영화감독
홍석재

제임스 엘로이의 『내 어둠의 근원』,
엄마의 죽음을 추적하는
한 작가의 회고

홍석재 감독도 정지돈 작가와 마찬가지로 신예에 속한다. 2010년 처녀작인 단편영화 「필름」으로 공주 신상옥 청년 국제영화제 우수작품상을 수상한 데 이어, 첫 장편영화 「소셜포비아」로 2014년 부산국제영화제에서 감독조합상을 받았다는 이력이 인터넷에 나와 있었다. 배우 뺨칠 정도의 수려한 외모가 인상적이었다.

먼저 전화로 통화한 후 이메일로 문답을 주고받기로 했다. 「소셜포비아」라는 제목에 따른 선입견 때문이었는지, 예상과 달리 목소리가 무척 밝고 경쾌했다. 책 이야기 말고도 그 세대의 생각과 고민을 알 수 있는 답변을 들려줘서 고마웠다.

추천자인 정지돈 작가와는 어떤 인연이 있나요?

2015년 두산인문극장에서 제 영화 「소셜포비아」를 상영하고 대담을 진행했습니다. 그때 대담자가 금정연 평론가, 정지돈 작가였습니다. 지돈 씨와는 그날 처음 만났으나 뒤풀이 자리에서 우리는 의기투합(?)하게 되었습니다.

책 얘기도 하고 영화 얘기도 했습니다. 근데 영화를 찍고 있는 저보다 더 많은 영화를 보셨더라고요. 해박한 식견과 취향에 반했고 친해져야겠다고 마음먹었습니다. 종종 서로 접한 책과 영화를 나누는 사이가 되었네요.

요즘 근황을 소개해 주시겠어요?

새해 다짐이 〈올해에는 좀 잘해 보자〉입니다. 실천하려고 노력 중입니다.

중앙대 영화학과를 나왔지요. 일찍부터 영화감독이 꿈이었나요?

전 애니메이션을 만들고 싶었어요. 제가 10대였던 90년대 중후반기는 저패니메이션의 마지막 황금기였고 저는 그 세례를 듬뿍 받으며 자란 흔한 남자애였습니다.

그림에 소질이 없단 걸 깨닫고 방향을 선회해 영화학과에 진학했는데, 어쩌다 운 좋게도 제가 영화학과에 들어간 2000년대 초반이 한국 영화의 르네상스였습니다. 자연스럽게 영화한테 한눈팔게 됐습니다.

최근작「소셜포비아」에서 SNS와 사이버 공간을 주제로 다뤘습니다. 전하고 싶었던 메시지는 무엇인가요?

우리 시대는 너무나 쉽게 너무나 많은 사람들에게 자신의 생각을 전파할 수 있게 되었습니다. 우리는 이 말도 안 되는 혁명에 재빠르게 무감각해진 것 같습니다.

하지만 인간은 100년 전 그대로입니다. 발전한 도구와 중세적 인간, 이 둘 사이의 시너지에서 예전에 없던 폭력과 상처 그리고 욕망이 탄생합니다. 혹은 있었던 것들이지만 예전이라면 상상할 수 없는 크기로 뻥튀기가 됩니다. 그런 우리 시대를 담아 보려 했습니다.

80년대생으로 현역 감독으로는 가장 젊은 축에 속합니다. 자기 세대만의 특징이나 의식, 혹은 과제 같은 것을 느끼나요?

2000년대 초반 한국 영화계에 등장하신 분들이 지금도 모두가 손꼽는 감독들입니다. 그분들은 이전 한국 영화와는 다른 새로운 영화들을 선보였지요.

이를테면 케이퍼 무비(caper movie, 범죄의 치밀한 준비와 실행 과정에 초점을 맞춘 범죄 영화)라는 장르가 전무했는데 최동훈 감독님이 등장한 후로 그런 류의 영화들로 하나의 영토를 이루게 되었습니다.

당시 선배 감독들이 한국 영화 지형도에 꽂아 둔 깃발들이 지금까지 꽂혀 있습니다. 이제는 더 깊이 더 단단히 들어가 있을 거예요. 그 깃발을 뽑고 저희 세대가 그 위에 새로운 깃발을 꽂거나 혹은 이전과 다른 곳에 깃발을 꽂아야 한다는 생각을 해요.

거창한 의미에서 세대교체 같은 것까지는 아니어도, 이를테면 한국 영화라는 집안에서 아버지들이 나이를 먹으면 힘이 빠질 줄 알았는데 계속 짱짱한 거예요. 술, 담배 끊고 운동까지 죽어라 하니까 되레 젊은 아들딸보다 더 원기 왕성한 거죠. 우리는 집을 나가거나 아니면 아버지보다 힘이 세지거나 둘 중 하나는 해야겠죠. 그러지 않으면 저희는 잊힐 거예요.

저희가 무기로 쓸 수 있는 건 저희 세대의 문화일 텐데 그게 과연 힘이 있는지, 매력이 있는지에 대해서 자꾸 의구심이 들어요. 여기서 힘과 매력이란 더 많은 사람들을 끌어들이는 걸 말합니다.

저희 세대의 문화는 점점 세분화, 개별화하는 것 같거든요. 서로 관심이 있고 취향이 맞는 사람들에게는 더할 나위 없이 좋지만, 더 많은 사람들이 하나가 되고 공유를 하는 데는 어려움이 있는 건 아닐까 생각해요. 그게 나쁘다는 뜻이 아니라, 자연스럽고 건강한 방향으로의 변화라고 생각해요.

다만, 영화는 거대 자본이 요구되기 때문에 다수를 의식할 수밖에 없어요. 그 사이에서 이런저런 고민을 하게 되는 것 같아요. 이걸 저희 세대 감독들의 일반적인 생각이라 말할 수는 없고 그냥 혼자 생각이라고 보시면 될 것 같아요.

영화는 대중적인 장르이고 그래서 많은 이들이 선망하는 분야이기도 합니다. 막상 현업에 뛰어들어 보니 무엇이 가장 어렵고 고민이 되나요?

이야기를 쓰는 게 가장 어렵네요. 한국은 감독이 시나리오를 직접 쓰는 경향이 짙습니다. 그래야 창작적인 지분이 있다고 쳐주기도 하고요.

그다음에는 사람을 상대하고 돈을 상대하는 일이 찾아오는데, 그

일도 죽을 만큼 괴롭지만 역시 가장 어려운 건 이야기를 쓰는 일이라 생각해요.

어떤 감독, 영화를 최고로 꼽나요?

데이비드 핀처의 「소셜 네트워크」입니다. 감독이 신처럼 모든 걸 완벽하게 조율한 결과물로서의 영화를 본 기분이 들었어요.

영화에 밀려 책 읽는 사람은 점점 줄어들고 있습니다. 특히 젊은 층에서 그런 것 같습니다. 당연한 일일까요? 책 읽기가 필요하다고 보는 편인가요?

책이라는 것을 어떻게 정의하느냐에 따라 답은 달라질 것 같아요. 적어도 300쪽 전후 분량을 가지고 출판이라는 과정을 거쳐서 손에 쥐는 형태의 텍스트 모음을 책이라고 정의한다면 줄어들고 있다고 느껴요. 책 한 권을 읽는 것과 영화 한 편을 보는데 소요되는 시간부터 다르잖아요.

하지만 이건 책과 영화, 텍스트와 이미지라는 단순 비교로 접근할 문제는 아니라고 생각합니다. 핵심은 그보다는 서사 단위가 점점 짧아지는 일이라 생각해요. 영화를 딱 영화로 두지 말고 영상 서사라는 큰 범주에서 보면 웹 드라마 같은 포맷들의 등장이 심상치 않거든요.

좀 더 짧고 즉발적으로 흡수할 수 있는 형태로 서사가 가공되고 있는 건 아닐까 하는 생각이 들어요. 책도 책의 형태를 고수하지 않고 본질은 텍스트 모음이라고 한다면 블로그 포스팅 또한 책일 수 있다는 생각이 들어요.

그렇게 보면 지금 우리 시대는 이전 시대의 어떤 인간들보다 더 많은 책에 둘러싸여 있고 또 죽을 때까지 책을 읽고 있는 것 아닐까, 라는 생각을 해볼 수 있어요. 물론 이건 극단적인 생각입니다. 어쨌든 텍스트 소비가 이전 어느 시대보다 더 폭발적이라는 건 확실해요.

하지만 질문의 의도로 돌아와서 보수적 의미의 책을 읽는 인구가 줄어드는 건 확실합니다. 하지만 책 읽기는 필요하다고 생각해요. 왜냐하면 책을 읽는 게 매번 즐겁고 신나지만은 않지만 지루한 부분을 참고 버티고 끝까지 갔을 때, 책 전체를 아우를 때 얻는 경험과 통찰이 종종 있잖아요.

아까 블로그 포스팅 얘길 했지만 책과 블로그 포스팅이 다른 건 사실상 양의 차이밖에 없다고 생각합니다. 그런데 양이 어떤 임계점을 넘어서면서 우리가 얻는 경험이 질적으로 도약하기도 해요. 의미 단위가 긴 경험을 하는 일이 필요하고 거기에 제일 좋은, 또 가장 효과적인 방법은 역시 책을 읽는 일이 아닐까 생각합니다.

평소 책은 얼마나, 어떤 방식으로 읽는지요?

이렇게 말하면 앞 질문에 열심히 답한 게 우스워지는데…… 저도 책을 많이 읽는 편이 못 됩니다.

책을 읽어야 한다는 강박만 크지 실제로 읽는 책은 정말 많진 않네요. 다들 그런지 모르겠는데, 도서관에 가면 일부러 책을 서너 권 빌립니다. 그리고 나서 한 권을 겨우 읽기도 하고 못 읽기도 해요. 그러니까 한 권을 읽으려면 안 읽을 책 세 권을 더 빌려야 하는 셈인 거죠.

개인적인 관심이 가는 주제의 책을 빌려 보는 거랑 지금 작업하는 것에 도움이 될 것 같은 책을 빌리는 게 보통 반반 비율로 섞여 있어요.

특별히 즐겨 보는 장르나, 나름의 독서의 안배 방식이 있나요? 근래 들어 어떤 취향의 변화가 있나요?

한때는 SF(과학 소설) 팬덤이라고 자신했는데 어느 순간부터는 출간되는 SF를 다 못 읽게 되었어요. 개인적인 취향을 말하자면 100퍼센트 장르 문학도 아니고 그렇다고 순문학도 아닌 그 사이 경계선 상에 있는 작품들을 좋아해요. 이른바 있어 보이는 책이라고나 할까요.

근래 들어 취향의 변화라면 개념서나 인문학서 같은 추상적인 이야기를 하는 책보다는 구체적인 이야기를 하는 책, 그러니까 논픽션 쪽으로 바뀌고 있습니다.

빼놓지 않고 보는 저자의 책이 있다면?

만화책 얘길 해도 될지 모르겠는데, 나루시마 유리라는 약간 마이너한 일본 만화가의 책은 무조건 다 삽니다. 배경은 비일상인데 인물 심리가 너무 적확하고 절묘한 작품을 그립니다.

사람들의 관계 사이에서 이상 심리를 다루면서도 이게 허세 같거나 붕 떠 있지 않고 리얼리티에 착 붙어 있어요. 대다수 소설보다 훨씬 더 탁월해요.

비유하자면 만화계의 이언 매큐언이라고나 할까요?『소년 마법사』라는 작품이 저의 인생작인데 이게 국내에 더 이상 번역되고 있지 않아서 너무 슬픕니다. 대원씨아이 출판사에서 제발 마저 출간해 주셨으면 좋겠어요. 애타게 기다리는 나루시마 유리 팬들이 많습니다.

지금 읽고 있거나 최근에 인상 깊게 읽은 책은요?
제임스 엘로이의『내 어둠의 근원』입니다. 끝내줍니다.

그 책을 읽게 된 계기나 동기는? 간단한 소개와 소감도 부탁합니다.
영화「LA 컨피덴셜」이 시나리오가 끝내주는 걸로 유명해요. 그래서 글 작업을 하다가 한 번씩 꺼내 보거든요. 문득 원작자인 제임스 엘로이의 책이 읽고 싶어졌고 도서관에 갔다가 이 양반이 쓴 자서전이 있다고 하길래 궁금해서 빌려 봤습니다.

10살 때 이 양반의 실제 엄마가 강간 살해당했다는 얘기가 워낙 유명했는데, 이 책 내용이 작가로 성공한 중년의 제임스 엘로이가 우연히 자기 엄마의 사건 일지를 보게 되면서 자신이 사건을 다시 추적하는 이야기예요.

자서전이자 미제 사건을 쫓는 범죄 논픽션이면서 동시에 LA의 한 시대를 고스란히 증언하는 회고록입니다. 엄마에 대한 강박과 환상과 왜곡이 질릴 만큼 노골적으로 쓰여 있어요. 거기에 완전히 압도됐어요.

『내 어둠의 근원』 보급판 원서 표지(좌)와 1958년 작가의 모친
진 엘로이의 살인 사건을 다룬 『LA 타임스』 기사.

현재 제작 중이거나 구상 중인 작품을 소개해 주실 수 있나요?
진행이 너무 안 된 상태라서 말씀드리기가 어렵네요.

영화 이외에 도전해 보고 싶은 일이 있다면?
인디 게임 만드는 일을 하고 싶어요. 〈언더테일〉 같은 옛날 RPG 풍의 게임을 만들고 싶습니다. 보드게임도 만들고 싶고요.

그다음 추천하고 싶은 사람은요? 이유는?
웹툰 스토리 작가 마사토끼(본명 양찬호) 님을 추천합니다. 사실 마사토끼 님과 친분은 없고 제가 일방적인 팬입니다. 두뇌 배틀물이라는 한국에서 정말 희귀한 타입의 스토리를 쓰시는 분으로 저는 진심 천재라고 존경하는 분이에요. 이분은 어떤 책을 읽으시는지 너무 궁금합니다.

양 작가와는 이메일로 연락이 닿았습니다만 작품을 연재하는 동안에는 인터뷰를 하지 않고 있다면서 고사했습니다. 홍 감독이 그다음으로 추천한 사람이 김해원 뮤지션입니다.

14

포크 뮤지션
김해원

오에 겐자부로의 『개인적 체험』,
극단의 경험에서 끌어올린
삶과 창작의 미학

〈요즘 무슨 책 읽으세요〉 코너를 이어가다 보면 몰랐던 사람, 몰랐던 책을 많이 알게 된다. 김해원 뮤지션도 그중 한 명이다. 이번에 처음으로 그의 이름을 검색해서 활약상을 알게 됐고, 유튜브에서 음악도 찾아 들었다. 덕분에 요즘 언더그라운드 음악계 사정도 어느 정도 가늠하게 됐다.

그와는 전화 통화한 후 이메일로 문답을 주고받았다. 보내온 답글을 읽어 가다 보니, 곡을 쓰는 것과는 별개로 틈틈이 글을 쓰려고 노력한다는 그의 말이 실감 났다. 시험장에 마지막까지 남아 있다가 가장 나중에 답안지를 제출하는 수험생처럼 오랜 생각 끝에 써내려 간 흔적이 역력했다. 특히 학창 시절 진로에 대한 고민에 빠졌을 때와 방향을 결정하고 난 후에도 겪어야 했던 어려움 같은 것을 이야기하는 대목에서는 당시의 고민이 그대로 전해졌다. 비슷한 문제로 고민하는 분들께 참고가 되지 않을까 싶다.

추천자인 홍석재 님과는 어떤 인연이 있나요?
대학 시절을 함께 보낸 영화학과 동기입니다. 제가 본격적으로 음악을 시작했던 것은 졸업 이후였는데, 그때쯤 홍 감독이 자신의 졸업 작품의 음악을 맡아 달라고 했어요. 제가 졸업 전부터 단편영화 음악을 조금씩 하고 있었거든요. 이전에 같은 과 동기의 단편영화 작업에서 홍 감독과 서로 조연출과 음악으로 만났던 적이 있어서 그때 작업을 기억하고는 음악을 부탁했던 것 같아요.

저희가 연출과 음악으로 처음 함께한 작품 제목은 「필름」이었어요. 할리우드 스릴러나 미드 같은 긴장감과 빠른 편집이 특징인 작품이었죠. 그때 각종 영화제에 초청도 받았고 좋은 성과를 거뒀습니다.

그 뒤에 홍 감독이 한국영화아카데미에 진학해서 찍은 단편을 비롯해서, 저예산 영화로 괄목할 만한 성과를 거둔 장편 「소셜포비아」까지 파트너로 작업을 해왔습니다.

김사월X김해원 포크 듀오로 활동하고 있지요. 어떻게 결성되었고 무엇을 추구하고 어떤 활동을 해오셨는지 소개해 주시겠어요?

김사월X김해원은 제가 이제까지 노력해 온 창작 활동, 직업 활동을 통틀어서 가장 큰 성과를 거둔 프로젝트입니다. 지금 가장 힘쓰고 있는 일이기도 합니다.

시작은 2012년 무렵이었습니다. 그때 각자 홍대 라이브 클럽을 중심으로 어쿠스틱(앰프를 사용하지 않는 연주) 공연을 하면서 같은 무대에 오를 때가 많았습니다. 2013년 말쯤 제가 솔로 앨범을 준비하고 있었는데, 한 곡을 사월 씨와 함께 부르고 싶다는 생각이 들었어요. 그래서 연락한 것이 계기가 됐습니다.

그전부터 사월 씨 공연을 보면서 그녀의 음악에 흥미가 있었습니다. 제가 가졌던 흥미의 중심에 비슷한 음악적 취향이나 레퍼런스(준거로 삼는 것)가 자리하고 있을 것 같았습니다.

실제로 만나서 작업을 시작해 보니 서로의 장점과 레퍼런스들이 합쳐지면서 상호 보완적인 효과를 가져왔습니다. 솔로였을 때보다 저희를 찾아 주는 관객과 기획자들이 많아졌죠.

2014년 여름에 〈레코드 폐허〉라는 언더그라운드 음악 공연/장터 무대에서 같이 공연을 하게 되었고, 그때 처음으로 저희 녹음물도 공개하고 판매하기 시작했습니다. 그렇게 그해 10월에 정식 앨범을 냈는데 생각보다 훨씬 좋은 반응을 얻었습니다.

이듬해 한국대중음악상에서 두 개 부문에서 수상하는 영광도 누렸고요. 처음엔 프로젝트라고 생각하고 시작했지만 이제는 서로에게 중요한 일이 되었고, 지금까지 듀오로 활동하고 있습니다.

그것과는 별도로 이전부터 사월 씨의 솔로 앨범도 프로듀싱하고 싶다는 생각을 하다가 2015년 하반기에 실행에 옮기기도 했습니다. 김사월 솔로 1집 「수잔」인데 이 역시 많은 분들의 사랑을 받고 있습니다.

요즘 근황은 어떤가요?

김사월X김해원은 작년 말 싱글 「허니 베이비」를 발표한 이후로 다음 앨범에 수록할 곡을 쓰는 데 시간을 보내고 있습니다. 지난 2월 15일에는 플랫폼창동61에서 오랜만에 단독 공연으로 팬들과 만났습니다. 앞으로도 관객들과 무대에서 만날 수 있는 공연들을 하려고 준비하고 있습니다.

제 솔로 앨범도 천천히 준비하고 있습니다. 작년에 참여했던 컴필레이션 앨범 「젠트리피케이션」이 이번 한국대중음악상 〈최우수 포크 앨범〉 부문에 후보로 선정됐고, 제 곡 「불길」이 같은 상 〈최우수 포크 노래〉 부문에 후보로 올랐습니다.

지금 모습이 원래 꿈이었나요? 언제부터 뮤지션이 될 생각을 했지요?

저는 영화감독이 되고 싶었던 사람입니다. 예전부터 평소 음악을 폭넓게 듣고 곡을 쓰고 연주하는 것을 시도해 보곤 했지만, 그것에 관련된 학업을 수행하는 것은 현실적으로 어렵다고 생각했어요.

대학 진학을 고민할 시점에 이르러서는 감독 중심의 종합 예술인 영화에 큰 흥미를 느꼈습니다. 기억하기로는 대학 진학을 앞둔 90년대 말부터 2000년대 초반 시기가 한국 영화의 호황기였던 점도 기대감을 키웠던 것 같습니다.

하지만 4년간 학문적으로 접한 영화는 제가 추상적으로 꿈꿨던 것과는 다르다고 느꼈습니다. 영화 특유의 협업 과정에 따라오는 여러 요소들, 작업 과정에서 현실적인 문제를 해결하기 위해 다른 사람의 도움을 받거나 차선책을 택해야 하는 일들이 제 적성에는 맞지 않다는 것을 깨달았습니다.

졸업 작품을 만들 때 마지막으로 정말 열심히 영화에 몰두했었는데 결국 내가 이 분야에서 남들보다 뛰어날 수 있다는 결론을 얻지 못한 것이 크게 작용한 것 같습니다. 하지만 직업적인 선택을 해야 하는 시기였기 때문에 한동안은 동시 녹음, 편집 같은 영화 관련 기술 분야를 진로로 염두에 두고 노력하기도 했습니다.

그 와중에 어릴 적부터 꿈꿔 온 음악에 대한 동경이 이런 결정들을 어렵게 만들고 고민하게 했습니다. 졸업 이후 사회로 나가기 전에 마지막으로 한 번은 시도해 보자 했던 것이 결국 지금 음악을 직업으로 갖게 된 계기가 된 셈입니다.

하고 싶은 일과 생계 사이에서 고민하거나 어려움을 겪는 사람들이 많습니다. 그런 문제로 걱정이나 불안은 없나요? 어떻게 극복하거나 견뎌 내지요?

대학교를 졸업하고 나서 음악으로 꼭 한번 성취해 보자는 결심을 하고 난 후에도 몇 년 동안은 심각한 불안 속에서 지냈던 것 같습니다. 당시에는 제가 다른 사람들에 비해 많이 늦은 출발을 했다고 생각했습니다. 집안 사정이 어려웠기 때문에 경제적인 자립이 늦어지는 건 치명적인 문제가 될 수 있다는 위기감이 컸습니다.

그래서 매일 남들보다 어떻게든 더 노력해서 시간을 단축시키고 싶었습니다. 하지만 시행착오들을 겪으며 점차 모든 일에는 절대적인 시간이 필요하다는 사실을 깨닫게 되었습니다.

그 뒤로는 하루하루를 돌아보면서 그날 내가 할 수 있는 노력을 했고, 성실히 생활했다는 기분을 확인하면서 불안을 잠재우곤 했습니다. 그리고 제 장점이 무엇인지, 무엇을 잘할 수 있는지, 그리고 무엇은 잘 맞지 않는지에 대한 모색의 시간을 가졌습니다. 그게 큰 도움이 되었습니다.

요즘에도 주변에 음악가들, 그리고 전혀 다른 분야에 있는 친구들을 종종 만나면 자신들이 처한 상황을 떠나서 다들 불안과 고충을 안고 있다는 것을 알게 됩니다. 누군가는 지금 저의 상황을 동경할 수도 있겠지요. 저 역시 또 다른 누군가를 동경하기 때문에 더 고통을 받고 있다는 것을 깨닫습니다.

가사도 직접 쓰시나요? 글 쓸 때 습관이 있나요? 어떨 때 어떻게 쓰지요?

제가 만든 곡은 거의 모두 가사를 직접 씁니다. 가사 쓰는 일이 가장 어렵습니다. 주로 저의 경험들을 재료 삼아 쓰는데, 일상의 파편이나 과거에 겪었던 일들입니다. 그것들을 되도록 시각적인 형태로 기억하려고 합니다.

곡 하나하나마다 쓰는 방식은 조금씩 다른 편입니다. 시작은 어떤 감정의 덩어리이거나, 머릿속에 남아 있거나 그려지는 짧은 상황들입니다. 그것들을 가지고 사건을 만들고 누군가에 관한 이야기를 써 내려 가려고 합니다.

평소에 누군가와 대화를 했거나 할 때 떠오르는 순간적인 발화나 단어들도 잊어버리기 전에 핸드폰이나 노트에 꼭 기록합니다. 그러고 나서 나중에 그것에 살을 붙여 나가 결국 이야기가 되도록 노력합니다.

추상적인 것으로부터 실제적이고 구체적인 무언가를 향해 나아가는 방식이기 때문에 대부분 아주 오래 걸리고 애를 먹는 편입니다. 만약 제가 가사를 쓰는 것이 누군가에게 편지를 쓰거나 대화하는 것처럼 일상적이고 실제적인 것에서 출발하는 방식이었다면 지금보다는 훨씬 수월했을지도 모르겠습니다.

문제는 일상적인 글쓰기가 평소에 이뤄지지 않으면 함축적인 표현을 목표로 하는 가사를 쓸 때 전혀 진척이 없다는 것입니다. 아마도 제가 얻을 수 있는 강렬한 경험의 양은 한정적인데, 평소에 인터넷 뉴스나 SNS, 시청각적 요소들에 끊임없이 노출되면서 저만의 경험을 온전한 사유로 남기는 것을 방해받기 때문인 것 같습니다.

그런 이유에서 최근에는 노래를 만들기 위해서가 아닌 일상적인 글쓰기를 의식적으로 해나가고 있습니다. 또 일상은 아무래도 주거지를 주변으로 해서 반복되는 것이다 보니, 새로운 감정을 느끼고 그것을 정리하기 위해 종종 여행을 떠나고 있습니다.

좋아하거나 존경하거나 닮고 싶은, 혹은 가장 의식하는 뮤지션은 누구지요?

뭐랄까, 길고 긴 작업에서 해결책이 더 이상 보이지 않을 때에는 결국 비틀스나 그 이전의 장르의 태동에 해당하는 음악을 찾긴 합니다.

특별히 의식하는 뮤지션은 없는 것 같습니다. 반대로 이야기하자면 당대의 모든 음악가들을 의식하고 있기도 합니다. 왜냐하면 제가 음악을 창작하고 누군가에게 들려주는 행위 아래에는 항상 시간이라는 축이 자리하고 있기 때문입니다(여담이지만, 최근 드니 빌뇌브가 감독한 영화 「컨택트」를 보고 이 생각이 조금 바뀌긴 했습니다).

다른 뮤지션들이 지금 어떤 음악을 하고 있는지, 어떤 이야기를 사람들과 나누고 있는지를 알아야 저도 다른 사람과 소통할 수 있다고 생각합니다. 그렇게 주변을 둘러보는 일은 때로는 즐겁지 않은 것이 되기도 하고, 자존감을 흔들어 놓기도 합니다.

가사를 중시하는 편인가요? 가사가 좋은 곡을 꼽아 주실 수 있나요?

음악을 들을 때 청자로서의 입장과 직접 만드는 작가로서의 입장이 조금 다른데요. 청자로서도 한글로 된 노래를 들을 때와 영어 또는 다른 외국어로 쓴 노래를 들을 때가 또 다릅니다.

한글로 된 노래를 듣고 좋아하기 위해서는 가사가 매우 큰 부분을 차지합니다. 반대로 다른 언어로 쓴 노래는 청각 정보로 뜻을 바로 이해하지는 못하는 경우가 더 많기 때문에 가사가 큰 부분을 차지하지는 않는 것 같습니다.

음악가 입장에서는 가사가 음악에서 제일 중요한 것은 아닙니다. 좀 더 자세히 말하자면, 제가 전달하려고 하는 우선순위의 첫 번째가 청각 정보가 아닌 경우가 더 많습니다.

그럼에도 불구하고 제가 쓴 가사가 제 자신을 납득시키지 못하면 어려워집니다. 아마도 직접 노래를 하는 사람이기 때문에 그렇게 느끼지 않을까 싶습니다. 좋은 가사에 대해서는 저로서도 여러 가지 주관적인 기준이 있기 때문에 어떤 곡을 딱 꼽기는 어려울 것 같습니다.

하고 있는 음악 작업이나 일상과 책/독서는 어떤 관련이 있나요?

인터넷상의 짧은 글을 읽는 것, 정확히 이야기해서 찾아서 읽는 글이 아니라 눈에 보여서 확인하는 정보들은 확실히 소모적입니다. 이것들은 나중에 제 생각과 상상으로 이어지기보다는 단순히 증발해 버린 시간을 확인하게 할 뿐입니다.

문장의 구조를 제대로 갖춘 글쓰기와 책이라는 몇십 쪽에서 몇백 쪽 분량의 글을 읽어 내려가는 독서는 그런 면에서 전혀 다른 경험을 선사하는 것 같습니다.

독서와 글쓰기에 시간을 할애한 날이면 다른 날보다 마음 편히 잠들 수 있습니다. 그 시간이 다음에 제가 음악으로 표현하려는 무언가의 토대가 될 수 있다는 확신이 들어서일지도 모르겠습니다.

평소 책은 얼마나, 어떻게 읽나요?

어렸을 때부터 청소년기까지는 집에 서재가 따로 있을 정도로 책이 많았습니다. 심심할 때마다 그 방에서 책과 함께 시간을 보냈던 것 같습니다. 지금 생각해 보면 그때 책을 읽고 상상하던 나날들이 어쩌면 지금까지도 좋은 영향으로 남아 있는 것 같습니다.

최근에는 책을 많이 못 읽고 있는데, 무엇보다 생활은 더 바빠졌는데 책을 읽는 속도는 예전처럼 느린 편이어서 그렇지 않나 싶습니다. 정독해서 문장 하나하나를 받아들이지 않으면 전체적인 맥락을 파악하기 어려워하는 성격입니다.

20대 중반 즈음부터 우연히 알게 돼 자주 듣는 라디오 프로그램 「라디오 문학관」과 얼마 전부터 애청하고 있는 「소라소리」라는 팟캐스트를 통해 간접적으로나마 텍스트에 대한 갈증을 해소하고 있습니다.

특별히 즐겨 보는 장르나, 나름의 독서의 안배 방식이 있나요? 근래 들어 어떤 취향의 변화가 있나요?

최근에는 주로 예술서나 문학서 위주로 읽는 것 같습니다. 일단 책을 조금이라도 더 읽는 게 목표이기 때문에 안배 방식 같은 것은 따로 없고요. 최근에는 건조하고 짧은 문체를 지닌 작가들을 찾아보고 있고, 더불어 시집들을 읽어 보려고 합니다. 제가 완성하지 못한 곡들의 가사를 쓰는 데 힘을 쏟으면서 그렇게 된 것 같습니다.

빼놓지 않고 보는 저자의 책이 있다면?

지금은 딱히 없는 것 같습니다. 20대 시절에 일본 작가들 소설을 많이 읽었습니다. 동세대 많은 분들이 그랬을 것 같습니다.

최근에는 김금희 작가의 소설을 「라디오 문학관」을 통해 알게 되었는데 이분의 책들을 찾아서 읽어 보려고 합니다. 그 프로그램을 통해『체스의 모든 것』,『너무 한낮의 연애』를 먼저 접했고, 그 뒤로 10인의 젊은 여성 작가들의 소설이 묶인 테마 소설집『내가 태어나서 가장 먼저 배운 말』에서 김 작가의 소설을 읽었습니다. 앞으로 그분의 다른 작품들을 읽어 나갈 것입니다.

지금 읽고 있거나 최근에 인상 깊게 읽은 책은요? 읽게 된 계기나 동기는? 간단한 소개와 소감도 부탁합니다.

류시화의『백만 광년의 고독 속에서 한 줄의 시를 읽다』.

하이쿠 선집입니다. 오랫동안 만족스러운 가사가 잘 써지지 않던 참에 시집을 찾으러 도서관에 갔다가 우연히 발견한 책입니다. 〈세상에서 가장 짧은 시〉라 일컬어지는 하이쿠는 5-7-5 형식의 정형시라고 합니다. 전부터 알고 있던 문학 장르지만 이렇게 모아서 읽어 본 것은 처음이었습니다.

함축적이어서 독자가 의미를 다양하게 해석할 수 있는 매력은 있지만, 그 때문에 한눈에 의미를 파악하기가 어려운데, 이 책에서는 선별해서 실은 하이쿠마다 역사적 배경과 자신의 해설을 덧붙여 놓아서 이해하는 데 큰 도움이 됐습니다. 무엇보다 책의 편집과 삽화, 전체적인 디자인이 매력적입니다.

칼럼리스트 곽정은의『편견도 두려움도 없이』.

얼마 전 친구 권유로 읽었습니다. 책의 부제가 〈한국에서 여자로 살아간다는 것에 대하여〉인데 강남역 살인 사건, 문화예술계 성폭력 사례 같은 일련의 여성 혐오 사건들을 접하면서 여성의 삶이나 여성 혐오에 대해 무지한 부분이 많다는 부끄러움이 있었습니다.

페미니즘에 관한 다른 책도 읽어 본 적이 있는데, 이 책은 작가의 솔직한 경험을 바탕으로 현재 한국 사회를 이야기하고 있어서 보다 빠르고 절절하게 흡수할 수 있었습니다. 어머니께 보내는 편지로 이뤄진 마지막 장을 읽노라면 작가의 진실된 마음과 뚜렷한 의지가 파도처럼 밀려옵니다. 한국에서 남자로 살아가는 저에게 더 나은 남성이 돼야겠다는 강한 동기를 불러일으키더군요. 인터넷에서 작가에 대한 과도한 비판의 의견들을 접할 때가 있는데, 각자 마음의 노여움과 증오심을 잠시 내려놓고 이 책을 한번 읽어 보시라고 권해 드리고 싶습니다.

오에 겐자부로의『오에 겐자부로, 작가 자신을 말하다』.

뒤이어 소개할 〈오랫동안 반복해서 보는 책〉이 오에 겐자부로 님의 소설인데, 정작 이 작가의 다른 책은 제대로 읽은 적이 없지 않았나 하는 마음에 초기부터 만년까지 저서들을 찾아보다가 그 흐름을 이해하고 싶어서 먼저 읽기 시작했습니다. 아직 다 못 읽어서 제가 받은 인상은 한정적인데요, 일단 창작 초기에 소설가로 등단하고 나서 차기작들을 써 내려가는 동안 겪었던 창작의 어려움과 자기반성에 대해 토로하는 부분이 현재 음악가로서의 제 모습과 겹쳐지면서 큰 응원이 됐습니다.

곁에 두고 오래 반복해서 보는 책이 있나요?

오에 겐자부로의『개인적 체험』입니다. 이 소설은 젊은 시절, 장애가 있는 아들의 출생과 성장을 경험한 작가가 그에 대한 자전적 이야기를 소재로 쓴 작품들 중 하나입니다. 극단적인 경험을 한 인간이 사실을 어떻게 인지하고 자신의 것으로 받아들이고, 그 과정을 온전히 겪어 내 마침내 품을 수 있는지에 관한 상상의 세계를 보여 줍니다.

저 역시 젊은 음악가로서 늘 저와 주변 사람들이 겪은 일들에서 삶의 어떤 진실을 발견할 수 있는지, 얼마나 창의적인 상상력을 펼칠 수 있는지 고민합니다. 그런 면에서 이 소설은 늘 곁에 두고 문장들을 하나하나 되새겨 보게 하는 특별한 작품입니다.

『개인적 체험』(1981) 일본어판 표지.

앞으로 꼭 도전해 보고 싶은 일이 있다면?

언제라도 여행을 떠날 수 있는 사람이 되고 싶습니다. 한국이 아닌 다른 나라에서도 살아 보고 싶습니다. 그리고 언젠가는 영화를 한 편 찍어 보고 싶다는 생각을 합니다.

그다음 추천하고 싶은 사람은요? 이유는?

제가 추천하고 싶은 사람은 서울 동교동에 위치한 카페 〈한잔의 룰루랄라〉의 이성민 대표입니다. 이곳에 만화책이 많아서 만화 카페로도 알려져 있습니다. 실제로 만화가들도 자주 찾고요. 홍대 씬에서 활동하는 뮤지션들의 앨범도 판매되고 있고, 음악 공연도 꾸준히 열립니다. 카페에 오래 앉아 있다 보면 사장님이나 일하시는 분들의 선곡을 통해 새로운 음악들을 들어 볼 수도 있습니다.

뮤지션이자 카페를 자주 찾는 사람으로서 한잔의 룰루랄라는 항상 그 자리에 있었으면 하는 장소입니다. 그곳을 지켜 온 분의 평소 생각과 책에 대한 이야기를 엿보고 싶다는 생각에 추천합니다.

15

만화 카페 〈한잔의 룰루랄라〉 대표
이성민

허영만의 『오! 한강』,
한국 현대사를 관통하는
한 화가의 성장기

홍대 앞의 만화 카페 〈한잔의 룰루랄라〉를 가본 적은 있지만 그곳의 이성민 대표와는 일면식도 없었다. 아니, 가게에서 보고도 지나쳤을 수는 있다. 그러니 그곳 주인장의 책 취향이야 말할 것도 없다. 알고 봤더니 이 기발한 옥호의 카페 주인의 전력이 잡지와 출판사 편집자라는 사실. 뜻밖이었다.

이번 기회에 카페에 인터뷰 삼아 놀러 가서 〈한잔〉을 앞에 두고 이야기를 들어 볼까 싶은 생각도 들었다. 하지만 아쉽게도 이메일 답변이 좋겠다고 했다. 보내온 답변을 보니 행간으로 〈룰루랄라〉의 흥겨운 인생철학이 들려오는 듯했다. 그 집의 카레우동이 먹고 싶어졌다.

추천자인 김해원 님과는 어떤 인연이 있으신가요?
한잔의 룰루랄라는 2012년부터 매주 월요일 〈먼데이 서울〉이라는 이름으로 공연을 열어 오고 있습니다. 원래 홍대 씬이나 공연 진행에는 문외한이었던 제가 6년째 이 공연을 이어올 수 있었던 건 함께 기획하고 진행해 준 단골 음악가들이 있었기 때문입니다.
김해원 씨는 2013년 〈먼데이 서울〉을 함께 기획해 주고 있던 음악가 삼군 님의 소개로 알게 되었습니다. 그 후 예술인복지재단의 후원을 받아 자립음악생산조합과 함께 진행했던 「음악가로 살아남기: 초보 음악가를 위한 음반 제작 워크숍」이란 프로그램에 해원 씨가 참여하면서 좀 더 가까워지게 됐고요.

당시엔 아직 김사월X김해원이란 팀을 결성하기 전이었는데, 해원 씨의 솔로 데모 앨범을 가게에서 틀어 놓고 있으면 정말이지 많은 분들이 누구 곡이냐고 묻곤 하던 게 기억나네요.

한잔의 룰루랄라는 어떻게 시작하셨고 어떤 곳인지 소개해 주시겠어요?

처음에는 홍대에 만화를 좋아하는 사람들(작가, 독자, 평론가, 편집자)이 맘 편히 모일 수 있는 공간을 만들어 보자는 생각으로 시작했습니다. 홍대에 자리 잡고 시간이 흐르다 보니 지금은 만화만이 아니라 음악을 비롯한 다양한 장르의 창작자와 향유자가 왕래하는 공간이 되었네요.

한잔의 룰루랄라의 정체성은 이용하시는 분에 따라서 달라지는 것 같습니다. 차 한 잔 나누며 담소를 나누는 카페이기도 하고, 취향에 맞는 맛난 맥주를 찾아 마실 수 있는 맥줏집이기도 하고요.

어떤 분들에겐 만화방이거나 작업실이고 가끔은 좋아하는 음악가의 공연을 볼 수 있는 공연장이 되기도 합니다. 음식 메뉴가 없어서 1년 전부터 메뉴에 〈카레우동〉을 추가했는데 그래서인지 요새는 카레집으로 알고 있는 분들도 계시고요.

출판에도 관여하신 것 같던데요?

20대 후반에서 30대 중반까지 편집자로 일했었습니다. 인천에서 발행되고 있는 계간지 『황해문화』와 만화 잡지 『허브』의 편집기자였고요. 몇몇 출판사의 만화 단행본을 편집하기도 했습니다.

가게나 개인적인 근황은 어떤가요?

한잔의 룰루랄라가 내년이면 10년이 됩니다. 구체적인 계획을 가지고 시작했던 게 아니기 때문에 저도 이렇게 오랫동안 운영하게 될 거라고는 생각하지 못했어요.

좋은 사람들과 재미있는 일을 해보자는 생각만으로 홍대에서 10년 가까이 버텨 온 게 신기하기도 합니다. 얼마나 더 이 자리를 지킬 수 있을지 모르겠지만 〈룰루랄라〉라는 이름답게 늘 즐겁고 엉뚱한 일을 궁리하고 상상하면서 지내고 싶은 욕심은 있습니다.

만화 카페로도 불리고 만화가들의 아지트라고도 하던데요? 어쩌다 그렇게 됐죠?

따로 사연이 있다기보단 만화가 분들이 많이 찾아 주신 덕에 그렇게 불리게 된 것이겠죠. 사실 만화를 그리는 일은 구상이나 취재 때를 제외하면 잠자는 시간을 빼고는(때로는 잠도 못 자고) 작업실에 엉덩이 붙이고 앉아 있어야만 하는 작업이기 때문에 바깥나들이가 쉽지 않습니다.

그럼에도 불구하고 시간이 났을 때 한잔의 룰루랄라를 찾아 주시면 반갑고 즐거울 수밖에 없지요. 티를 내진 않아도 그런 마음이 전해지는 것이 아닌가 싶습니다.

일러스트레이터 봉현이 그린 한잔의 룰루랄라 전경.

홍대 앞도 많이 변했지요. 소감이 어떤가요?

화려해지고 번화할수록 폐허가 되어 가는 것 같아요. 마음이 오가고 문화가 꽃피던 자리를 자본과 욕망이 차지하겠다고 들어서면 그자리를 일구고 가꿔 오던 사람들은 밀려나거나 떠날 수밖에 없잖아요. 결국 남는 건 화려한 외피와 들끓는 욕망뿐일 텐데, 제 눈엔 폭격맞은 폐허로밖에 보이지 않더라고요.

아마 그 외형을 유지하려고 안간힘을 쓰다가 스스로 무너져 버리게 되겠죠. 그렇게 되지 않도록, 많은 뜻 있는 분들이 공생을 위한 지혜를 모으고 실천하시는 것으로 알고 있습니다. 자본과 욕망은 워낙 막무가내라서 억지로라도 제어할 수 있는 제도와 시스템을 만들지 않으면 〈홍대〉라는 이름이 가진 의미와 상징은 결국 소멸돼 버리지 않을까 싶습니다.

〈변화〉의 상황이나 사안들을 구체적으로 파악하고 있지 못한 탓에 피상적인 소감이 돼버렸네요.

평소 책은 얼마나 읽으세요? 어떻게 골라 보지요?

주로 읽는 책이 만화책이다 보니 절대적인 독서량은 꽤 많은 편일 것 같습니다. 스마트폰과 SNS에 많은 시간을 할애하게 되면서부터 많이 줄기는 했지만요.

만화책은 한잔의 룰루랄라 부근에 있는 대형 만화전문 서점에 이삼 일 간격으로 들러서 직접 고르고는 합니다. 출판사나 작가, 편집자, 마케터 분들의 SNS를 통해서 정보를 얻게 되는 경우도 있고요. 만화가 아닌 책의 경우에는 거의 SNS를 통해 정보를 얻게 되는 것 같습니다.

SNS 중에서도 페이스북 친구 분들이 올려 주는 책 소개가 도움되는 경우가 많고요. 간혹 출판사나 저자 분들이 한잔의 룰루랄라에 두고 손님들과 함께 읽으라고 기증해 주시는 경우도 있습니다.

특별히 즐겨 보는 장르나, 나름의 독서의 안배 방식이 있나요? 근래 들어 어떤 취향의 변화가 있나요?

특별히 선호하는 장르가 있지는 않고요, 그때그때 흥미가 가는 책들을 잡다하게 읽는 편입니다. 카페를 지키고 있다 보니 수시로 여러 사람과 이야기를 나누거나 주문 등의 요구를 들어야 하기 때문에 물리적으로 오랜 시간 집중해서 책을 읽기가 어렵습니다. 긴 시간 집중해야 하는 호흡이 긴 책을 읽기가 쉽지 않아서 근래에는 만화책이나 단편으로 구성된 책으로 독서가 한정돼 버렸습니다.

빼놓지 않고 보는 저자의 책이 있다면?

허영만, 김혜린, 윤태호, 장경섭, 말리, 앙꼬, 최규석, 김태권, 권교정, 김수박, 권용득 작가의 책들은 빼놓지 않고 읽어 왔고 앞으로도 그러고 싶습니다. 이야기도 구성 방식도 재미있고, 이 만화가들의 눈을 통해 세상을 보는 일은 늘 즐겁습니다.

이노우에 다케히코, 유키무라 마코토, 이와아키 히토시, 요시나가 후미, 하나자와 켄고, 나나난 키리코도 늘 신간이 번역되어 나오기를 기다리는 작가들입니다.

지금 읽고 있거나 최근에 인상 깊게 읽은 책은요? 읽게 된 계기나 동기는? 간단한 소개와 소감도 부탁합니다.

김명인 산문집 『부끄러움의 깊이』.

문학평론가 김명인 선생이 최근 3~4년간 페이스북에 올렸던 글들을 추려 묶은 책입니다. 김명인 선생의 평론은 잘 찾아 읽지 못했고 이런저런 매체에 실린 시론이나 칼럼을 주로 읽어 왔는데, 당대를 읽는 눈과 그걸 풀어내는 문장을 읽고 있으면 존경하고 따를 수 있는 선생이 있어서 다행이라는 생각이 듭니다. 한편으론 질투가 나기도 하고 저 스스로의 모자람에 의기소침해지기도 하고요.

페이스북에 올렸던 글이다 보니 오래되지 않은 최근 정세나 이슈를 깊이 있게 들여다보는 데도 도움이 됩니다. 매체에 실렸던 글들에 비해 개인적인 일상이나 소회가 많아서 거리감 없이 친근하게 읽을 수 있다는 점도 좋습니다. 선생이 학생 시절에 썼다는 〈반파쇼학우투쟁선언〉도 읽어 보고 싶은데, 책 뒤에 부록처럼 실렸으면 좋았겠다고 생각하며 한 편씩 읽고 있습니다.

이랑 에세이『대체 뭐하자는 인간이지 싶었다』.

재밌는 영화도 찍고, 아름다운 노래도 만들어 부르고, 깔깔 웃긴 만화도 그리고, 고양이도 키우는 이랑은 〈대체 뭐하자는 인간〉일까요? 한 가지 분명한 건, 이 책을 냈으니 이제 에세이 작가이기도 하다는 거겠네요. 너무 재밌어서 한 편씩 아껴 읽고 있습니다.

박시백의『박시백의 조선왕조실록』, 무적핑크의『조선왕조실톡』.

『박시백의 조선왕조실록』은 한 권씩 간행될 때마다 읽고, 완간된 뒤에 다시 한 번 읽고, 최근엔『조선왕조실톡』을 읽으며 더불어 다시 또 읽고 있습니다. 원본을 읽을 수 있다면 좋겠지만 고어와 한자와 누가 누군지 도무지 구분되지 않는 수많은 인명이 난무하는 글을 읽어 낼 능력이 저에겐 없으니까요. 작가의 해석이 들어간 것은 장점이기도 하고 단점이기도 하겠지만, 이 방대한 역사의 기록을 만화화해서 재미있게 읽을 수 있게 해준 두 만화가에게 일개 독자일 뿐이지만 감사를 전하고 싶습니다.

오자키 이라『심야의 유감천만 사랑도감』.

20대 여성 세 명의 연애 이야기를 그린 〈순정〉 만화입니다만, 연애를 하고 있거나 하고 싶은 남성들에게 권하고 싶습니다. 최근의 〈여성 혐오〉 논란에 대해 다시 생각해 볼 계기가 될 수 있지 않을까 싶습니다. 그렇다고 페미니즘이나 젠더 구분에 대해 가르치는 학습 만화는 아니고요. 낄낄 웃으며 볼 수 있는 개그 만화에 가깝습니다.

곁에 두고 오래 반복해서 보는 책이 있나요?

허영만의『오! 한강』입니다. 중학생 때『만화광장』이라는 잡지에 연재되던 걸 처음 본 이후로 단행본만 서너 차례 구입했습니다. 대본소용으로 나온 단행본이라 시중에서 구하기 어려워서 당시 동대문에 있던 만화 도매상과 중고책방을 수소문해 돌아다니던 기억이 나네요.

해방 직전부터 87년 민주화운동까지의 현대사를 관통하는 내용인데 주인공 이강토의 인생유전은『광장』(최인훈)의 주인공 이명준과 비견할 만하다고 생각합니다. 어린 시절에 읽으며 주인공 이강토가 화가로서 고뇌하고 성장하는 과정을 통해 특히 예술관을 형성하는 데 많은 영향을 받았던 탓에 지금도 가장 아끼고 생각날 때마다 한 번씩 펼쳐 보게 되는 책입니다.

몇 년 전에는 만화가 김준범, 윤태호 작가님이 당시 문하생으로 이 작품에 참여했었다는 이야기를 듣고 기묘한 기분에 휩싸였던 기억이 나네요. 근래에는 당시에 검열당하거나 잘린 그림들 복구해서 복간했으면 하는 바람으로 모 출판사 편집장님께 빌려드렸는데 아직 돌려받지 못했네요. 복간만 된다면 돌려주시지 않아도 좋을 것 같긴 한데요…….

허영만 화백의 『오! 한강』. 1987년 월간 『만화광장』에 연재된 이 만화는
주인공 이강토를 중심으로 해방 직전부터 87년까지 약 반 세기를 그린다.

서가에 꽂힌 책 중에 엉뚱하거나 사람들이 알면 깜짝 놀랄 만한 책이 있을까요?

글쎄요……. 신기활 선생의 『핵충이 나타났다』나 주완수 선생의 『보통 고릴라』가 꽂혀 있다고 하면 깜짝 놀랄 분들이 몇 분 정도는 있을 것 같기도 하네요.

올해 계획은?

한마디로 말하자면 〈즐겁게 버티는 것〉입니다. 음…… 계획이라기보단 목표라고 해야겠네요. 올해 한국대중음악상에서 수상한 친구들의 수상 소감을 빌려 말하자면 〈자살하지 않고〉 〈돈, 명예, 재미〉세 마리 토끼를 모두 잡는 것입니다. 하하.

지금 하고 있는 일 외에 꼭 해보고 싶은 일이 있나요?

지금 하고 있는 일은 머물러 기다리는 일입니다. 항상 누군가를 맞을 준비를 하고 찾아와 주기를 기다리고 있습니다. 덕분에 평생 인연이 없었을 것 같은, 생각지도 못했던 많은 분들을 만나는 즐거움이 있습니다.

그런데 사실 저는 돌아다니는 걸 좋아합니다. 직장인 시절에는 외근을 도맡아 했고, 안 가본 길이 있으면 돌아가더라도 그쪽 길로 가보고 싶어집니다. 지금 하고 있는 일 외에 다른 일을 할 수 있다면 이번엔 제가 한 분 한 분 찾아가 만나는 일을 하고 싶습니다.

요즘 듣기 좋은 음악 추천해 주신다면?

고전보다는 동시대의 음악, 보편적인 이야기보다는 나의 이야기를 들려주는 노래를 좋아합니다. 구체적으로 추천한다면…… 회기동 단편선과 김사월의 노래는 듣다가 눈물을 흘린 경험이 있습니다.

씨 없는 수박 김대중과 신승은의 노래는 젊은 세대의 아픔에 웃음을 버무려 내놓는 해학과 자조가 있습니다. 김일두의 노래는 누군가는 나를 진심으로 대하고 있다고 믿게 만드는 묵직한 힘이 있습니다. 도마, 곽푸른하늘의 노래를 들으면 마음이 애틋해져서 어쩔 줄 모르게 됩니다. 이랑과 아를의 노래는 기묘하고 아름답습니다.

그리고 또 지금 여기에 있는 나를 노래하는 멋진 음악가들이 많이 있습니다. 그들의 노래는 동시대를 살고 있는 우리 자신의 이야기이기도 합니다.

다음 추천하고 싶은 사람은요? 이유는?

음식 문헌 연구자 고영 선생의 이야기를 들어 보고 싶습니다. 홍대 앞 식당 두리반이 철거 위기에 처했을 때 응원을 갔다가 만난 게 인연이 되었는데, 특히 음식을 다룬 옛 문헌을 통해 오늘의 현실을 읽어 내는 시선과 방식이 궁금하고 흥미로워서요. 책 편력과 함께 음식을 대하는 마음과 자세, 음식 편력도 궁금합니다.

16

음식 문헌 연구자
고영

박찬일의 『미식가의 허기』,
음식 문화사를 모르고서야
미식가 행세 해봤자죠

고영 씨와는 전화 통화 후 이메일로 문답을 주고받았다.

평소처럼 캐주얼한 사진 몇 장을 부탁했다. 〈골라 쓰시라〉면서 몇 장의 사진을 보내왔는데 온통 책만 나온 컷들이었다. 그래도 본인 얼굴이 나오는 사진 한 장쯤은 필요한데 싶어서 다시 이메일을 보내려는 찰나, 이메일이 한 통 더 날아들었다. 〈책 사진만 보냈는데, 《캐주얼》이라 하시니 그래도 먹는 사진 좀 보내야 할 것 같아 다시 몇 장 고릅니다〉라는 메시지와 함께 이번엔 음식과 그릇 사진 몇 장이 들어 있었다. 여전히 얼굴은 보이지 않았다. 그리고 이런 설명이 첨부돼 있었다.

냉면, 막국수는 국물 한 방울까지 싹싹 비우는 편이고, 양산 과자를 〈손이 가요 손이 가〉 하면서 한 봉지 털어 먹기보다 역시 훈련한 제과사가 잘 구운 과자를 내 마음에 드는 식기에 차려 먹는 쪽을 좋아합니다. 밥 먹고 나서, 한숨 돌리고 먹는 과자를 무척 좋아하고요. 그런 사진도 연출에 소용이 있다면 알아서 활용해 주십시오.

알아서 중간중간에 배치했다.

우리 두 사람 다 위엄은 있지만 대중 인지도는 거의 없는 한 계간지, 또 다른 계간지 편집부의 말석에 앉아 있었던 적이 있습니다. 서로 업무 연락을 하면서 자연스럽게 연을 맺었고요. 그러다 둘 다 퇴사하면서 소식이 끊겼다가 한잔의 룰루랄라 덕분에 다시 보게 됐습니다.

저는 회사 나와서 번역과 잡문 쓰기로 간신히 먹고살고 있습니다. 따로 작업실이 있는 것도 아니고, 〈다방 작업자〉로 살았고 지금도 그러고 있습니다. 한잔의 룰루랄라에 신세 많이 졌지요. 여기 음료가 제 취향하고 잘 맞아서 한때 자주 다녔습니다. 지금은 시간 효율을 전보다 더 따져야 해서요. 일은 많은데 소득은 전만 못하다 보니, 집 앞 다방 죽돌이를 하느라 자주 못 가고 있습니다. 아쉽군요.

저는 고전문학을 공부했습니다. 낮은 수준이지만 한문 독해를 조금은 하고, 향찰과 이두는 구분할 줄 알고, 베트남도 향찰과 비슷한 츠놈이라는 문자 체계를 가지고 문학 활동을 한 줄은 아니까 출판사에서 일을 할 수 있었습니다.

출판사 편집 일이며, 문화 기획 쪽 등에서 밥벌이 할 기회가 자연스럽게 생겼고요, 그 뒤로는 번역도 하고 글도 쓰면서 삽니다. 왜냐고 묻는다면, 그냥, 당장 돈을 벌자니 내가 할 수 있는 일이 그거라서라고 답할 수밖에 없습니다.

구체적으로는 한국 음식문화사 최근 100년의 충격에 파고들고 있습니다. 가령 김치의 역사는 길지만, 우리가 먹고 있는 것과 같은 김치는 그야말로 최근 100년 사이에 나타나 급격히 전국에 퍼졌고, 그 형태가 고정되었습니다.

이전에 전혀 없던 빵도 그렇고, 서민 대중에게 전혀 낯설던 밀가루 음식도 그렇고, 지금은 익숙하지만 이전에 너무나 낯설던 것들의 내력이 깃든 문헌을 잘 정리해 두고 싶은 마음이 어느새 생겼습니다. 어느새 생겼다는 건 분명한 사실인데 구체적인 계기가 무엇이었는지 지금 돌아봐도 잘 모르겠습니다. 일상에 대한 관심이 어느새 나를 여기로 이끈 듯합니다.

말이 길어져도 예를 들어 볼게요. 번역을 하든 글을 쓰든 구체적인 행위, 어떤 사물의 구체적인 모습, 동작의 실제들을 제대로 파악해야 합니다. 가령, 조총, 그러니까 쉽게 말해 화승총이라고 치고, 16세기 이후 총질하는 장면을 번역하자면, 심지에 불을 붙이고 하나, 둘, 셋, 한 3~4초 지나서 빵! 하고 발사된다는, 이런 실제를 알아야 해요.

또 흑색 화약은 습기를 잘 먹는다는 점, 그래서 보관을 잘못하면 불발이 많다는 점, 발사 뒤에 연기가 무척 많이 나서 시야를 가린다는 점 등을 생각하면서 번역을 해야 하지요.

1619년 사르후 전투(누르하치의 후금이 명나라를 침략하면서 조선까지 원군으로 참전했지만 대패한 전투)에 참전한 조선군이 조총 사격 실력을 믿고 개활지에 진을 쳤다가 후금 기마대한테 일시에 짓밟혀 몰살당한 상황에 관한 글은 이런 점을 머리에 두고 번역해야 합니다. 안 그러면 뭐, 번역 자체가 불가능하죠.

또는 조선의 소금 생산 현장에서는 반드시 소로 펄을 가는 장면이 나와요. 소금 생산에 웬 소가 나와요? 이게 무슨 얘기일까요? 박지원의 『민옹전』에 이런 얘기가 나와요. 원문은 한문입니다.

月之下弦, 潮落步土, 耕而爲田, 煮其斥鹵. 粗爲水晶, 纖爲素金.

한문만 알면 번역이 가능할까요?

달이 하현(下弦)이 되어 조수(潮水)가 빠지고 갯벌이 드러나면 그 땅을 갈아 소금기 머금은 밭을 만들고, 거기서 받은 소금흙을 굽는다네. 알갱이가 굵은 것은 결정이 수정 같은 소금[水晶鹽]이 되고, 가는 것은 결정이 싸라기 같은 소금[素金鹽]이 되지.

이렇게 옮기자면 관련 사실들에 대한 이해가 선행돼야 합니다.

첫째, 먼저 한 달 가운데 조수가 가장 낮은 조금을 틈타, 바닷물이 들어오지 않는 엿새에서 여드레 사이에 갯벌에 웅덩이를 파고 물이 모이는 통을 박는다는 점,

둘째, 조금이 민유신(『민옹전』의 주인공)이 말한 하현과 겹친다

는 점,

셋째, 다음 물이 들어오지 않는 동안 웅덩이 주위의 갯벌 흙을 소를 이용해 써레질한 뒤,

넷째, 짠 기 묻은 갯벌 흙이 뒤집어지고 햇빛을 쪼이며 소금기가 갯벌 흙에 붙으면,

다섯째, 이 갯벌 흙을 더 말리고 소금기가 더 붙으면, 웅덩이에 밀어 넣는다.

여섯째, 이윽고 사리 때 바닷물이 웅덩이에 스며들면 갯벌 흙에 붙은 소금기가 녹으면서 보다 염도가 높은 물이 통 속에 모이고,

일곱째, 이렇게 짠 기를 농축한 물인 〈함수〉를 가마에 넣고 여덟 시간 이상 끓이면 소금이 석출된다는 점을 파악해야 합니다.

여기에 더해, 석출의 조건에 따라 결정의 모양과 굵기에 차이가 있음을 알아야 위와 같은 번역이 가능합니다. 어려운 일이지만 그 가운데 재미가 없지 않습니다. 답이 될지 모르겠습니다.

요즘 음식에 대해서는 누구나 관심도 많고 이야기도 많이 합니다. 지금 음식 문화나 음식 담론에 대해서는 어떻게 보세요?

서민 대중의 일상 끼니가, 일상 음식이 엉망이라는 점이 먼저 떠오릅니다. 일상이 무너진 가운데 선망으로 키우는 환상, 거기에 오늘날의 음식 문화와 담론이 자리하지 않나 합니다.

모두들 음식에 대해 할 말이 있지만 실제로는 지난 역사에도 오늘에도 성의가 없어 보입니다. 이 또한 냉정하게 파고들 만한 인류학

탐구 주제고 민속학 탐구 주제입니다. 먹어 본 적도 없는, 먹을 수도 없는 음식으로 쌓는 탑과 같은 담론 말입니다. 여기까지는 아직 제가 깊이 들여다볼 여력이 없습니다.

그런데 이런 현상은 한국에 국한되지 않습니다. 영어권 저널리즘에 먹는 얘기가 독립된 칼럼으로 실리기 시작한 때가 1970년대 말이라고 하지요. 권위 있는 대기자급, 훈련된 저널리스트가 고답적으로 음식 얘기 하다가, 최근에는 힙스터 놀이로 확산됐고, 인터넷과 사회 관계망 서비스와 금방 손을 잡았습니다. 과시와 선망이 꼬리를 무는 형국이고요.

자본주의 현 단계에 대한 진단, 그러니까 비교문화에서 서브컬처 이론까지 아주 큰 호흡에서 따져 봐야 하는데 저는 그럴 능력이 없습니다.

평소 책은 어떤 방식으로 얼마나 읽으시는지요?

그럼 책의 정의부터 문제가 될 텐데……. 제가 가장 많이 접하는 것은 보통 말하는 책이라기보다 〈자료집〉이고 〈관련 기사〉 같은 종류이고 〈데이터베이스〉입니다. 아시아권에서 말하는 무슨 문고, 영어권의 무슨 컬렉션 등의 JPG 파일이 종이 문서만큼이나 자주 접하는 형식이고요.

인류학이나 역사학 주제, 특정 역사 주제 전문서를 많이 보게 되는데, 보면서 주석과 레퍼런스를 아주 꼼꼼하게 따라가지요. 저는 원자료를 확인하면서 단행본을 보는 독서를 할 수밖에 없습니다. 그래야 번역 준비도 되고, 제가 필요한 분석-해석 능력도 키울 수 있습니다.

요즘 책도 참 많이 쏟아집니다. 골라 보는 나름의 방법이 있습니까?

고를 여력은 없습니다. 놓치지 않아야 할 책은 놓치지 말자가 최근의 심정이고 태도입니다.

특별히 즐겨 보는 장르나, 나름의 독서의 안배 방식이 있나요? 근래 들어 어떤 취향의 변화가 있나요?

네 번째 답변과 겹치겠지만 저는 인류학, 역사학, 문화사, 사회사, 음식 주제 도서 등에 집중하고 있습니다. 소설은 스탕달, 발자크, 톨스토이 작품으로, 또 염상섭, 채만식 작품으로 돌아갑니다.

그런 가운데 풍속사를 드러내는 작품이나 이광수나 이효석 작품을…… 즐긴다기보다 먹는 장면에 꽂혀서 읽게 됩니다. 먹는 장면이라면 이호철 작품도 못잖고요. 취향 변화랄 게 별로 없습니다.

빼놓지 않고 보는 저자의 책이 있다면?

박찬일, 정은정, 황교익 칼럼니스트 글을 빼놓을 수 없고요. 과학기술사에서 전북대 김태호 교수의 글은 언제나 사람을 격발합니다. 한국 음식 문화사에서 화교 문화사가 핵심입니다. 특히 인천대 이정희 교수의 논문과 해제는 정말 빛나는 연구입니다.

못잖게 한양대 강진아 교수의 논문과 글이 있고요. 근현대 문화와 음식 생활 변화에 관련해서는 이은희 박사, 박경희 박사의 연구 앞에서 감동하지 않을 수 없습니다.

한문 번역의 모범으로는 임홍빈 번역가의 번역, 서울대 김명호 교수의 번역을 늘 염두에 둡니다. 그 밖에 테리 이글턴, 페르낭 브로델, E. P. 톰슨의 글은 어떻게든 두루 읽으려고 노력합니다.

지금 읽고 있거나 최근에 인상 깊게 읽은 책은요? 읽게 된 계기나 동기는? 간단한 소개와 소감도 부탁합니다.

정은정 연구자의 『대한민국 치킨전』, 박찬일 칼럼니스트의 『미식가의 허기』, 페르낭 브로델의 『물질문명과 자본주의』가 떠오릅니다. 꼭 필요해서, 제가 절실해서 읽었습니다.

정은정 연구자는 농촌 사회학을 연구하는 현역 연구자입니다. 우리 일상의 한 귀퉁이를 차지하는 먹을거리로 치킨이 있을 텐데요, 이를 가지고 어느 집이 제일 맛있나가 아니라, 어떻게 그렇게 먹게 됐고, 거기 깃든 의의는 무엇인지를 현장 취재를 통해 설득력 있게 말합니다. 〈수직 계열화〉, 〈독과점〉 같은 현상과 개념을 치킨을 통해 풀어 줍니다. 일상 속에서 나를 다시 발견하게 하는 책이라고 할까요.

『미식가의 허기』도 그렇습니다. 실은 박찬일 칼럼니스트의 책은 다 연결돼 있어요. 취향과 기호는 거저 생기지 않는다는 점, 위엄 있는 가게는 숙련 노동을 통해 태어났다는 점, 전통이란 당대의 도전에 대한 가장 사려 깊은 응전의 결과라는 점을 되풀이해서 떠오르게 합니다.

그냥 먹방을 하고 맛집 사냥의 빈도가 는다고 해서 우리 일상의 한 끼, 내 음식, 내 당대 음식이 좋아질 리 없음을, 제대로 먹자면 어떤 조건을 돌아보아야 하는지를 설득력 있게 제시합니다. 꼭 명시적으로 내밀지 않아도 탐식과 미식을 구분하는 데서 출발하고요.

탐식과 미식의 구분, 이 점은 황교익 칼럼니스트도 강조합니다만, 특히 박찬일 칼럼니스트의 글은 구체적인 재료 획득, 유통, 주방, 주방 노동, 차림, 밥상을 통해 설득력 있게 꾸준히 제기하기 때문에 빼놓지 않고 보려고 합니다.

『물질문명과 자본주의』는 어렵게 먹을거리를 얻고 먹고 살아온 음식 역사의 기본 구조를 파악하는 데 정말 좋은 책입니다. 긴 호흡으로 생존을 위한 자원으로서 밀, 호밀, 귀리, 메밀, 보리 들을 생각하고 나면 사람이 겸손해지지 않을 도리가 없을 듯합니다.

고영 씨가 즐긴다는 다담 차림. 왼쪽 사진은 홍차에 프랑스 당과 쿠생 드 리옹을 곁들인 것으로, 음식을 담은 다구들은 10~20년 넘게 쓴 것들이라고 한다. 오른쪽 사진 역시 고 연구자가 좋아하는 다담 차림으로, 좋은 요구르트에 과일과 초콜릿을 얹어 취향대로 맛을 설계했다고 한다.

곁에 두고 오래 반복해서 보는 책이 있나요?

염상섭 소설, 채만식 소설과 수필, 이광수의 『무정』, 김수영 전집, 신동엽 전집, 임홍빈이 번역한 『서유기』, 김명호와 신호열이 공동 번역한 『연암집』, 김명호의 『초기 한미관계의 재조명』, 『환재 박규수 연구』 등이 있습니다.

혹시 지금 쓰고 있거나 앞으로 저술 계획은?

열아홉에 징집돼 사르후 전투에 나갔다가 모진 고생을 한 사람에 관한 기록을 번역 중입니다. 기타 음식 문화사에 관한 원고를 쓰고 있습니다. 가을과 겨울 사이에 편집부에 주어야 합니다.

지금 하고 있는 일 외에 꼭 해보고 싶은 일이 있다면?

번역의 힘을 빌리지 않고 후쿠자와 유키치, 루쉰, 테리 이글턴 등의 글을 한국어 대하듯 독해하고 싶습니다.

음식 문화에 관한 추천 도서 3권만 골라주신다면?

정은정의 『대한민국 치킨전』, 박찬일의 『미식가의 허기』, 페르낭 브로델의 『물질문명과 자본주의』.

미식가 행세 해봐야 음식 문화사에 대한 식견이 형편없으면 비참하기 이를 데 없는 먹방에 부역이나 하고, 미식에는 의사도 능력도 없는 탐식가로서 맛집 사냥이나 다니게 됩니다. 추천 이유는 앞서 말했습니다.

음악평론가 김작가입니다. 제게는 없는 대중문화 감수성이 김작가에게는 있습니다. 음식 놓고 힙스터 코스프레를 해도 밉지가 않습니다. 음악뿐 아니라 음식에서도 대중의 언어로 대중의 감수성을 짚는 능력이 부럽습니다.

17

음악 평론가
김작가

로버트 힐번의
『존 레넌과 함께 콘플레이크를』,
전설적인 아티스트들의
음악과 인생 이야기

김작가는 시원시원했다. 전화로 인터뷰를 진행하는 게 좋겠다고 했다. 목하 일간지와 잡지 기고, 방송 진행 등의 활동으로 꽤 분주한 모양이었다. 사전에 인터넷 검색을 해보니 김작가라는 이름을 단 퓨전주점 소개 사이트가 눈에 띄었다. 김작가와 함께하는 여행 패키지도 보였다. 활동 범위가 정말 넓구나 싶었다. 직접 물어보니 그게 아니었다. 자신과는 아무 관련이 없다고 잘라 말했다. 비슷한 질문을 이전에도 받아 본 듯했다.

평소 일과 중에는 주로 집 근처 도서관에 있는 시간이 많다고 했다. 대화를 하는 중에 음악 못지않게 글에 대한 관심과 애정이 강한 사람이라는 생각이 들었다. 그래도 상대가 음악 평론가이니만큼 책 말고도 음악에 대한 질문도 곁들였다.

추천자인 고영 님과는 어떤 인연이 있으신가요?

서로의 글을 좋아하다가 알게 된 사이입니다. 예전에 그분 글을 좋아하던 차에, 저의 지인이 어느 날 그분과도 친하다면서 불러서 인사하면서 알게 됐습니다.

간략한 이력과 요즘 근황을 소개해 주시겠습니까?

음악 평론가이고, 신문과 잡지에 주로 음악 관련 글을 쓰고 국민
TV에서 음악 프로그램도 진행하고 있습니다.

김작가라는 작명의 내력이 특이하더군요.

예전에 홍대 앞에서 인디밴드들이랑 놀고 할 때 불리던 별명이었
는데 언제부턴가 필명으로 굳어지게 됐고, 이제는 오히려 본명은 병
원이나 은행에서나 쓸 정도가 됐습니다.

요즘은 어떤 글들을 쓰고 계신가요?

대중음악이 기본이긴 한데, 최근에는 음악을 통해서 관련 주제, 가
령 술이나 음식이나 그런 것들로 확장하고 있습니다. 지금 『한겨레』
에 연재하고 있는 글에서는 서울의 이런저런 숨겨진 공간들에 대한
이야기도 하고 있고, 최근에는 좀 다양하게 써보려고 하고 있습니다.

음식에도 관심을 많이 갖고 있고요, 시각이라든가 미각이라든가
이런 얼굴 주변의 감각들을 글로 옮기는 것이 요즘 가장 큰 관심사
인 것 같습니다.

책도 내셨지요?

2009년에 음악 에세이 『악행일지』를 낸 적이 있습니다. 단독으로
는 그 책 한 권이고 그 밖에 공저는 여럿 있습니다. 새로운 책을 내려
고 몇 년 전부터 구상을 하고 있습니다.

책 읽기를 좋아하시나요? 평소 얼마나 어떻게 읽으시지요?

물론 책은 좋아합니다. 주 한 권 정도는 읽는 편이고, 간단한 책은 두세 권도 읽고, 두꺼운 책은 한 달이 걸리기도 합니다. 꾸준히 읽는 편입니다.

아무래도 음악책을 많이 읽는 편입니다. 공부 삼아 많이 읽게 됩니다. 주로 일과 중에는 도서관에 있는데 거기서 책을 봅니다. 어떤 사안이나 이슈가 있으면 책을 검색해서 관련서를 읽는 편입니다. 아무래도 인터넷은 피상적인 정보들이 많다 보니까. 책은 주로 인터넷 서점을 통해 구입합니다.

요즘 출간되는 책들이 참 많습니다. 골라 읽는 나름의 방법이 있습니까?

기본적으로 음악책의 경우에는 일단 저자를 먼저 보고, 무엇을 다뤘는지 소재와 주제를 보고, 그다음 역자를 봅니다. 음악책의 경우에는 단순히 해당 외국어를 안다고 좋은 번역이 나오는 것은 아니고, 음악 지식과 맥락을 알아야 하기 때문입니다.

번역자 중에 특히 신뢰하는 사람이 있나요?

장호연 씨입니다. 전통적으로 신뢰할 만한 음악 관련 인문학 서적을 많이 번역하는 분이어서 좋아합니다. 최근에는 핑크 플로이드 전기인 『Wish You Were Here: 핑크 플로이드의 빛과 그림자』를 번역한 이경준 씨가 있는데 그분 번역도 상당히 좋아하는 편입니다.

특별히 즐겨 보는 장르나, 나름의 독서의 안배 방식이 있나요? 근래 들어 어떤 취향의 변화라면?

문학보다는 르포나 논픽션 쪽을 주로 챙겨 보는 편입니다. 2차 세계 대전사라든가 역사물들, 근현대사와 논픽션들을 주로 관심 있게 보는 편입니다.

이유나 계기라면?

시는 원래 별로 매력을 느껴 본 적이 없고, 소설은 어느 순간부터 영화나 만화 쪽으로 더 끌리게 됐습니다. 이야기들의 힘이나 매력을 더 잘 구현하는 것 같아서요. 물론 소설이 갖고 있는 활자의 힘은 인정하지만.

이야기를 좋아하는 편입니다. 역사나 논픽션을 보는 것도 결국 이야기가 좋아서 보는 건데, 허구의 이야기는 소설보다 영화나 시각적인 게 더 효과적인 것 같아요. 현실에 실제로 존재했던 이야기인 역사나 논픽션은 다른 장르인 영화나 영상으로 옮겨지면 아무래도 변형이 될 수밖에 없고, 그래서 사실을 좋아합니다.

지금 읽고 있거나 최근에 인상 깊게 읽은 책은요?

로버트 힐번의 『존 레넌과 함께 콘플레이크를』입니다. 최근에 〈전설들의 이야기는 어떻게 노래가 되었나〉라는 제목으로 개정판이 나왔어요. 저자가 『LA 타임스』에서 오래 활동한 비평가인데, 그분이 말하자면 일인칭 시점에서 존 레넌부터 밥 딜런, U2의 보노, 브루스

스프링스턴 같은 쟁쟁한 뮤지션들을 만나서 그들이 오랜 세월 동안 어떻게 인간적·음악적으로 변해 왔고, 음악 산업 환경은 어떻게 바뀌었는지, 이런 이야기를 에세이 형식으로 풀어냈는데, 읽고 아주 큰 감명을 받았습니다.

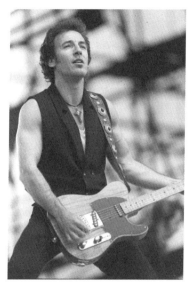

미국의 싱어송라이터 브루스 스프링스턴, 1988년 동베를린 공연에서. 1949년생인
스프링스턴은 1964년에 데뷔해 지금까지 반 세기 넘게 현역으로 활동하고 있다.

그런 전설적인 아티스트들을 편하게 만날 수 있는 것도 엄청난 영광이고 기회인데, 기억력도 탁월해서 30년 전에 만났을 때 뭘 읽었는지 다 기억해서 담대하게 써나가면서도, 그런 책들에서 흔히 나오는 자기과시라든가 그런 게 전혀 없어요.

어떻게 보면 일인칭과 삼인칭 시점의 놀라운 조화라고 할까요. 담담히 사실만을 이야기함으로써 자신의 역량을 더 자연스럽게 드러내는 그런 부분이 상당히 좋았습니다.

원래 미국에서는 2002년에 출간됐고, 한국에서는 2011년에 처음 나왔다가 2014년에 새롭게 개정 번역판으로 나왔어요. 저도 처음 나왔을 때는 모르고 있다가 도서관에서 우연히 발견하고 꽂혀서 읽게 됐습니다. 최근에 사사롭게 읽은 책들 중에서는 그 책이 가장 좋았어요.

곁에 두고 오래 반복해서 보는 책이 있나요?

자료 삼아 두고 보는 책이 있어요.『죽기 전에 꼭 들어야 할 앨범 1001』,『케임브리지 대중음악의 이해』같은 책입니다.

지금 쓰고 있거나 앞으로 저술 계획은?

한국 인디 음악 역사를 90년대부터 최근까지 한번 정리할 때가 된 것 같아서 구상 중이에요. 저는 평론가 생활하기 전부터 밴드 관련 친구들과 어울렸기 때문에, 인디 밖이 아니라 내부에서의 경험을 가지고 쓸 수 있을 것 같아요.

아까 이야기한 로버트 힐번의 책처럼 일인칭 시점으로 제가 겪은 것들이라든지 보고 들은 것 중심으로 인디 음악의 역사를 정리할 수 있을 것 같아요. 그런 책을 구상하고 있습니다.

국내 음악 평론가들도 많은데, 특별히 주목하는 분이 있나요?

다들 나름대로 개성들이 있습니다. 가령 강헌 선생의 경우 평론에서도 문체가 가능하다는 걸 보여 줬고, 신현준 선생은 음악에 대한 아카데믹한 비평으로, 인상 비평 수준을 넘어 인문학적 요소를 도입한 분이고, 성문영 씨 경우 90년대부터 팝 애호가로서 어떤 문학적인 비평과 해설 같은 것을 보여 주고 있지요.

본인은 어떤 지향점이 있나요?

저는 두 가지인데요. 하나는 저널리즘 측면을 중시하는 편입니다. 음악이라는 게 피상적일 수 있기 때문에 음악을 만들고 소비하는 계층들 쪽에 이야기의 방점을 두고 뮤지션들의 음악을 이해하는 데 도움을 주려고 하는 편입니다.

또 하나는 문체입니다. 음악 글이라는 게 문체가 담보되지 않으면 읽기가 대단히 어렵습니다. 문장이 갖고 있는 어떤 표현이나 그런 것에 중점을 두고 있습니다.

글을 쓸 때 특별히 정해 둔 시간이나 습관이 있나요?

예전에는 밤에 잘 썼는데 요즘은 어떤 글이냐에 따라 다릅니다. 신문 칼럼이나 비평의 경우에는 아무래도 이성적인 글이니까 낮에 잘 써지고, 앨범 리뷰라든지 아티스트론 같은 글은 아주 늦은 새벽 (3~5시), 감성이 쫙 올라 왔을 때 잘 써집니다.

일단 모든 것이 아이돌로 수렴하는 구조가 돼버렸지요. 아이돌이 하나의 플랫폼이 돼버리다시피 해서, 온갖 장르라든지 이런 게 아이돌 음악을 통해서 소비가 되고 걸러지기도 해요. 그렇지 않으면 화제가 되지도 않고. 이런 상황은 단기간에 바뀌지는 않을 것 같아요. 왜냐하면 한국 아이돌이 더 이상 내수가 아닌 수출 산업이 돼버렸기 때문이에요.

그런 측면이 하나 있고, 또 하나는 음악 자체가 연성화됐어요. 이게 좋다 나쁘다 이전에, 이제는 사람들이 더 이상 앨범으로 사서 듣는 게 아니라 스트리밍으로 편하게 듣게 됐어요. 음악을 가볍게 공기처럼 소비하는 시대가 된 거죠. 그래서 음악 생태계가 오히려 편협해지는 결과가 됐어요. 어떤 특정 음악에 집중해서 맛을 느끼는 게 아닌 게 된 거죠.

출판계로 치면 어려운 책은 점점 안 팔리고 가벼운 책들만 많이 팔리는 구조 같은 거죠. 비슷한 게 음악계에서도 나타나고 있는 겁니다. 개인적인 생각에서야 아쉬운 측면이 많긴 하지만, 세상은 계속 바뀌는 거니까, 이런 현실을 인정해야 그다음 나갈 방향이 뚫릴 거라고 봐요.

기대라기보다, 어쨌든 다들 길로 치자면 굉장히 다양한 길이 섞여 있는, 오거리도 아니고 칠거리 팔거리 십거리쯤 되는데, 아직 이정표는 나타나지 않은 상황 같은 거죠. 이정표가 없는 교차로 같은 상황. 다들 각양각색의 고민을 하고 있고, 고민의 결과가 나오기도 전에 현장은 계속 바뀌고 있고.

이런 일련의 과정을 거치다 보면 결국 누군가가 길을 제시하겠죠. 그게 어떻게 보면 기존 헤게모니들을 해체하고 뮤지션과 관객, 리스너와의 관계를 재정립하는 시기가 될 거라고 봐요. 이건 한국뿐 아니라 전 세계적으로 나타나는 현상이지요.

음악이나 출판이나 다른 콘텐츠 산업이나 플랫폼 시스템으로 재편되는 것 같아요. 이 부분에 대한 생각은?

지금 음악 산업이나 담론을 주도하는 세대만 해도 20세기에 성장기를 보낸 사람들이에요. 그렇기 때문에 아날로그적인 패러다임이라든가 전통적인 헤게모니와 패러다임의 고정관념에서 벗어나기 힘들어요. 이제는 아예 디지털 네이티브 세대가 판을 짜는 시대가 오면 그들이 결국 답을 낼 수 있을 거라고 봅니다.

국내에 그런 미래 세대가 보이나요?

아직은 잘 모르겠어요. 한국 안에서 그런 게 이뤄지지는 않을 것 같고, 결국 미국이나 유럽에서 새로운 플랫폼과 플랫폼에 맞는 새로운 콘텐츠, 콘텐츠와 대중의 소통 방식의 혁신적 시도들이 나오지 않을까 싶어요. 아날로그에서 완전히 자유로운 개념이나 이런 것. 그런 게 나오면 한국에서도 자연스럽게 받아들이겠지요.

지금 하고 있는 일 외에 꼭 해보고 싶은 일이 있다면?

하고 싶은 건 다 하고 사는 편이라 딱히 새롭게 해보고 싶은 건 없어요……. 다만 음악 정책을 입안한다든지 그런 것은 기회가 되면 해볼 생각은 있어요. 정책이라는 게 음악 산업을 이야기할 때도 빼놓을 수 없는 거니까. 한국 음악계가 가진 문제가 다양성 부족인데, 다양성을 확보할 수 있는 정책들이 필요해요. 그런 것은 멜론이나 이런 데서 노력해서 될 문제가 아니고, 구조적인 접근이 필요한데 그런 부분에서 대안적인 정책을 만들어 보고 싶은 생각은 있죠.

마침 새 정부가 출범했는데, 음악이나 문화 관련 정책으로 한 가지만 건의한다면?

음악 교육 강화, 예술 교육 강화죠. 지금 학교에서 음악, 예술 교육이 굉장히 피상적으로 이뤄지고, 겉절이 같은 역할밖에 안 하는데, 초등학교 때부터 다양한 음악을 직접 해보고, 합주 같은 체험을 하게 하면 커뮤니케이션 능력 향상에 효과가 클 거라고 생각해요.

서로 다른 악기를 가지고 다른 소리를 내서 연주하면서 하나의 음악으로 만들어 내는 과정은 우리가 일상적인 언어로는 쉽게 느낄 수 없는 정서적 교양을 길러 줄 수 있어요. 그런 것들을 초등학교 단계부터 꾸준히 체험할 수 있는 환경이 됐으면 좋겠어요.

국내에 실용음악과도 많고 매년 만 명 가까운 졸업생이 배출되는데, 실용음악 전공자 레슨 말고는 생계나 진로가 불투명한 상태거든요. 미술이나 영화, 다른 예술도 마찬가지일 텐데, 그런 친구들이 교육 현장에서 성적과 상관없는 커리큘럼을 맡는다고 하면 국민의 예술적 감각이나 수준이 많이 올라갈 거라고 봐요. 그런 정책이 도입됐으면 합니다.

음악 관련 도서를 추천하신다면?

요즘 젊은 친구들이 EDM(일렉트로닉 댄스 뮤직)을 굉장히 좋아하는데 작년에 나온 책 중에 『Back To The House: 하우스와 테크노가 주류를 뒤흔들기까지 1977-2009』라는 책이 있어요. 평론가 이대화 씨가 쓴 책이에요. 일렉트로닉 음악의 역사를 마치 현지인이 쓴 것처럼 굉장히 자세하고 생생하게 잘 썼어요. EDM 좋아하는 분이라면 한번 읽어 보면 듣던 음악이 다르게 들릴 거예요.

자신이 꼽는 국내 역대 최고 뮤지션과 요즘 가장 주목하는 뮤지션이 있다면?

역대 최고는 역시 비틀스지요. 저도 어릴 때 그냥 최고라고 들었는데 음악을 들으면 들을수록 그렇다는 생각이 들어요. 비틀스가 힙합을 제외하고는 대중음악의 모든 것을 제시했잖아요. 저뿐만 아니라 음악인 다 공감할 거라고 생각해요.

요새 주목하는 국내 뮤지션으로는 도재명이라는 친구가 있어요. 3~4분짜리 곡이 대부분인 인스턴트 음악 시대에 10분, 20분짜리 곡으로 음악적 상상력을 한국에서 가장 잘 구현하는 뮤지션이라고 생각해요. 도재명의 최근 솔로 앨범 「토성의 영향 아래」를 추천합니다.

다음 분으로는 밴드 허클베리핀의 이기용 씨를 추천하고 싶습니다. 이기용 씨는 빼어난 뮤지션이자 시에 가까운 가사를 쓰는 창작자입니다. 현재는 몇 년째 제주 바다에서 기거하고 있는데요, 평소 시를 많이 읽는 그에게 지금 의미 있게 스며드는 활자가 어떤 것일지 궁금합니다.

18

밴드 허클베리핀 리더
이기용

———————————

마쓰이에 마사시의
『여름은 오래 그곳에 남아』,
지친 밤, 몸을 담글 수 있는
욕조 같은 책

제주. 상상만으로도 마음을 들뜨게 하는 곳이다. 어느 날 홀연히 서울을 떠나 먼 섬에서 곡을 만들고 노래하는 뮤지션이라니. 얼핏 생각하면 낭만의 극치다. 실제 생활은 어떨까. 무척 궁금했다.

이기용 씨와는 전화로 연락이 닿았다. 전화를 받았을 때 마침 공연을 앞두고 있다고 했다. 인터뷰는 이메일로 진행하는 것이 좋겠다고 했다. 통화음은 지척에서 들리는 것 같았는데, 나중에 보내온 답 메일은 정말이지 먼 곳에서 날아든 편지 같았다. 바다 건너 제주 해안에서 부는 바람 소리가 함께 실려 오는 듯했다.

추천자인 김작가 님과는 어떤 인연이 있으신가요?

음악을 시작하기 전부터 개인적으로 알던 사이입니다. 그때 저는 음악을 하고 싶어서 이리저리 밴드 일을 막 모색할 때였고 김작가는 왕성한 음악 애호가였죠.

그러다 제가 허클베리핀으로 활동하고 있을 때 그 친구도 막 군대에서 제대한 후 음악 평론 일을 시작했습니다. 그 후로 둘 다 벌써 20년 가까이 같은 음악 씬에 몸을 담게 되었군요.

올봄에는 김작가가 제주에 여행을 왔길래 오랜만에 같이 술도 한 잔 한 적이 있습니다.

간략한 이력과 요즘 근황을 소개해 주시겠습니까? 개인적인 것도 좋고 허클베리핀 활동도 부탁드립니다.

저는 1997년 허클베리핀이라는 록밴드를 결성해서 활동해 왔습니다. 지금까지 모두 5장의 음반을 발매했습니다. 그리고 〈스왈로우〉라는 이름의 개인 활동도 병행하면서 보다 서정적인 음악들을 발표해 왔습니다. 스왈로우는 총 3장의 정규 앨범이 있습니다. 지금은 제주와 서울을 오가며 허클베리핀의 다음 6집 앨범을 준비하고 있습니다.

제주도로 내려가 사시는 걸로 압니다. 언제 어떤 계기나 이유로 가시게 되셨나요?

음악 생활을 하면서 삶의 방편으로 2007년부터 홍대 상수동과 연남동에서 바를 운영해 왔습니다. 하지만 임대료 상승 같은 압박이 심해지면서 7년간 버티다가 결국 2014년에 모든 것을 정리할 수밖에 없는 상황이 됐습니다.

음악 작업실도 비슷한 이유로 다 접었습니다. 흔히 말하는 젠트리피케이션의 타격 한가운데를 통과해 왔다고 볼 수 있겠네요. 그러던 중에 공연을 하러 제주에 왔다가 여기저기를 둘러보게 되었고, 이곳 김녕에 내려와 살기로 마음을 먹었습니다.

예전 인터뷰 기사를 보니 이런 말을 하셨더군요.

처음 제주에 내려왔을 때 컨테이너에서 1년 넘게 살았다. 비가 오면 컨테이너 안으로 빗물이 주르륵 흐르고, 바람이 거세게 불면 컨테이너와 함께 머리가 흔들릴 정도로 허름하고 불안한 공간이었다. 그러나 살아가는 방식에 대한 인식을 바꾸고 싶었다. 통장 잔고도 별로 중요한 게 아니었다.

지금은 어디에서 어떻게 사시나요? 실제로 살아본 제주도 생활은 어떤지 소개해 주실 수 있나요? 혹시 제주도행을 생각하는 분들한테 들려주실 이야기가 있다면?

제주에 내려올 즈음 뭔가 설명하기 어려운 격렬한 감정에 사로잡혀 있었습니다. 그 무렵 결국 감당이 안 될 정도로 커져 버렸어요. 사람들하고 떨어져 있어야 했기에 한 2년 가까이 혼자 생활했습니다.

그러다 음악과는 도저히 떨어져 살 수가 없어서 다시 동료들하고 연락을 하게 되었죠. 그중 몇몇이 제주로 내려와서 근처에서 가깝게 살고 있습니다.

요즘 평상시에는 제주에서 만든 노래들로 소소한 공연도 다니고, 제주 동북쪽 김녕이라는 바닷가에서 임대를 주고 있는 펜션 청소도 하면서 지냅니다.

도심에는 잘 나가지 않는 편이어서 사정을 잘 모릅니다. 그냥 제가 느끼는 대로 제주를 소개해 드리자면, 복잡다단한 마음을 어루만져 주는 다양한 풍경이 있는 곳이라고 말해 주고 싶어요. 어떤 마음을 갖고 이곳에 오더라도 거기에 상응하는 적절한 풍경을 찾을 수 있을 거라고 생각합니다. 마음의 지도와 실제의 지도가 일치합니다.

곡도 가사도 직접 쓰시지요? 요즘은 어떤 것들에 대해 관심이 있거나 쓰시나요?

곡을 대하는 느낌에는 분명히 변화가 있었어요. 서울, 그러니까 도시에서 살 때 삶의 선은 길고 유려하게 뻗어 나갈 틈을 주지 않습니다. 수많은 사람들과의 관계에서 꺾이고 수많은 건축물들 사이를 돌아가야 합니다. 시선 하나 오래 둘 곳이 없어요. 돌이켜 보면 제 음악도 그런 면이 많이 있었습니다. 반면에 이곳에 와서 만든 곡들은, 짧게 표현하자면, 넓디넓은 공간에서 충돌하지 않는 감성에서 나온 거라고 할 수 있겠지요. 어떤 면에서 보면 좀 심심하고 밋밋할 수도 있겠지만요.

최근 쓴 것 중에 공유하고 싶은 가사가 있다면 소개해 주시겠어요?

작년에 네이버 ONSTAGE라는 프로그램 촬영차 제주에서 라이브 공연을 진행할 기회가 있었어요. 세 곡을 라이브로 촬영했는데 그중 하나인 「Morning There」라는 곡입니다. 영혼이 매우 가까운 두 사람이 헤어진 후 서로를 그리워하는 마음을 표현했습니다.

밤의 궁전으로
물에 비친 불빛이

바람에 흔들리면 니가 그리웠어

더 먼 곳으로 더 넓은 공간으로

함께 가자 했지

빛에 휩싸인 밤

너에 익숙해진 나는

또 다른 누군가 다가오는 것도 몰랐어

너의 숨이

아마도 내 안에 마지막까지 남았나 봐

넌 나에게로 완전히 열려야 닫힐 수 있는 문이었어

너의 아침은 어때 누군가 떠난 밤

멀리 숲 사이에서 반짝거리고 있니

너의 아침은 어때

모든 걸 겪고서 맞이한 아침에

좋아하는 작사가나 싱어송라이터, 혹은 뮤지션을 꼽아 주실 수 있나요?

요 몇 년간 가장 자주 들은 아티스트는 제임스 블레이크, 본 아이버, 시규어 로스입니다. 음악도 이런저런 방식으로 삶의 흐름에 맞춰서 왔다 가는 것 같아요.

책은 평소 어떤 방식으로 얼마나 읽으시는지요?

평균 월 3~4권쯤 되겠네요. 아무래도 겨울부터 봄에 주로 몰아서 읽게 되네요. 그맘때가 되면 제주는 비수기인 데다 밤도 길고 바람도 많이 불어서 혼자 책 읽기에 아주 좋습니다.

제주에서 책 읽기 환경은 어떤가요?

제가 있는 곳은 도심에서 많이 벗어나 있다 보니 책을 사 보기가 여의치 않아서 주로 도서관에서 빌려서 읽고 있어요. 제가 있는 김녕에서 가까운 조천 도서관이나 아래로 좀 내려가 성산 도서관에서 빌려 봅니다.

요즘에는 날이 좋으니 책을 읽다 감정이 커지면 김녕 세기알 해변에 있는 민간 등대에서부터 김녕항까지 산책을 많이 하는데, 그 순간이 가장 평화롭고 좋은 시간입니다.

김녕 세기알 해변.

책을 골라 보는 나름의 방법이 있습니까?

예전엔 한동안 김영하의 팟캐스트를 잠자기 전에 많이 들었어요. 저도 잠드는 데 좀 어려움이 있었는데 그분의 팟캐스트를 듣다 보면 어느새 잠들어 버리게 됩니다. 그래서 좋아하는 편은 자주 틀어 놓고 잠을 청하다 보니, 어떤 편은 많게는 수십 번을 듣게 된 것도 있어요. 그러다 보면 자연스럽게 소개된 책을 읽게 됩니다.

근래에는 책을 아주 많이 읽어 온 믿을 만한 친구에게서 추천받아 읽는 경우가 많습니다.

특별히 즐겨 보는 장르나, 나름의 독서의 안배 방식이 있나요? 근래 들어 어떤 취향의 변화가 있나요?

몇 년 전까지는 주로 시집을 많이 봤어요. 출판사 별로 목록을 독파해 가면서 봤었죠. 최근에는 소설을 주로 보고 있습니다. 저를 어디론가 현실이 아닌 어떤 곳으로 데려가 주는 작품을 특히 좋아합니다.

빼놓지 않고 보는 저자의 책이 있다면?

이탈로 칼비노의 『보이지 않는 도시들』을 읽고 그 책에 빠져 버렸어요. 제주 도서관에서 빌려 보게 됐는데, 서울에 갔을 때 아예 한 권 사서 가방에 넣어 두고 틈틈이 봤어요.

그 후 그의 『나무 위의 남작』과 『우주 만화』를 읽고 나서부터는 그의 책들을 하나씩 읽어 나가는 중입니다. 현실과 환상을 넘나드는데, 엉뚱하면서도 재밌습니다. 깊지만 잡아끌지 않고, 나 자신을 가볍게 하고 싶은 마음으로 이끕니다.

지금 읽고 있거나 최근에 인상 깊게 읽은 책은요?

최근에 마쓰이에 마사시의 『여름은 오래 그곳에 남아』를 아주 기쁘게 읽었습니다.

읽게 된 계기나 동기는요? 소감은?

친구의 소개로 앞부분을 읽게 되었어요. 건축가 무라이 슌스케의 최후의 작품과, 건축 사무소에서 벌어지는 사랑을 이제 막 입사한 젊은 건축학도의 시선으로 다루고 있습니다.

간헐적인 분화 활동이 계속되고 있는 아사마 산을 배경으로 삶, 사랑, 좌절, 죽음을 시종일관 거리를 두고 담백하고 기품 있게 표현합니다. 인생의 예측할 수 없는 변화무쌍함을 오래 겪어 온 사람의 시선으로 이야기합니다. 피곤에 지친 밤, 몸을 담글 수 있는 따뜻한 욕조 같은 책입니다.

곁에 두고 오래 반복해서 보는 책이 있나요?

요즈음은 윌리엄 맥스웰의 『안녕, 내일 또 만나』를 곁에 두고 봅니다. 다음과 같은 표현들이 도처에 있고 그것을 읽으면 잠시 아득해져서 몽환에 잠기게 됩니다. 저녁 해지기 전에 이 책을 펼쳐 읽고 길을 걸으면 평화로운 감회에 젖게 됩니다.

클레터스가 목초지 울타리 옆에 서면 짐수레를 끄는 늙고 하얀 말 한 마리가 설탕 한 덩어리를 얻어먹을 생각으로 그리고 아마도 예뻐해 주길 바라는 마음으로 다가온다. 어쨌든 클레터스는 그 말을 사랑한다. 암소들을 모을 때면 다른 말보다 이 백마를 타는 것을 더 좋아한다. 그리고 울어야 할 때는 이 백마의 비단같이 부드러운 목에 이마를 대고는 눈물을 흘린다.

— 윌리엄 맥스웰, 『안녕, 내일 또 만나』 중에서

지금 하고 있는 일 외에 꼭 해보고 싶은 일이 있다면?

꼭 해보고 싶은 일이라기보다 꼭 살고 싶은 방식이 있어요. 가능하다면 일정 기간 이상씩 여러 곳에서 살면서 익숙하지 않은 것이 주는 변화를 느껴 보고 싶어요. 음악 작업을 하더라도 이번 앨범은 제주에서 만들고 있으니 다음 앨범은 예를 들어 목포라든가 다른 곳에서 만들 수 있는 기회가 있으면 좋겠다는 생각을 자주 합니다.

추천 도서 모음

첫 번째 릴레이

김연수
모리 오가이, 『기러기』

이종영
미야모토 테루, 『금수』
박범신, 『당신』, 『풀잎처럼 눕다』

조원식
마이클 푼케, 『레버넌트』
박흥용, 『검』, 『내 파란 세이버』, 『구르믈 버서난 달처럼』, 『박흥용 작품집』
정민정, 『심경부주(心經附註)』
클로에 크뤼쇼데, 『여장 남자와 살인자』
허먼 멜빌, 『바틀비』

박흥용
김세윤, 『구원이란 무엇인가』, 『복음이란 무엇인가』
김승옥, 『내가 훔친 여름』

이준익
박석무, 『다산 정약용 평전』
신창호, 『정약용의 고해』
이덕일, 『정약용과 그의 형제들』

박정민

마루야마 겐지,『달에 울다』,『소설가의 각오』
송우혜,『윤동주 평전』
요시다 슈이치,『퍼레이드』
카를 마르크스,『공산당 선언』
파트리크 쥐스킨트,『깊이에의 강요』,『향수』,『콘트라베이스』

차세정

김승옥,『무진기행』
롤랑 마뉘엘,『음악의 기쁨』
마이클 버드,『예술을 뒤바꾼 아이디어 100』
무라카미 하루키,『노르웨이의 숲』,『잡문집』
이해인,『작은 위로』
크누트 함순,『굶주림』

한희정

김숨,『바느질하는 여자』
독립잡지『더 멀리』
조원규,『밤의 바다를 건너』
허연,『십 미터』

김대현

순문학 동인지『자정작용(自淨作用)』
앙드레 지드,『지상의 양식』
헤르만 헤세,『요양객』,『유리알 유희』

이재민

가즈오 이시구로,『녹턴』
김소월,『진달래꽃』
무라카미 하루키,『후와 후와』
스타니스와프 렘,『솔라리스』
이탈로 칼비노,『우주 만화』
제임스 설터,『가벼운 나날』,『스포츠와 여가』
조세희,『난장이가 쏘아올린 작은 공』

허소영

신영복, 『감옥으로부터의 사색』

에인 랜드, 『아틀라스』

이성복, 『아, 입이 없는 것들』

조정래, 『태백산맥』

한강, 『희랍어 시간』

김진양

닐 도날드 월쉬, 『신과 나눈 이야기』

서광원, 『사장의 길』

신현만, 『사장의 생각』

하마구치 다카노리, 『사장의 일』

임경선

무라카미 하루키, 『직업으로서의 소설가』

알랭 드 보통, 『낭만적 연애와 그 후의 일상』

얀 마텔, 『파이 이야기』

올리버 색스, 『고맙습니다』

줌파 라히리, 『저지대』

최은영, 『쇼코의 미소』

히로카네 켄시, 『시마 과장』

장강명

김한길, 『눈뜨면 없어라』

우상호, 『촌놈』

이혁진, 『누운 배』

정세랑, 『보건교사 안은영』

정아은, 『잠실동 사람들』

제임스 엘로이, 『블랙 달리아』

조성주

데버러 헬먼, 『차별이란 무엇인가』

사울 D. 알린스키, 『급진주의자를 위한 규칙』

손아람, 『디 마이너스』

장강명, 『표백』

펑지차이, 『백 사람의 십 년』

손아람

데이비드 버스, 『진화심리학』
마르크스, 『공산당 선언』
황석영, 『무기의 그늘』

정연순

나카무라 요시후미, 『내 마음의 건축』
데이비드 조지 해스컬, 『숲에서 우주를 보다』
베른트 하인리히, 『생명에서 생명으로』
요코야마 미츠테루, 『바벨 2세』
유경순 엮음, 『나, 여성노동자』
칼 세이건, 『코스모스』

임순례

공지영, 『시인의 밥상』
달라이 라마, 『달라이 라마의 행복론』
리베카 솔닛, 『남자들은 자꾸 나를 가르치려 든다』
스콧 니어링, 『스콧 니어링 자서전』
안희경, 『문명, 그 길을 묻다』
욘게이 밍규르 린포체, 『티베트의 즐거운 지혜』
워런 버핏, 『워런 버핏, 집중투자』
허수경, 『너 없이 걸었다』

조선희

강만길, 『한국 근대사론』, 『한국 현대사론』
강준만, 『한국 근대사 산책』, 『한국 현대사 산책』
권여선, 『안녕 주정뱅이』
김연수, 『소설가의 일』
김용옥, 『중용, 인간의 맛』
남상순, 『결결한 보이스』
돈 리처드 리소, 러스 허드슨, 『에니어그램의 지혜』
송우혜, 『마지막 황태자』
스티븐 킹, 『유혹하는 글쓰기』
에리히 프롬, 『소유냐 삶이냐』, 『자유로부터의 도피』
은희경, 『새의 선물』
정혜윤, 『런던을 속삭여 줄게』

조수연,『이미 그대는 충분하다』
폴 오스터,『빵 굽는 타자기』
프란츠 베르펠,『옅푸른색 잉크로 쓴 여자 글씨』
하성란,『푸른 수염의 첫 번째 아내』

주철환
김민식,『영어책 한 권 외워 봤니』
김훈,『공터에서』
손창섭,『인간동물원초』,『잉여인간』
최철주,『존엄한 죽음』

알베르토 몬디
닉 혼비,『하이 피델리티』
마하일 불가코프,『거장과 마르가리타』
밀란 쿤데라,『향수』,『불멸』,『정체성』
법정,『무소유』,『살아 있는 것은 다 행복하라』
알버트 아인슈타인,『아인슈타인의 나의 세계관』
조바노티, *Il grande Boh!*
조쉬 카우프만,『퍼스널 MBA』
조창인,『가시고기』
주세페 카토젤라, *Il Grande Futuro*
티나 실리그,『스무 살에 알았더라면 좋았을 것들』
파울로 코엘료,『연금술사』

두 번째 릴레이

임지훈
마스다 무네아키,『지적자본론』
박시백,『박시백의 조선왕조실록』

임정욱
댄 샤피로,『핫시트』
린다 힐,『혁신의 설계자』
알렉 로스,『알렉 로스의 미래 산업 보고서』
애덤 그랜트,『오리지널스』

에반 베어, 에반 루미스, *Get Backed*
유발 하라리, 『사피엔스』
장강명, 『댓글부대』, 『한국이 싫어서』
티나 실리그, 『시작하기 전에 알았더라면 좋았을 것들』

김봉진

도널드 노먼, 『이모셔널 디자인』
로저 마틴, 『디자인 씽킹』
마스다 무네아키, 『지적자본론』
빅터 파파넥, 『인간을 위한 디자인』
세스 고딘, 『보랏빛 소가 온다』
우석훈, 『연봉은 무엇으로 결정되는가』
이나모리 가즈오, 『왜 일하는가』
이즈미 마사토, 『부자의 그릇』
제프 콕스, 하워드 스티븐스, 『마케팅 천재가 된 맥스』
짐 콜린스, 『좋은 기업을 넘어... 위대한 기업으로』, 『성공하는 기업들의 8가지 습관』
토마 피케티, 『21세기 자본』
홍성태, 『모든 비즈니스는 브랜딩이다』
황현산, 『밤이 선생이다』

김주환

김창환 옮김, 『장자』
나쓰메 소세키, 『나는 고양이로소이다』
무라카미 하루키, 『해변의 카프카』
박태원, 『소설가 구보씨의 일일』
법륜, 『법륜 스님의 금강경 강의』
움베르토 에코, 『장미의 이름』
차드 멩 탄, 『너의 내면을 검색하라』
최인훈, 『회색인』, 『총독의 소리』

서동원

류주현, 『조선총독부』
빌 브라이슨, 『거의 모든 것의 역사』
스티브 잡스, 『스티브 잡스』
피터 드러커, 『창조하는 경영자』

안성기

최인호, 『인생』

한강, 「몽고반점」

김수철

법정, 『무소유』, 『버리고 떠나기』, 『살아있는 것은 다 행복하라』

알베르트 슈바이처, 『물과 원시림 사이에서』, 『슈바이처의 유산』

지두 크리슈나무르티, 『아는 것으로부터의 자유』

페터 춤토르, 『페터 춤토르 건축을 생각하다』, 『페터 춤토르 분위기』

도정일

경향신문 사회부 사건팀, 『강남역 10번 출구, 1004개의 포스트잇』

니콜라스 카, 『생각하지 않는 사람들』

라인홀드 니버, 『도덕적 인간과 비도덕적 사회』

제이콥 브로노우스키, 『인간 등정의 발자취』, 『과학과 인간 가치』, 『과학과 인간의 미래』

유정아

가브리엘 가르시아 마르케스, 『백 년 동안의 고독』, 『콜레라 시대의 사랑』

레프 니콜라예비치 톨스토이, 『안나 카레니나』

우르스 비트머, 『아버지의 책』, 『어머니의 연인』

천명관, 『고래』

필립 로스, 『유령 퇴장』

황두진

김남일, 『천재토끼 차상문』

김남천, 『경영』, 『맥』

김연수, 『밤은 노래한다』, 『굳빠이 이상』

마이클 콜린스, *Carrying the Fire*

정영문, 『어떤 작위의 세계』

하름 데 블레이, 『왜 지금 지리학인가』

한광야, 『도시에 서다』

홍수영

김숨, 『L의 운동화』

로베르트 무질, 『생전 유고/어리석음에 대하여』

롤랑 바르트, 『애도 일기』

버지니아 울프, 『파도』
올리버 색스, 『아내를 모자로 착각한 남자』
워커 에반스, *First and Last*
윌리엄 셰익스피어, 『햄릿』, 『오셀로』, 『맥베스』, 『리어왕』
응구기 와 시옹오, 『십자가 위의 악마』
이동순 엮음, 『백석 시 전집』
일연, 『삼국유사』
차학경, 『딕테』
치마만다 응고지 아디치에, 『우리는 모두 페미니스트가 되어야 합니다』
황두진, 『당신의 서울은 어디입니까?』

정지돈
백남준, 『백남준: 말에서 크리스토까지』
장 뤽 고다르, 『고다르X고다르』

홍석재
나루시마 유리, 『소년 마법사』
제임스 엘로이, 『내 어둠의 근원』

김해원
곽정은, 『편견도, 두려움도 없이』
김금희, 『체스의 모든 것』, 『너무 한낮의 연애』
김금희 외, 『내가 태어나서 가장 먼저 배운 말』
류시화, 『백만 광년의 고독 속에서 한 줄의 시를 읽다』
오에 겐자부로, 『개인적 체험』, 『오에 겐자부로, 작가 자신을 말하다』

이성민
김명인, 『부끄러움의 깊이』
무적핑크, 『조선왕조실톡』.
박시백, 『박시백의 조선왕조실록』
이랑, 『대체 뭐하자는 인간이지 싶었다』
허영만, 『오! 한강』

고영

박찬일, 『미식가의 허기』
정은정, 『대한민국 치킨전』
페르낭 브로델, 『물질문명과 자본주의』

김작가

로버트 힐번, 『존 레넌과 함께 콘플레이크를』
마크 블레이크, 『Wish You Were Here: 핑크플로이드의 빛과 그림자』
이대화, 『Back To The House: 하우스와 테크노가 주류를 뒤흔들기까지 1977~2009』

이기용

마쓰이에 마사시, 『여름은 오래 그곳에 남아』
윌리엄 맥스웰, 『안녕, 내일 또 만나』
이탈로 칼비노, 『보이지 않는 도시들』, 『나무 위의 남작』, 『우주 만화』

인용 출처

본문 22면: 모리 오가이, 『기러기』, 김영식 옮김(문예출판사, 2012), 9면

본문 29면: 박범신, 『당신』(문학동네, 2015), 259면

본문 97면: 크누트 함순, 『굶주림』, 우종길 옮김(창, 2011), 199면

본문 115면: 헤르만 헤세, 「방랑」, 『요양객』, 김현진 옮김(을유문화사, 2009), 15~16면

본문 136~137면: 이성복, 「봄밤에 별은」, 『아, 입이 없는 것들』(문학과지성사, 2003)

본문 161면: 올리버 색스, 『고맙습니다』, 김명남 옮김(알마, 2016), 29면

본문 146면: 신현만, 『사장의 생각』(21세기북스, 2015), 98면

본문 228면: 스콧 니어링, 『스콧 니어링 자서전』 김라합 옮김(실천문학사, 2000), 128면

본문 278~279면: 마스다 무네아키, 『지적자본론』, 이정환 옮김(민음사, 2015), 53면

본문 461면: 우르스 비트머, 『아버지의 책』, 이노은 옮김(문학과지성사, 2009), 20면

지은이 **전병근** 디지털 시대 휴머니티의 운명에 관심이 많은 사람. 현재 모바일 기반 지식문화 채널인 〈북클럽 오리진〉의 지식 큐레이터로 일하면서 읽고 생각하고 쓰고 가끔 강연도 한다. 서울대학교 사법학과를 졸업하고 같은 학교 대학원 정치학과에서 막스 베버 방법론 연구로 석사 학위를 받았다. 공군사관학교 국제관계학 교수를 지낸 후『조선일보』국제부와 문화부 기자로 일했다. 중남미 특파원을 거쳐 미국 존스홉킨스 대학교 국제대학원인 SAIS 객원 연구원을 지냈으며, 『조선비즈』에서 지식문화부장으로 일했다. 옮긴 책으로는『왜 리더는 거짓말을 하는가?』,『사피엔스의 미래』,『조선자본주의공화국』, 지은 책으로는『궁극의 인문학』, 『지식의 표정』이 있다.

요즘 무슨 책 읽으세요

꼬리에 꼬리를 무는 독서 릴레이

발행일 **2018년 2월 10일 초판 1쇄**

지은이 **전병근**
발행인 **홍지웅 · 홍예빈**
발행처 **주식회사 열린책들**

경기도 파주시 문발로 253 파주출판도시
전화 **031-955-4000** 팩스 **031-955-4004**
www.openbooks.co.kr

이 도서의 국립중앙도서관 출판예정도서목록(CIP)은 서지정보유통지원시스템 홈페이지(http://seoji.nl.go.kr)와 국가자료공동목록시스템(http://www.nl.go.kr/kolisnet)에서 이용하실 수 있습니다.(CIP제어번호 : CIP2018002691)